Ullstein

ÜBER DAS BUCH:

Des Seelenfriedens wegen hat Lieutenant Dave Robicheaux seinen Abschied bei der Mordkommission in New Orleans genommen. Nun besitzt er einen Bootsverleih mit Köderladen in der atemberaubend schönen Landschaft der Bayous und Sümpfe im Delta des Mississippi. Doch das Verbrechen holt Robicheaux ein, als er eines Tages beim Krabbenfischen Augenzeuge eines Flugzeugabsturzes wird. Der Expolizist, der selbst ein kleines Mädchen aus der im Meer versunkenen Maschine rettet, wird stutzig, als die Behörden bei der Zahl der Opfer mogeln. Und als er erfährt, daß der unterschlagene Tote als Muli für den Rauschgiftbaron Bubba Rocque arbeitete, wird Robicheaux hellwach, und das alte Jagdfieber packt ihn. Doch als er anfängt, Fragen zu stellen, schikanieren ihn Drogenfahndung und Einwanderungsbehörde. Wenig später wird er brutal zusammengeschlagen. Und dann hetzt ihm Bubba Rocque seine gedungenen Killer auf den Hals, und die Welt der Bayous versinkt in einem blutigen Alptraum.

DER AUTOR:

James Lee Burke, geboren 1938 in Louisiana, ist der neue Superstar der amerikanischen Kriminalliteratur. Mit nur vier Krimis hat er sich in den Kanon der amerikanischen Klassiker geschrieben und hat auch schon den begehrten Edgar-Allan-Poe-Award bekommen. Schauplatz seiner Krimis ist das Mississippi-Delta im heißen Süden Louisianas – das Bayou-Country mit seinen Kanälen und Sümpfen und die Großstadt New Orleans – ideale Orte für das organisierte Verbrechen. Und Burke weiß, wovon er spricht, er kennt das Milieu, die Kneipen und Saloons des Deltas – er ist hier aufgewachsen.
Burke lehrt heute kreatives Schreiben an der Wichita State University und lebt in der Schriftstellerkolonie Missoula in Montana.

James Lee Burke

Blut in den Bayous

Aus dem Amerikanischen
von Jürgen Behrens

Ullstein

Kriminalroman
Ullstein Buch Nr. 10734
im Verlag Ullstein GmbH,
Frankfurt/M – Berlin
Titel der amerikanischen
Originalausgabe:
Heaven's Prisoners

Ungekürzte Ausgabe

Umschlaggestaltung:
Theodor Bayer-Eynck
Illustration:
Silvia Mieres

Printed in Germany 1993
Gesamtherstellung:
Ebner Ulm
ISBN 3 548 10734 6

August 1993
Gedruckt auf
alterungsbeständigem Papier
mit chlorfrei
gebleichtem Zellstoff

Vom selben Autor
in der Reihe
der Ullstein Bücher:

Neonregen (10670) *Paperback*
Blut in den Bayous (10692) *Paperback*
Black Cherry Blues (10704)
Neonregen (10717)

Die Deutsche Bibliothek –
CIP-Einheitsaufnahme

Burke, James Lee:
Blut in den Bayous/James Lee Burke. Aus
dem Amerikan. von Jürgen Behrens. –
Ungekürzte Ausg. – Frankfurt/M; Berlin:
Ullstein, 1993
(Ullstein-Buch; Nr. 10734:
Kriminalroman)
Früher als Ullstein-Buch; Nr. 10692:
Ullstein-Kriminalroman
ISBN 3-548-10734-6
NE: GT

Für meinen Agenten Philip Spitzer,
einen Preisboxer, der über die vollen
Fünfzehn ging, und die wunderbaren
Freunde drunten in Louisiana, denen
ich enorm viel Dank schulde:
John Easterly, Martha Lacy Hall und Michael Pinkston

1

Ich befand mich knapp außerhalb des Southwest Pass, zwischen den Pecan und Marsh Islands, im Süden das grüne Wasser des Golfstroms mit seinen Schaumkämmen und hinter mir der langgezogene, flache Küstenstreifen von Louisiana – eigentlich gar kein Küstenstreifen, sondern ein riesiges Schwemmland mit wogendem Riedgras, abgestorbenen, mit Louisianamoos überwucherten Zypressen und einem Labyrinth aus Kanälen und Bayous voller japanischer Teichrosen, deren lila Blüten morgens hörbar aufspringen und deren verschlungenes Wurzelwerk sich wie Drahtkabel um eine Schiffsschraube wickeln kann. Es war Mai, und die Brise war warm und roch nach salziger Gischt, Schwärme von Meerforellen schnappten nach Insekten, und hoch über mir glitten Pelikane auf warmen Luftströmungen dahin, die aufgespannten Flügel von der Sonne vergoldet, bis sich plötzlich einer wie eine Bombe vom Himmel fallen ließ, die Flügel flach angelegt, und auf der Wasseroberfläche aufschlug, um dann, einen zappelnden Heringsfisch oder eine Seebarbe im mit einem Kehlsack bewehrten Schnabel, triefend wieder aufzusteigen.

Doch in der Morgendämmerung war der Himmel mit roten Streifen durchsetzt gewesen, und ich wußte, am Nachmittag würden von Süden Gewitterwolken aufziehen, die Temperatur würde schlagartig um zehn Grad fallen, als werde aus einer großen, schwarzen Schüssel plötzlich alle Luft abgesaugt, und der schwarze Himmel unter einem Geflecht von Blitzen erbeben.

Ich hatte den Golf schon immer geliebt, ganz gleich, ob er von Stürmen gepeitscht oder die Brandung buchstäblich zu grünen Eisklumpen erstarrt war. Als ich noch bei der Kriminalpolizei in New Orleans war, hatte ich auf einem Hausboot am Lake Pontchartrain gewohnt und meine freien Tage beim Fischen unten im Lafourche Parish und in der Barataria Bay verbracht, und obwohl ich bei der Mordkommission war, konnte ich manchmal die Jungs vom Raubdezernat überreden, daß sie mich auf einem Kutter der

Küstenwache mitnahmen, wenn sie draußen Jagd auf Rauschgiftschmuggler machten.

Jetzt gehörte mir ein Laden für Fischköder samt Bootsverleih am Bayou südlich von New Iberia, und zweimal wöchentlich steuerten meine Frau Annie und ich unser umgebautes Wannenboot in Richtung Southwest Pass zum Krabbenfischen. Man nannte es »Wannenboot«, weil es vor Jahren von einer Ölfirma dazu entworfen worden war, die langen, dicken Gummikabel und seismischen Instrumente zu bergen, die bei der Erschließung von Ölvorkommen im Meer verwendet werden; es war lang, eng und flach, bestückt mit einem großen Chrysler-Motor, Doppelschraube und einem Ruderhaus, das bündig mit dem Heck abschloß. Annie und ich hatten es mit Eisbehältern, einem Köderkasten, Winden für die Netze, einer kleinen, ans Deck geschweißten Kombüse, Staukästen für Angelzeug und Tauchausrüstung und sogar mit einem großen Cinzano-Schirm aus Segeltuch ausgestattet, den ich über unserem Bridgetisch und den Klappstühlen aufspannen konnte.

An einem Morgen wie diesem zogen wir das Schleppnetz gewöhnlich in einem großen Bogen durch den Pass, wobei der Bug durch das Gewicht des übervollen Netzes aus dem Wasser ragte, dann beluden wir die Eisbehälter mit rosa-blauen Krabben, legten die Angeln für den Katzenwels aus und bereiteten das Mittagessen in der Kombüse, während das Boot im lauen Wind sanft an der Ankerleine zog. An diesem Morgen hatte Annie einen Topf Krabben und Bluepoint-Austern gekocht und gab nun die geschälten Krabben in eine Schüssel, um sie dann in einer Pfanne mit ungeschältem Reis zu mischen, den wir von zu Hause mitgebracht hatten. Ich mußte lächeln, als ich ihr dabei zusah; sie war ein Mennonitenmädchen aus Kansas, mit goldenem Kraushaar, das sich im Luftzug am Nacken aufstellte, und elektrisierend blauen Augen. Sie trug ein ausgeblichenes Männerhemd aus Baumwollstoff, das über ihre weißen Shorts hing, und Leinenschuhe ohne Socken; sie hatte gelernt, Fische auszunehmen, Krabben zu schälen und ein Boot so sicher durch einen Sturm zu manövrieren, als wäre sie im Land der Bayous geboren, doch für mich würde sie immer mein Kansas-Mädchen bleiben, ein Wesen wie aus Schlüssel- und Sonnenblumen gemacht, ein Mädchen, das in Stöckelschuhen unsicher stakste und stets beeindruckt war von allen kulturellen Eigentümlichkeiten und dem, was sie bei anderen Menschen »Verschrobenheit« nannte, obwohl sie selbst von pazifistischen Weizenfarmern abstammte, die so abgehoben exzentrisch waren, daß ihr jegliches Gespür für Normalität abging.

Ihre Sonnenbräune hielt sogar im Winter, und sie hatte die weichste Haut, die ich je berührt habe. Kleine Lichter spielten in ihren Augen, wenn man in sie hineinschaute, sich darin verlor. Sie sah, daß ich sie anlächelte, setzte die Schüssel mit Krabben ab, ging an mir vorbei, als wolle sie die Angelruten überprüfen, und dann spürte ich sie hinter mir, spürte, wie sich ihre Brüste weich an meinen Hinterkopf drückten. Dann zerwühlten ihre Hände mein Haar, das sie mir wie ein Knäuel schwarzer Schlangen über die Augen legte, und ihre Finger tasteten über mein Gesicht, den Schnurrbart, meine Schultern, die Narbe von einer Tretfalle, einem *pungi-stick*, auf meinem Bauch, die aussah wie ein platter grauer Wurm, bis ihre so unschuldig gewährte Zärtlichkeit mir das Gefühl gab, daß all meine Jahre, meine früheren Liebesaffären und meine kaputte Leber völlig bedeutungslos waren. Vielleicht war ich verblödet, vielleicht aber auch einfach glücklich, denn schließlich läßt sich jedes alternde Tier widerspruchslos von der Jugend verführen. Doch ihre Liebe war keine Verführung; sie war noch nach einem Jahr Ehe beharrlich und stets gegenwärtig, sie liebte mich freudig und bedingungslos. Sie hatte ein erdbeerförmiges Muttermal über der rechten Brust, und wenn wir miteinander schliefen, füllte es sich mit Blut, bis es dunkelrot wurde. Sie kam um den Stuhl herum, setzte sich auf meinen Schoß, rieb mit der Hand über den dünnen Schweißfilm auf meiner Brust und kitzelte meine Wange mit ihrem Wuschelhaar. Sie rutschte auf meinem Schoß herum, spürte, wie ich hart wurde, sah mir wissend in die Augen und flüsterte, als könne man uns belauschen: »Komm, holen wir die Luftmatratze aus dem Spind.«

»Und was machst du, wenn ein Flugzeug der Küstenwache kommt?«

»Winken.«

»Was ist, wenn eine Angelschnur abspult?«

»Ich versuche, dich abzulenken.«

Ich wandte den Blick von ihr und schaute zum südlichen Horizont.

»Dave?«

»Da kommt ein Flugzeug.«

»Wie oft bekommst du einen Antrag von deiner eigenen Frau? Laß die Gelegenheit nicht vorbeigehen, Skipper.« Ihre blauen Augen waren freudig und voll Licht.

»Nein, schau, der hat Schwierigkeiten.«

Es war eine hellgelbe zweimotorige Maschine, und ein langer Schweif aus dickem schwarzen Rauch quoll hinter der Kanzel aus dem Rumpf und verlor sich am Horizont. Der Pilot versuchte verzweifelt, Höhe zu gewinnen, und jagte beide Motoren auf höchste Drehzahl, doch die Tragflächen kippten ab, ließen sich nicht ausrichten, und die Maschine stürzte auf das Wasser zu. Sie raste an uns vorbei, und hinter den Glasfenstern konnte ich Gesichter erkennen. Der Rauch wirbelte aus einem gezackten Loch kurz vor dem Schwanz.

»O Dave, ich glaube, ich hab' da drin ein Kind gesehen«, rief Annie.

Der Pilot mußte versucht haben, es bis Pecan Island zu schaffen, um dort im Schilfgras eine Bruchlandung zu machen, doch plötzlich lösten sich Teile des Ruders wie Fetzen nasser Pappe, und das Flugzeug kippte jäh nach Backbord ab und beschrieb einen Halbkreis. Beide Motoren setzten jetzt aus. Rauch kräuselte dick und schwarz wie bei einem Ölbrand, und es krachte hart mit einer Tragfläche aufs Wasser, überschlug sich in der Luft wie ein Wirbelstock und landete in einer gewaltigen Kaskade aus grünem und weiß aufschäumendem Wasser und treibendem Seetang auf dem Rücken.

Das Wasser kochte und verzischte auf den überhitzten Motorverkleidungen, und das Loch im hinteren Teil des Rumpfes schien die See förmlich ins Innere der Maschine zu saugen. Binnen Sekunden schwand das leuchtende Gelb der Unterseite des Flugzeugs in den niedrigen Wellen, die darüber hinwegspülten. Ich konnte die Türen nicht sehen, rechnete aber jeden Augenblick damit, daß jemand mit einer Schwimmweste an der Wasseroberfläche auftauchte. Statt dessen stiegen große Luftblasen von der Kanzel auf, und ein schmieriger Film aus Öl und Benzin trübte den schimmernden Widerschein der Sonne auf den Tragflächen.

Annie funkte auf Kurzwelle mit der Küstenwacht. Ich befreite den Anker aus dem Schlick, warf ihn scheppernd in den Bug, kippte den großen Chrysler-Motor ins Wasser, hörte den Auspuff unter der Wasserlinie husten und hielt mit Vollgas auf das Wrack zu. Wind und Gischt waren wie ein kühler Schlag ins Gesicht. Aber jetzt war von dem Flugzeug nur mehr ein schwaches goldenes Schimmern in der größer werdenden Öl- und Benzinlache zu sehen, die aus geborstenen Zuleitungen leckte.

»Nimm das Ruder«, sagte ich.

Ich konnte ihr die Gedanken vom Gesicht ablesen.

»Wir haben beim letztenmal die Sauerstoffflaschen nicht nachgefüllt«, sagte sie.

»Ein bißchen ist noch drin. Außerdem ist es hier nicht tiefer als acht Meter. Wenn sie nicht im Schlamm festsitzen, kann ich die Türen aufkriegen.«

»Dave, es ist tiefer als acht Meter. Das weißt du selber. Quer durch den Pass verläuft ein Graben.«

Ich nahm die zwei Sauerstoffflaschen aus der Halterung und schaute auf die Druckmesser. Sie waren beide fast leer. Ich zog mich bis auf die Unterhose aus, hakte den Gewichtsgürtel um, legte eine Sauerstoffflasche und die Tauchermaske an und schob mir die Gurte der Reserveflasche über den Arm. Aus der Werkzeugkiste nahm ich ein Stemmeisen.

»Wirf den Anker ein Stück weg, damit keiner unter dem Boot hochkommt«, sagte ich.

»Laß mir die andere Flasche. Ich komm' mit runter.« Sie hatte das Gas weggenommen, und das Boot dümpelte im eigenen Kielwasser. Eine Seite ihres gebräunten Gesichts war naß von der Gischt, und ihr Haar klebte an der Haut.

»Wir brauchen dich hier oben, Babe«, sagte ich und ließ mich über die Bordwand fallen.

»Verdammter Kerl, Dave«, hörte ich sie mir noch hinterherrufen, als ich unter metallischem Dröhnen mit den Sauerstoffflaschen die Wasseroberfläche durchbrach.

Der Grund des Golfs war geradezu ein Museum der Seefahrtsgeschichte. Beim jahrelangen Tauchen mit Schnorchel und Flasche hatte ich von Korallen zusammengehaltene Haufen spanischer Kanonenkugeln gefunden, Übungstorpedos der US Navy und das plattgedrückte Heckteil eines Nazi-U-Boots, das 1942 hier versenkt worden war, ein Rennboot, das Schmuggler geflutet hatten, bevor die Küstenwacht sie gestellt hatte, und sogar das zusammengefallene und verbogene Wrack der Ölbohrinsel, auf der mein Vater vor über zwanzig Jahren umgekommen war. Sie lag in fünfundzwanzig Meter Tiefe seitwärts im Schlamm, und an dem Tag, an dem ich hinuntergetaucht war, peitschten und sangen die Stahltaue an ihren Verstrebungen wie Hämmer, die hallend auf ein gewaltiges Sägeblatt einschlagen.

Die Propeller tief in den grauen Sand gebohrt, lag das Flugzeug rücklings am Rand des Meeresgrabens. Luftblasen stiegen von Tragflächen und Fenstern auf. Ich spürte, wie das Wasser mit zunehmender Tiefe kälter wurde, und jetzt konnte ich Krebse und Flußbarsche erkennen, die blitzschnell über den Boden huschten, und ich sah Sand von den Schwingen der Stachelrochen aufwirbeln, die in wellenförmigen Bewegungen wie Schatten an den Wänden des Grabens entlangglitten.

Ich tauchte hinunter zur Luke der Pilotenkanzel, streifte mir den Ersatztank vom Arm und schaute durchs Fenster. Kopfüber starrte er zurück, das blonde Haar wogte in der Strömung, die blicklosen grünen Augen waren wie harte, wäßrige Murmeln. Ein kleine, untersetzte Frau mit langem schwarzen Haar war am Nebensitz festgeschnallt, und ihre Arme schwangen vor dem Gesicht hin und her, als versuche sie noch immer, die schreckliche Erkenntnis abzuwehren, daß ihr Leben zu Ende war. Ich hatte früher schon Ertrunkene gesehen, und deren Miene hatte wie vor Erschrecken geronnen gewirkt, ähnlich den Gesichtern, die ich nach Bombenanschlägen in Vietnam gesehen hatte. Ich hoffte nur, daß diese beiden nicht lange hatten leiden müssen.

Ich trat Sandwolken vom Grund los, und in dem trüben, gringelben Licht konnte ich kaum durch das Fenster der hinteren Luke sehen. Ich hielt mich flach, griff der Balance wegen nach dem Lukengriff und drückte meine Maske wieder an das Fenster. Ich konnte einen großen Mann mit dunklem Teint in einem rosa Hemd erkennen, das voller Taschen und Laschen war, neben ihm eine Frau, die aus dem Sitzgurt geschleudert worden war. Auch sie war untersetzt und hatte das gleiche breite, ledrige Gesicht wie die Frau auf dem Vordersitz, und das blumenbedruckte Kleid wogte um ihren Kopf. Dann – die Sauerstoffflasche war leer und die Luft wurde knapp – fing mein Herz an zu rasen: In der Kabine war jemand am Leben.

Ich sah die kurzen nackten Beine, die wie Scheren ausschlugen, den nach oben gedrehten Kopf und Mund in einer Lufttasche im hinteren Teil der Kabine. Ich zerrte die leere Flasche von meinem Rücken und riß am Lukengriff, doch die Tür saß im Schlick fest. Ich zog noch einmal, kräftig genug, daß sie sich ein paar Zentimeter vom Rahmen löste, schob das Stemmeisen hinein und setzte es an der metallenen Rückwand an, bis ich spürte, daß ein Scharnier brach und die Tür über den Sand scharrte. Jetzt platzte mir fast die Lunge, meine Zähne knirschten beim Ausatmen aufeinander, und die Rippen fühlten sich wie Messer in meiner Brust an.

Ich ließ das Stemmeisen fallen, griff nach dem Ersatztank, riß das Ventil auf und schob mir den Schlauch in den Mund. Luft strömte in mich wie kühler Wind, der über schmelzenden Schnee weht. Dann atmete ich ein paarmal tief durch, schloß das Ventil wieder, blies das Fenster meiner Maske klar und schob mich in die Maschine.

Doch der Mann im rosa Hemd war mir im Weg. Ich ließ den Verschluß seines Sicherheitsgurts aufschnappen und versuchte, ihn am Hemd vom Sitz zu zerren. Sein Genick mußte gebrochen sein, denn sein Kopf rollte auf den Schultern wie auf einem Blumenstengel. Dann riß das Hemd unter meinen Händen, und ich sah eine rot-grüne Schlange, die oberhalb seiner rechten Brustwarze eintätowiert war, und etwas klickte in meinem Kopf wie ein Kameraverschluß, rief blitzartig die Erinnerung an Vietnam in mir wach. Ich packte ihn am Hosengürtel, griff unter seinen Arm und schob ihn nach vorn ins Cockpit. Er rollte langsam und in einem sanften Bogen vorwärts und landete zwischen dem Piloten und dem vorderen Passagiersitz, der Mund offen, den Kopf auf das Knie des Piloten gelegt wie ein demütiger Hofnarr.

Ich mußte sie herausholen, schnell. Ich konnte den hin- und herdriftenden Ballon aus Luft sehen, in dem sie atmete, und es gab nicht genügend Platz, daß ich hineinschwimmen und ihr erklären konnte, was wir tun mußten. Außerdem konnte sie kaum älter als fünf Jahre sein, und ich bezweifelte, daß sie Englisch sprach. Ich hielt sie an der Hüfte, betete darum, daß sie ahnte, was ich tun mußte, dann zerrte ich die jetzt verzweifelt mit den Beinen Strampelnde durchs Wasser und die Tür nach draußen.

Kurz sah ich ihr Gesicht. Sie war am Ertrinken. Der Mund war offen, und sie schluckte Wasser, der Blick war hysterisch vor Entsetzen. Das kurzgeschnittene schwarze Haar umfloß ihren Kopf wie Entenflaum, und sie hatte fahle, blutleere Flecken auf den sonnengebräunten Wangen. Ich überlegte, ob ich versuchen sollte, ihr den Sauerstoffschlauch in den Mund zu schieben, doch ich wußte, daß ihr ein Luftpfropf die Kehle verschloß und sie ersticken würde, bevor ich sie oben hätte. Ich hakte den Gewichtsgürtel los, spürte, wie er in einer Wolke aus wirbelndem Sand versank, verschränkte die Arme um ihre Brust und stieß uns mit aller Macht nach oben, zur Wasseroberfläche.

Ich konnte die schwarz schimmernden Umrisse des Wannenboots über mir erkennen. Annie hatte den Motor abgestellt, und das Boot zerrte in der Strömung an der Ankerleine. Ich hatte jetzt seit fast zwei Minuten keine Luft geholt, und meine Lunge fühlte sich an wie mit Säure gefüllt. Ich hielt meine Füße nach unten, trat heftig aus, Luftbläschen drangen zwischen meinen Zähnen hervor, der Luftpfropf in meiner Kehle war kurz davor nachzugeben, und ich würde eine Wasserflut schlucken, die meine Brust wie Beton füllte. Dann sah ich, wie das Sonnenlicht an der Oberfläche heller wurde, wie eine gelbe Flamme, die auf den kleinen Wellen tanzte und die Öllachen aufglänzen ließ, spürte die Unterwasserströmung plötzlich lau werden, berührte rotbraune Seegrasbüschel, die gemächlich drehend unter den Wellen trieben. Und dann brachen wir durch an die Luft, in den heißen Wind, in eine Kuppel aus blauem Himmel und weißen Wolken und braunen Pelikanen, die über uns dahinsegelten wie freundliche Hüter.

Ich packte die unterste Sprosse der Reling mit einer Hand und stemmte das kleine Mädchen hoch in Annies Arme. Sie fühlte sich so leicht an, als seien ihre Knochen hohl wie bei einem Vogel. Annie zog sie an Deck und streichelte ihr Kopf und Gesicht, während die Kleine schluchzte und sich in Annies Schoß erbrach. Ich war zu geschwächt, um gleich aus dem Wasser zu klettern. Statt dessen starrte ich einfach auf die roten Handabdrücke auf den zitternden Schenkeln des Mädchens, da, wo die Mutter es hochgehalten hatte in die Lufttasche, während sie selbst ihr Leben verlor. Und ich wünschte mir, diejenigen, die für Heldentaten im Krieg Orden verliehen, verstünden mehr vom Wesen der Tapferkeit.

Ich wußte, daß Menschen, denen Wasser in die Lunge dringt, leicht eine Lungenentzündung bekommen. Daher fuhren Annie und ich das kleine Mädchen in das katholische Krankenhaus von New Iberia, der kleinen Zuckerstadt am Bayou Teche, in der ich aufgewachsen bin. Das Krankenhaus war ein grauer Steinbau, zurückgesetzt vom Bayou und von einer Gruppe spanischer Eichen umstanden; in den Pergolas über den Wegen wuchsen purpurne Glyzinien, und der Rasen war bunt gesprenkelt mit gelbem und rotem Hibiskus und flammenden Azaleen. Wir gingen hinein, und Annie trug das kleine Mädchen nach hinten in die Notaufnahme, während ich am Empfangspult einer schwergebauten Nonne in weißer Tracht gegenübersaß, die das Aufnahmeformular für das Mädchen ausfüllte.

Das Gesicht der Nonne war groß und rund wie ein Kuchenteller, und ihr Schleier spannte so fest um die Stirn wie das Visier eines mittelalterlichen Ritters.

»Wie lautet ihr Name?« sagte sie.

Ich starrte nur zurück.

»Wissen Sie ihren Namen?«

»Alafair.«

»Und der Nachname?«

»Robicheaux.«

»Ist sie Ihre Tochter?«

»Gewiß.«

»Sie ist wirklich Ihre Tochter?«

»Natürlich.«

»Hmm«, sagte sie und füllte das Formular weiter aus. Dann: »Ich will noch mal nach ihr sehen. Wie wär's, wenn Sie sich in der Zwischenzeit dieses Blatt ansehen und sich vergewissern, daß ich alles richtig aufgeschrieben habe?«

»Ich vertraue Ihnen, Schwester.«

»Oh, da wär' ich nicht so voreilig.«

Sie ging mit schwerem Schritt den Flur entlang, während die schwarzen Perlen des Rosenkranzes um ihre Hüfte schwangen. Sie hatte die Statur eines Preisboxers, dessen Karriere zu Ende ist. Ein paar Minuten später war sie zurück, und mir wurde immer mulmiger.

»Also, was für eine interessante Familie Sie doch haben«, sagte sie. »Haben Sie gewußt, daß Ihre Tochter nur Spanisch spricht?«

»Wir lernen es gerade auf der Berlitz School.«

»Und dann Sie, was sind Sie doch schlau«, sagte sie.

»Wie geht es ihr, Schwester?«

»Ihr geht's gut. Ein bißchen verängstigt zwar, aber es sieht so aus, als wär' sie genau bei der richtigen Familie.« Sie lächelte mich an.

Im Süden hatten sich die nachmittäglichen Regenwolken zusamengeballt, als wir die Zugbrücke über den Bayou überquerten und auf der East Main Street in das Randgebiet der Stadt fuhren. Gewaltige Eichen wuchsen zu beiden Seiten der Straße; ihre dikken Wurzeln brachen durch das Pflaster der Bürgersteige, ihre ausladenden Äste bildeten darüber einen sonnengesprenkelten Baldachin. Entlang der East Main standen Häuser im Kolonialstil und viktorianische Bauten mit »Witwensteigen«, umlaufenden Veranden im ersten Stock, und hier und da mit schimmernden weißen Türmchen, überwachsen von Jasmin und lila Günselranken. Das kleine Mädchen, das ich spontan nach meiner Mutter Alafair genannt hatte, saß im Pickup zwischen uns. Die Nonnen hatten ihre feuchten Sachen behalten und ihr ein Paar ausgeblichene Kinderjeans und ein übergroßes Softball-Hemd mit dem Aufdruck *New Iberia Pelicans* angezogen. Auf ihrem Gesicht zeigte sich Erschöpfung, die Augen waren stumpf und blicklos.

Wir rumpelten über eine weitere Zugbrücke und hielten vor einem Obststand, den ein Schwarzer unter einer großen Zypresse am Rand des Bayou betrieb. Ich kaufte uns drei heiße *boudin*, einen Ring große Rotwürste, eingeschlagen in Wachspapier, Eiskugeln in einer Waffeltüte und ein Körbchen mit Erdbeeren, die wir später mit Eiscreme essen wollten. Annie schob Alafair das Eis mit einem Holzlöffelchen in den Mund.

»Kleine Häppchen für kleine Leute«, sagte sie.

Alafair öffnete den Mund wie ein Vogel. Sie blinzelte schläfrig unter langen Wimpern.

»Warum hast du vorhin gelogen?« fragte Annie.

»Weiß ich selber nicht.«

»Dave . . .«

»Wahrscheinlich ist sie eine Illegale. Warum also den Nonnen Schwierigkeiten machen?«

»Was macht das denn aus, ob sie eine Illegale ist oder nicht?«

»Weißt du, ich traue den Sesselpupern und Bleistiftakrobaten von der Regierung nicht. Deswegen.«

»Mir ist, als hätte ich gerade die altvertraute Stimme des Polizisten aus New Orleans gehört.«

»Annie, die Einwanderungsbehörde schickt sie zurück.«

»Aber das tun sie doch einem Kind nicht an, oder?«

Darauf wußte ich keine Antwort. Doch mein Vater, der sein Leben lang Fischer, Trapper und Ölarbeiter gewesen war, der weder lesen noch schreiben konnte, Cajun-Französisch sprach und eine Art Englisch, das man kaum als Sprache bezeichnen konnte, verfügte über ein paar Maxime für fast jede Lebenslage. Eine davon ließ sich ungefähr übersetzen mit: »Wenn du Zweifel hast, unternimm nichts.« In Wirklichkeit hätte er etwa folgendes gesagt (zum Beispiel zu dem reichen Zuckerrohrpflanzer, dessen Besitz an den unseren grenzte): »Sie haben mir nichts von Ihrer Sau in meinem Zuckerrohr erzählt, nein, deswegen wollt' ich ihr auch nicht weh tun, als ich ihr mit dem Traktor über den Kopf gefahren bin, und hab' sie aufgegessen.«

Ich fuhr über den Sandweg zu meinem Fischköderladen und Bootsverleih am Bayou. Leichter Regen setzte ein, platschte durch das Laubdach der Eichen, und die Tropfen hüpften wie Erbsen auf dem Wasser des Bayou, klatschten auf die Blätter der Teichrosen, die vom Uferrand ins Wasser hineinwuchsen. Ich sah, wie die Brassen am äußeren Saum der Seerosen und des überfluteten Röhrichts nach Insekten schnappten. Von fern brachten die Fischer die Boote in mein Dock, und die zwei Schwarzen, die für mich arbeiteten, zogen die Segeltuchplane über die Veranda an der Schmalseite des Fischköderladens und räumten die Bierflaschen und Picknickpappteller von den Kabeltrommeln aus Holz, die ich als Tische benutzte.

Mein Haus stand etwa hundert Meter vom Bayou entfernt in einem Pecanohain. Es war aus ungestrichenen Eichen- und Zypressenstämmen gebaut, vorn mit einer wellblechüberdachten Galerie, einem ungepflasterten Hof, Kaninchenställen, einer verfallenen Scheune auf der Rückseite und kurz hinter dem Ende des Pecanohains war ein Wassermelonengarten. Manchmal, bei starkem Wind, hörten sich die auf das Blechdach der Veranda prasselnden Pecanonüsse wie Kartätschenkugeln an.

Alafair war auf Annies Schoß eingeschlafen. Als ich sie ins Haus trug, schaute sie nur einmal zu mir auf, als sei sie kurz aus einem Traum erwacht, und schloß die Augen gleich wieder. Ich legte sie im Nebenzimmer ins Bett, stellte den Fensterventilator an und schloß leise die Tür. Ich saß draußen auf der Veranda und beobachtete den Regenvorhang, der sich über den Bayou legte. Die Luft roch nach Bäumen, nassem Moos und feuchter Erde.

»Willst du was essen?« fragte Annie, die jetzt hinter mir stand.

»Nein, jetzt nicht, danke.«

»Was machst du hier draußen?«

»Nichts.«

»Ich schätze, deswegen schaust du auch immer die Straße hinunter«, sagte sie.

»Die Leute in diesem Flugzeug passen nicht zueinander.«

Ich spürte ihre Finger auf meiner Schulter.

»Ich habe ein Problem, Officer«, sagte sie. »Mein Ehemann kann nicht aufhören, Detective bei der Mordkommission zu spielen. Eine fixe Idee. Wenn ich versuche, ihn scharf zu machen, ist er mit seinen Gedanken immer ganz woanders. Was fängt ein Mädchen da bloß an?«

»Sie greift sich einen Burschen wie mich. Ich bin immer bereit einzuspringen.«

»Ich weiß nicht recht. Sie sind so damit beschäftigt, den Regen zu beobachten.«

»Eins der wenigen Dinge, dich ich gut kann.«

»Sind Sie sicher, daß Sie Zeit haben, Officer?« sagte sie, und ihre Arme glitten über meinen Bauch, und sie drückte ihre Brüste fest an mich.

Ich kann ihr so gut wie nie widerstehen. Sie war wunderschön anzuschauen. Wir gingen in unser Schlafzimmer, wo der Fensterventilator und ein Luftbefeuchter summten und sie lächelte mir zu, während sie sich auszog und fing an zu singen: *»Baby Love, my baby love, oh how I need you, my baby love . . .«*

Sie setzte sich auf mich, die schweren Brüste dicht vor meinem Gesicht, vergrub die Finger in meinem Haar und schaute mir mit sanftem, liebevollem Blick in die Augen. Jedesmal wenn ich ihre Schulterblätter mit meinen Handballen drückte, küßte sie mich auf den Mund und preßte die Schenkel zusammen, und ich sah das erdbeerförmige Muttermal auf ihrer Brust dunkler werden, ein tiefes Scharlachrot, und ich spürte, wie es in meiner Brust zu zucken anfing, meine Lenden schmerzhaft krampften, sah ihr Gesicht weich und klein über mir werden, und dann spürte ich plötzlich, wie sich etwas in mir losriß und schmolz wie ein großer Felsbrocken, der in ein Flußbett stürzt und mit der Strömung davontreibt.

Dann lag sie dicht bei mir und schloß mir mit den Fingern die Augen, und ich spürte, wie die kühle Luft vom Ventilator über die Laken strich wie der Wind draußen im Golf im dunstigen Licht des Sonnenaufgangs.

Es war später Nachmittag, und es regnete noch immer, als ich von Kinderweinen geweckt wurde. Es war, als wäre mein Schlaf dadurch gestört worden, daß mich ein Engelsflügel sanft streifte. Ich ging barfuß ins Schlafzimmer, wo Annie auf der Bettkante saß und Alafair an ihre Brust gedrückt hielt.

»Jetzt ist wieder alles in Ordnung«, sagte Annie. »Es war nur ein böser Traum, nicht wahr? Träume können dir nicht weh tun.

Wir fegen sie einfach weg und waschen dir das Gesicht, und dann essen wir ein bißchen Eiscreme und Erdbeeren mit Dave und Annie.«

Das kleine Mädchen klammerte sich an Annies Brust und schaute mich aus runden, verängstigten Augen an. Annie drückte sie und küßte sie aufs Haar.

»Dave, wir müssen sie unbedingt behalten«, sagte sie.

Wieder gab ich ihr keine Antwort. Ich saß den ganzen Abend draußen auf der Veranda und beobachtete, wie sich das Licht auf dem Bayou purpurn färbte, hörte den Zikaden zu und dem Regen, der aus den Bäumen tropfte. Zu einer gewissen Zeit meines Lebens hatte Regen für mich stets die Farbe von nassem Neonlicht oder Jim Beam gehabt. Jetzt sah er schlicht wie Regen aus. Er roch nach Zuckerrohr, nach den Zypressen entlang dem Bayou, nach der gold- und scharlachfarbenen Wunderblume, deren Blüten sich im kühlen Schatten öffnen. Doch als ich die Leuchtkäfer im Pecanohain aufflammen sah, konnte ich nicht leugnen, daß mich innerlich ein leichtes Zittern befiel, wie ich es aus Nachtcafés kannte, wenn der Regen streifig über neonhelle Fenster rann.

Ich beobachtete weiter den Sandweg, doch er blieb leer. Gegen neun Uhr sah ich ein paar Kinder in einem Einbaum draußen auf dem Bayou, die Frösche mit einem Fischrechen einholten. Die Scheinwerfer der Kinder tanzten durch Schilf- und Rohrdickicht, und ich konnte hören, wie ihre Paddel laut platschend ins Wasser eintauchten. Eine Stunde später schob ich den Riegel vor die Fliegentür, schaltete die Lichter aus und legte mich neben Annie ins Bett. Das kleine Mädchen schlief auf der anderen Seite. Im Mondschein, der durchs Fenster fiel, sah ich Annie lächeln, ohne daß sie die Augen öffnete. Dann legte sie mir den Arm über die Brust.

Er kam früh am nächsten Morgen, als die Sonne noch dunstig und weich in den Bäumen hing, er kam, bevor die Regenpfützen auf dem Weg getrocknet waren, so daß sein Regierungswagen eine Negerfamilie mit Schlamm bespritzte, die, auf Zuckerrohrstöcke gestützt, auf meinen Anlegesteg zugeschlendert kam. Ich ging in die Küche, wo Annie und Alafair gerade ihr Frühstück beendeten.

»Warum nimmst du sie nicht mit runter zum Teich, die Enten füttern?« sagte ich.

»Ich dachte, wir fahren in die Stadt und kaufen ihr was zum Anziehen.«

»Das können wir später machen. Hier ist altes Brot. Geht durch die Hintertür und haltet euch zwischen den Bäumen.«

»Was ist los, Dave?«

»Nichts. Nur unwichtiger Scheiß. Ich erzähl's dir später. Nun komm schon, verschwinde!«

»Ich wüßte gern, seit wann du so mit mir sprichst.«

»Annie, ich meine es ernst«, sagte ich drängend.

Ihr Blick schoß an mir vorbei in die Richtung, aus der das Geräusch des durch die Pecanobäume nahenden Wagens kam. Sie griff sich den Zellophanbeutel mit altem Brot, nahm Alafair an der Hand und ging durch die hintere Fliegendrahttür zwischen den Bäumen auf den Teich am Ende unseres Grundstücks zu. Nur einmal schaute sie zurück, und ich konnte ihrem Gesicht ansehen, daß sie alarmiert war.

Das Kammgarnjackett über die Schulter gehängt, entstieg der Mann einem grauen Wagen aus dem Fuhrpark der US-Regierung. Er war mittleren Alters, etwas fett um die Hüfte und trug eine Fliege. Die Haare waren sorgfältig in Strähnen über die kahlen Stellen gelegt.

Ich ging ihm auf der Veranda entgegen. Er sagte, sein Name sei Monroe, Einwanderungs- und Einbürgerungsamt in New Orleans. Während er redete, wanderte sein Blick ins Halbdunkel des Hauses.

»Ich würde Sie reinbitten, aber ich bin auf dem Weg zum Dock«, sagte ich.

»Das geht in Ordnung. Ich muß Sie nur ein oder zwei Sachen fragen«, sagte er. »Warum haben Sie eigentlich nicht auf die Küstenwache gewartet, nachdem Sie sie auf der Notfrequenz gerufen haben?«

»Weswegen sollte ich?«

»Die meisten Leute würden gern in der Nähe bleiben. Schon aus Neugier. Wie oft sieht man schon ein Flugzeug abstürzen?«

»Meine Frau hat die Position durchgegeben. Öl- und Benzinflecken konnte man deutlich auf dem Wasser erkennen. Die haben uns nicht gebraucht.«

»Na so was«, sagte er und zog eine Zigarette aus seiner Hemdtasche. Er rollte sie zwischen den Fingern hin und her, ohne sie anzuzünden und blickte an mir vorbei auf die Pecanobäume. Die Tabakfasern knisterten trocken im Papier. »Trotzdem, ich hab' da ein Problem. Ein Taucher hat unten einen Koffer mit Kindersachen gefunden. Um genau zu sein, die von einem kleinen Mädchen. Aber in diesem Flugzeug war kein Kind. Was würden Sie daraus schließen?«

»Ich komm' zu spät zu meiner Arbeit, Mr. Monroe. Hätten Sie Lust, zu Fuß mit mir zum Dock zu laufen?«

»Sie mögen Regierungsleute nicht, was?«

»Soviel kenn' ich nicht. Manche sind nette Burschen, andere nicht. Ich schätze, Sie haben meine Akte eingesehen.«

Er zuckte die Achseln.

»Warum, glauben Sie, würden Illegale Kinderkleidung bei sich haben, wenn kein Kind dabei ist? Ich rede hier von Leuten, die aus ihrer Bananenrepublik abhauen, kurz bevor die Nationalgarde sie zu Hundefutter verhackstückt. Zumindest schreiben das die Zeitungen.«

»Ich weiß nicht.«

»Ihre Frau hat der Küstenwacht gemeldet, Sie hätten vor, zum Wrack hinunterzutauchen. Wollen Sie mir etwa erzählen, daß Sie da unten nur drei Leute gesehen haben?«

Ich starrte ihn an.

»Was meinen Sie damit, drei?« fragte ich.

»Der Pilot war ein Priester namens Melancon aus Lafayette. Wir hatten ihn schon seit einiger Zeit unter Beobachtung. Wir glauben, die beiden Frauen waren aus El Salvador. Der Priester hat jedenfalls schon früher Leute von dort ausgeflogen.«

»Was ist mit dem Kerl in dem rosa Hemd?«

Seine Miene war verblüfft. Die Augen wurden vor Verwirrung stumpf. »Wovon reden Sie eigentlich?« sagte er.

»Ich hab' ihm beinahe das Hemd vom Leib gerissen. Er hat hinten gesessen. Genick gebrochen, und über der einen Brustwarze hatte er eine Tätowierung.«

Er schüttelte bedächtig den Kopf. Jetzt zündete er seine Zigarette an und blies Rauch in das gesprenkelte Sonnenlicht.

»Entweder sind Sie ein guter Geschichtenerzähler, oder Sie sehen Dinge, von denen sonst niemand weiß«, sagte er.

»Wollen Sie mich etwa einen Lügner nennen?« fragte ich ruhig.

»Ich streite mit Ihnen nicht um Worte, Mr. Robicheaux.«

›Mir scheint, daß Sie genau das vorhaben.«

»Also, in einem haben Sie schon recht. Ich habe mir erst Ihre Akte kommen lassen, bevor ich hergefahren bin. Ihre Bilanz ist ganz erstaunlich.«

»Was heißt das?«

»Sie haben drei oder vier Leute umgelegt, darunter einen Kronzeugen der Regierung. Wirklich knallhart. Möchten Sie, daß ich mit 'nem Haftbefehl wiederkomme?«

»Ich glaube nicht, daß ich Sie in der nächsten Zeit zu Gesicht bekommen werde. Sie sind schiefgewickelt, Partner. Ihre Leute sind da an was dran, in das man Sie nicht eingeweiht hat.«

Ich sah, wie seine Augen sich trübten.

»Wenn ich Sie wäre, würde ich mich um meine eigenen Angelegenheiten scheren«, sagte er.

»Da ist noch was, was ich Ihnen nicht gesagt habe. Die UPI in New Orleans hat mich gestern abend angerufen. Ich hab' denen erzählt, daß in diesem Flugzeug vier Tote gewesen sind. Ich hoffe nur, Ihre Leute tönen jetzt nicht überall rum, daß ich nicht zählen kann.«

»Was wir tun, darüber machen Sie sich mal besser keine Sorgen. Halten Sie sich sauber, und wir kommen bestens miteinander aus.«

»Ich glaube, Sie haben zuviel mit Illegalen geredet. Ich finde, Sie sollten ein bißchen auf Ihre Worte achten, bevor Sie mit anderen Leuten reden.«

Er ließ die Zigarette zu Boden fallen, trat sie mit dem Schuh aus und lächelte in sich hinein, als er in seinen Wagen stieg. Er ließ den Motor an. Ein Streifen Sonnenlicht fiel über sein Gesicht.

»Also, Sie haben mir den Tag gerettet«, sagte er. »Ich hab's immer gern, wenn man mich davon überzeugt, daß ich mich auf der richtigen Seite vom Zaun befinde.«

»Ach, noch eins. Als Sie hier angefahren sind, haben Sie ein paar Leute mit Schlamm bespritzt. Versuchen Sie etwas vorsichtiger zu sein, wenn Sie wegfahren.«

»Ich mach' alles, was Sie sagen«, meinte er, lächelte zu mir hoch und beschleunigte sehr behutsam.

Sehr cool, Robicheaux, dachte ich. Es gibt nichts besseres, als an den Stäben des Raubtierkäfigs zu rütteln. Doch was soll man in einer Situation wie dieser machen? Die meisten Regierungsangestellten sind keine schlechten Kerle, sie sind nur phantasielos. Sie fühlen sich wohl in einer Welt überschaubarer Regeln und stellen Autorität nur selten in Frage. Doch wenn man den wirklich Bösartigen in die Quere kommt und sie riechen, daß man Angst hat, dann versuchen sie, einen Stück für Stück auseinanderzunehmen.

Ich ging hinunter zum Anlegesteg, gab frisches Eis in die Kühlboxen für Bier und Sprudelgetränke, schöpfte die toten Lockfische aus den Ködertanks, machte Feuer in dem aufgesägten Ölfaß, das ich auf der seitlichen Veranda als Barbecue-Kohlebecken aufgestellt hatte, beträufelte die fünfundzwanzig Pfund Brathähnchen und Schweinekoteletts mit Öl und Gewürzen, die ich grillen und zur Mittagszeit verkaufen wollte, und dann bereitete ich mir ein großes Glas Dr. Pepper mit zerstoßenem Eis, Minzblättern und Kirschen zu, setzte mich an einen Tisch unter der Markise und beobachtete eine Gruppe Neger unter einer Zypresse auf dem gegenüberliegenden Ufer des Bayou beim Angeln. Sie trugen Strohhüte und saßen dicht nebeneinander auf Holzstühlen, hielten ihre Angeln aus Bambusrohr bewegungslos über den Seerosenteppich. Ich hatte nie verstehen können, warum die Schwarzen immer in geschlossenen Gruppen angelten, oder warum sie sich weigerten, von einer Stelle zur nächsten zu ziehen, wenn die Fische nicht mehr anbissen; doch ich wußte auch, wenn sie nichts fingen, hatte auch sonst niemand Glück. Einer der Schwimmer fing auf der Wasseroberfläche an zu zittern, glitt am Rand der Seerosenblätter entlang und tauchte dann unter; ein kleiner Junge riß seine Angelrute hoch, und ein großer Sonnenfisch brach durch die Wasseroberfläche, Kiemen und Bauch wie Feuer geflammt. Der Junge hielt ihn mit einer Hand, befreite den Haken vom Maul, tauchte dann die andere Hand ins Wasser und hob einen geschälten Weidenast heraus, von dem bereits tropfend Mondfische und glubschäugige Flußbarsche hingen. Ich sah ihm zu, wie er das zugespitzte Ende des Stocks durch die Kiemen des Sonnenfischs trieb, bis er aus dessen Maul ragte. Doch während ich diese Szene beobachtete, die ich aus meiner Jugend kannte, denselben glücklichen Moment im vertrauten Kreis der Menschen von damals noch einmal durchlebte, konnte ich nicht abschalten und jenen häßlichen Rauchstreifen am Himmel über dem Southwest Pass vergessen, oder die Frau, die ein Kind in einer Lufttasche hochhielt, während ihre Lunge sich mit Wasser und Benzin füllte.

An diesem Nachmittag fuhr ich nach New Iberia und kaufte mir die *Times-Picayune*. Die Agenturmeldung besagte, die Leichen von drei Personen, darunter ein katholischer Priester, seien aus dem Flugzeug geborgen worden. Herausgeber dieser Meldung war das Sheriffbüro von St. Mary. Das hieß, daß man das Sheriffbüro nur von drei Leichen unterrichtet hatte, oder daß nur drei ins Bezirksleichenschauhaus gebracht worden waren.

Es war heiß und hell am Morgen, als ich knapp außerhalb des Southwest Pass den Motor ausstellte und den Anker über Bord warf. Die Wellen schwappten um den Bug, als ich die Flossen überstreifte und die Sauerstoffflasche umschnallte, die ich frühmorgens aufgefüllt hatte. Ich legte einen Bleigurt um, ließ mich rückwärts über die Bordwand fallen und tauchte in einem Strom perlender Luftblasen hinunter zum Wrack, das noch immer rücklings am abfallenden Rand des Grabens lag. Regenfälle hatten das Wasser wolkig grün verfärbt, doch auf dreißig Zentimeter vor meiner Tauchermaske hatte ich klare Sicht. Ich kam am Bug des Flugzeugs herunter und arbeitete mich zur Kanzel vor. Das Loch, aus dem schwarzer Rauch in den Himmel gequollen war, fühlte sich unter meinen Händen gezackt und scharf an. Das Metall war nach außen gebogen, als habe eine Artilleriegranate eine Stahlplatte durchschlagen.

Alle Türen vorn waren offen, die Kanzel war leer. Zumindest

fast. Das zerrissene rosa Hemd des tätowierten Mannes schwebte in der Grundströmung am Boden hin und her. Eine der Stofflaschen hatte sich im Schloß des Sicherheitsgurts am Boden verfangen. Ich riß das Hemd los, ballte es zu einem festen Knäuel zusammen und schwamm wieder hoch in das gelbgrüne Licht an der Wasseroberfläche.

Ich hatte vor langer Zeit gelernt, dankbar für die kleinen Glücksfälle zu sein. Ich hatte außerdem gelernt, nie übereilt oder unbedacht von ihnen Gebrauch zu machen. Ich breitete das Hemd auf Deck aus und beschwerte Ärmel, Kragen und Schöße mit Angelblei. Es dauerte nicht lange, bis es im Wind und der Hitze der Deckplanken getrocknet war. Der Stoff fühlte sich steif und krustig an.

In meiner Wühlkiste stieß ich auf einen Plastikbeutel für Aale, trug das Hemd zum Ruderhaus, wo es windstill war, und fing an, mit meinem Pumamesser, das scharf wie eine Rasierklinge war, die Taschen abzutrennen. Ich fand einen Bleistiftstummel, Tabakkrümel, aufgeweichte Papierstreichhölzer, einen kleinen Kamm, Streifen von Verbandsstoff und schließlich einen Sektquirl.

Einen hölzernen Sektquirl in einer winzigen Hülle. Ich sah, daß Buchstaben darauf gedruckt gewesen waren, denn die lila Tinte war wie verschmierter Lippenstift zerlaufen.

2

Am Nachmittag des folgenden Tages parkte ich meinen Pickup an der Decatur Street nahe dem Jackson Square in New Orleans. Ich bestellte Kaffee und *beignets* im Café du Monde, schlenderte dann weiter bis zum Platz und setzte mich unweit der St. Louis Cathedral auf eine Eisenbank unter großen Bananenstauden. Es war noch etwas zu früh für das Mädchen, das ich im Smiling Jack's zu treffen hoffte, daher saß ich im warmen Schatten und schaute den schwarzen Straßenmusikern zu, die auf der sonnenabgewandten Seite der Kirche ihre Bottleneck-Gitarren spielten, und den Pflastermalern, die an der Pirates Alley Porträts von den Touristen machten. Ich habe das French Quarter schon immer geliebt. Viele Leute in New Orleans beschweren sich, daß es dort nur so wimmle von Wermutbrüdern, ausgeflippten Rauschgiftsüchtigen, Nutten, schwarzen Straßenräubern und sexuell Abartigen. Was sie behaupten, mag voll und ganz stimmen, doch mir ist das gleich. Das Viertel war schon immer so gewesen. Jean Lafitte und seine Bande von Halsabschneidern hatten vom alten New Orleans aus operiert, und ebenso James Bowie, der illegalen Sklavenhandel betrieben hatte, wenn er nicht gerade mit seinem mörderischen Messer Leute aufschlitzte. Eigentlich, so dachte ich, hatten die Nutten und Säufer und Diebe und Zuhälter ältere Rechte und Ansprüche auf das Viertel als wir anderen.

Die alten kreolischen Gebäude und engen Straßen veränderten sich nie. Palmwedel und Bananenstauden hingen über die Steinmauern und Eisentore der Höfe; unter den verschnörkelten Kolonnaden, die bis auf die Bürgersteige reichten, herrschte ewiger Schatten, und die kleinen Lebensmittelläden rochen immer nach Käse, Wurst, gemahlenem Kaffee und Kisten mit Pfirsichen und Pflaumen, ein Duftgemisch, das die Ventilatoren mit ihren hölzernen Rotorblättern nach draußen wehten. Die Ziegelsteine der Gebäude fühlten sich verwittert, kühl und glatt an, die Steinplatten in den Gassen waren ausgehöhlt und schartig vom Regenwasser, das von den Dachtraufen und Balkonen herunterlief. Manchmal, wenn man durch das verzierte Eisentor eines von Ziegelmauern eingeschlossenen Durchgangs schaute, fiel der Blick auf einen Innenhof, in dem strahlendes Sonnenlicht, purpurne Glyzinien und gelbe Kletterrosen leuchteten, und wenn der Wind richtig stand, konnte man den Fluß riechen, die feuchten Ziegelmauern, einen Springbrunnen, dessen Wasser in ein Auffangbecken tropfte, den herben Geruch von vergossenem Wein, den Efeu, der im Mörtel wurzelte wie Klauenfüße einer Eidechse, die Wunderblume, die im Schatten erblühte, und ein Gärtchen mit grüner Minze, die sich an eine sonnenhelle Stuckmauer schmiegte.

Die Schatten am Jackson Square wurden länger. Ich schaute noch einmal auf den Sektquirl, den ich in der Hemdtasche des Toten gefunden hatte. Die verschmierte Farbe darauf wirkte harmlos, doch erst heute morgen hatte ein Freund an der Universität von Lafayette ihn unter ein Infrarotmikroskop gelegt. Ein technisches Wunderding: Es konnte sowohl das Holz als auch die Farbe aufhellen und dunkler erscheinen lassen, und als mein Freund die Körnung erst scharf hervortreten und dann unscharf werden ließ, konnten wir acht von zwölf Buchstaben indentifizieren, die auf das Stäbchen gedruckt waren: SM LI G J KS.

Wie konnten Leute, die sich die Mühe machten, eine Leiche aus einem im Wasser versunkenen Flugzeug zu bergen und die Presse zu belügen (obendrein erfolgreich), so sorglos sein, das Hemd des toten Mannes zurückzulassen, damit es ein Fischköderverkäufer fand? Die Antwort war leicht: Menschen, die lügen, Intrigen spinnen, manipulieren und stehlen, tun das gewöhnlich deswegen, weil es ihnen an Verstand und Voraussicht fehlt. Die Watergate-Einbrecher waren keine Schmalspurganoven, keine Achtgroschenjungs gewesen. Es waren Kerle, die für die CIA und das FBI gearbeitet hatten. Sie waren gefaßt worden, weil sie das Schnappschloß einer Bürotür horizontal statt senkrecht mit Klebeband arretiert hatten. Ein schlechtbezahlter Wachmann hatte den Klebestreifen gesehen und ihn entfernt, jedoch keine Meldung gemacht. Einer der Einbrecher war zurückgekommen, hatte die Tür ein zweites Mal geöffnet und das Schloß auf dieselbe Weise zugeklebt. Der Wachmann hatte seine nächste Runde gemacht, das frische Klebeband entdeckt und die Polizei gerufen. Die Einbrecher waren noch im Gebäude, als die Polizei eintraf.

Ich schlenderte die kühler werdenden Straßen entlang bis zur Bourbon Street, die sich allmählich mit Touristen füllte. Familien aus Grand Rapids, Iowa, die mit offen lächelnden, in der Nachmittagssonne schimmernden Gesichtern durch den Türspalt in Striplokale und Bars schielten, in denen Frauenringkämpfe oder französische Orgien angekündigt wurden. Mit ihrer altbackenen Faszination für das Verruchte waren sie nicht weniger unschuldig als die Collegeboys, die in Gruppen zusammenstanden, Bier aus Pappbechern kippten und sich im Bewußtsein, daß ihnen Tod und Alter nichts anhaben konnten, über Straßenschauspieler und Asphaltclowns amüsierten; vielleicht auch so unschuldig wie der Geschäftsmann aus Meridian, der entzückt grinsend und betont lässig an all den Schenkeln und Brüsten vorbeischlenderte, die im Halbdunkel hinter offenen Türen lockten, aber am nächsten Morgen elend und zittrig in einem Motel neben dem alten Airline Highway aufwachen würde, während seine leere Brieftasche in der Kloschüssel schwamm und von seinen nächtlichen Erinnerungen nur ein Knäuel zuckender Vipern geblieben war, das ihm den Schweiß auf die Stirn trieb.

Smiling Jack's lag an der Ecke Bourbon und Toulouse Street. Falls Robin Gaddis noch dort strippte und immer noch den Dämon nährte, der in ihr hauste, seit sie ein kleines Mädchen war, stand sie vermutlich gegen sechs Uhr nach ihrem ersten Wodka Collins an der Bar an, warf gegen halb sieben eine Handvoll weißen Speed ein, um eine Stunde später zum schwarzen Speed überzugehen und dann das volle Dröhnprogramm aufzudrehen. Ich hatte sie zu ein paar Versammlungen der Anonymen Alkoholiker mitgenommen, doch sie hatte gesagt, das sei nichts für sie. Ich vermutete, sie gehörte zu jenen Menschen, die den festen Boden unter den Füßen verloren haben. In den Jahren, in denen ich mit ihr zu tun hatte, war sie wohl zigmal von der Sitte eingelocht worden, ein Zuhälter hatte ihr den Schenkel durchstochen, und einer ihrer Ehemänner hatte ihr mit einem Eisschlegel den Kiefer gebrochen. Als ich einmal dienstlich bei der Sozialfürsorge gewesen war, hatte ich mir ihre Familienakte herausgesucht – eine Fallgeschichte über drei Generationen, eine wahrhaft beeindruckende Studie in behördlichem Versagen und menschlicher Unzulänglichkeit. Sie war in einem Obdachlosenasyl, einem Wohnprojekt unweit des St. Louis Cemetery, als Tochter einer halbdebilen Mutter und eines Alkoholikers aufgewachsen, der ihr das uringetränkte Bettlaken um den Kopf zu wickeln pflegte, wenn sie eingenäßt hatte. Als Erwachsene hatte sie es genau eine halbe Meile weit vom Ort ihrer Geburt weg geschafft.

Doch sie war nicht in der Bar. Genauer gesagt, Smiling Jack's war fast leer. Der von Spiegeln umgebene Laufsteg hinter der Theke war noch dunkel, die Musikinstrumente der dreiköpfigen Band lagen unbenutzt in der Vertiefung am Ende des Laufstegs, und in dem öden Dämmerlicht erzeugte ein sich drehender Stroboskopenblitz ein Übelkeit erregendes Schrotkugelmuster aus Dunkelheit und Licht, das mich stets an akute Seekrankheit erinnerte. Ich fragte den Barmann, ob sie noch käme. Er war um die Dreißig und trug Hillbilly-Koteletten, einen schwarzen Fedora und ein schwarzes T-Shirt mit den Gesichtern der Three Stooges, die in einem weißlichen Farbton aufgedruckt waren.

»Da können Sie wetten«, sagte er lächelnd. »Die erste Show ist um acht. Ab Punkt halb sieben hält sie hier ihr Gluckerstündchen ab. Sind Sie ein Freund von ihr?«

»Ja.«

»Was wollen Sie trinken?«

»Haben Sie ein Dr. Pepper?«

»Wollen Sie mich verscheißern?«

»Dann geben Sie mir ein 7-Up.«

»Macht zwei Dollar. Sind Sie sicher, daß Sie Sprudelwasser trinken wollen?«

Ich legte zwei Dollar auf den Tresen.

»Ich kenn' Sie doch, stimmt's?« sagte er und lächelte wieder.

»Vielleicht.«

»Sie sind 'n Bulle, stimmt's?«

»Nee.«

»Eh, jetzt machen Sie mal halblang, Mann. Ich hab' zwei

große Talente – eins als Mixologe, das andere für Gesichter. Aber Sie sind nicht von der Sitte, stimmt's?«

»Ich bin kein Bulle.«

»Ah, warten Sie, ich hab's. Mordkommission. Sie haben früher mal im Ersten District an der Basin Street gearbeitet.«

»Jetzt nicht mehr.«

»Sind Sie versetzt worden, oder was?«

»Ich bin aus dem Geschäft.«

»Ziemlich frühe Veränderung im Leben, wie?« sagte er. Seine Augen waren grün, und er hielt sie halb geschlossen, so daß man nicht darin lesen konnte. »Erinnern Sie sich an mich?«

»Jerry Dingsbums. Vor fünf Jahren sind Sie in den Bau gegangen, weil Sie einen alten Mann mit einem Stück Rohr zusammengeschlagen haben. Wie hat's Ihnen droben in Angola gefallen?«

Seine grünen Augen wurden den Bruchteil einer Sekunde weit, schauten mich unter der Krempe des schwarzen Fedora dreist an, wurden dann schmal und verkniffen. Er fing an, mit abgewandtem Gesicht Gläser zu trocknen.

»War gar nicht schlecht. Bin viel im Freien gewesen. 'ne Menge frische Luft. Da hatte ich Gelegenheit, wieder in Form zu kommen. Ich mag Farmarbeit. Bin selber auf einer aufgewachsen«, sagte er. »He, nehmen Sie noch ein 7-Up. Sie sind gut, Mann. Ein Draufgänger wie Sie sollte noch ein 7-Up auf Kosten des Hauses bekommen.«

»Trinken Sie's für mich«, sagte ich, nahm mein Glas und verzog mich ans hintere Ende der Bar. Ich beobachtete ihn, wie er eine Zigarette anzündete, nur kurz daran paffte und sie dann wütend durch die Eingangstür unter die Touristen auf dem Bürgersteig schnippte.

Sie kam eine halbe Stunde später herein, angetan mit Sandalen, Bluejeans, die tief unten auf der Hüfte saßen, und einem abgeschnittenen Oberteil, das ihren flachen gebräunten Bauch freiließ. Anders als die meisten Stripperinnen trug sie das schwarze Haar kurz wie ein Schulmädchen von 1940, und trotz der Unmengen Schnaps, Koks und Speed, die sie in ihren Körper schüttete, sah sie noch immer gut aus.

»Spitze! Sie schicken also die erste Mannschaft wieder auf die

Straße«, sagte sie und lächelte. »Was machst du so, Streak? Ich hab' gehört, daß du wieder verheiratet bist und zurück am Bayou, wo du Würmer und so 'n Zeug verkaufst.«

»Stimmt. Ich bin jetzt bloß noch einfacher Tourist.«

»Du hast es also wirklich für immer an den Nagel gehängt, wie? Dafür braucht man Mumm. Ich meine, sich einfach abzuseilen und was Ausgeflipptes zu machen, wie Würmer an Leute verkaufen. Was hast du denen denn zum Abschied gesagt, ›Sayonara, ihr Verbrechenshüter, laßt eure Kanonen in der Hose stecken?‹«

»So ungefähr.«

»He, Jerry, sehen wir etwa so aus, als wenn wir AIDS haben? Jetzt ist Mamis Gluckgluckzeit.«

»Ich versuche, was über einen Kerl in Erfahrung zu bringen«, sagte ich.

»Also, ein Informationszentrum bin ich nun auch wieder nicht, Streak. Wolltest du nie den weißen Fleck da in deinem Haar wegmachen? Du hast das schwärzeste Haar, das ich je bei einem Mann gesehen hab', bis auf diese weiße Stelle da.« Sie berührte mit den Fingern meine Schläfe.

»Dieser Kerl hat auf der Brust eine grün-rote Schlange eintätowiert. Ich glaube, er war schon mal hier.«

»Ich werd' dafür bezahlt, daß man mir zusieht, wie ich meine Sachen ausziehe, nicht umgekehrt. Es sei denn, du meinst was anderes.«

»Ich spreche von einem großen, dunklen Typ mit einem Kopf so groß wie 'ne Wassermelone. Die Tätowierung war knapp über der Brustwarze. Falls du die je gesehen hast, vergißt du sie nicht so schnell.«

»Und warum?« Sie zündete sich eine Zigarette an, ohne den Wodka Collins aus den Augen zu lassen, den Jerry am anderen Ende der Bar für sie mixte.

»Es gab einen Tätowierungskünstler an der Bring-Cash Alley in Saigon, der dieselbe dunkelgrüne und rote Tinte verwendet hat. Seine Arbeit war im ganzen Osten berühmt. Er war mehrere Jahre in Hongkong. Englische Seeleute in aller Welt tragen seine Malereien am Körper.«

»Warum sollte ich so was schon mal gesehen haben?«

»Hör zu, Robin, ich bin immer dein Freund gewesen. Ich habe mir nie ein Urteil darüber angemaßt, was du tust. Also laß den Scheiß.«

»Ah, so ist das also, wie?« Sie nahm Jerry das Wodka-Collins-Glas aus der Hand und trank. Ihr Mund sah naß und rot und kalt aus, als sie das Glas absetzte. »Die andere Sache, die mach' ich nicht mehr. Ich hab's nicht nötig. Ich arbeite hier in dem Loch sechs Monate im Jahr, den Winter über hab' ich zwei Jobs in Fort Lauderdale. Frag deine Kumpel bei der Sitte.«

»Das sind nicht meine Kumpel. Die haben mich hängenlassen. Als ich suspendiert worden bin, hab' ich erst begriffen, was Einsamkeit eigentlich ist.«

»Wär' schön gewesen, wenn du dich mal hättest blicken lassen. Auf dich hätt' ich abfahren können, Dave.«

»Vielleicht wünsch' ich mir auch, ich hätt's damals gemacht.«

»Ach geh, ich seh's schon richtig vor mir, wie du an einem Weib festklebst, das jeden Abend für eine Bude mittelalterlicher Schnullerbabies die Titten schwingt. He, Jerry, kannst du mal von Zeitlupe umstellen auf 'n bißchen Zackzack?«

Er nahm ihr das Glas ab, füllte Wodka und Mix nach, doch er machte sich nicht die Mühe, frisches Eis oder eine Orangenscheibe beizugeben.

»Du bist ein echter Klassetyp«, sagte sie zu ihm.

»Was soll ich sagen. Es ist eine Gabe«, sagte er, ging zurück ans andere Ende des Tresens und fing an, Bierflaschen in die Kühlbox zu legen. Jedesmal wenn er eine neue Flasche hineinlegte, wandte er das Gesicht ab für den Fall, daß ihm eine explodieren sollte.

»Ich muß aus diesem Laden raus. Es wird immer verrückter«, sagte sie. »Wenn du glaubst, daß dieser Typ schon ziemlich abgedreht ist, dann mußt du erst mal seine Mutter sehen. Ihr gehört dieses Loch hier und der Souvenirladen nebenan. Die hat Haare wie 'ne Roto-Rooter-Bürste, du weißt schon, die Dinger, die man in den Abfluß schiebt und durchleiert. Nur daß sie glaubt, sie wäre 'ne Operndiva. Die trägt Fummel wie die letzte Kuh und behängt sich überall mit Straßklunkern, und morgens stellt sie immer einen Recorder auf die Bar, und sie und er schrubben dann die Klos und singen zusammen Opernarien, als hätte ihnen jemand 'ne Heugabel in' Arsch geschoben.«

»Robin, ich weiß, daß dieser tätowierte Mann hier gewesen ist. Ich brauche wirklich deine Hilfe.«

Sie schnippte die Zigarettenasche in den Aschenbecher, antwortete aber nicht.

»Schau, du hängst ihn damit nicht rein. Er ist tot«, sagte ich. »Man hat ihn zusammen mit einem Priester und illegalen Einwanderern in einem Flugzeugwrack gefunden.«

Sie blies Rauch in das kreisende Lichtgeflimmer und strich sich eine Haarsträhne aus der Stirn.

»Du meinst, er war mit den Illegalen zusammen, oder was?« fragte sie.

»So könnte man es nennen.«

»Ich wüßte nicht, was Johnny Dartez mit einem Priester und ein paar Illegalen anfangen sollte.«

»Wer ist er?«

»Er hängt hier schon seit Jahren rum, außer damals, als er bei den Marines war. Er war früher bei einer Bande von Straßendieben, mußte die Opfer ablenken.«

»Er war Taschendieb?«

»Er hat's versucht. Der war so ungeschickt, daß er meistens das Opfer umgerissen hat, bevor die anderen die Brieftasche klauen konnten. Er ist ein Versager. Ich glaub' nicht, daß er dein Mann ist.«

»Was hat er in letzter Zeit gemacht?«

Sie zögerte.

»Ich glaube, er hat Zimmerschlüssel und Kreditkarten gekauft«, sagte sie.

»Ich dachte, du wärst da raus, Kleine.«

»Na ja, ist ja auch schon 'ne Weile her.«

»Ich rede von hier und heute. Was hat der Kerl zuletzt gemacht, Robin?«

»Ich hab' gehört, daß er Muli für Bubba Rocque gespielt hat«, sagte sie und dämpfte die Stimme dabei fast zu einem Flüstern.

»Bubba Rocque?« fragte ich.

»Ja. Aber halt dich raus, ja?«

»Ich muß jetzt mal nach hinten. Willst du noch 'n Collins?« fragte Jerry.

»Ja. Und wasch dir die Hände, wenn du vom Klo kommst.«

»Weißt du, Robin, wenn du hier reinkommst, hör' ich immer so ein komisches Geräusch«, sagte er. »Ich muß ganz scharf hinhören, aber ich hör's trotzdem. Hört sich an, als würden Mäuse irgendwas anfressen. Und ich glaube, das ist dein Gehirn, was da langsam ausklinkt.«

»Wer ist Ihr Bewährungshelfer, Partner?« fragte ich.

»Ich hab' keinen. Ich bin frei und sauber rausgekommen, Höchststrafe abgesessen, alle Sünden vergeben. Versaut Ihnen das den Tag?« Er grinste mich unter dem schwarzen Fedora an.

»Nein, ich hab' mich bloß über die Rumflaschen hinter der Bar gewundert«, sagte ich. »Ich kann keine Zollbanderole sehen. Sie haben wahrscheinlich drüben im Duty-free-Laden auf den Inseln eingekauft, und dann haben Sie Ihre privaten Flaschen mit den Reserveflaschen an der Bar verwechselt.«

Er stemmte die Hände in die Hüften, schaute auf die Flaschen im Regal und schüttelte bedächtig den Kopf.

»Mann, Sie bringen mich drauf«, sagte er. »Ich bin froh, daß Sie mich drauf aufmerksam gemacht haben. Robin, an den Typ solltest du dich halten.«

»Hör damit auf, Jerry«, sagte sie.

»Er weiß, daß ich's nicht böse meine, stimmt's, Chef? Ich tret' keinem zu nah, ich komm' keinem in die Quere. Ich bin kein Anmacher. Was das ist, wissen Sie doch noch, wie, Chef?«

»Schluß der Vorstellung«, sagte ich.

»So, meinen Sie. Ich krieg' in diesem Schuppen 'n Hungerlohn und Trinkgeld, und dazu brauch' ich nicht noch Zoff. Nee, glauben Sie mir, Zoff kann ich gar nicht brauchen.«

Ich sah ihm nach, als er in den Vorratsraum am Ende der Bar ging. Er lief wie ein gelernter Zuchthäusler und notorischer Klugscheißer, beweglich nur von der Hüfte abwärts, der Rumpf steif, die Arme angelegt, ein Typ, der den Rest seines Lebens ein Drehtürknacki sein würde, über den immer irgendwo eine Akte existierte. Was brachte solche Typen hervor? Defekte Gene? Aufwachsen in einem elenden Dreckloch? Schlechte Hygiene? Auch nach vierzehn Jahren bei der Polizei in New Orleans hatte ich dafür keine Erklärung.

»Das mit Bubba Rocque, das hab' ich nur so gehört. Ich meine, das stammt nicht von mir, okay?« sagte sie. »Bubba ist verrückt, Dave. Ich kenn' ein Mädchen, die wollte sich unabhängig machen. Seine Ganoven haben sie in Benzin getaucht und in Brand gesetzt.«

»Du hast mir nichts erzählt, was ich nicht längst über Bubba weiß, verstanden? Du bist keine Quelle.«

Aber ich sah, daß in ihren Augen noch immer die Angst flakkerte.

»Hör mal, ich kenn' ihn schon mein Leben lang«, sagte ich. »Er besitzt immer noch ein Haus außerhalb von Lafayette. Du kannst mir nichts über ihn erzählen, was ich nicht schon weiß.«

Sie atmete tief durch und nahm einen Schluck aus ihrem Glas.

»Ich weiß, daß du ein guter Cop gewesen bist, und so weiter und so fort«, sagte sie. »Aber es gibt 'ne ganze Menge, was ihr Burschen einfach nicht seht. Könnt ihr gar nicht. Ihr lebt nicht mitten drin, Streak. Du bist nur auf Besuch.«

»Ich muß jetzt weg, Kindchen«, sagte ich. »Wir wohnen ein kleines Stück südlich von New Iberia. Falls du jemals Lust haben solltest, im Boots- und Ködergeschäft zu arbeiten, ruf mich an.«

»Dave . . .«

»Ja?«

»Komm und besuch mich mal wieder, okay?«

Ich ging hinaus auf die schummrige, neonbeleuchtete Straße. Aus den Dixieland- und Rockabilly-Bars drang donnernd laut Musik. Ich schaute mich noch einmal nach Robin um, doch ihr Barhocker war leer.

An diesem Abend rollte ich auf dem Damm der 1-10 über das Atchafalaya-Schwemmbecken. Die Weiden und die halb im Wasser versunkenen abgestorbenen Stämme der Zypressen schimmerten im Mondlicht grau und silbrig. Es wehte kein Lüftchen, und auf dem unbewegten schwarzen Wasser trieb nur der Widerschein des Mondes. Ein paar Ölbohrtürme ragten schwarz vor dem Mond auf, dann kam vom Golf her Wind auf, zauste die Weiden am gegenüberliegenden Ufer und kräuselte während der ganzen Fahrt über den Damm die Wasseroberfläche wie knitternde Haut.

Ich bog in Breaux Bridge ab und folgte der alten Landstraße durch St. Martinville nach New Iberia. Ein Scheinwerfer strahlte die weiße Fassade der katholischen Kirche aus dem 18. Jahrhundert an, wo Evangeline und ihr Geliebter unter einer ausladenden Eiche begraben lagen. Die Bäume, die die Straße überdachten, waren pelzig von Spanischem Moos, und der Wind roch nach gepflügter Erde und dem jungen Zuckerrohr draußen auf den Feldern. Aber die ganze Zeit ging mir Bubba Rocque nicht aus dem Kopf.

Er war einer von den ganz wenigen weißen Jungen in New Iberia, die abgehärtet und verzweifelt genug gewesen waren, in jenen Jahren auf der Bowling-Anlage Kegel aufzustellen, als Klimaanlagen noch unbekannt waren, so daß in den Fanggruben die Hitze auf fünfzig Grad anstieg und sie erfüllt waren vom Lärm umgeworfener Kegel, dem Krachen der Metallgestelle, von fluchenden Negern und verirrten Kugeln, die das Schienbein eines Kegeljungen glatt zertrümmern konnten. Er war der Junge, der im Winter keinen Mantel trug, der die Krätze hatte und seine Handknöchel so oft brach, bis sie so groß wie Vierteldollar waren. Er war schmutzig, roch schlecht, und für zwanzig Cent spuckte er Mädchen an. Außerdem rankten sich um ihn allerlei Legenden: Im Alter von zehn Jahren wurde er von seiner Tante verführt; er jagte die Katzen der Nachbarschaft mit einer Kinderschrotflinte; er versuchte, eine Negerin zu vergewaltigen, die im Speisesaal der High School arbeitete; sein Vater peitschte ihn mit einer Hundekette aus; er steckte seine Bretterbude in Brand, die zwischen dem Müllabladeplatz und den Gleisen der South Pacific-Bahn gestanden hatte.

Doch am deutlichsten waren mir seine weit auseinanderstehenden graublauen Augen in Erinnerung geblieben. Er schien nie zu zwinkern, als wären sein Lider chirurgisch entfernt worden. In einem Kampf um die Bezirksmeisterschaft im Boxen hatte ich bis aufs Blut mit ihm gekämpft. An seinem Gesicht konnte man sich die Hände brechen, und trotzdem marschierte er weiter, während die Pupillen glühten wie Holzscheite.

Ich mußte mich da unbedingt heraushalten. Ich war kein Cop mehr, und meine Verpflichtungen lagen anderswo. Falls Bubba Rocques Leute in den Flugzeugabsturz verwickelt waren, ging ein blutig-böser Mond über den Bayous auf, und damit wollte ich nichts mehr zu tun haben. Sollten sich doch FBI und Ganoven gegenseitig rumscheuchen. Ich war da endgültig raus.

Als ich heimkam, war das Haus unter den Pecanobäumen dunkel bis auf das Flackerlicht des Fernsehers im Wohnzimmer. Ich öffnete die Fliegendrahttür und sah, daß Annie auf einer Decke vor dem Fernsehgerät eingeschlafen war und der Deckenventilator die Löckchen an ihrem Nacken hochpustete. Zwei leere Eiscremebecher, beschmiert mit Erdbeersaft, standen neben ihr am Boden. Ganz in eine Ecke gedrückt, sah ich Alafair, die mein blaues Drillichhemd wie einen Pyjama trug und mit ängstlichem Gesicht auf den Bildschirm starrte. Ein Dokumentarfilm über den Zweiten Weltkrieg zeigte einen Trupp GIs, die außerhalb einer ausgebombten italienischen Stadt über einen Feldweg marschierten. Die Stahlhelme saßen schräg auf dem Kopf, Zigaretten baumelten aus grinsenden Mündern, ein BAR-Mann trug unter seiner zugeknöpften Kampfjacke ein Hundebaby. Doch für Alafair waren das nicht die Befreier Westeuropas. Ihr magerer Leib zitterte unter meinen Händen, als ich sie aufhob.

»Vienen los soldados aqui?« fragte sie und verzog angstvoll das Gesicht.

Sie hatte noch andere Fragen für uns. Solche, die sich mit Annies und meinem armseligen Spanisch nicht so leicht lösen ließen, beziehungsweise unbeantwortet blieben, weil wir Erwachsenen nicht willens waren, mit einem verstörten Kind über Tod und Sterblichkeit zu sprechen. Vielleicht fühlte sie im Schlaf noch immer die Hände ihrer Mutter, die sie hochhielten in die wandernde Luftblase im Innern der Flugzeugkabine; vielleicht hielt sie meine Macht für mehr als menschlich, glaubte, ich sei imstande, die Toten aus dem Wasser wieder auferstehen zu lassen, daß ich ihnen nur die Hand auflegen müßte, und schon würden sie die dunkle

Welt des Schlafes verlassen. Alafairs Augen suchten die meinen, als sehe sie darin das Bild ihrer Mutter. Doch sosehr wir uns auch bemühten, weder Annie noch ich brachten es über uns, das Wort *muerto* auszusprechen.

»Adónde ha ido mi mamá ?« sagte sie am nächsten Morgen wieder.

Und vielleicht lag in ihrer Frage die bestmögliche Antwort, die wir ihr darauf zu geben vermochten. Sie hatte nicht gefragt, was mit ihrer Mutter geschehen war; statt dessen hatte sie gefragt, wohin sie gegangen sei. Also fuhren wir mit ihr zur St. Peter's Church in New Iberia. Vermutlich könnte man sagen, daß mein Lösungsversuch allzu einfach war, doch ich glaube fest, daß Ritual und Metapher aus gutem Grund existieren. Worte haben keine Herrschaft, weder über Geburt noch über den Tod, und sie machen letzteren niemals annehmbar, ganz gleich, wie oft man uns seine Unvermeidbarkeit auseinandersetzt. Wir hielten sie beide an der Hand und gingen mit ihr durch den leeren Mittelgang der Kirche auf die verzierten Metallständer mit brennenden Kerzen zu, die vor den Statuen von Maria, Joseph und dem Jesuskind aufgestellt waren.

»Ta maman est avec Jésus«, sagte ich zu ihr auf französisch. *»Au ciel.«*

Ihre Augen blinzelten mich an.

»Cielo ?« fragte sie.

»Ja, im Himmel. *Au ciel*«, sagte ich.

»En el cielo«, sagte Annie. »Im Himmel.«

Alafair war offensichtlich verblüfft, als sie von einem zum anderen schaute. Dann sah ich, wie ihre Lippen sich verzogen und Wasser in ihre Augen trat.

»Na na, kleines Kerlchen«, sagte ich, nahm sie auf und setzte sie mir auf die Hüfte. »Komm, ich möchte, daß du eine Kerze anzündest. *Pour ta maman.*«

Ich entzündete den Fidibus an einer brennenden Kerze, schob ihn ihr in die Hand und half ihr dabei, damit über den Docht im Innern einer großen, gläsernen Kerzenschale zu streichen. Sie beobachtete, wie das kleine, tropfenförmige Flämmchen vom Wachs aufstieg. Dann lenkte ich ihre Hand mit dem brennenden Zunderholz zum nächsten Docht und dann zum übernächsten.

Ihre feucht schimmernden Augen glänzten im roten und blauen Schein aus dem Innern der Glasbehälter auf dem eisernen Ständer. Ihre Beine auf meiner Hüfte waren gespreizt wie bei einem Frosch, ihre Arme eng um meinen Hals geschlungen. Ihr Kopf fühlte sich unter meiner Wange heiß an. Annie streckte die Hand aus und streichelte ihren Rücken.

Das Licht in den Bäumen entlang dem Bayou war rosa, als ich den Anlegesteg und den Laden früh am nächsten Morgen fürs Geschäft öffnete. Es war sehr still, das Wasser lag dunkel und ruhig unter den überhängenden Zypressen, und die Brassen schwärmten auf Futtersuche und zogen Kreise durch Regentropfen um den Rand der Seerosenblätter. Ich beobachtete, wie das Licht am blauen Himmel höher kletterte, das Grün der Baumlinie streifte und Nebelschwaden auflöste, die um die mächtigen Zypressenwurzeln wallten. Es würde ein klarer, milder Tag werden, gut für die Jagd auf Mondfisch, Barsch und Sonnenfisch, bis das Wasser am Vormittag warm würde und die Schattenteiche unter den Bäumen sich in Spiegel für das braungelbe Licht verwandelten. Doch kurz vor drei Uhr nachmittag dann würde das Barometer fallen, der Himmel sich jäh mit grauen Wolken beziehen, die metallisch stumpf schimmerten wie Dampf, und kurz bevor die ersten Regentropfen aufs Wasser auftrafen, würden die Mondfische mit einemmal auf Futterjagd gehen, mit ihren Mäulern Ploppgeräusche auf der Wasseroberfläche machen, die noch den Regen übertönten.

Ich kratzte die Barbecue-Wanne auf der seitlichen Veranda am Fischködergeschäft aus, leerte die Asche in eine Papiertüte, warf die Tüte in eine Mülltonne, verteilte neue Holzkohle und grüne Hickoryzweige auf dem Boden der Wanne und entfachte mein Lunchfeuer, übergab dann den Laden der Obhut von Batist, einem der Schwarzen, die für mich arbeiteten, ging zurück zum Haus und bereitete zum Frühstück ein Omelette und *cush-cush* für uns vor. Wir aßen an unserem Picknicktisch aus Rotholz unter dem Mimosenbaum im Hof hinter dem Haus, während Eichelhäher und Spottdrosseln zwischen Sonne und Schatten hin und her jagten.

Dann nahm ich Alafair im Kleinlaster mit zum Lebensmittelladen am Highway, kaufte Eis fürs Geschäft und frische Flußkrebse, weil ich zum Abendessen *étouffée* bereiten wollte. Für Alafair erstand ich einen großen Papierdrachen, und als wir nach Hause zurückkamen, gingen sie und ich nach hinten zum Ententeich am Ende des Grundstücks, das an ein Zuckerrohrfeld grenzte, und sie ließ den Drachen plötzlich in die Luft aufsteigen, höher und höher hinauf in den von wattigen Wolken getupften blauen Himmel. Ihr Gesicht wurde kreisrund vor ungläubiger Überraschung und Entzücken, als die Schnur an ihren Fingern zerrte und der Drachen flatternd im Wind tanzte.

Dann sah ich Annie aus dem gesprenkelten Schatten des Hinterhofs ins grelle Sonnenlicht treten und auf uns zukommen. Sie trug ein Paar gebleichte Jeans und ein dunkelblaues Hemd, und auf ihrem Haar spielten goldene Lichter. Ich schaute auf ihr Gesicht. Sie bemühte sich um eine sorglose Miene, doch ich konnte die kleine Furche zwischen ihren Augen sehen, eine Kerbe wie vom ausgerutschten Meißel eines Bildhauers hinterlassen.

»Was nicht in Ordnung?« fragte ich.

»Ich schätze, es ist nichts.«

»Komm schon, Annie. Du kannst dich nicht gut verstellen.« Ich strich ihr mit den Fingern über die sonnengebräunte Stirn.

»Ein Stück abseits der Straße unter den Bäumen parkt ein Auto. Zwei Männer sitzen drin«, sagt sie. »Ich hab' sie schon vor ungefähr einer halben Stunde gesehen, aber ich hab' nicht groß auf sie geachtet.«

»Was für ein Autotyp?«

»Ich weiß nicht. Irgendein weißer Sportwagen. Ich bin nach draußen auf die Veranda gegangen, und der Fahrer hat sich eine Zeitung vors Gesicht gehalten, als würde er drin lesen.«

»Wahrscheinlich nur ein paar Ölleute, die bei ihrem Job Zeit abbummeln. Aber sehen wir sie uns mal an.«

Ich knotete die Schnur des Drachens um einen Weidenstock, trieb ihn tief in die weiche Erde am Rand des Teichs, und zu dritt schlenderten wir zurück zum Haus, während der Drachen hinter uns im Wind knatterte.

Ich ließ beide in der Küche und schaute durch die vordere Fliegendrahttür, ohne sie aufzuziehen. Ein kurzes Stück vom Anlegesteg entfernt parkte auf dem Sandweg schräg unter den Bäumen eine weiße Corvette. Der Beifahrer hatte den Sitz zurückgekippt und schlief, den Strohhut über das Gesicht gelegt. Der Mann am Steuer rauchte eine Zigarette und blies den Rauch aus dem Seitenfenster. Ich nahm meinen japanischen Feldstecher aus dem Zweiten Weltkrieg vom Lederriemen an der Wand, stützte ihn am Türrahmen auf und drehte an der Schärfeneinstellung. Die Windschutzscheibe war getönt, und lag zu sehr im Schatten, als daß ich einen der beiden Männer hätte erkennen können; das Zulassungsschild war hinten, so daß ich die Nummer nicht sehen konnte, um so deutlicher stachen mir die winzigen Metallicbuchstaben ELK unter dem Fenster der Fahrerseite ins Auge.

Ich ging ins Schlafzimmer, holte meine Army-Kampfjacke, die ich sonst bei der Entenjagd trug, aus dem Wandschrank, zog die Schublade der Waschkommode auf und nahm das zusammengefaltete Handtuch unter dem Hemdstapel heraus, in dem ich den 45er Army-Colt aufbewahrte, den ich in Saigon gekauft hatte. Ich griff nach dem schweren Magazin, das mit Hohlspitzgeschossen geladen war, schob es in den Griff, zog den Schlitten zurück und ließ eine Patrone in die Kammer gleiten, legte den Sicherungshebel vor und steckte die Pistole in die Tasche. Ich wandte mich um und sah, daß Annie mich mit angespanntem Gesicht und hellen Augen von der Schwelle der Schlafzimmertür aus beobachtete.

»Was tust du da, Dave?« fragte sie.

»Ich dachte, ich lauf' mal runter und überprüfe diese Kerle. Die kriegen die Pistole gar nicht zu sehen.«

»Laß es sein. Ruf im Büro des Sheriffs an, falls du unbedingt mußt.«

»Sie sind auf unserem Grund und Boden, Kleine. Sie brauchen uns ja nur zu sagen, was sie hier zu suchen haben. Das wäre ja nicht zuviel verlangt.«

»Nein, Dave. Vielleicht sind sie von der Einwanderungsbehörde. Reiz diese Leute nicht unnötig.«

»Die Knaben von der Regierung benutzen Billigleihwagen, wenn sie an ihren eigenen Wagenpark nicht rankönnen. Es sind wahrscheinlich Überlandagenten vom Oil Center in Lafayette.«

»Ja, und deswegen mußt du auch die Pistole einstecken.«

»Ich hab' eben schlechte Angewohnheiten. Laß gut sein, Annie.«

Ich konnte an ihrem Gesicht ablesen, daß sie verletzt war. Sie wich meinem Blick aus und schaute mir dann direkt in die Augen.

»Ja, ich werde dir niemals Ratschläge erteilen«, sagte sie. »Ein braves Cajun-Mädchen bleibt barfuß und schwanger in der Küche, während ihr Macho-Mann nach draußen geht, allen in den Arsch tritt und sich ihre Namen notiert.«

»Vor acht Jahren ist ein Partner von mir auf einen Kerl zugegangen, der zwei Seitenstraßen vom French Market entfernt seine Reifen wechseln wollte. Mein Partner hatte gerade dienstfrei, nur seine Marke steckte noch im Gürtel. Er war ein netter Bursche. Immer bereit, auch wenn's gegen die Vorschrift war, anderen zu helfen. Er wollte den Kerl fragen, ob er einen größeren Wagenheber braucht, da hat der ihm mit einer Neunmillimeter mitten in den Mund geschossen.«

Ihr Gesicht zuckte, als hätte ich sie geschlagen.

»Ich bin gleich zurück«, sagte ich und ging mit der Armeejacke über dem Arm durch die Fliegendrahttür.

Das Pecanolaub im Hof raschelte laut unter meinen Füßen. Ich blickte über die Schulter zurück und sah, wie sie mir durch die Tür nachschaute, neben ihr Alafair, die ihren Schenkel umklammert hielt. Gott, warum nur mußte ich so mit ihr sprechen, dachte ich. Sie war das Beste, das mir im Leben passiert war. Sie war sanft und liebevoll, und jeden Morgen gab sie mir das Gefühl, als sei ich das Geschenk in ihrem Leben und nicht umgekehrt. Und wenn sie sich je Sorgen machte, dann ging es um mein Wohlergehen, niemals um ihr eigenes. Ich fragte mich, ob es mir je gelingen würde, den Dämon Alkohol loszuwerden, der mir die Klauen tief in die Seele gekrallt hatte.

Ich ging durch die Bäume auf den Sandweg und das dort geparkte weiße Auto zu. Dann sah ich, wie der Fahrer seine Zigarette ins Laub schnippte und den Motor anließ. Aber er fuhr nicht an mir vorbei, so daß ich einen Blick ins Wageninnere oder auf das Schild am Heck hätte werfen können. Statt dessen setzte er auf dem Sandweg zurück – der gleißende Widerschein der Sonne glitt von der Windschutzscheibe –, dann stieß der Wagen zurück auf eine Freifläche, bis er geradestand, und ging mit hohem Tempo in die Kurve bei den jungen Eichen. Ich hörte die Räder über die Holzplanken der Brücke südlich meines Grundstücks donnern, dann wurde das Motorengeräusch schwächer, bis es schließlich ganz von den Bäumen verschluckt wurde.

Ich ging zurück ins Haus, ließ das Magazin aus der 45er herausschnappen, zog den Schlitten zurück und warf die Patrone aus der Kammer, drückte sie wieder ins Magazin, faltete das Handtuch über Waffe und Magazin und verstaute alles in der Kommode. Annie spülte in der Küche Geschirr. Ich stellte mich neben sie, berührte sie aber nicht.

»Ich sag's nur einmal, und ich kann verstehen, wenn du es nicht so ohne weiteres akzeptieren kannst«, sagte ich. »Aber du bedeutest mir viel, und es tut mir leid, wie ich vorhin mit dir geredet habe. Ich habe nicht gewußt, wer diese Kerle sind; aber ich wollte es nicht zu ihren Bedingungen herausfinden. Annie, wenn du jemanden innig liebst, dann setzt du dir zu dessen Schutz keine Grenzen. So ist das.«

Die Hände im Spülbecken bewegten sich nicht, und sie schaute unverwandt durchs Fenster auf den Hinterhof.

»Wer waren die?« fragte sie.

»Ich weiß nicht«, sagte ich, ging nach vorn ins Wohnzimmer und versuchte mich auf die Zeitung zu konzentrieren.

Ein paar Minuten später stand sie hinter meinem Sessel und legte mir die Hände auf die Schultern. Sie waren noch feucht und warm vom Abwaschwasser. Dann spürte ich, wie sie sich herunterbeugte und mich aufs Haar küßte.

Nach dem Lunch bekam ich unten am Dock einen Anruf von der Drug Enforcement Administration in Lafayette. Der Beamte sagte, sein Name sei Minos P. Dautrieve. Er erklärte mir, er sei der Standortagent vom Dienst. Außerdem sagte er, daß er mich zu sprechen wünsche.

»Na, dann tun Sie's doch«, sagte ich.

»Nein. In meinem Büro. Können Sie herkommen?«

»Ich muß arbeiten, Mr. Dautrieve.«

»Also schön, wir können es auf zweierlei oder dreierlei Weise tun«, sagte er. »Ich kann zu Ihnen rüberfahren, wozu ich keine Zeit habe. Außerdem führen wir unsere Gespräche gewöhnlich nicht in Fischköderläden. Oder Sie fahren, ganz wie es Ihnen paßt, hier vorbei, denn gerade dafür ist heute ein wunderschöner Tag. Dann bliebe da noch als drittes, daß wir Sie holen kommen.«

Ich blieb eine Weile stumm und schaute über den Bayou zu den Negern, die im flachen Wasser angelten.

»Ich bin in ungefähr einer Stunde da«, sagte ich.

»He, das ist ja großartig. Ich freu' mich schon richtig drauf.«

»Sind Ihre Leute heute morgen in der Nähe meines Hauses gewesen?«

»Nee. Haben Sie jemand entdeckt, der wie einer von uns aussieht?«

»Nein, es sei denn, Ihre Leute fahren jetzt Corvette.«

»Kommen Sie her, und wir reden drüber. Also, Sie sind mir vielleicht 'ne Nummer!«

»Was soll der Stuß, Mr. Dautrieve?«

Der Mann am anderen Ende hatte aufgelegt.

Ich ging zu dem Anlegesteg, wo Batist Katzenwelse von seiner Fangleine ausnahm. Jeden Morgen fuhr er, eine ködergespickte Leine hinter sich herziehend, in seinem Einbaum hinaus, brachte den Fisch zur Anlegestelle, nahm ihn dann mit einem doppelschneidigen Messer aus, das er aus einer Feile angefertigt hatte, zog die Haut und die stacheligen Flossen mit einer Kneifzange ab und wusch die Filetstücke in der Schüssel mit rotem Wasser sauber. Er war fünfzig, haarlos wie eine Kanonenkugel, kohlschwarz und sah aus, als sei er aus Winkeleisen zusammengehämmert. Als ich ihn anschaute, wie er mit nacktem Oberkörper arbeitete, der kahle Schädel und die gewaltigen schwarzen Schultern schweißüberstömt, mit Flecken von Blut und Schleim auf den Armen, dem Messer, das durch Wirbel schnitt und die Katzenwelsköpfe wie Holzspäne absäbelte, mußte ich mich fragen, wie es den Weißen im Süden gelungen war, seinesgleichen in Sklaverei und Abhängigkeit zu halten. Unser einziges Problem mit Batist war, daß Annie seinen aus französischen und englischen Brocken zusammengesetzten Dialekt oft nicht verstand.

»Ich muß für zwei Stunden rüber nach Lafayette fahren«, sagte ich zu Batist. »Ich möchte, daß du nach ein paar Männern in einer Corvette Ausschau hältst. Falls sie hier auftauchen sollten, ruf den Sheriff an. Dann geh hoch zum Haus und bleib bei Annie.«

»Qui c'est une Corvette, Dave?« fragte er und blinzelte mich gegen die Sonne an.

»Das ist ein Sportwagen. Ein weißer.«

»Was wollen die denn, die?«

»Ich weiß nicht. Vielleicht gar nichts.«

»Was soll ich mit denen denn machen, ich allein?«

»Du tust ihnen nichts, verstehst du? Du rufst den Sheriff an und bleibst bei Annie.«

»Qui c'est ti vas faire si le sheriff pas vient pour un neg, Dave? Dites Batist fait plus rien?« Er lachte laut über seinen eigenen Witz: »Was willst du tun, falls der Sheriff wegen eines Negers nicht kommt, Dave? Batist sagen, daß er noch mehr nichts machen soll?«

»Es ist mein Ernst. Laß dich nicht mit denen ein.«

Er grinste mir auf einmal zu und machte sich wieder daran, seine Fische auszunehmen.

Ich erzählte Annie, wohin ich fahren wollte, und eine halbe Stunde später parkte ich vor dem Gebäude der Bundesämter in der Innenstadt von Lafayette, wo die Drogenfahndung, die DEA, ihr Büro hatte. Es war ein großes, modernes Bauwerk, errichtet in der Kennedy-Johnson-Ära, verschwenderisch ausgestattet mit großen Glastüren und getönten Fenstern und Marmorfußböden; doch gleich rechts, ein Stück die Straße entlang, befand sich die alte Polizeiwache von Lafayette mit dem angegliederten Gefängnistrakt, ein gedrungener grauer Betonbau mit vergitterten Fenstern im zweiten Stock, ein häßlicher Zeuge der Vergangenheit, daran gemahnend, daß das Gestern nur einen Lidschlag entfernt von der scheinbaren Ruhe der Gegenwart ist. Ich erinnere mich noch sehr gut an eine Hinrichtung, die in den frühen fünfziger Jahren in dem Gefängnis stattgefunden hat. Der elektrische Stuhl wurde von Angola herübergeschafft; zwei große Stromgeneratoren auf einem Sattelschlepper summten in einer Nebenstraße hinter dem Gebäude; dicke schwarze Kabel liefen von den Generatoren durch ein vergittertes Fenster im zweiten Stock. An einem lauen Sommerabend um neun Uhr hörten Leute im Restaurant auf der gegenüberliegenden Straßenseite einen Mann einmal aufschreien, kurz bevor ein Lichtbogen von den Fenstergittern zu springen schien. Später sprachen die Leute in der Stadt nicht mehr gern davon. Danach wurde dieser Teil des Gefängnisses geschlossen, heute steht dort eine Sirene für den Zivilschutz. Schließlich wollten sich nur noch wenige Leute daran erinnern, daß hier überhaupt eine Hinrichtung stattgefunden hat.

Doch an diesem dunstigen Mainachmittag, der nach Blumen und Regen duftete, schaute ich hoch zu einem offenen Fenster des Bundesamts im zweiten Stock, aus dem gerade ein Papierflugzeug gesegelt kam. Es flog in weitem Bogen über die Straße und prallte von der Windschutzscheibe eines fahrenden Autos ab. Ich hatte eine dunkle Ahnung, wer es geworfen hatte.

Und tatsächlich, als ich durch die offene Tür von Minos P. Dautrieves Büro kam, sah ich einen großgewachsenen Mann mit Bürstenhaarschnitt zurückgekippt in seinem Sessel sitzen, die Strickkrawatte über dem aufgeknöpften Kragen herabbaumelnd, einen Fuß auf dem Schreibtisch, den anderen im Papierkorb, eine riesige Hand in der Luft schwebend, offenbar gerade dabei, den nächsten Papierflieger lossegeln zu lassen. Sein blondes Haar war so kurz geschnitten, daß die Sonne sich auf seiner Kopfhaut spiegelte; tatsächlich schienen sich überall auf seinem hageren, glattrasierten Gesicht kleine Lichter zu brechen. Auf seiner Schreibunterlage lag ein offener brauner Umschlag, in dem etliche zusammengeheftete Telexblätter steckten. Er ließ den Papierflieger auf den Schreibtisch fallen, befreite seinen Fuß aus dem Papierkorb und schüttelte mir derart energisch die Hand, daß er mich fast aus dem Gleichgewicht gebracht hätte. Mir war, als hätte ich ihn früher schon einmal gesehen.

»Tut mir leid, daß ich Sie herzitiert habe«, sagte er, »aber es ist schon mal ein Anfang, stimmt's? He, ich habe übrigens Ihre Geschichte gelesen. Faszinierendes Zeug. Setzen Sie sich. Haben Sie wirklich diesen ganzen Bockmist gemacht?«

»Ich verstehe nicht ganz, was Sie meinen.«

»Na, kommen Sie. Wenn einer ein Register wie Sie hat, setzt er sich doch immer in die Nesseln. Zweimal verwundet in Vietnam, das zweite Mal von einer Mine. Dann vierzehn Jahre bei der Polizei von New Orleans, wo Sie ein paar Leuten was wirklich Schlimmes zugefügt haben. Warum geht ein Bursche mit einem Examen in Englisch in die Polizeiarbeit?«

»Soll das ein Verhör werden?«

»Bleiben Sie auf dem Teppich. Diesen Spaß werden wir uns wohl verkneifen müssen. Die meiste Zeit rennen wir doch einfach nur rum und bereiten Fälle für die Bundesrichter vor. Das wissen Sie genau. Aber Sie werden zugeben müssen, Ihre Akte liest sich sehr spannend. Darin steht, daß Sie drei Leute umgenietet haben, von denen einer mal die Schmalztolle *numero uno* gewesen ist, Drogenhändler und Zuhälter in New Orleans. Außerdem war er als Kronzeuge der Regierung vorgesehen, zumindest bis Sie Hackfleisch aus ihm gemacht haben.« Er lachte laut heraus. »Wie haben Sie es eigentlich geschafft, einen Kronzeugen der Regierung umzulegen? Das ist doch einigermaßen schwer. Gewöhnlich halten wir sie auf der Reservebank unter Verschluß.«

»Wollen Sie das wirklich wissen?«

»Na klar. Ist doch ein echter Hit.«

»Sein Leibwächter hat mit seiner Waffe auf meinen Partner geschossen. Es sollte eine reine Routinekontrolle werden, und hätten wir was gefunden, wäre das saubere Paar innerhalb einer Stunde auf Kaution wieder draußen gewesen. Was der Leibwächter gemacht hat, war also was ganz Blödes. Es war blöd, weil es unnötig gewesen ist, und er hat eine üble Situation heraufbeschworen. Ein Profi macht keine derart bescheuerten Sachen und provoziert Leute unnötig. Verstehen Sie, worauf ich hinaus will?«

»Oh, ich hab's kapiert. Wir Bundesagenten sollten nicht wie Blödmänner handeln und Sie provozieren, wie? Ich versuch's mal hiermit, Mr. Robicheaux. Wie stehen die Chancen, daß jemand draußen im Golf von Mexiko ist und Zeuge eines Flugzeugabsturzes wird? Kommen Sie, Ihre Akte besagt, daß Sie viel Zeit auf Rennplätzen verbringen. Sagen Sie mir mal, wie die Chancen stehen.«

»Was wollen Sie damit sagen, Partner?«

»Wir wissen, daß ein Kerl namens Johnny Dartez in diesem Flugzeug gewesen ist. Der Name Johnny Dartez bedeutet eins –

Rauschgift. Er war Kurier für Bubba Rocque. Seine Spezialität ist gewesen, das Zeug in großen Gummiballons über dem Wasser abzuwerfen.«

»Und Sie denken sich, daß ich es eingesammelt habe?«

»Sagen Sie's mir.«

»Ich glaube, Sie haben zuviel Zeit damit verbracht, Papierflugzeuge zu falten.«

»Oh, ich sollte Ihrer Meinung nach also draußen sein und bessere Spuren auftun. Ja? Die einen sind als Spieler allererste Sahne, die anderen sind für die Ersatzbank. Ich habe verstanden.«

»Jetzt erinnere ich mich! Vor ungefähr fünfzehn Jahren Stürmer bei der LSU. Dr. Dunkenstein. Sie waren in der obersten Liga.«

»Ist mir eine Ehre, daß Sie das erwähnen. Aber beantworten Sie meine Frage, Mr. Robicheaux: Wie stehen die Chancen, daß ein Kerl wie Sie draußen auf dem weiten Meer ist, genau in dem Augenblick, in dem ein Flugzeug direkt neben seinem Boot abstürzt? Ein Kerl, der außerdem zufällig noch Sauerstoffflaschen dabei hat, so daß er als erster unten beim Wrack sein kann.«

»Hören Sie, der Pilot war Priester. Gebrauchen Sie doch mal einen Augenblick Ihren Verstand.«

»Ja, ein Priester, der in Danbury gesessen hat«, sagte er.

»Danbury?«

»Stimmt genau.«

»Weswegen?«

»Unbefugtes Betreten und Einbruch.«

»Ich vermute, das ist die abgekürzte Version.«

»Er, ein paar Nonnen und einige andere Priester sind in eine Fabrik von General Electric eingebrochen und haben Komponenten für Raketen zerstört.«

»Und Sie glauben, daß er mit Drogenschmugglern zu tun hatte?«

Er hob den Papierflieger von seinem Schreibtisch auf und ließ ihn in den Abfallkorb fallen.

»Nein, tu ich nicht«, sagte er, den Blick auf die Wolken vor seinem Fenster gerichtet.

»Was hat Ihnen die Einwanderungsbehörde erzählt?«

Er zuckte die Achseln und trommelte mit den Fingernägeln auf der Schreibunterlage. Seine Finger waren so lang und schmal und seine Nägel so rosig und sauber, daß seine Hände eher wie die eines Chirurgen denn die eines Ex-Basketballspielers aussahen.

»Die haben behauptet, daß sich ein Johnny Dartez nie in diesem Flugzeug befunden hat«, sagte ich.

»Die haben ihr eigenes Interessengebiet, wir haben unseres.«

»Aha, die mauern ganz ordentlich gegen Sie, nicht wahr?«

»Schauen Sie, mich interessieren Angelegenheiten der Einwanderungsbehörde nicht. Ich will Bubba Rocque aus dem Verkehr ziehen. Johnny Dartez ist ein Kerl gewesen, an den wir viel Geld und Zeit verschwendet haben. An ihn und an einen anderen unterbelichteten Typ namens Victor Romero. Sagt Ihnen der Name was?«

»Nein.«

»Sie sind beide vor ungefähr zwei Monaten aus ihrer gewohnten Umgebung verschwunden, kurz bevor wir sie uns holen wollten. Seit Johnny den letzten großen Schluck am Southwest Pass genommen hat, ist Victors Wert gewaltig gestiegen.«

»Sie kommen an Bubby nicht ran, indem Sie seine Leute ausquetschen.«

Er stieß sich mit seinem großen Schuh von der Wand ab, so daß sein Bürosessel einen vollen Kreis beschrieb, und er tat es mit dem Übermut, mit dem ein Kind sich in einem Frisörstuhl vergnügt.

»Woher haben Sie denn dieses umfassende Wissen?« fragte er.

»In der High School hat er uns verschiedene Kabinettstückchen vorgespielt. Manchmal hat er eine Glühbirne aufgegessen. Oder er hat eine Flasche Cola mit den Zähnen aufgemacht oder sich Reißnägel in die Kniescheiben gedrückt. Es waren jedenfalls immer denkwürdige Darbietungen.«

»Ja, von dieser Art Psychotencharisma erleben wir heutzutage viel. Ich glaube, das ist jetzt bei den Gangstern Mode. Deswegen haben wir auch eine spezielle Haftabteilung in Atlanta, wo sie sich gegenseitig zujodeln können.«

»Viel Glück.«

»Sie glauben also nicht, daß wir ihn aus dem Verkehr ziehen können?«

»Wen kümmert das schon, was ich denke? Was hat denn die Verkehrssicherheitsbehörde zu dem Absturz gesagt?«

»Feuer an einem der tragenden Elemente. Sie sind sich nicht ganz schlüssig. Es war sehr trübe, als die Taucher unten gewesen sind. Das Flugzeug ist in irgendeinen Graben gerutscht und jetzt halb im Schlamm versunken.«

»Glauben Sie, daß es ein einfacher Brand war?«

»Soll vorkommen.«

»Schicken Sie sie lieber noch mal runter. Ich bin zweimal zum Wrack getaucht. Ich glaube, eine Explosion hat die Seitenwand rausgerissen.«

Er schaute mich prüfend an.

»Ich denke, ich sollte Sie vielleicht warnen, sich nicht in Ermittlungen einer Bundesbehörde einzumischen«, sagte er.

»Ich bin doch gar nicht Ihr Problem, Mr. Dautrieve. Da ist eine andere Bundesbehörde, die in Ihrem Revier wildert, vielleicht Ihre Zeugen schmiert, vielleicht Leichen beiseite schafft. Jedenfalls führen die Sie an der Nase herum, und aus irgendeinem Grund unternehmen Sie nichts dagegen. Ich würde es sehr zu schätzen wissen, wenn Sie mir nicht die Schuld an Ihrer mißlichen Lage geben würden.«

Ich sah, wie sich seine Kiefermuskeln spannten. Dann fing er an, mit seinen langen Fingern an einem Gummiring zu spielen.

»Sie müssen uns Regierungsangestellten, denen von der Bürokratie die Hände gebunden sind, einige Zugeständnisse machen«, sagte er. »Wir sind nie in der Lage gewesen, uns jener einfachen, direkten Methoden zu bedienen, mit denen ihr so gut umgehen könnt. Erinnern Sie sich noch, wie vor ein paar Jahren ein Bulle aus New Orleans umgelegt worden ist und einige seiner Freunde die Angelegenheit selbst bereinigt haben? Ich glaube, sie sind in das Haus des Kerls eingedrungen – es war natürlich ein Schwarzer – und haben ihn und seine Frau in der Badewanne zusammengeschossen. Dann waren da diese schwarzen Revoluzzer, die in Boston einen Sicherheitstransport überfallen, dabei einen Wächter getötet und sich hinterher in Louisiana und Mississippi versteckt gehalten haben. Wir haben ganze zwei Jahre dran gearbeitet, den Fall vorzubereiten. Dann haben Ihre Leute einen von ihnen geschnappt, ein Geständnis aus ihm rausgeprügelt und alles, was wir gesammelt hatten, war im Eimer. Ihr Burschen laßt mit Sicherheit nichts aus, damit auch noch der letzte erfährt, daß ihr in der Stadt seid.«

»Schätze, ich geh' jetzt besser. Haben Sie noch weitere Fragen?«

»Keine einzige«, sagte er und schoß eine Büroklammer quer durch den Raum auf einen Karteischrank.

Ich stand auf. Seine Aufmerksamkeit galt jetzt nur noch einem neuen Ziel für Gummiring und Büroklammer.

»Übrigens, eine weiße Corvette mit den Buchstaben ELK auf der Tür – fällt Ihnen dazu einer von Ihren Kunden ein?« fragte ich.

»Waren das die Kerle vor Ihrem Haus?« Er mied noch immer meinen Blick.

»Ja.«

»Woher soll ich das wissen? Wir können schon von Glück sagen, wenn wir zwei oder drei dieser Arschlöcher an der Leine behalten.« Er schaute mich jetzt voll an, die Augen ausdruckslos, die Haut über dem Gesicht gespannt. »Vielleicht ist das jemand, dem Sie mal faulen Fisch verkauft haben.«

Ich ging nach draußen in die Sonne und den Wind, der durch die Mimosenbäume auf dem Rasen wehte. Ein schwarzer Gärtner wässerte die Blumenrabatten und das frischgemähte Gras mit einem Schlauch, und ich konnte die feuchte Erde und die geschnittenen Halme riechen, die unter den Bäumen zusammengeharkt waren. Ich schaute noch einmal hoch zum Bürofenster von Minos P. Dautrieve. Ich ballte die Fäuste, öffnete sie wieder, holte tief Luft und spürte, wie die Wut langsam von mir wich.

Na ja, du hast es selbst herausgefordert, sagte ich mir. Warum einen Mann mit einem Stock reizen, der schon in einem Käfig sitzt? Wahrscheinlich kommt bei ihm auf zehn Festnahmen eine einzige Verurteilung, die Hälfte der Zeit hängt er mit dem Arsch in einem bürokratischen Reißwolf, und an einem guten Tag bringt er es vielleicht auf eine Bagatellklage wegen einfachen Rauschgiftbesitzes gegen einen Dealer, der womöglich Hunderten von Menschen Leben und Gesundheit geraubt hat.

Ich wollte mich gerade in den Verkehr einfädeln, als ich ihn armeschwenkend aus dem Bürohaus kommen sah. Als er die Straße überquerte, wurde er fast von einem Auto erfaßt.

»Parken Sie noch mal kurz ein. Wollen Sie ein Eis? Ich spendiere«, sagte er.

»Ich muß wieder an die Arbeit.«

»Parken Sie«, sagte er und kaufte zwei Eistüten von einem Negerjungen, der an der Ecke unter einem bunten Sonnenschirm seinen Stand hatte. Er stieg auf der Beifahrerseite in meinen Pickup, so daß beinahe die Tür von einem vorbeifahrenden Wagen abgerissen worden wäre. Sekundenlang hallte dessen Hupe noch markerschütternd nach. Er reichte mir das Eis.

»Vielleicht gehört die Corvette Eddie Keats«, sagte er. »Früher war er ein kleiner Buchmacher in Brooklyn. Heute ist er im Süden, weil er unser Klima so liebt. Teils lebt er hier, teils in New Orleans. Er besitzt ein paar Bars, hat ein paar Nutten laufen, und er glaubt, daß er ganz groß am Drücker ist. Gibt es einen Grund, warum ein Kerl wie der vor Ihrem Haus rumhängt?«

»Da fragen Sie mich zuviel. Ich hab' noch nie von ihm gehört.«

»Versuchen Sie's mal damit: Eddie Keats erweist wichtigen Leuten gern einen Gefallen. Manchmal erledigt er Jobs für Bubba Rocque, entweder gratis oder für das, was Bubba ihm freiwillig gibt. Er ist eben ein Prachtbursche. Wir haben erfahren, daß er eine von Bubbas Nutten in New Orleans in Brand gesteckt hat.«

Er verstummte und schaute mich neugierig an.

»Was ist denn los? Haben Sie bei der Mordkommission noch nie einen ähnlichen Fall gehabt?« fragte er. »Sie wissen doch selbst, wie und womit die Loddel sie bei der Stange halten.«

»Ich habe mich mit einer Stripperin über Johnny Dartez unterhalten. Sie hat mir erzählt, daß er für Bubba Rocque gearbeitet hat. Ich habe ihretwegen ein schlechtes Gefühl.«

»Das ist mir unangenehm.«

»Was?«

»Ich meine es sehr ernst, wenn ich Sie warne, in einer Ermittlungssache der Bundesbehörden rumzupfuschen.«

»Hören Sie, ich habe vier Tote in diesem Flugzeug gemeldet. Der Agentur hat man mitgeteilt, es wären nur drei gewesen. Das legt nahe, daß ich vielleicht besoffen gewesen bin oder blöde oder vielleicht beides.«

»Na schön, dann vergessen Sie das jetzt mal. Wir können sie aufgreifen und in Schutzhaft nehmen, falls Sie das möchten.«

»Das ist nicht ihr Stil.«

»Aber windelweich prügeln darf man sie?«

»Sie ist Alkoholikerin und drogensüchtig. Die vertilgt lieber eine Schüssel Spinnen, als daß sie sich von ihrer Quelle abschneiden läßt.«

»Okay. Falls Sie dieses Auto noch einmal bei Ihrem Haus sehen, rufen Sie uns an. Wir kümmern uns drum. Sie bleiben bei diesem Spiel außen vor, verstanden?«

»Das hab' ich auch vor.«

»Passen Sie auf, Robicheaux«, sagte er. »Wenn ich Ihren Namen wieder in der Zeitung finde, dann bitte bei den Nachrichten über Angelsport.«

Ich überquerte den Vermilion River und nahm die alte zweispurige Straße durch Broussard nach New Iberia. Fast genau um drei Uhr setzte der Regen ein. Ich beobachtete, wie er als grau leuchtende Masse von Süden heraufzog, sah die Schatten vor den Wolken dahinjagen, als die ersten Tropfen auf das junge Zuckerrohr prasselten und dann im Stakkato auf das Wellblechdach der aufgegebenen Zuckerfabrik von Broussard einhämmerten. Mitten im Regenschauer brachen Sonnenstrahlen durch die Wolken, und es sah aus wie die Darstellung göttlicher Gnade auf Heiligenbildern. Wenn bei Regen die Sonne durchkam, sagte mein Vater immer: »So zeigt Gott dir, daß es nicht lang dauert.«

Als ich heimkam, tanzte der Regen noch immer auf dem Bayou, und Annie hatte Alafair hinunter zum Dock geführt, um Batist mit den Fischern zu helfen, die unter der Segeltuchmarkise Bier tranken und *boudin* aßen. Ich ging hoch zum Haus und rief die Auskunft von New Orleans an, um mir Robins Nummer geben zu lassen, doch sie stand nicht im Verzeichnis. Dann rief ich bei Smiling Jack's an. Der Mann, der sich meldete, nannte seinen Namen nicht, doch die Stimme und seine ganze Art waren unverkennbar.

»Sie ist nicht hier. Sie kommt nicht vor sechs rein«, sagte er.

»Haben Sie ihre Privatnummer?«

»Machen Sie Witze? Wer ist denn da?«

»Wie lautet ihre Nummer, Jerry?«

»Oh, ich hätt's mir denken können? Unser unerschrockener Schnüffler, nicht wahr?« sagte er. »Wissen Sie was? Die hat gar kein Telefon? Und noch eins soll'n Sie wissen: Das hier ist kein Auskunftsdienst.«

»Wann haben Sie sie zuletzt gesehen?«

»Heute morgen um drei, als sie die Toilette vollgekotzt hat. Ich war grade mit Saubermachen fertig. Hören Sie, Sie Witzbold, wenn Sie mit der Tussi reden woll'n, kommen Sie doch her, und reden Sie mit ihr. Ihr beide gebt 'n tolles Paar ab.«

Er hängte ein, und ich schaute auf den im Regen liegenden Bayou hinaus. Vielleicht war ja alles in Ordnung mit ihr, dachte ich. Sie hatte in einer Welt überleben müssen, in der der Gebrauch ihres Körpers durch Männer samt der zuweilen damit verbundenen Gewalt für sie genauso natürlich waren wie die Wodka Collins und das Speed, mit denen sie den Tag begann. Vielleicht war es pure Eitelkeit von mir, anzunehmen, daß ein Gespräch mit mir zusätzliches Leid für sie bedeuten könnte. Außerdem wußte ich noch immer nicht mit Sicherheit, daß der Fahrer der Corvette ein Typ namens Eddie Keats war.

Heilige mißachten Warnungen, weil sie sie für bedeutungslos halten. Narren mißachten sie, weil sie annehmen, daß der Blitz, der über den Himmel tanzt, und der Donner, der durch die Wälder rollt, einzig und allein da sind, um ihr Lebensgefühl auf geheimnisvolle Weise zu steigern. Ich war sowohl von Robin als auch von Minos P. Dautrieve gewarnt worden. Ich sah einen einzelnen Blitz wie ein Stück glühenden Draht über den Horizont im Süden zucken. Doch ich wollte an diesem Tag nicht mehr über Rauschgiftkuriere und einheimische Gangster, Bundesagenten und Flugzeugabstürze nachdenken. Ich horchte auf den Regen, der durch die Pecanobäume tropfte, ging dann im Flackern ferner Blitze hinunter zum Dock, um Annie und Batist bei den Vorbereitungen für den Ansturm der Fischer am Spätnachmittag zu helfen.

3

Wenn man mich als Kind aufgefordert hätte, die Welt zu beschreiben, in der ich lebte, hätte ich vermutlich auf Bilder zurückgegriffen, die ein Gefühl allgemeinen Wohlbefindens von mir und meiner Familie vermittelten. Denn obwohl meine Mutter gestorben war, als ich noch klein war, und mein Vater manchmal in Kneipen randalierte und dafür ab und zu im Gefängnis saß, hatten er, mein kleiner Bruder und ich bei aller Armut doch ein Heim – eigentlich eine ganze Welt – auf dem Bayou gehabt, ein allzeit sicheres Zuhause, im Winter warm vom Holzofen, im Sommer kühl im Schatten der Pecanobäume, einen Ort, wo wir und unseresgleichen seit der Besiedlung durch die ersten Frankokanadier leben konnten, wie es uns gefiel. Bei der Beschreibung dieser Welt hätte ich von meinem zahmen dreibeinigen Waschbären erzählt, von meinem Boot, das mit einer angeblich aus den Zeiten des Seeräubers Jean Lafitte stammenden rostigen Kette an einer Zypresse vertäut war, von dem großen, schwarzen Eisentopf, in dem mein Vater für uns fast jede Sommernacht im Hinterhof *sac-a-lait* und Brassen briet, von den orangen und purpurnen Sonnenuntergängen im Herbst, wenn der Himmel von Horizont zu Horizont schwarz war vor Enten. Ich hätte von den roten Blättern berichtet, die in diesem merkwürdigen, warm und kalt zugleich wirkenden Oktoberlicht von den Bäumen aufs Wasser schwebten, vom feuchten Laubteppich in den Wäldern, wo wir allerlei nachtaktive Krabbeltiere ausgruben, von dem Räucherhaus im hinteren Teil unseres Grundstücks, das im morgendlichen Rauhreif glitzerte und stets nach einem Gemisch aus Schweinefett und schwelender Asche roch. Vor allem aber hätte ich von meinem Vater erzählt – einem großen, dunkelhaarigen und immer lachenden Cajun, der mit bloßen Händen Bretter zu Kleinholz schlagen, einen Waschzuber voller Ziegelsteine über den Zaun werfen oder einen zwei Meter langen Alligator am Schwanz aus dem Wasser ziehen konnte.

Aber welche Bilder fände man wohl im Kopf eines sechsjährigen Kindes, das buchstäblich der Steinzeit entflohen war, einem mittelamerikanischen Dorf, welches das zwanzigste Jahrhundert in Gestalt der raffiniertesten und tödlichsten Schußwaffen der Welt heimgesucht hatte.

Der einzige spanischsprachige Mensch, den ich in New Iberia kannte, war ein halboffizieller Wettscheinverkäufer namens Felix, der auf den Evangeline Downs in Lafayette und den Fairgrounds in New Orleans arbeitete. Während der Ära Batista war er Kartengeber in einem Kasino in Havanna gewesen, und die von ihm bevorzugten lavendelfarbenen Hemden mit weißen Rüschenmanschetten, seine verknitterten Seersucker-Anzüge und das nach Pomade duftende Haar verrieten, daß es ihn noch immer nach der feinen Lebensart gelüstete. Doch wie fast alle Leute, die sich rund um die Rennbahn herumtrieben, haßte er jede regelmäßige Arbeit und damit die Welt der Normalsterblichen wie die Pest.

Eine Stunde nachdem ich von meinem Besuch bei der DEA aus Lafayette zurückgekehrt war, hatten sich die Regenwolken fast vollständig verzogen, und der Horizont im Westen erstrahlte feuerrot im Sonnenuntergang. Zikaden schrillten in den Bäumen, und die ersten Leuchtkäfer strahlten in der Dunkelheit. Wir saßen im Wohnzimmer, wo Felix ruhig auf spanisch mit Alafair über ihre Eltern sprach, ihr Dorf, einen kleinen geographischen Flekken, kaum mehr als eine bunte Briefmarke, und für sie die einzige Welt, die sie gekannt hatte. Doch bei ihrer Unterhaltung reiste ich in Gedanken über Meere, zurück über zwei Jahrzehnte zu anderen Dörfern, die nach Fischköpfen rochen, nach Tierdung, Hühnerverschlägen, säuerlichem Schlamm, stehendem Wasser, menschlichen Exkrementen, von Schwären bedeckten Kindern ohne Hosen, die auf die Straße pinkelten. Und dann war da noch jener andere Geruch, dieser Gestank nach Soldaten, die sich seit Tagen nicht gewaschen hatten und nichts anderes im Sinn hatten als geile Phantasien und wie sie ihre Feinde und die Ursache all ihrer Unbilden in blutigen Dunst verwandeln könnten.

Aber ich schweife ab und verfalle meiner eigenen Nabelbeschau. Ihre Geschichte war wichtiger als meine, da ich aus freiem Willen dabeigewesen war und sie nicht. Ich hatte freiwillig mitgeholfen, modernste Technologie – Napalm und M-16 und AK-47 – zu Menschen zu bringen, die ihren Reis mit bloßen Händen ernteten. Andere hatten Alafair und ihre Familie als Empfänger unserer industriellen Gaben an die Dritte Welt auserkoren.

Sie sprach, als erzähle sie einen schlechten Film, den sie nur teilweise verstanden hatte, und Annie und ich konnten einander kaum in die Augen sehen, weil wir fürchteten, auch in uns jene menschlichen Ungeheuer zu erkennen, von denen sie berichtete. Felix übersetzte:

– Die Soldaten tragen Messer und Kneifzangen, um den Leuten im Dorf die Gesichter zu stehlen. Mein Onkel ist weggelaufen in den Busch, und am nächsten Tag haben wir ihn da gefunden, wo sie ihn zurückgelassen haben. Meine Mutter hat versucht, mir die Augen zu verdecken, aber ich konnte trotzdem sehen. Seine Daumen waren mit Draht zusammengebunden, und sie hatten ihm sein Gesicht weggenommen. Es war heiß im Busch, und wir konnten die Fliegen summen hören. Manchen Leuten wurde vom Geruch schlecht, und sie haben sich vollgekotzt.

– Da ist mein Vater dann auch weggerannt. Meine Mutter hat gesagt, daß er mit anderen Männern aus dem Dorf in die Berge gegangen ist. Ich glaube, manchmal haben die Hubschrauber sie gejagt, weil wir die Schatten über unser Haus und dann über die Straße und die Felder haben wegfliegen sehen. Und dann sind sie in der Luft stehengeblieben und haben zu schießen angefangen. An den Seiten hatten sie Rohre, aus denen Rauch gepufft ist, und die Felsen und Bäume am Berghang sind in die Luft geflogen. Das Gras und die Büsche waren trocken und haben Feuer gefangen, und nachts konnten wir sie hoch oben in der Dunkelheit brennen sehen, und wir haben den Rauch im Wind gerochen.

»Frag sie, was mit ihrem Vater passiert ist«, forderte ich Felix auf.

»Dónde está tu padre ahora?«

– Vielleicht ist er mit den Lastwagen weggefahren. Die Lastwagen sind in die Berge, dann sind sie mit vielen Männern aus dem Dorf zurückgekommen. Sie haben sie mit an einen Ort genommen, wo die Soldaten leben, und wir haben sie nicht wiedergesehen. Mein Cousin sagt, die Soldaten haben ein Gefängnis, ganz weit weg, und sie halten da viele Leute fest. Vielleicht ist mein Vater bei ihnen. Der amerikanische Priester hat gesagt, er will versuchen, das herauszufinden, aber wir müßten das Dorf verlassen. Er hat gesagt, sie tun mit meiner Mutter genau dasselbe, was sie der anderen Dame wegen der Klinik angetan haben –

Sie saß jetzt stumm auf der Couch und starrte durch die Fliegendrahttür hinaus auf die Leuchtkäfer in der Dämmerung. Aus ihrem sonnengebräunten Gesicht war alle Farbe gewichen, und es hatte dieselben blassen, blutleeren Flecken wie an dem Tag, da ich sie aus dem Wasser gezogen hatte. Annie strich über ihr kurzgeschnittenes Haar und drückte ihre Schultern.

»Dave, das reicht doch wohl«, sagte sie.

»Nein, sie muß alles erzählen. Sie ist noch viel zu klein, um dieses Zeug allein mit sich rumzuschleppen«, sagte ich. Und dann zu Felix gewandt: »Welche andere Dame?«

»Quién es la otra señora?« fragte er.

– Sie hat mit meiner Mutter in der Klinik gearbeitet. Ihr Bauch war ganz dick, und davon ist sie gelaufen wie eine Ente. Eines Tages sind die Soldaten gekommen und haben sie an den Armen auf die Straße gezerrt. Sie hat die Namen ihrer Freunde gerufen, damit sie ihr helfen, aber die Leute haben Angst gehabt und versucht, sich zu verstecken. Dann haben die Soldaten uns nach draußen getrieben, und wir mußten mit ansehen, was sie mit ihr auf der Straße gemacht haben –

Ihre Augen waren weit aufgerisen und glühten, als starre sie benommen in einen Brennofen.

»Qué hicieron los soldados?« fragte Felix leise.

– Sie sind zum Haus des Holzfällers gegangen und mit seiner Machete zurückgekommen. Sie haben damit gehackt, und die Machete in der Sonne war naß und rot. Ein Soldat hat die Hände in ihren Bauch gesteckt und ihr Baby rausgezogen. Die Leute haben jetzt geweint und sich die Augen zugehalten. Der Priester ist aus der Kirche gerannt gekommen, aber sie haben ihn niedergeschlagen und auf der Straße auf ihn eingeprügelt. Die dicke Dame und ihr Baby sind ganz allein draußen in der Sonne geblieben. Der Geruch war genau wie der Geruch im Busch, als wir meinen Onkel gefunden haben. Er war in allen Häusern. Und als wir morgens aufgewacht sind, war er noch immer da, nur schlimmer –

In den Bäumen schrillten die Zikaden. Es gab nichts, was wir sagen konnten. Wie soll man einem Kind das Böse erklären? Vor allem dann, wenn die Erfahrung des Kindes womöglich größer ist als die eigene? Ich hatte Kinder mit Verbrennungen auf einer Intensivstation in Saigon gesehen, deren Augen einen verstummen ließen, bevor man nur den Versuch wagte, sie für das Leid um Vergebung zu bitten, das Erwachsene ihnen zugefügt hatten. Damals hatte ich mein Mitgefühl mit einem Karton Hershey-Riegel zum Ausdruck bringen wollen.

Wir fuhren zu Mulate's in Breaux Bridge, aßen Pecano-Pie und lauschten einer Cajun-Band, unternahmen dann auf dem Vergnügungsdampfer eine Fahrt den Bayou Teche hinunter. Es war jetzt dunkel, in den Bäumen hingen Papierlaternen, und von den hellerleuchteten, gutgesicherten Sommerhäusern jenseits des Schilfgürtels an den Ufern des Bayou wehte der Geruch von Barbecue-Feuern und gegrillten Langusten herüber. Die Baseballanlage im Park sah aus, als läge sie unter einem gewaltigen weißen Feuerschein, und die Leute jubelten über ein Spiel der American Legion, das in seiner Unschuld und provinziellen Intensität wirkte wie eine Szene aus dem Jahr 1941. Alafair saß auf einer Holzbank zwischen Annie und mir und betrachtete die Zypressen, die schattigen Wiesen und die verschnörkelten Häuser aus dem 19. Jahrhundert, die an uns vorbeiglitten. Es war vielleicht nicht viel, was man ihr zur Entschädigung bieten konnte, doch es war alles, was wir hatten.

Die Luft war kühl, und der Himmel im Osten pflaumenfarben und gestreift von tiefhängenden roten Wolken, als ich am nächsten Morgen den Laden öffnete. Ich arbeitete bis neun Uhr, überließ das Geschäft dann Batist und ging zum Frühstück zurück zum Haus. Ich trank gerade meine letzte Tasse Kaffee, als er mich ans Telefon rufen ließ.

»Dave, erinnerst du dich an diesen farbigen Mann, der heute morgen bei uns gemietet hat?«

»Nein.«

»Er hat komisch geredet. Er ist nich' aus dieser Gegend hier, nein.«

»Ich kann mich nicht an ihn erinnern, Batist. Was ist los?«

»Er hat gesagt, er hat das Boot auf eine Sandbank gesetzt und die Schraube kaputtgemacht. Er frägt, ob du es abholen kommen willst.«

»Wo ist er?«

»Südlich von Four-corners. Soll ich hinter ihm her?«

»Geht schon in Ordnung. Ich mach' mich in ein paar Minuten auf den Weg. Hast du ihm eine Extra-Pinne mitgegeben?«

»*Mais* sicher. Er sagt, daran liegt's nich'.«

»Okay, Batist, mach dir keine Gedanken drüber.«

»Frag ihn, wo er herkommt, daß er nich' weiß, wie man ein Boot im Bayou hält.«

Ein paar Minuten später fuhr ich in einem Außenborder den Bayou hinunter, um das beschädigte Leihboot abzuschleppen. Es war nichts Ungewöhnliches, daß ich hinter einem unserer Boote her sein mußte. Mit einiger Regelmäßigkeit setzten Betrunkene sie auf Sandbänke oder überfuhren treibende Baumstämme, krachten damit gegen Zypressenstümpfe oder kenterten in ihrem eigenen Kielwasser. Sonnenlicht schimmerte auf dem Wasser, und Libellen standen in der unbewegten Luft über den Seerosen am Uferstreifen. Die wie ein V geteilte Bugwelle des Bootes schwappte gegen die Zypressenwurzeln, und die breiten Blätter der Seerosen gerieten in wogende Bewegung und hoben und senkten sich, als ziehe ein Luftkissen unter ihnen vorbei. Ich passierte den alten, aus Brettern zusammengenagelten Kramladen bei den Four-corners, dessen Telefon der schwarze Mann benutzt haben mußte, um Batist anzurufen. An einer Außenwand hing noch ein rostiges HADACOL-Schild an einem Nagel, und ausladende Eichen überschatteten die vordere Veranda, auf der einige Neger in Overalls Limonade tranken und Sandwiches aßen. Dann wurden Zypressen und Schilf zum Ufer hin dichter, und ein Stück weiter entdeckte ich mein Mietboot, das an einem Pinienast festgebunden war und leer in der braunen Strömung trieb.

Ich stellte den Motor ab, ließ mich von meinem Kielwasser an die Uferbank treiben und machte neben dem Leihboot fest. Die kleinen Wellen schwappten ans Aluminiumheck der beiden Boote. Auf einer Lichtung im Gehölz saß ein großer, schwarzer Mann auf einem abgesägten Eichenstamm und trank Apricot Brandy aus einer Dreiviertelliterflasche. Zu seinen Füßen lagen ein aufgeschnittenes Brot und eine Dose Würstchen. Er trug Adidas-Laufschuhe, verschmutzte weiße Baumwollhosen und ein oranges Unterhemd; Brust und Schultern waren bedeckt mit einem feinen Gekräusel drahtiger schwarzer Haare. Er war viel schwärzer als die meisten Farbigen in Südlouisiana, und an seinen langen Fingern steckten mindestens ein halbes Dutzend goldener Ringe. Er zog sich eine Prise Schnupftabak in die Nase und schaute mich wortlos an. Im sonnengefleckten Schatten der Eichen wirkten seine Augen rot. Ich stieg ans Ufer und trat auf die Lichtung.

»Wo liegt das Problem, Partner?« fragte ich.

Er nahm noch einen Schluck Brandy, ohne mir zu antworten.

»Batist hat gesagt, Sie sind über eine Sandbank gefahren.«

Noch immer antwortete er nicht.

»Haben Sie gehört, was ich gesagt habe, Partner?« fragte ich und lächelte ihm zu.

Aber er wollte nicht mit mir sprechen.

»Na ja, schauen wir mal nach«, sagte ich. »Falls es nur die Ruderpinne ist, bring' ich sie in Ordnung, und Sie können Ihre Fahrt fortsetzen. Aber falls Sie mir die Schraube verbogen haben, muß ich Sie zurückschleppen, und ich fürchte, ich kann dann kein anderes Boot mehr an Sie verleihen.«

Ich schaute noch einmal zu ihm hin, drehte mich dann um und wollte wieder hinunter ans Wasser. Ich hörte, wie er aufstand und Krümel von seiner Kleidung fegte. Dann hörte ich den Brandy in der Flasche gurgeln, als habe er zu einem letzten Zug angesetzt. Und dann, als ich begriff, daß etwas nicht stimmte, und mich umdrehen wollte, sah ich wieder seine zusammengekniffenen roten Augen und die Flasche in seiner Hand, die mit mörderischer Wucht auf mich niedersauste.

Er erwischte mich seitlich am Schädel. Ich spürte, wie die Flasche abglitt und auf meine Schulter traf, und ich stürzte lang hin, als wären mir die Beine weggetreten worden. Mein Mund stand weit offen, mein Blick wurde verschwommen, und in meinen Ohren toste es. Ich spürte, wie mir Blut über die Wange rann.

Dann setzte er sich mit einer trägen, beinahe verächtlichen Körperdrehung rittling auf mich, riß mein Kinn mit einer Hand hoch, damit ich das offene Rasiermesser mit dem Perlmuttgriff sehen konnte, das er mir vor die Augen hielt, und setzte die Rasierklinge an meiner Kopfhaut knapp hinter dem Ohr an. Er roch nach Alkohol und Schnupftabak. Ich sah die Beine eines anderen Mannes aus den Bäumen hervortreten.

»Nicht hochsehen, mein Freund«, sagte der andere Mann mit einem Akzent, der nach Brooklyn oder dem Irish Channel klang. »Das würde zwischen uns alles verändern. Es würde echt schlecht für dich aussehen. Toot versteht mit seinem Rasiermesser keinen Spaß. Er schneidet dir die Ohren ab. Dein Kopf sieht dann aus wie bei 'ner Schaufensterpuppe.«

Er zündete sich mit einem Feuerzeug eine Zigarette an und ließ es wieder zuschnappen. Der Rauch roch nach einer *Picayune*. Aus dem Augenwinkel konnte ich purpurne Cowboystiefel aus Wildleder sehen, graue lange Hosen und eine weiße Hand mit goldenem Armband.

»Augen nach vorn, Arschgeige. Ich sag's nicht noch mal«, knurrte er. »Du kannst ganz leicht davonkommen, oder Toot schlitzt dich von einer Brustwarze zur anderen auf. Würde ihm Spaß machen. Er ist ein *tonton macoute* in Haiti gewesen. Er schläft einmal im Monat 'ne Nacht in 'nem Grab, um den Kontakt mit den Geistern zu halten. Erzähl ihm, was du mit der Tussi gemacht hast, Toot.«

»Du redest zuviel! Mach Schluß, ich will essen«, sagte der schwarze Mann.

»Toot hätte 'nen Sack voll Überraschungen für dich«, sagte der Weiße. »Er ist ein phantasievoller Knabe. Er hat 'nen Haufen Polaroids aus Haiti mitgebracht. Die müßtest du mal sehen. Rat mal, was er mit ihr gemacht hat.«

Ich sah, wie mir ein Blutstropfen von der Wimper rann und wie ein kleiner roter Stern im Sand zerplatzte.

»Rate«, sagte er wieder und trat mir hart in den Hintern.

Ich biß die Zähne zusammen und spürte die Erdklumpen, die sich in meine Hand gruben.

»Du hast wohl Dreck in den Ohren, was?« sagte er und trat mir mit der Stiefelspitze in den Oberschenkel.

»Leck mich, Mistkerl!«

»Was?«

»Du hast mich gehört. Was immer du heute mit mir machst, ich zahl's dir heim. Falls ich es nicht kann, hab' ich Freunde, die das für mich erledigen.«

»Ich hab' 'ne Neuigkeit für dich. Du redest jetzt nur, weil ich heute so gute Laune habe. Zweitens, du hast dir das alles selber zuzuschreiben, Arschgeige. Wenn du mit 'nem anderen seiner Nutte zu quatschen anfängst, wenn du deine Nase in anderer Leute Scheiße steckst, mußt du dem Mann was zahlen. Das sind die Regeln. Ein ehemaliger Greifer von der Mordkommission sollte das wissen. Hier die letzte Neuigkeit. Die Scherbe ist noch mal davongekommen. Toot wollte eigentlich, daß sie wie eine auf seinen Polaroidbildern aussieht. Aber die Braut bedeutet Geld auf Tasche. Es gibt Leute, die von ihr abhängig sind. Also muß man schon mal das eine oder andere durchgehen lassen, verstehst du? Deswegen hat er nur ihren Finger in die Tür geklemmt.«

»Was denn«, sagte er, und er klang beinahe fröhlich. »Zieh doch keine solche Flappe. Ich sag's dir doch. Es war ihr ziemlich wurscht. Sie ist ein schlaues Mädchen. Die kennt die Regeln. Trotzdem, ich finde, es ist ein Jammer, daß du keine Möse zwischen den Beinen hast, das wär' nämlich echt Geld auf Tasche.«

»Mach Schluß mit ihm«, sagte der schwarze Mann.

»Hör mal, Robicheaux, du hast's doch nicht eilig, wie?« sagte er und trat mir mit seinem Stiefel in die Genitalien.

Von meiner Wimper tropfte Blut, und auf dem Boden bildeten sich Flecken.

»Okay, ich werd' schnell machen, weil du anfängst, mich an einen Hund aus der Gegend hier zu erinnern«, sagte er. »Du hast 'n Haus, du hast 'n Bootsverleih, du hast 'ne Frau. Du hast überhaupt 'ne Menge, wofür du dankbar sein kannst. Also misch dich nie irgendwo ein. Bleib zu Hause, mach deine Spielchen mit deiner Mama und deinen Würmern. Falls du nicht wissen solltest, wovon ich rede, dann stell' dir vor, du bumst eine Frau, die keine Nase mehr hat. »So, Toot. Jetzt soll der Bursche mal zahlen, was er auf seinem Deckel hat.«

Ich spürte, wie die Rasierklinge von meinem Ohr weggezogen wurde, dann riß die Stiefelspitze des Weißen mir die Schenkel auseinander und explodierte in meinen Hoden. Eine Hochofentür öffnete sich in meinen Eingeweiden, in meinem Inneren verbog sich ein Stück Winkeleisen, und ein Laut, der nicht meine Stimme war, entrang sich brüllend meiner Kehle. Und dann, um das Maß vollzumachen, während ich, auf Ellbogen und Knie gestützt, unkontrolliert zitterte und zuckte wie ein Tier, das ausgeweidet wird, holte der schwarze Mann aus und trat mir graziös wie ein Balletttänzer ins Gesicht.

Ich lag wie ein Embryo zusammengekrümmt auf der Seite, Blutfäden rannen mir aus dem Mund, und ich sah sie durch die Bäume davongehen wie zwei Freunde, deren Feiertag kurzfristig gestört worden war, weil sie eine unbedeutende Aufgabe erledigen mußten.

Ich schaue durch die Tür des Rettungshubschraubers in den heißen, strahlenden Morgen, während wir über den Kronen der Bunyanbäume abheben, und das Elefantengras unter uns bekommt Furchen und drückt sich platt an den Boden, als streiche ein Riesendaumen darüber. Dann wird die Luft plötzlich kühler, ist nicht mehr wie Dampf aus einem Kessel. Und wir jagen über eine ländliche Gegend hin, unser Schatten streift über Reisfelder und Erddämme und gelbe Sandwege mit Radfahrern und Karren. Der Sani, ein Italienerjunge aus New York, setzt mir eine Morphiumspritze und wäscht mir das Gesicht mit Wasser aus einer Feldflasche. Seine Brust ist nackt und schweißig und sein Hosenbund mit Gummiband festgezurrt. »Sagen Sie Goodbye, Shitsville, Lieutenant«, sagt er, »Sie kommen '65 lebend hier aus.« Ich rieche die Fäulnis meiner Wunden, die getrocknete Pisse in meinen Unterhosen, während ich zusehe, wie die geographische Geschichte der vergangenen zehn Monate unter uns vorbeifegt: das ausgebrannte Dorf, von dem Asche aufsteigt und im heißen Wind zu Pulver wird; ein Graben, der offen klafft wie ein gezackter Einschnitt in der Erde, wo wir sie eingeschlossen und dann bei lebendigem Leib mit Feuerzeugbenzin versaftet haben; der gebrochene Damm und das rissig ausgetrocknete

Reisfeld, das noch die Narben trug von Granatwerfereinschlägen, wo sie uns von beiden Flanken her eingekesselt hatten und durch unsere Reihen marschiert waren wie ein Feuersturm. »He, Lieutenant, nicht da anfassen«, sagt der Sani. »Ich mein's im Ernst. Da unten ist wirklich viel kaputt. Noch mehr Blut dürfen Sie nicht verlieren. Wollen Sie, daß ich Ihnen die Hände festbinde? Im Lazarett gibt's tiefgekühltes Plasma. He, halt seine gottverdammten Handgelenke fest. Er hat's doch tatsächlich aufgerissen.«

»Was Sie da unten spüren, ist ein Eisbeutel«, sagte der Arzt. Er war ein grauhaariger, schwergebauter Mann mit randloser Brille, der eine grüne Hose und ein T-Shirt trug. »Die Schwellung wird davon zurückgehen. Sieht so aus, als wenn Sie gut geschlafen hätten. Der Schuß, den ich Ihnen verpaßt habe, ist ziemlich starkes Zeug. Haben Sie geträumt?«

Das Licht, das draußen auf die Eichen fiel, verriet mir, daß es später Nachmittag war. Die Glyzinien und der blühende Immergrün auf dem Krankenhausrasen wurden von der leichten Brise bewegt. Die Zugbrücke über den Bayou Teche war offen, der Vergnügungsdampfer mit den zwei Passagierdecks fuhr gerade durch, und von seinem Rad sprühten Wasser und Licht.

Mein Mund fühlte sich trocken an, und wenn ich mit der Zunge an die Innenseite meiner Lippe stieß, hatte ich das Gefühl, als sei sie mit Draht gefüllt.

»Ich hab' die Kopfhaut mit neun Stichen und Ihren Mund mit sechs genäht. Die nächste Zeit werden Sie keine Erdnüsse kauen«, sagte er lächelnd.

»Wo ist Annie?« fragte ich mit schwerer Zunge.

»Ich hab' sie eine Tasse Kaffee holen geschickt. Sie wird gleich zurück sein. Der Farbige ist auch draußen. Er ist ein mächtiger Bursche, was? Wie weit hat er Sie getragen?«

Ich mußte die Stiche innen an meiner Lippe mit der Zunge befeuchten, bevor ich antworten konnte.

»Ungefähr fünfhundert Meter bis zu den Four-corners. Wie schlimm ist es da unten, Doc?«

»Es ist kein Bruch, nichts ist zerquetscht, falls Sie das meinen. Behalten Sie ihn ein paar Nächte im Pyjama, und Sie sind wieder in Ordnung. Wo haben Sie die Narben an Ihren Schenkeln her?«

»Wehrdienst.«

»Hab' ich mir doch gedacht, daß ich die Maßarbeit kenne. Sieht aus, als wär' noch einiges drin geblieben.«

»Manchmal löse ich auf dem Flughafen Alarm aus, wenn ich durch die Schleuse gehe.«

»Na ja, wir werden Sie über Nacht noch hier behalten, aber morgen können Sie nach Hause gehen. Wollen Sie jetzt mit dem Sheriff reden oder erst später?«

Ich hatte den anderen Mann gar nicht gesehen, der in einem Ledersessel in der Ecke saß. Er hielt seine Mütze mit dem gelackten Schirm auf dem Knie und beugte sich artig vor. Früher hatte er eine Trockenreinigungsfirma in der Stadt besessen, bevor ihn jemand dazu überredet hatte, für das Amt des Sheriffs zu kandidieren. In den vergangenen zwanzig Jahren hatten sich die Landpolizisten sehr verändert. Als ich noch ein Junge war, trug der Sheriff einen blauen Anzug mit Weste und eine große Eisenbahneruhr an der Kette, und in seiner Jackentasche steckte ein schwerer Revolver. Die Puffs an der Railroad Avenue und die überall im Iberia Parish aufgestellten Spielautomaten störten ihn nicht. Und er verlor auch nicht die Ruhe, wenn weiße Jugendliche an den Samstagabenden loszogen, um Nigger zu verprügeln. Auf der Hauptstraße tippte er an die Krempe seines Stetson-Huts, wenn eine weiße Lady vorüberkam, und mit einer älteren Negerin sprach er, als sei sie ein Laternenpfahl. Dieser Cop hier war Präsident der städtischen Einzelhandelsgesellschaft.

»Wissen Sie, wer es war, Dave?« fragte er. Sein Gesicht war von weichen, abwärts gebogenen Furchen durchzogen, die für ältere Cajuns typisch sind. Seine Wangen waren voller winziger blauer und roter Äderchen.

»Ein Weißer namens Eddie Keats. Er besitzt ein paar Bars in Lafayette und New Orleans. Der andere Kerl ist schwarz. Sein Name ist Toot.« Ich nahm einen Schluck aus dem Wasserglas auf dem Tisch. »Vermutlich ist er Haitianer. Kennen Sie so jemanden hier in der Gegend?«

»Nein.«

»Kennen Sie Eddie Keats?«

»Nein. Aber wir können einen Haftbefehl auf ihn ausstellen.«

»Das hätte keinen Zweck. Ich habe sein Gesicht nicht gesehen. Ich würde ihn bei einer Gegenüberstellung nicht erkennen können.«

»Das verstehe ich nicht. Wie wollen Sie dann wissen, daß es dieser Keats gewesen ist?«

»Er hat sich gestern vor meinem Haus rumgetrieben. Rufen Sie den DEA-Agenten in Lafayette an. Er hat eine Akte über ihn. Der Typ arbeitet gelegentlich für Bubba Rocque.«

»Oh, Mann.«

»Schauen Sie, Sie können Keats jederzeit auf Verdacht hopsnehmen. Angeblich ist er ein Killer im Kleinformat. Durchsuchen Sie sein Auto, und vielleicht finden Sie was. Ein bißchen Hasch, eine versteckte Waffe, heiße Kreditkarten. Diesen Wichsern kann man doch immer was anhängen.« Ich nahm noch einen Schluck Wasser und legte den Kopf wieder aufs Kissen. Meine Hoden mit dem Eisbeutel darunter fühlten sich so groß an wie Bowlingkugeln.

»Davon versteh' ich nichts. Das hier, das ist Lafayette Parish. Das wäre so, als würde ich in einem fremden Teich angeln.« Er sah mich dabei ruhig an, als müßte ich ihn verstehen.

»Wollen Sie, daß er zurückkommt?« fragte ich. »Denn falls Sie ihm nicht ein scharfes Telegramm schicken, tut er das ganz bestimmt.«

Er blieb eine Weile stumm, dann schrieb er etwas auf einen Block, steckte Block und Bleistift zurück in seine Hemdtasche und knöpfte sie zu.

»Na ja, ich rufe bei der Drogenfahndung und im Büro des Sheriffs von Lafayette an«, sagte er. »Sehen wir mal, was passiert.«

Dann stellte er mir noch ein paar weitere Fragen – kaum mehr als zwang- und belanglose Einfälle eines wohlmeinenden Amateurs, der sein Mitgefühl unter Beweis stellen wollte. Ich erwiderte seinen Gruß nicht, als er sich verabschiedete.

Was hatte ich denn erwartet? Ich konnte nicht sicher sein, daß es sich bei dem Weißen um Eddie Keats gehandelt hatte. New Orleans war voller Menschen italienisch-irischer Abstammung, die einen Akzent sprachen, bei dem man gewöhnlich an Brooklyn denkt. Ich hatte zugegeben, daß ich ihn bei einer Gegenüberstellung nicht identifzieren könnte, und über den Schwarzen wußte ich nichts, außer daß er Toot hieß und gelegentlich in einem Grab schlief. Was sollte ein ehemaliger Trockenreinigungsbesitzer, der sich wie ein Bratbudenwirt kleidete, damit anfangen?

Aber vielleicht war da etwas Dunkles in mir, das ich mir selbst nicht eingestehen wollte. Ich wußte noch sehr gut, wie die einheimischen Cops vor zwanzig Jahren mit einem Eddie Keats und seinesgleichen umgesprungen wären. Ein paar echt bösartige, stinksaure Zivilbullen (gewöhnlich trugen sie Anzüge von J.C. Higgins und sahen damit aus – nun, wie Enten, die sich in Schale werfen) wären in seine Bar gekommen, hätten seine gerahmte Schanklizenz ins Klo geschmissen, mit einem Schlagstock sämtliche Fenster seines Wagens zertrümmert, ihm dann einen Revolver zwischen die Augen gehalten und den Hahn auf eine leere Kammer klicken lassen.

Nein, ich habe sie damals nicht gemocht. Ich mochte sie auch jetzt nicht. Aber es war schon eine große Versuchung.

Batist kam herein, umweht vom Duft nach Wein und Fisch, und er brachte mir Blumen, die er vermutlich aus einer Vase in der Eingangshalle stibitzt und in eine Colaflasche gesteckt hatte. Als ich ihm erzählte, daß der Schwarze namens Toot möglicherweise ein *tonton macoute* aus Haiti sei, der schwarze Magie praktiziere, verwechselte Batist dies mit einem *loup-garou,* dem Gegenstück zum Lamia oder Werwolf, der angeblich im Bayou sein Unwesen trieb. Und er ließ sich nicht davon abbringen, daß wir einen *traiteur* aufsuchen sollten, um diesen *loup-garou* zu finden und ihm Mund und Nasenlöcher mit Erde vom Grab einer Hexe zu verstopfen. Er bekam mit, wie meine Augen beim Anblick der Literflasche Wein aufleuchteten, deren mit einer Papiertüte umwickelter Hals aus der hinteren Tasche seines Overalls ragte, und er setzte sich etwas verdreht auf seinen Stuhl, um mir den Blick zu versperren, doch die Flasche klirrte laut gegen die Armlehne. Seine Miene war schuldbewußt.

»He, Partner, seit wann versteckst du denn so was vor mir?« fragte ich.

»Ich soll nich' trinken, wenn ich auf Miss Annie und das kleine Mädchen aufpassen muß.«

»Ich vertraue dir völlig, Batist.«

Er mied meinen Blick, und seine großen Hände lagen unbeholfen in seinem Schoß. Obwohl ich ihn schon seit meiner Kindheit kannte, war es ihm immer noch unbehaglich, wenn ich, ein weißer Mann, ihn so persönlich ansprach.

»Wo ist Alafair jetzt?« fragte ich.

»Bei meiner Frau und den Mädchen. Ihr geht's gut. Mach dir nur keine Sorgen, nein. Weißt du, daß sie französisch spricht, die? Wir machen gerade Sandwich, und ich sage *pain*, und sie weiß, es heißt Brot, ja. Ich sage *sauce piquante*. Sie weiß, es bedeutet scharfe Sauce. Wie kommt es bloß, daß sie das weiß, Dave?«

»Die spanische Sprache hat viele Wörter mit der unseren gemein.«

»Oh«, sagte er und wurde ganz nachdenklich. Und dann: »Wie kommt das?«

Annie kam durch die Tür und rettete mich vor weiteren Erklärungen. Batist war besessen davon, alles verstehen zu wollen, was seiner eigenen Welt fremd war, doch dazu mußte er jede Information erst in ihre Einzelteile zerlegen, bis sie sich in jenen seltsamen afro-kreolisch-frankokanadischen Bezugsrahmen fügte, der für ihn so selbstverständlich war wie die durchbohrte Zwanzig-Cent-Münze an seinem Fußknöchel, um den *gris-gris* zu verscheuchen, einen bösen Zauber, mit dem ein *traiteur* oder Hexer jemanden belegen konnte.

Annie blieb den ganzen Abend bei mir, während das Licht auf den Bäumen draußen weicher wurde und die Schatten auf dem Rasen länger, der Himmel sich im Westen rötlich-orange verfärbte wie die Flamme einer angezündeten Chemikalie und junge Leute von den High Schools über die Bürgersteige zu einem Baseballspiel der American Legion im Park schlenderten. Durch das geöffnete Fenster roch ich die Barbecue-Feuer und Wassersprenger, blühende Magnolien und den nächtlich aufblühenden Jasmin. Dann verdunkelte sich der Himmel, und in den Regenwolken im Süden zuckten grellweiß gezackte Blitze wie ein Adergeflecht.

Annie lag neben mir, rieb meine Brust, berührte mein Gesicht mit den Fingern und küßte mich auf die Augen.

»Nimm den Eisbeutel weg und schieb den Stuhl unter die Türklinke«, sagte ich.

»Nein, Dave.«

»Doch, das geht in Ordnung. Der Arzt sagt, das ist kein Problem.«

Sie küßte mich aufs Ohr und flüsterte dann: »Heute nacht nicht, mein Kleiner.«

Ich mußte schwer schlucken.

»Annie, bitte«, sagte ich.

Sie stützte sich auf einen Ellbogen und schaute mir neugierig ins Gesicht.

»Was ist denn?« sagte sie.

»Ich brauche dich. Du bist meine Frau.«

Sie runzelte die Stirn, blickte mir in die Augen und schaute dann weg.

»Sag mir, was es ist.«

»Willst du's wirklich wissen?«

»Dave, du bist mein ein und alles. Wie könnte ich es denn nicht wissen wollen?«

»Diese Schweinehunde haben mich niedergezwungen auf Hände und Knie und mich bearbeitet wie einen Hund.«

Ich sah Schmerz in ihren Augen. Ihre Hand strich über meine Wange, dann über meine Kehle.

»Irgend jemand wird sie schon erwischen. Das weißt du.«

»Nein, die jagen bloß die Schmalspurganoven. Aber die gehören zu den ganz großen Schweinen. Und der einzige, mit dem sie sich ernsthaft auseinandersetzen müssen, ist ein Reinigungsfritze in einem Sheriffskostüm.«

»Du hast es doch aufgegeben. Wir haben jetzt ein gutes Leben. Das hier ist der Ort, an den du immer zurückkehren wolltest. Jeder im Ort mag dich und respektiert dich. Und die Leute vom Bayou sind die besten Freunde, die man haben kann. Und jetzt haben wir auch noch Alafair. Wie kannst du nur zulassen, daß ein paar Kriminelle das alles in Gefahr bringen?«

»So funktioniert das nicht.«

»Doch, das tut es sehr wohl. Du mußt nur das sehen, was mit deinem Leben stimmt, und nicht das, was daran falsch ist.«

»Wirst du jetzt wohl den Stuhl vor die Tür schieben?«

Sie blieb still neben mir liegen. Ihr Gesicht war ruhig und gesammelt. Dann schaltete sie das Licht am Kopfende aus und zog den schweren Ledersessel zur Tür, bis die Rückenlehne unter der Klinke klemmte. Im Mondlicht, das durch das Fenster fiel, sah ihr lockiges Haar aus, als sei es mit Silber gesprenkelt. Sie zog das Deckbett zurück und nahm den Eisbeutel weg, berührte mich dann mit ihrer Hand. Der Schmerz war so stark, daß meine Knie hochzuckten.

Ich hörte ihren Seufzer, als sie sich auf die Bettkante setzte.

»Müssen wir denn immer miteinander kämpfen, wenn wir ein Problem haben?« fragte sie.

»Ich kämpfe nicht mit dir, Kleine.«

»Doch, das tust du. Du kannst dich von der Vergangenheit nicht freimachen, Dave. Du wirst verletzt oder du siehst etwas, das auf dieser Welt nicht richtig ist, und schon fällst du wieder in die alten Muster zurück.«

»Das kann ich nicht ändern.«

»Vielleicht nicht. Aber du lebst nicht mehr allein.« Sie nahm meine Hand und legte sich wieder neben mich. »Da bin ich, und dann gibt es jetzt noch Alafair.«

»Ich werd' dir sagen, was man dabei empfindet, und damit will ich's bewenden lassen. Du erinnerst dich, wie ich dir davon erzählt habe, wie nordvietnamesische Truppen uns überrannt haben und der Captain sich ihnen ergeben hat? Sie haben unsere Hände mit Klavierdraht an Bäume gefesselt und dann haben sie uns abwechselnd angepißt. Genauso fühlt man sich.«

Sie blieb lange Zeit still. Ich hörte, wie sie im Dunkeln atmete. Dann tat sie einen langen, tiefen Atemzug und legte ihren Arm über meine Brust.

»Ich habe tief drinnen ein ganz schlechtes Gefühl, Dave«, sagte sie.

Dazu gab es nichts mehr zu sagen. Wie auch? Nicht einmal die mitfühlendsten Freunde und Verwandten des Opfers einer Schlägerei oder eines Überfalls können verstehen, was dieser Mensch erlebt. Über Jahre hatte ich Leute gefragt, die von Triebtätern belästigt, von Strolchen überfallen und ausgeraubt, von Psychopathen zusammengetreten und angeschossen, von einer ganzen Bande vergewaltigt und von kriminellen Rockern mißbraucht worden waren. Sie alle hatten diesen stumpfen Gesichtsausdruck, diese Augen von Ertrinkenden, dasselbe Wissen darum, daß sie irgendwie ihr Schicksal verdient hatten und völlig allein auf der Welt standen. Und oft vergrößerten wir ihren Schmerz und ihre Erniedrigung noch, indem wir die Verantwortung für diese Leiden ihrer eigenen Unvorsichtigkeit zuschrieben, damit wir selbst seelisch unverletzt blieben.

Ich war nicht fair zu Annie gewesen. Sie hatte selbst einiges im Leben durchmachen müssen, aber es gibt Zeiten, in denen man sehr allein auf der Welt ist und die eigenen Gedanken einem jedesmal ein paar Zentimeter mehr Haut vom Leib abziehen. Dies war ein solcher Moment.

Ich schlief in jener Nacht nicht. Aber die Schlaflosigkeit und ich waren alte Vertraute.

Zwei Tage später war die Schwellung zwischen meinen Beinen zurückgegangen, und ich konnte gehen, ohne dabei auszusehen, als wolle ich gerade über einen Zaun steigen. Der Sheriff kam heraus an die Bootsanlegestelle und berichtete mir, daß er mit der städtischen Polizei von Lafayette und mit Minos P. Dautrieve von der DEA gesprochen habe. Lafayette habe ein paar Detectives in die Bar von Eddie Keats geschickt, um ihn zu befragen, doch er hatte behauptet, an jenem Tag mit zwei seiner Tänzerinnen auf einer Segeltour gewesen zu sein. Und die beiden Tänzerinnen bestätigten die Aussage.

»Und die wollen das so einfach schlucken?« sagte ich.

»Was sollen sie Ihrer Meinung nach sonst tun?«

»Sich ein bißchen an die Arbeit machen und rausfinden, wo die beiden Mädchen vor zwei Tagen wirklich gewesen sind.«

»Wissen Sie, wieviel Fälle die zu bearbeiten haben?«

»Da hab' ich kein Mitgefühl, Sheriff. Leute wie Keats kommen in unsere Gegend, weil sie glauben, sie hätten einen Freibrief. Was hatte denn Minos P. Dautrieve zu sagen?«

Das Gesicht des Sheriffs lief rot an, und die Haut um seine Mundwinkel verzog sich zu einem angedeuteten Lächeln.

»Ich glaube, er hat gesagt, Sie sollen Ihren Arsch schleunigst in sein Büro bewegen«, erwiderte der Sheriff.

»Waren das genau seine Worte?«

»Ich glaube, ja.«

»Warum ist er meinetwegen so wild?«

»Ich habe den Eindruck, er glaubt, daß Sie sich in Bundesangelegenheiten einmischen.«

»Weiß er etwas über einen Haitianer namens Toot?«

»Nein. Ich habe in Baton Rouge und beim National Crime Information Center in Washington angefragt und konnte nichts finden.«

»Wahrscheinlich ist er illegal eingewandert. Deshalb gibt es keine Akte über ihn«, sagte ich.

»Genau das hat Dautrieve auch gesagt.«

»Er ist ein gewiefter Cop.«

Ich entdeckte eine leichte Verlegenheit im Blick des Sheriffs, und sofort tat mir die Bemerkung leid.

»Nun, ich verspreche, daß ich mein Bestes geben werde, Dave«, sagte er.

»Ich weiß zu schätzen, was Sie bisher getan haben.«

»Ich fürchte, ich habe nicht gerade viel unternommen.«

»Schauen Sie, diese Typen sind schwer aus dem Verkehr zu ziehen«, sagte ich. »Ich habe mal zwei Jahre lang am Fall eines Killers vom Syndikat gearbeitet, der seine Frau vom Balkon im vierten Stock in einen leeren Swimmingpool gestoßen hatte. Er hat mir sogar erzählt, daß er es getan hat. Er ist glatt damit durchgekommen, weil wir ohne Durchsuchungsbefehl ihr Tagebuch aus der Nachttischschublade genommen hatten. Erstklassige Detektivarbeit, finden Sie nicht auch? Jedesmal, wenn ich ihn in einer Bar gesehen habe, hat er einen Drink an meinen Tisch kommen lassen. Ich hab' mich prächtig dabei gefühlt.«

Er lächelte und gab mir die Hand.

»Noch eins, bevor ich gehe«, sagte er. »Ein Mann namens Monroe von der Einwanderungsbehörde war gestern in meinem Büro. Er hat Fragen nach Ihnen gestellt.«

Die Sonne glitzerte auf dem Bayou. Die Eichen und Zypressen auf der anderen Seite warfen tiefe Schatten auf den Uferstreifen.

»Er ist an dem Tag, an dem das Flugzeug am Southwest Pass runtergekommen ist, hier gewesen«, sagte ich.

»Er hat gefragt, ob bei Ihnen ein kleines Mädchen lebt.«

»Was haben Sie ihm erzählt?«

»Ich hab' gesagt, daß ich davon nichts weiß. Ich habe auch gesagt, daß es mich nichts angeht. Aber ich hatte das Gefühl, daß er nicht wirklich an einem kleinen Mädchen interessiert war. Aus irgendeinem Grund ist er über Sie verärgert.«

»Ich war ein bißchen unhöflich zu ihm.«

»Ich kenne diese Leute von den Bundesbehörden nicht so gut, aber ich glaube nicht, daß die von New Orleans bis hierher fahren, nur weil ein Mann mit einem Köderladen unhöflich zu ihnen war. Hinter was ist dieser Bursche her, Dave?«

»Ich weiß es nicht.«

»Schauen Sie, ich will Ihnen nicht vorschreiben, was Sie zu tun oder zu lassen haben, aber falls Sie und Annie einem kleinen Mädchen helfen, das keine Eltern mehr hat, warum lassen Sie sich dann nicht auch mal von anderen helfen? Die Leute hier aus der Gegend werden nicht zulassen, daß irgendwer sie Ihnen wegnimmt.«

»Mein Vater sagte immer, ein Katzenwels hat deswegen Schnurrhaare, weil er nie in einen hohlen Baumstamm gehen würde, in dem er nicht genügend Platz hat, sich umzudrehen. Ich traue diesen Leute von der Einwanderungsbehörde nicht, Sheriff. Läßt man sich auf ihre Bedingungen ein, verliert man garantiert.«

»Ich glaube, manchmal sehen Sie alles ein bißchen zu schwarz, Dave.«

»Sie sollten mir lieber glauben«, sagte ich.

Ich sah, wie er unter dem Blätterdach auf dem Sandweg davonfuhr. Ich trommelte mit den Fingern auf dem warmen Holzgeländer um die Anlegestelle und ging dann hinauf zum Haus, zum Mittagessen mit Annie und Alafair.

Eine Stunde später nahm ich die 45er Automatik und das volle Magazin mit Hohlspitzgeschossen aus der Ankleidekommode, wickelte sie in das zusammengelegte Handtuch, ging damit hinaus zu meinem Pickup und schob das Päckchen ins Handschuhfach. Einen Arm auf das rohe Holz eines Pfostens der vorderen Veranda gestützt, schaute Annie mir zu. Ich sah, wie sich ihre Brüste unter dem Baumwollhemd hoben und senkten.

»Ich fahr' nach New Orleans. Ich bin heute abend zurück«, sagte ich.

Sie gab mir keine Antwort.

»Die Sache erledigt sich nicht von selbst«, sagte ich. »Der Sheriff ist ein netter Kerl, der lieber Flecken aus anderer Leute Sportsakkos entfernen sollte. Die Bundesbehörden haben keine gesetzliche Befugnis bei einem Überfall. Die Cops von Lafayette haben nicht die Zeit, Verbrechen im Iberia Parish aufzuklären. Das heißt also, wir fallen durch die Maschen. Angeschmiert!«

»Ich bin sicher, irgendwie ergibt das einen Sinn. Verstehst du, Rache für den Penis und all das. Aber ich frage mich, ob Dave seinen kleinen Dave unverwundbar machen kann, damit wir wieder fröhlich in den Krieg ziehen können.«

Ihr Gesicht war freudlos und leer.

Ich beobachtete, wie der Wind die Blätter der Pecanobäume flachdrückte und zog die Fahrertür des Pickup auf.

»Ich muß Geld von unserem Sparkonto abheben, um jemandem zu helfen«, sagte ich. »Es kommt nächsten Monat wieder rauf.«

»Was soll ich dazu sagen? Dasselbe vielleicht, was deine erste Frau zu dir gesagt hat. Halt ihn steif und immer oben, Podjo«, sagte sie und ging zurück ins Haus.

Der Windstoß, der durch die Pecanobäume fuhr, schien ohrenbetäubend laut.

Ich füllte den Tank des Pickup am Dock auf, dann fiel mir etwas ein, und ich ging in den Fischköderladen; ich setzte mich mit einem Dr. Pepper an die Holztheke und rief Minos P. Dautrieve bei der DEA in Lafayette an. Während es am anderen Ende klingelte, starrte ich aus dem Fenster auf die grünen Blätter, die auf dem Bayou trieben.

»Ich hab' erfahren, daß ich meinen Arsch in Ihr Büro bewegen soll«, sagte ich.

»Ja. Was, zum Teufel, geht da drüben bei Ihnen eigentlich vor?«

»Warum kommen Sie nicht her und finden es selbst raus?«

»Sie klingen irgendwie komisch.«

»Ich bin am Mund genäht worden.«

»Die haben ordentlich mit Ihnen rumgebolzt, wie?«

»Weswegen soll ich meinen Arsch in Ihr Büro bewegen?«

»Ich bin neugierig. Warum ist eine Bande von Arschlöchern, die mit Stoff dealen und Nutten laufen haben, so an Ihnen interessiert? Ich glaube, Sie sind da an irgendwas dran, wovon wir nichts wissen.«

»Bin ich nicht.«

»Und außerdem glaube ich, Sie leben noch immer in dem Wahn, Sie wären Polizist.«

»Sie verwechseln da ein bißchen was. Wenn einem Kerl die Eier und die Fresse eingetreten werden, ist er das Opfer. Die Kerle, die ihm die Eier und die Fresse eintreten, sind die Verbrecher. Das sind die Kerle, auf die man Wut bekommt. Das Ziel ist es, sie in den Knast zu schaffen.«

»Der Sheriff sagt, daß Sie Keats nicht identifizieren können.«

»Ich habe sein Gesicht nicht gesehen.«

»Und den Zulu haben Sie auch noch nie gesehen?«

»Keats, oder wer immer dieser Weiße gewesen sein mag, hat gesagt, er wäre einer von Baby Docs *tonton macoute* gewesen.«

»Was sollen wir also tun?«

»Falls ich mich recht an unser Gespräch von damals erinnere, dann wolltet ihr euch drum kümmern.«

»Die Sache ist gestorben. Ich habe bei tätlichem Angriff keinerlei Befugnis. Das wissen Sie.«

Ich schaute aus dem Fenster auf die Blätter, die auf der braunen Strömung trieben.

»Haben Sie schon jemals ein Bohrloch gesalzen?« fragte ich.

»Sie meinen, einem Verdächtigen Dope untergeschoben? Ist das Ihr Ernst?«

»Ersparen Sie mir das Pfadfinderethos. Ich habe in meinem Haus eine Frau und einen anderen Menschen, die beide mit gefährdet sind. Sie haben gesagt, Sie nehmen sich der Sache an. Statt dessen machen Sie gar nichts. Und dauernd bekomme ich Vorträge zu hören, ich wäre das eigentliche Problem.«

»Das hab' ich nie behauptet.«

»Müssen Sie auch gar nicht. Ein Sammelsurium moralischer Kretins schleust Drogen in Millionenwerten durch die Bayous, und Sie fassen wahrscheinlich nicht mal einen von fünfzig. Das ist frustrierend. Das macht sich schlecht im Monatsbericht. Und Sie fragen sich schon, wann Sie nach Fargo versetzt werden. Also schlagen Sie Lärm, daß Zivilisten sich in Ihre Angelegenheiten mischen.«

»Ich mag die Art nicht, wie Sie mit mir reden, Robicheaux.«

»Wie schlimm für Sie. Aber ich bin der Kerl, der mit vielen Stichen genäht werden mußte. Wenn Sie etwas für mich tun wollen, dann denken Sie sich was aus, wie Sie Keats hochnehmen können.«

»Tut mir leid, daß Sie zusammengeschlagen worden sind. Tut mir leid, daß wir nicht mehr tun können. Ich verstehe Ihre Wut. Aber Sie waren ein Cop, und Sie kennen unsere Grenzen genau. Also, wie wär's, wenn Sie zur Abwechslung mal die Heldenmasche sein lassen?«

»Sie haben mir erzählt, daß in Keats Bars Nutten ihre Freier aufreißen. Bringen Sie die Polizei am Ort dazu, ein paar Nächte lang Streifenwagen vor seinen Läden zu postieren. Das wird seine eigenen Leute gegen ihn aufbringen.«

»So gehen wir nicht vor.«

»Ich hatte so ein Gefühl, daß Sie das sagen würden. Also dann, bis demnächst, Partner. Hängen Sie nicht zu lange auf der Kante. Sonst vergißt alle Welt, daß Sie noch im Spiel sind.«

»Halten Sie das für schlau?«

Ich legte einfach auf, trank mein Dr. Pepper aus und fuhr im warmen Wind, der die Baumkronen über mir peitschte, den Sandweg entlang. Der Bayou war jetzt mit Blättern zugedeckt, und im Schatten am gegenüberliegenden Ufer sah ich Mokassinschlangen, die unter den tiefhängenden Ästen der Weiden knapp oberhalb der Wasserlinie schliefen. Ich rumpelte über die Zugbrücke in die Stadt, hob bei der Bank dreihundert Dollar ab, nahm dann die Straße durch die Zuckerrohrfelder nach St. Martinville und fuhr auf der Interstate nach New Orleans.

Der Wind wehte unvermindert heftig, als ich auf dem Betondamm über den Atchafalaya-Sumpf fuhr. Der Himmel zeigte noch immer ein weiches Blau, und kleine weiße Wolken trieben dicht dahin, doch draußen im Golf braute sich ein tüchtiger Sturm zusammen, und ich wußte, gegen Abend war der Horizont im Süden tiefschwarz vom Regen und mit Blitzen durchzuckt. Ich sah, wie sich die vom Wasser überfluteten Weiden im Wind bogen und das Moos auf den abgestorbenen Zypressen sich hob und senkte, beobachtete, wie das Sonnenlicht auf dem Wasser tanzte und in glitzernde Punkte zerstob, wenn die Oberfläche vom Wind aufgepeitscht wurde. Das Atchafalaya-Becken umfaßt Hunderte von Quadratmeilen Bayous, weidenbestandene Inseln, Sandbänke, grüne Uferdeiche, die bedeckt sind mit Butterblumen, breite, mit toten Zypressen und Ölbohrtürmen angefüllte Buchten und überschwemmte Wälder voller Mokassinschlangen, Alligatoren und schwarzen Moskitoschwärmen. Als ich noch ein Junge war, hatten mein Vater und ich im gesamten Atchafalaya-Gebiet gejagt und gefischt. Sogar an einem böigen Frühlingstag wie diesem hatten wir Bullbrassen und glubschäugige Flußbarsche aus dem Wasser geholt, wenn niemand sonst etwas fing. Am Spätnachmittag hatten wir dann mit dem Einbaum auf der Leeseite einer Weideninsel geankert, wenn die Moskitos aus den Laubdächern der Bäume schwärmten, hatten unsere Schwimmer wieder in das ruhige Wasser geworfen, genau an der Grenze der wuchernden Seerosen, und gewartet, daß Brassen und Kaulbarsche nach den Insekten schnappten. Binnen einer Stunde war unser Eiskasten voller Fische gewesen.

Doch meine Träumereien über Jugenderlebnisse mit meinem Vater vermochten die Worte nicht zu bannen, die Annie zu mir gesagt hatte. Sie hatte mir einen frischen roten Striemen über dem Herzen zufügen wollen, und das war ihr glänzend gelungen. Doch am meisten quälte mich die Tatsache, daß ich wußte, sie hatte mich nur deswegen verletzt, weil in ihr ein Schmerz nagte, von dem sie sich nicht befreien konnte. Daß sie sich auf eine Äußerung meiner ersten Frau bezogen hatte, sollte mir wohl sagen, daß ich ein von Grund auf gespaltener Mensch war, jemand mit einem tiefsitzenden Charakterdefekt, den weder Annie noch meine Ex-Gattin noch jede andere gesunde Frau akzeptieren könnte. Ich war nicht einfach ein Säufer; ich fühlte mich hingezogen zu einer gewalttätigen, von jeglicher Ordnung verlassenen Welt, wie ein Vampir, der einen dunklen Spalt in der Erde sucht.

Der Name meiner ersten Frau war Nicole, und sie war ein dunkelhaariges Mädchen aus Martinique, die Pferderennen fast genauso liebte wie ich. Unglücklicherweise liebte sie Geld und die Rennclubgesellschaft noch mehr. Fast hätte ich ihr sogar die Treulosigkeit verzeihen können, bis wir gemeinsam feststellten, daß ihre Liebesaffären nicht von der Lust auf andere Männer kamen, sondern von ihrem Abscheu vor mir und den dunklen alkoholischen Energien, die mein Leben beherrschten.

Wir waren auf einer Gartenparty draußen am Lake Pontchartrain gewesen, und ich hatte schon den ganzen Nachmittag auf den Jefferson Downs getrunken und inzwischen einen gewissen Punkt erreicht, von dem an ich mir nicht einmal mehr die Mühe machte, die kleine Bar unter den Mimosenbäumen auf der Rasenparty zu verlassen und Interesse an den Gesprächen um mich vorzutäuschen. Der Wind war lau und raschelte in den trockenen Palmblättern am Seeufer, und ich beobachtete die rote Sonne, die am Horizont unterging und sich auf der grünen Wasserfläche mit den weißen Schaumkämmen brach. In der Ferne pflügten weiße Segelboote auf den Southern Yacht Club zu. Ich konnte den Whiskey spüren, das Gefühl allseitiger Kontrolle, das mir Alkohol stets bescherte, die strahlende Flamme metaphysischer Einsicht, die hinter meinen Augen brannte.

Doch der Ärmel meiner Seersucker-Jacke war naß von der Bar, und meine Worte waren schleppend und schwer und losgelöst von mir, als ich nach einem Black Jack mit Wasser verlangte.

Dann stand mit einemmal Nicole mit ihrem derzeitigen Liebhaber, einem Geologen aus Houston, neben mir. Er machte im Sommer Klettertouren in den Bergen, er hatte ein kantiges, hübsches Profil und einen Brustkorb, der solide wie ein Faß wirkte. Wie all die anderen Männer hier war auch er in den weichen Tropenfarben der Saison gekleidet – pastellfarbenes Hemd, weißer Leinenanzug, eine purpurne, betont achtlos gebundene Krawatte, die er gelockert hatte. Er bestellte Manhattan für beide, und während er wartete, daß der schwarze Barmann die Drinks zurechtmachte, strich er über den sanften Flaum an Nicoles Oberarm, als wäre ich gar nicht da.

Später war ich nicht mehr imstande, die Abfolge von Gefühlen oder Ereignissen von diesem Moment an zu beschreiben. Ich spürte, wie etwas gleich nassem Zeitungspapier in meinem Hinterkopf zerriß; ich sah sein verblüfftes Gesicht plötzlich auf mich zukommen; ich sah, wie es sich verzerrte und zuckte, als meine Faust seinen Mund traf; ich spürte, wie seine Hände meine Jacke zu packen versuchten, als er zu Boden ging; ich sah in seinen Augen echte Furcht, als meine Faust auf ihn hinunterfuhr und meine Hände seinen Hals im Würgegriff umklammerten.

Als man mich von ihm wegzerrte, steckte ihm die Zunge im Hals fest, seine Gesichtshaut war aschfarben, und seine Wangen bedeckt von rosa Speichelfäden. Meine Frau schluchzte hemmungslos an der Schulter der Gastgeberin.

Als ich am nächsten Morgen auf unserem Hausboot erwachte und meine Augen schmerzhaft von der harten Lichtspiegelung auf dem See zuckten, fand ich die Notiz, die sie mir hinterlassen hatte:

Lieber Dave,
ich weiß nicht, wonach Du suchst, doch drei Jahre Ehe mit Dir haben mich überzeugt, daß ich nicht in der Nähe sein möchte, wenn Du es findest. Tut mir sehr leid. Wie Dein Freund an der Bar immer sagt: Halt ihn steif und immer oben, Podjo.

Nicole

Ich folgte dem Highway am Ostende des Atchafalaya-Beckens. Weiße Kraniche stiegen über den abgestorbenen Zypressen in der Sonne auf, während die ersten Regentropfen bereits das Wasser unterhalb der Dammstraße furchten. Ich konnte den nassen Sand riechen, das Moos, die Wunderblumen, die Schirmpilze, und der Wind aus der Marsch trug die Ausdünstung von totem Fisch und säuerlichem Schlamm zu mir. Eine große Weide am Rand des Wassers sah aus wie Frauenhaar im Wind.

4

Der Regen fiel aus einem blauschwarzen Himmel, als ich den Pickup vor der Reiseagentur in New Orleans parkte. Ich kannte den Besitzer, und er ließ mich seine Amtsleitung benutzen, um einen Freund in Key West anzurufen. Dann kaufte ich ein einfaches Ticket nach dorthin für neunundsiebzig Dollar.

Robin wohnte in einem heruntergekommenen Apartmenthaus im kreolischen Stil unweit der South Rampart Street. Rissige Ziegel und Mörtel waren purpurrot übermalt, die roten Dachschindeln zerbrochen; die verschnörkelten Eisengeländer um die Balkons waren aus der Halterung gerissen und neigten sich in bizarren Winkeln. Die Bananenstauden und Palmen auf dem Hof sahen aus, als seien sie nie beschnitten worden, und die abgestorbenen Blätter und Palmwedel knackten laut im Regen und Wind. Dunkelhäutige Kinder fuhren auf Dreirädern über den Balkon im zweiten Stock. Alle Wohnungstüren standen offen, und trotz des Regens ertönte eine unglaubliche Geräuschkulisse aus Fernsehern, lateinamerikanischer Musik und sich anbrüllenden Menschen.

Ich ging hoch zu Robins Wohnung, doch als ich mich ihrer Tür näherte, kam ein älterer übergewichtiger Mann in einem regenfleckigen grauen Geschäftsanzug mit einer amerikanischen Flagge am Revers auf mich zu und schaute unentwegt blinzelnd auf ein kleines Stück nassen Papiers in seiner Hand. Ich hätte gern geglaubt, daß es sich um einen Eintreiber von Rechnungen, einen Sozialarbeiter oder Zusteller gerichtlicher Verfügungen handelte, doch seine Augen waren zu unstet, das Gesicht zu nervös, sein Bedürfnis allzu offenkundig. Er merkte, daß er die gleiche Wohnungsnummer suchte, vor der ich gerade stand. Seine Miene wurde ausdruckslos, als müsse er plötzlich erkennen, daß er sich auf etwas eingelassen hat, worauf er nicht vorbereitet ist. Ich wollte nicht unfreundlich zu ihm sein.

»Sie ist aus dem Geschäft, Partner«, sagte ich.

»Sir?«

»Robin ist nicht mehr verfügbar.«

»Ich weiß nicht, wovon Sie reden.« Er wirkte eine Spur ängstlicher.

»Das da auf diesem Stück Papier ist doch ihre Wohnungsnummer, oder nicht? Sie sind kein Stammkunde, also geh' ich davon aus, daß jemand Sie hergeschickt hat. Wer war es?«

Er wollte an mir vorbei. Ich legte ihm die Hand leicht auf den Arm.

»Ich bin kein Polizist. Ich bin nicht ihr Ehemann. Ich bin bloß ein Freund. Also, wer ist es gewesen, Partner?« sagte ich.

»Ein Barmann.«

»Im Smiling Jack's an der Bourbon?«

»Ja, ich glaube, da ist es gewesen.«

»Haben Sie ihm Geld gegeben?«

»Ja.«

»Gehen Sie deswegen nicht zurück. Er wird es Ihnen sowieso nicht wiedergeben. Verstehen Sie?«

»Ja.«

Ich nahm meine Hand von seinem Arm, und er lief schnell die Treppe hinunter und hinaus auf den regenüberfluteten Hof.

Ich schaute durch die Außentür in das Dämmerlicht von Robins Apartment. Irgendwo hinten wurde eine Toilettenspülung betätigt, und sie kam ins Wohnzimmer, angetan mit weißen Shorts und einem grünen Tulane-T-Shirt, und sah mich im trüben Regenlicht stehen. Der Zeigefinger ihrer linken Hand war geschient. Sie lächelte mir schläfrig zu, und ich trat ins Zimmer. Der schwere, betäubende Duft von Marihuana schlug mir entgegen. Rauch kräuselte sich von einem Joint aus einem Aschenbecher auf dem Kaffeetisch.

»Was ist denn passiert, Streak?« fragte sie träge.

»Ich fürchte, ich habe grade einen Kunden vertrieben.«

»Was meinst du damit?«

»Jerry hat einen Freier hergeschickt. Ich hab' ihm gesagt, daß du aus dem Geschäft bist. Auf Dauer, Robin. Wir schaffen dich nach Key West, Kindchen.«

»Das ist mir alles zu abgedreht. Schau mal, Dave. Ich bin schon runter auf Kraut und Stengel, wenn du verstehst, was ich meine.

Ich geh' jetzt runter und kauf ein bißchen Bier. Mommy muß sich ein bißchen in Schwung bringen, bevor sie ihre Möpse vor den Freunden der Wassermelone hüpfen läßt. Willst du mitkommen?«

»Kein Bier, keine Stricherei, kein Smiling Jack's heute abend. Ich hab' ein Ticket für einen Flug nach Key West, um neun Uhr.«

»Hör auf, so blödes Zeug zu quatschen, ja? Was soll ich denn in Key West? Das ist doch voll von Perversen.«

»Du wirst in einem Restaurant arbeiten, das einem Freund von mir gehört. Es ist ein nettes Lokal draußen am Pier, am Ende der Duval Street. Da essen ganz berühmte Leute. Zum Beispiel zählte auch Tennessee Williams zu den Stammgästen.«

»Du meinst diesen Country-Sänger? Uff, tolles Ding.«

»Ich will diesen Kerlen heimzahlen, was sie dir und mir angetan haben«, sagte ich. »Wenn ich das tue, wird New Orleans zu heiß für dich.«

»Also deswegen sieht dein Mund so komisch aus.«

»Sie haben mir erzählt, was sie mit deinem Finger gemacht haben. Tut mir leid. Es war meine Schuld.«

»Vergiß es. Das gehört zu meiner Bühnenkarriere.« Sie setzte sich auf die weich gepolsterte Couch und langte nach dem Joint, der jetzt nur noch aus schwelender Asche bestand. Sie spielte damit herum, musterte ihn prüfend, warf ihn dann zurück in den Aschenbecher. »Sorg bloß dafür, daß sie nicht zurückkommen. Der weiße Typ, der mit den Cowboystiefeln, der hatte ein paar Polaroidfotos. Gott, ich will mich nicht mehr dran erinnern.«

»Weißt du, wer die beiden Kerle sind?«

»Nein.«

»Hast du sie schon mal gesehen?«

»Nein.«

»Bist du sicher?«

»Ja.« Sie preßte die Finger einer Hand mit der anderen zusammen. »Auf den Bildern waren ein paar gefesselte Farbige in einem Kellerraum oder so. Sie waren über und über voll Blut. Dave, manche von denen haben noch gelebt. Ich werd' nie vergessen, wie ihre Gesichter ausgesehen haben.«

Ich setzte mich neben sie und nahm ihre Hände in meine. Ihre

Augen waren feucht, und ich konnte das Marihuana in ihrem Atem riechen.

»Wenn du heute abend in dieses Flugzeug steigst, kannst du ein neues Leben anfangen. Ich werd' mich um dich kümmern, mein Freund wird dir helfen, und du läßt diesen ganzen Dreck hinter dir. Wieviel Geld hast du?«

»Vielleicht ein paar hundert Dollar.«

»Ich geb' dir noch zweihundert. So kommst du bis zum ersten Lohn über die Runden. Aber kein Schnupfen, keine Pillen, kein Schießen. Hast du verstanden?«

»He, ist dieser Kerl da etwa einer von deinen AA-Kumpeln. Ich hab' dir doch gesagt, daß ich auf die Szene nicht scharf bin.«

»Wer drängt dich denn dazu?«

»Ich hab' genug eigene Probleme, ohne daß mir noch ein Haufen Ex-Säufer den Kopf dummsülzt.«

»Du hast die Wahl. Es ist dein Leben, Kiddo.«

»Ja, schon. Aber du hast da immer Hintergedanken. Du hättest Priester werden sollen. Gehst du immer noch zur Messe?«

»Sicher.«

»Kannst du dich noch an das eine Mal erinnern, als du mich mit zur Mitternachtsmesse in der St. Louis Cathedral genommen hast. Danach sind wir über den Platz gebummelt und haben im Café du Monde *beignets* bestellt. Weißt du, an diesem Abend hab' ich geglaubt, daß zwischen uns was Ernstes ist.«

»Ich muß dir noch ein paar Fragen stellen, bevor ich gehe.«

»Sicher doch, warum nicht? Die meisten Männer interessieren sich für meine Titten. Du kommst mir eher vor wie ein Volkszähler.«

»Ich mein's ernst, Robin. Erinnerst du dich an einen Typ namens Victor Romero?«

»Ja, ich denk' schon. Er hat früher viel mit Johnny Dartez zusammengesteckt.«

»Woher stammt er?«

»Von hier.«

»Was weißt du über ihn?«

»Er ist ein kleiner, dunkelhäutiger Kerl mit schwarzen Krauslocken, die ihm vom Kopf hängen, und er trägt eine Baskenmütze, als wär' er 'n Künstler, oder so. Nur, der ist reines Gift. Er hat auf der Magazine Street gepanschten Stoff verkauft, und ich hab' gehört, daß ein paar Kids tot gewesen sind, noch bevor sie die Nadel aus dem Arm gezogen hatten.«

»War er auch einer von Bubba Rocques Mulis?«

»Ich weiß nicht. Ist mir auch wurscht. Ich hab' den Kerl seit Monaten nicht gesehen. Was gehen dich eigentlich diese Kotzbrocken an? Ich dachte, du machst jetzt ganz auf Familie. Vielleicht stehen die Dinge zu Hause nicht so gut?«

»Vielleicht.«

»Und du bist jetzt der Typ, der Mommys Leben wieder hinbiegt, damit sie für die Touristen Tische abwischen kann. Toll.«

»Hier sind das Flugticket und die zweihundert Dollar. Der Name meines Freundes steht auf dem Umschlag. Mach damit, was du willst.«

Ich wollte aufstehen, doch sie legte ihre Hände um meine Arme und drückte mich hinunter. Ihre Brüste drängten groß und schwer gegen ihr T-Shirt, und insgeheim wußte ich, daß ich dieselbe Schwäche hatte wie die Männer, die sie allabendlich im Smiling Jack's anstarrten.

»Dave?«

»Was?«

»Denkst du manchmal ein bißchen an mich?«

»Ja.«

»Magst du mich?«

»Das weißt du doch.«

»Ich meine, so wie du eine ganz normale Frau magst. Jemand, in deren Blutkreislauf nicht eine ganze Apotheke schwimmt.«

»Ich mag dich sehr gern, Robin.«

»Dann bleib noch einen Moment. Ich nehm' das Flugzeug heute abend. Ich versprech's dir.«

Dann schlang sie die Arme um meine Brust, schmiegte ihren Kopf in meine Halsgrube wie ein kleines Mädchen und drückte sich eng an mich. Ihr kurzgeschnittenes dunkles Haar war weich und roch nach Shampoo, und ich konnte spüren, wie sich ihre Brüste hoben und senkten. Draußen auf dem Hof regnete es heftig. Meine Finger streichelten ihre Wange, und ich hielt ihre

Hand, und dann, nur wenige Augenblicke später, spürte ich, wie sie erschauerte, als seien mit dem Schlaf die schreckliche Anspannung und Furcht von ihr gewichen. In der eingetretenen Stille schaute ich nach draußen auf den Regen, der auf dem schmiedeeisernen Geländer tanzte.

Die Neonlichter der Bourbon Street sahen im Regen aus wie grüner und roter Rauch. Die schwarzen Straßentänzer mit ihren schweren metallenen Steptänzerabsätzen und -spitzen, die wie Hufeisen auf dem Bürgersteig klapperten, waren heute abend nicht draußen, und bei den wenigen Touristen handelte es sich meist um Familien, die dicht an den Hauswänden entlang von einem Souvenirshop zum nächsten schlenderten, ohne vor den offenen Türen der Striplokale stehenzubleiben, wo Schlepper mit riesigen Strohhüten und schokofarben gestreiften Westen mühsam das Geschäft in Schwung zu bringen versuchten.

Ich stand an einer Hauswand an der gegenüberliegenden Ecke von Smiling Jack's und beobachtete Jerry eine halbe Stunde lang durch die Tür. Er trug seinen Fedora und eine Schürze über einem Sporthemd mit offenem Kragen, auf das kleine Whiskeyflaschen gedruckt waren. Vor dem Schein der Strahler auf der Tingeltangelbühne hinter ihm wirkte das eckige Profil seines Gesichts, als sei es aus Weißblech geschnitten.

Der 45er lastete schwer in der Tasche meines Regenmantels. Ich hatte die Erlaubnis ihn zu tragen, hatte aber noch nie Gelegenheit dazu gehabt, und ich hatte auch nur ein einziges Mal damit geschossen, seit ich aus dem Polizeidienst ausgeschieden war, und da hatten die Schüsse einem Alligator gegolten, der auf dem Bayou ein Kind angegriffen hatte. Allerdings hatte ich ihn als Polizist benutzt, als der Leibwächter des größten Drogenhändlers und Zuhälterkönigs von New Orleans auf meinen Partner und mich angelegt hatte. Er hatte in meiner Hand gezuckt wie ein Preßlufthammer, ganz so, als habe er ein Eigenleben; als ich aufgehört hatte, ins Heckfenster des Cadillac zu schießen, hallte in meinen Ohren das Dröhnen wider wie Meeresbrandung, mein Gesicht war erstarrt vom Geruch des Kordit, und später wurde ich in meinen Träumen heimgesucht vom Bild zweier Männer, deren Körper wie Gliederpuppen in einem roten Nebel tanzten.

Dieser Bezirk war vierzehn Jahre lang mein Turf gewesen, zuerst als Streifenpolizist, dann als Sergeant bei der Ermittlung von Raubüberfällen und schließlich als Lieutenant der Mordkommission. In jener Zeit bekam ich sie alle zu sehen: männliche und weibliche Prostituierte, Hochstapler, wahnsinnige Heckenschützen, Scheckfälscher, Geldschrankknacker, Autodiebe, Straßendealer und Stittenstrolche. Ich wurde besinnungslos geschlagen, angeschossen, mit einem Eispfriem gestochen, bewußtlos hinter das Steuer eines Autos verfrachtet und von der dritten Etage eines Parkhauses auf die Ausfahrtrampe geschoben. Ich war Zeuge einer Hinrichtung auf dem elektrischen Stuhl im Gefängnis von Angola, half die Überreste eines Buchmachers aus einer Müllzerkleinerungsanlage aufsammeln, zog Kreideumrisse auf dem Asphalt einer Gasse nach, in die sich eine Frau mit ihrem Kind vom Dach eines Obdachlosenasyls gestürzt hatte.

Ich hatte Hunderte von Leuten in den Knast gebracht. Viele von ihnen verbüßten lange Haftstrafen in Angola; vier landeten auf dem elektrischen Stuhl. Doch ich glaube nicht, daß meine Beteiligung an dem, was Politiker den »Krieg gegen das Verbrechen« nennen, viel ausgerichtet hat. New Orleans ist jetzt keine sicherere Stadt als damals. Warum? Rauschgift ist die eine Antwort. Die andere lautet vermutlich, daß es mir in vierzehn Jahren nie gelungen ist, einen Slumlord hinter Gitter zu bringen oder einen Bezirksverordneten, der Anteile an Pornokinos und Massagesalons besitzt.

Ich sah, wie Jerry die Schürze abnahm und dem hinteren Bereich der Bar zustrebte. Ich überquerte in strömendem Regen die Straße und betrat die Bar genau in dem Moment, als Jerry hinter dem Vorhang des Durchgangs verschwand. Auf der hellerleuchteten Bühne vor einer Spiegelwand tanzten zwei Oben-ohne-Girls in straßbesetzten Zwickelhöschen mit Goldkettchen um die Fußknöchel zu einer Rock'n'Roll-Platte aus den fünziger Jahren. Ich mußte warten, bis sich meine Augen an das kreisende Stroboskopenlicht gewöhnt hatten, das über Wände, Fußboden und die Körper der Männer huschte, die von der Bar her die Girls anstarrten, und ging dann zielstrebig auf den Vorhang am Durchgang zu den hinteren Räumen zu.

»Kann ich Ihnen behilflich sein?« fragte der andere Barmann. Er war blond und trug eine schwarze Strickkrawatte zu einem weißen Sporthemd.

»Ich habe eine Verabredung mit Jerry.«

»Jerry Falgout?«

»Dem anderen Barmann.«

»Ja. Dann nehmen Sie doch Platz. Ich sag' ihm, daß Sie hier sind.«

»Machen Sie sich nicht die Mühe.«

»He, Sie können nicht so einfach nach hinten gehen.«

»Es ist ein privates Gespräch, Partner. Mischen Sie sich nicht ein.«

Ich ging durch den Vorhang in einen Lagerraum, der vollgestellt war mit Bierkästen und Schnapsflaschen. Der Raum wurde von einer einzigen Glühbirne mit einem Blechschirm beleuchtet, und ein riesiger Ventilator, der in das hintere Fenster eingesetzt war, saugte die Luft in einen von Ziegelmauern eingefaßten Gang hinter dem Gebäude. Die Tür zu einem kleinen Büro stand halb offen, und drinnen kniete Jerry vor einem Schreibtisch fast wie im Gebet, während er durch einen zusammengerollten Geldschein eine Linie weißen Pulvers von einer Spiegelscherbe schnupfte. Dann erhob er sich, verschloß die Nasenlöcher mit Daumen und Mittelfinger, schnupfte, blinzelte, und seine Augen wurden weit. Dann leckte er den Finger an, wischte den Rest des weißen Pulvers von einem kleinen Stück weißen Papiers und rieb damit seinen Gaumen ein.

Er sah mich erst, als er schon halb aus der Tür war. Ich drückte ihm beide Arme hinter dem Rücken zusammen, schob eine Hand hinter seinen Kopf und rammte ihn in den Fensterventilator. Sein Fedora wurde von den metallenen Rotorblättern verschluckt, und dann hörte ich, wie sie über seine Kopfhaut scharrten und schrammten, und ich riß seinen Kopf zurück wie den eines Ertrinkenden, stieß ihn in das kleine Büro und warf die Tür hinter uns zu. Sein Gesicht war kreidig vor Schreck, und Blut rann von seinem Haaransatz wie lose Bindfäden. Sein Blick war wild vor Furcht. Ich drückte ihn auf einen Stuhl.

»Verdammt, Mann. Verdammt. Sie haben ja völlig den Verstand verloren«, sagte er und er stieß die Worte hervor, als habe er einen Schluckauf.

»Wieviel hast du dafür gekriegt, daß du Robin verpfiffen hast?«

»Was? Ich hab' nichts, gar nichts gekriegt. Wovon reden Sie überhaupt?«

»Hör mir jetzt mal zu, Jerry. Wir sind hier ganz allein, nur ich und du. Kein Miranda-Gesetz, kein Anwalt, kein Kautionssteller, keine sichere Zelle, in der du den harten Burschen markieren kannst. Wir machen das alles hier drinnen unter uns ab. Hast du verstanden?«

Er drückte die Hand auf seine blutigen Haare und starrte sie dann dümmlich an.

»Nun sag schon, daß du verstanden hast.«

»Was denn?«

»Deine letzte Chance, Jerry.«

»Ich versteh' gar nichts. Scheiße, was ist eigentlich mit Ihnen los? Sie kommen rüber wie 'n total verrückter Typ.«

Ich zog den 45er aus der Manteltasche, löste das Magazin, damit er sehen konnte, daß es geladen war, schob es wieder ein, riß den Schlitten zurück und ließ eine Patrone in die Kammer schnappen. Ich zielte genau zwischen seine Augen.

Sein Gesicht zuckte vor Angst, sein Mund zitterte. Seine Haare glänzten vor Schweiß. Die Hände umspannten die Schenkel, als habe er schreckliche Bauchschmerzen.

»Kommen Sie, Mann, legen Sie sie weg«, sagte er. »Ich hab' Ihnen doch schon gesagt, daß ich kein Achtgroschenjunge und Zuträger bin. Ich bin bloß jemand, der zurechtzukommen versucht. Ich bediene an der Bar, ich lebe von Trinkgeldern, ich wische Klos. Ich bin kein Schwerverbrecher, über den Sie herfallen müssen wie King Kong. Nein, Mann, Scheiße. Stecken Sie das Ding weg.«

»Was haben sie dir bezahlt?«

»'n Hunderter. Ich hab' nicht gewußt, daß sie ihr was tun. Das ist die Wahrheit. Ich dachte, die warnen sie nur, nicht mit Ex-Cops zu quatschen. Die mischen doch keine Nutten auf. Das kostet die nur Geld. Ich weiß auch nicht, warum sie ihr den Finger gebrochen haben. Das hätten die gar nicht tun müssen. Die weiß doch sowieso nichts. Kommen Sie, Mann, stecken Sie's weg!«

»Hast du Eddie Keats angerufen?«

»Soll das 'n Witz sein? Verdammt, der ist doch ein Killer. Haben die etwa den geschickt?«

»Also, wen hast du angerufen?«

Er wandte seine Augen von der Waffe ab und starrte in seinen Schoß. Er hielt die Hände zwischen den Schenkeln.

»Hört sich meine Stimme komisch für dich an?«

»Ja, irgendwie schon.«

»Das kommt daher, weil ich am Mund genäht worden bin. Auf der Kopfhaut hab' ich auch ein paar Stiche. Ein Schwarzer namens Toot war das. Weißt du, wer das ist?«

»Nein.«

»Er hat Robin den Finger gebrochen, dann ist er nach New Iberia gekommen.«

»Ich kenne den Mann nicht. Ich schwör's bei Gott.«

»Jerry, langsam stinkst du mich an. Wen hast du angerufen?«

»Hören Sie, das macht doch jeder. Man hört was über Bubba Rocque, oder jemand redet über ihn, oder vielleicht tanzt einer seiner Leute aus der Reihe. Na ja, dann ruft man deswegen in seinem Club an und bekommt 'n Hunderter. Es muß gar nicht mal wichtig sein. Die sagen nur, daß er eben gern alles weiß, was so läuft.«

»He, Jerry, bist du in Ordnung?« tönt die Stimme des anderen Barmanns von draußen vor der Tür.

»Ihm geht's gut«, sagte ich.

Der Türknauf drehte sich.

»Laß diese Tür zu, Partner«, sagte ich. »Falls du die Polizei anrufen willst, dann tu es. Aber komm nicht hier rein. Wenn du schon dabei bist, kannst du den Bullen gleich erzählen, daß Jerry sich wieder was in die Nase gezogen hat.«

Ich schaute Jerry fest in die Augen. An seinen Wimpern hingen Schweißtropfen. Er schluckte und wischte sich mit den Fingern über die trockenen Lippen.

»Geht schon in Ordnung, Morris«, sagte er. »Ich komm' gleich raus.«

Ich hörte, wie sich die Schritte des Barmanns von der Tür entfernten. Jerry holte tief Luft und starrte wieder auf die Waffe.

»Ich hab' Ihnen erzählt, was Sie wissen wollten. Also lassen Sie mich jetzt gehen, okay?« sagte er.

»Wo ist Victor Romero?«

»Wie, zum Teufel, soll ich denn von dem was wissen?«

»Du hast doch Johnny Dartez gekannt, oder nicht?«

»Klar. Der hat doch in allen Bumslokalen rumgehangen. Der ist doch tot, stimmt's?«

»Also mußt du auch Victor Romero gekannt haben.«

»Sie haben immer noch nichts kapiert. Ich bin ein Barmann. Ich weiß nicht mehr, als was jeder andere auf der Straße auch weiß. Der Kerl ist ein verrücktes Tier. Er hat schlechten braunen Mexikaner in der Stadt gedealt. Da war 'n Insektenvertilgungsmittel drin oder so was. Also mußte er aus der Stadt verschwinden. Dann hab' ich gehört, daß die Einwanderungsbehörde ihn und Johnny Dartez am Arsch gehabt hat, weil sie versucht haben, ein paar von den ganz großen Bossen aus Kolumbien hierher zu bringen. Aber das war wohl Quatsch. Weil Johnny ja noch immer rumgeschwirrt ist, bevor er in den Teich gefallen ist.«

»Die sind von der Einwanderungsbehörde hochgenommen worden?«

»Das weiß ich doch nicht, Mann. Du stehst hinter der Bar, und jede Nacht hörst du Hunderte von Geschichten. Es ist reinstes Schmierentheater. Was ist, Mann, lassen Sie mich jetzt in Ruhe?«

Ich entspannte ganz vorsichtig den Hahn der 45er und hielt die Waffe mit dem Lauf nach unten in der Hand. Ein tiefer Seufzer entrang sich seiner Brust, seine Schultern sackten zusammen, und er wischte sich die Handflächen an der Hose ab.

»Da ist noch eins«, sagte ich. »Du hältst dich aus Robins Leben raus. Du denkst nicht mal mehr an sie, verstanden?«

»He, wie soll ich das denn machen? Soll ich so tun, als wenn ich sie nicht sehe? Sie arbeitet hier, Mann.«

»Nicht mehr. Übrigens, an deiner Stelle würde ich mir überlegen, einen Job außer Landes anzunehmen.«

Er machte ein verwirrtes Gesicht. Dann sah ich in seinen Augen langsames Begreifen aufdämmern und schließlich nackte Angst.

»Du hast kapiert, Jerry. Ich werde bald ein Gespräch mit Bubba Rocque haben. Und ich werd' ihm sagen, wer mich geschickt hat. Überleg mal, wie wär's denn mit dem Iran?«

Ich versenkte die 45er in der Tasche meines Regenmantels und ging aus der Bar in den Regen, der jetzt nachgelassen hatte und nur mehr in kleinen Bächen von den verzierten schmiedeeisernen Balkongeländern entlang der Straße rann. Die Luft war sauber und kühl und roch süß vom Regen, und während ich im Schutz der Gebäude zum Jackson Square und zur Decatur Street ging, wo mein Pickup geparkt war, konnte ich die von den Lichtern der Stadt erhellten Türme der St. Louis Cathedrale am nachtschwarzen Himmel sehen. Der Nebel über dem Fluß war dick wie Wolken, die Kellner hatten vor dem Café du Monde die Stühle übereinandergestellt, und der Wind wehte den Nebel über die Tische wie feuchtglänzende Tücher. In der Ferne tutete das Horn eines Dampfers.

Es war elf Uhr, als ich nach Hause kam. Der Sturm hatte aufgehört, und das Haus lag im Dunkeln. Die Pecanobäume standen naß und schwarz auf dem Hof, und die leichte Brise vom Bayou fuhr raschelnd durch ihre Blätter und schüttete Wasser auf das Blech des Vordachs. Ich sah nach Alafair, ging dann in unser Schlafzimmer, wo Annie in Slip und Pyjamaoberteil auf dem Bauch schlief. Der Fensterventilator lief, saugte die kühle Luft von draußen an und bewegte sacht den feinen Flaum ihrer Nakkenhaare. Ich verstaute die 45er wieder in der Schublade, zog mich aus und legte mich neben sie. Die Müdigkeit kreiste in meinem Blut wie eine Droge. Sie bewegte sich leicht und drehte dann den Kopf auf dem Kissen von mir weg. Ich drückte ihr meine Hand auf den Rücken. Sie rollte sich herum, das Gesicht zur Decke gewandt, und legte den Arm über ihre Augen.

»Du bist heil zurückgekommen?« fragte sie.

»Sicher.«

»Sie blieb einen Augenblick still, und ich hörte, daß ihr Mund trocken war, als sie wieder sprach. »Wer ist sie, Dave?«

»Eine Tänzerin in einem Laden an der Bourbon Street.«

»Hast du alles erledigt?«

»Ja.«

»Ich schätze, du bist es ihr schuldig gewesen.«

»Nein, eigentlich nicht. Ich mußte sie nur aus der Schußlinie bringen.«

»Ich verstehe nicht, warum du dich ihr gegenüber verpflichtet fühlst.«

»Weil sie eine Trinkerin und Süchtige ist und nichts für sich selbst geregelt bekommt. Die haben ihr den Finger gebrochen, Annie. Falls die sie noch mal schnappen, wird es ihr noch viel schlimmer ergehen.«

Ich hörte, wie sie die Luft einzog. Dann legte sie die Hände auf den Bauch und starrte in die Dunkelheit.

»Es ist also noch nicht vorbei«, sagte sie.

»Für sie schon. Und der Kerl, der mit dafür verantwortlich ist, daß man mir das Gesicht eingetreten hat, wird schleunigst aus New Orleans verschwinden. Ich gebe zu, daß ich mich jetzt wesentlich besser fühle.

»Ich wünschte, ich könnte dein Gefühl teilen.«

Es war still im Zimmer, der Mond kam heraus und warf Schatten in den Bäumen. Ich hatte das Gefühl, als würde ich für immer etwas verlieren. Ich legte meinen Fuß über einen der ihren und griff nach ihrer Hand. Sie war rauh und trocken.

»Ich hab's mir nicht ausgesucht«, sagte ich. »Der Ärger hat uns eingeholt. Man muß sich Problemen stellen, Annie. Wenn du das nicht tust, folgen sie dir wie streunende Hunde.«

»Du hast mir immer erzählt, einer der wichtigsten Grundsätze der Anonymen Alkoholiker lautet: ›Nimm alles leicht‹.«

»Das bedeutet aber nicht, daß man seiner Verantwortung aus dem Wege geht. Es bedeutet auch nicht, daß man die Rolle des Opfers akzeptieren soll.«

»Vielleicht sollten wir mal über den Preis reden, den wir für unseren Stolz zu zahlen bereit sind.«

»Ich weiß nicht mehr, was ich noch sagen soll. Du verstehst nicht, und ich glaube nicht, daß du es je kannst.«

»Was soll ich denn empfinden, Dave? Du legst dich hier neben mich und erzählst mir, daß du bei einer Stripperin gewesen bist, daß du jemand aus New Orleans verjagt hast, daß es dir ein gutes Gefühl gibt. Von einer solchen Welt weiß ich nichts. Ich glaube auch nicht, daß man das muß.«

»Sie existiert deswegen, weil Leute so tun, als gäbe es sie nicht.«

»Dann laß doch die anderen Leute in ihr leben.«

Sie setzte sich mit dem Rücken zu mir auf die Bettkante.

»Geh nicht weg«, sagte ich.

»Ich gehe nirgends hin.«

»Dann leg dich hin und laß uns reden.«

»Es hat keinen Zweck, noch weiter drüber zu reden.«

»Wir können uns über andere Dinge unterhalten. Diese Sache ist doch bloß vorübergehend. Ich habe in meinem Leben eine Menge größerer Probleme gehabt als das«, sagte ich.

Sie blieb auf der Bettkante sitzen. Der Slip war heruntergerutscht. Ich legte meine Hand auf ihre Schulter und drückte sie wieder aufs Kissen.

»Nun komm schon, Kindchen. Sperr deinen alten Mann nicht aus«,sagte ich.

Ich küßte sie auf die Wangen und auf die Augen und streichelte ihr Haar. Ich spürte, wie ich an ihrer Seite hart wurde, aber ihr Blick blieb starr nach vorn gerichtet, und ihre Hände lagen schlaff auf meinen Schultern, als sei das die Stelle, wo sie liegen müßten.

Ich sah draußen im Mondlicht, wie das Wasser aus den Pecanobäumen tropfte. Ich dachte nicht mehr an meinen Stolz und an die Gefühle, die ich hinterher haben würde. Ich brauchte sie, und ich streifte ihr den Slip ab und zog meine Unterwäsche aus und drückte sie an mich. Ihre Arme lagen auf meinem Rücken, und sie küßte mich einmal leicht auf die Wange, aber sie war trocken, als ich in sie eindrang, und ihre Augen blieben offen und blicklos, als seien sie auf einen Gedanken gerichtet, den sie in sich trug.

Draußen im Bayou hörte ich den eigentümlichen Brunftschrei eines Alligatorenbullen. Ich schwitzte jetzt trotz des kühlen Luftzugs vom Fensterventilator, und in dem Wirrwarr von Gedanken, die sich in einem solchen Moment der Selbsterniedrigung melden, in dem das Herz übervoll ist, versuchte ich sowohl meine lüsterne Abhängigkeit als auch meine Bereitschaft, sie zu meiner Komplizin zu machen, vor mir zu rechtfertigen.

Ich hörte auf und stemmte mich von ihr hoch. Ich zitterte vor Selbstverachtung am ganzen Körper und zog mir mit einem Ruck die Unterhose über die Schenkel. Sie drehte den Kopf auf dem Kissen und schaute mich an wie eine Patientin in einem Krankenhausbett.

»Es ist ein langer Tag gewesen«, sagte sie ruhig.

»Nicht für mich. Mir ist danach, jetzt rauszugehen und ein paar Büchsen und Flaschen leerzusaufen.«

Ich stand vom Bett auf und zog mir Hemd und Hose über.

»Wohin gehst du?« fragte sie.

»Ich weiß noch nicht.«

»Komm wieder ins Bett, Dave.«

»Ich werde die Vordertür abschließen. Ich will versuchen, dich nicht zu wecken, wenn ich zurückkomme.«

Ich streifte meine Halbschuhe über und ging nach draußen zum Pickup. Die wenigen schwarzen Wolken am Himmel waren vom Mondlicht eingefaßt, und Schatten fiel auf die Eichen entlang dem Sandweg, der nach New Iberia führte. Das Wasser im Bayou stand hoch vom Regen, und ich sah die wie ein V geformte Welle, die ein einsam schwimmender Nutria aufwarf, der dem anderen Ufer zustrebte. Das Wasser spritzte auf, als ich krachend durch die Regenpfützen auf dem Weg jagte, und ich umklammerte die Lenkung so fest, daß meine Handknöchel scharf hervortraten. Als ich über die Zugbrücke fuhr, flog der Ersatzreifen aus seiner Halterung einen Meter hoch in die Luft.

Die Main Street in New Iberia war ruhig und menschenleer, als ich vor dem Billardsalon parkte. Die Eichen längs der Straße raschelten im Wind, und draußen auf dem Bayou schoben sich die grünen und roten Positionslampen eines Schleppkahns langsam durch die offene Zugbrücke. Ich konnte den Brückenwärter in seinem kleinen, hellerleuchteten Kabuff sehen. Ein Stück unterhalb des Docks führte ein pfeifenrauchender Mann in Hemdsärmeln seinen Hund an dem alten Klinkergemäuer der Episkopalkirche vorüber, die von den Nordstaaten während des Bürgerkriegs als Lazarett benutzt worden war.

Das Innere des Billardsalons war fast wie eine Rückkehr in das

New Iberia meiner Jugend, als die Leute häufiger Französisch als Englisch sprachen, in jeder Bar Automaten und das Rennbahnspiel standen, die Puffs an der Railroad Avenue vierundzwanzig Stunden am Tag offen hatten und die übrige Welt uns so fremdartig erschienen war wie die Texaner, die nach dem Zweiten Weltkrieg mit ihren Ölbohrtürmen und den Pipelinetrupps angerückt kamen. Eine Mahagonibar mit einer Haltestange aus Messing und einer Reihe von Spucknäpfen zog sich über die Länge des ganzen Lokals; im hinteren Teil des Raums standen vier mit grünem Filz bespannte Pooltische, über die der Besitzer manchmal eine Wachstuchdecke legte, wenn er den Gästen Gumboschotensuppe gratis servierte; und alte Männer spielten *bourée* und Domino unter den Deckenventilatoren mit den langen Rotorblättern aus Holz. Der Tabellenstand von Mannschaften sowohl der allamerikanischen Liga als auch der nationalen Liga war mit Kreide auf eine große Tafel an der Wand geschrieben, und im Fernseher über der Bar schienen ausschließlich Baseballspiele zu laufen. Der Raum roch nach gezapftem Bier und Gumboschoten und Talkum, nach Whiskey und gekochten Flußkrebsen und Virginia Extra Tabak, nach eingelegten Schweinsfüßen und Wein und Red-Man-Kautabak.

Der Besitzer hieß Tee Neg. Er war ein Pipelinemann und Ölbohrexperte der ersten Generation, der wie ein Mulatte aussah und dem von der Führungskette eines Ölbohrers drei Finger abgerissen worden waren. Ich sah, wie er Bier in ein geeistes Glas zapfte, den Schaum mit einem Holzspatel vom Rand wischte und es zusammen mit einem Schnapsglas voll Whiskey einem Mann im Drillichzeug und Strohhut vorsetzte, der an der Bar stand und eine Zigarre rauchte.

»Ich hoffe, du bist hier, um Pool zu spielen, Dave«, sagte Tee Neg.

»Gib mir eine Schüssel Gumbo.«

»Die Küche ist geschlossen. Das weißt du doch.«

»Dann gib mir ein paar *boudin.*«

»Sie haben mir heute keine gebracht. Willst du ein Dr. Pepper?«

»Ich möchte gar nichts.«

»Ganz wie du willst.«

»Gib mir eine Tasse Kaffee.«

»Du siehst müde aus, du. Geh nach Hause und schlaf dich aus.«

»Bring mir einfach 'ne Tasse Kaffee, Tee Neg. Und bring mir auch 'ne Zigarre.«

»Du rauchst doch gar nicht, Dave. Weswegen bist du so wütend, du?«

»Es ist nichts. Ich hab' heute noch nichts gegessen. Ich dachte, deine Küche hätte noch auf. Hast du die Zeitung von heute?«

»Na klar.«

»Dann les' ich eben Zeitung.«

»Alles, was du willst.«

Er langte unter die Bar und reichte mir eine zusammengefaltete Ausgabe des *Daily Iberian.* Auf der Titelseite war der Abdruck eines Bierglases.

»Gib den alten Herren da hinten eine Runde von mir aus«, sagte ich.

»Das mußt du doch nicht.«

»Ich will's aber so.«

»Das mußt du nicht, Dave.« Er schaute mir unverwandt ins Gesicht.

»Ich bin heute abend eben spendabel.«

»Okay, Partner. Aber wenn sie dir auch einen ausgeben, mußt du hier hinter die Bar kommen und dich selber bedienen. Tee Neg kriegst du nicht dazu, nein.«

Ich faltete das Blatt auseinander und versuchte, die Sportseite zu lesen, doch die Lettern verschwammen immer wieder vor meinen Augen. Meine Haut juckte, das Gesicht brannte, in den Lenden hatte ich ein Gefühl, als wären sie voll Zement. Ich faltete die Zeitung zusammen, ließ sie auf der Bar liegen und ging wieder nach draußen in die Frühlingsnacht.

Ich fuhr hinunter zur Bucht am Cypremont Point, setzte mich auf einen Steg, der weit ins Meer ragte, und sah zu, wie die Ebbe einsetzte. Als morgens die Sonne herauskam, sah der Himmel leer und weiß wie ein Knochen aus. Möwen flogen niedrig über dem nassen grauen Sand und schnappten sich Schalentiere, und der Wind trug den Geruch von totem Fisch zu mir. Meine Sachen fühlten sich steif und körnig vom Salz an, als ich zurück zu meinem Pickup ging. Auf dem Weg in die Stadt stand mir der Besuch im Billardsalon so wirklich und in allen Einzelheiten unerbittlich scharf vor Augen, als handele es sich um Bilder eines tagealten Alkoholkaters.

Später machten Batist und ich den Fischköderladen und den Bootsverleih auf. Dann ging ich hoch zum Haus und schlief bis in die ersten Nachmittagsstunden. Als ich aufwachte, war es strahlend hell und warm, und Spottdrosseln und Eichelhäher lärmten in den Bäumen. Annie hatte mir in Butterbrotpapier gewickelte Sandwiches mit Schinken und Zwiebeln gemacht, und daneben auf dem Küchentisch lag eine Notiz von ihr.

Wollte Dich nicht wecken, aber wenn ich aus der Stadt zurückkomme, kannst Du mir dabei helfen, einen geilen älteren Knaben mit weißer Strähne im Haar zu finden, der sich darauf versteht, ein Mädel aus Kansas in Hochstimmung zu bringen.

In Liebe
A.

P.S. Laß uns heute abend im Park ein Picknick machen und Alafair zum Baseballspiel mitnehmen. Das mit gestern nacht tut mir leid. Du wirst mir immer etwas ganz Besonderes sein, Dave.

Das war großzügig und freundlich von ihr. Ich hätte darüber sehr zufrieden sein müssen, aber es beunruhigte mich gleichermaßen, wie es mir wieder Sicherheit gab, weil ich mich fragte, ob Annie – wie die meisten Menschen, die mit Alkoholikern zusammenleben – nicht auch aus der Furcht heraus so gehandelt hatte, meine unvorhersehbaren Launen könnten uns alle in jene Alptraumwelt zurückstoßen, vor der mich die AA gerettet hatten.

Trotz alledem wußte ich auch, daß die durch den Flugzeugabsturz am Southwest Pass verursachten Probleme nicht verschwinden würden. Und da ich in einer ländlichen Cajun-Welt aufgewachsen war, in der es praktisch keine Bücher gegeben hatte, bezogen sich fast alle meine Lektionen darüber, wie man mit Problemen umzugehen hat, auf Jagen, Fischen und Kampfsportarten. Keine Bücher hätten mich lehren können, was ich von meinem Vater in den Marschen gelernt hatte, und als Boxer an der High School hatte ich die Entdeckung machen müssen, daß es genauso wichtig war, das eigene Blut wegzuschlucken und so zu tun, als seien Treffer wirkungslos geblieben, wie auf den Gegner loszudreschen und ihn abzuschlagen.

Aber die vielleicht wichtigste Lektion, ein Problem in seinem ganzen Ausmaß zu würdigen, hatte mir ein alter schwarzer Hausmeister erteilt, der damals, als die Neger noch ihre eigenen Ligen gehabt hatten, Pitcher bei den Kansas City Monarchs gewesen war. Er schaute regelmäßig bei unseren Nachmittagsspielen zu, und eines Tages, nachdem man mich vom Abschlagplatz gefegt hatte und ich über das Feld auf die Duschkabinen zutrottete, war er neben mir hergelaufen und hatte gesagt: »Bogenlampen und angeschnitt'ne Bälle sin' ja prima, und mit 'n angespuckten Ball zeigste denen, daß de richtig fies sein kannst. Aber wenn de willst, daß der Schlagmann den Schwanz einkneift, mußte 'n Flatterball direkt auf sein' Kopp knall'n.«

Vielleicht war es für mich jetzt an der Zeit, auf den Schlagmann zu zielen, dachte ich.

Bubba Rocque hatte am Vermilion River, außerhalb von Lafayette, ein verfallenes Haus im Kolonialstil gekauft und eine Viertelmillion Dollar dafür ausgegeben, um es zu restaurieren. Es war eine bombastische Pflanzervilla, grellweiß schimmernd unter den Strahlen der Sonne und mit dorischen Säulen bis zum Obergeschoß, so dick, daß zwei Männer sie nicht mit ausgebreiteten Armen umspannen konnten. Die Außengalerie war ganz mit italienischem Marmor ausgelegt; die Galerie zog sich um das ganze Obergeschoß und war mit einem schmiedeeisernen Geländer, importiert aus Sevilla, eingefaßt, an dem Kästen mit Petunien und Geranien hingen. Die aus Klinkersteinen erbaute Remise war zu einer Garage für drei Autos umgebaut worden; die Steinbrunnen hatte man mit dekorativen Aufzugswinden aus Messing bestückt und mit Blumenkörben versehen, aus denen Wicken und Passionsblumen rankten; die eingestürzten hölzernen Außengebäude waren einem Harttennisplatz gewichen.

Der leuchtend blaugrüne Rasen schimmerte von den Wassertropfen aus Sprinkleranlagen und war hier und da bestanden mit Eichen, Mimosen-, Zitronen- und Orangenbäumen; die lange kiesbestreute Auffahrt, die bis ans Portal führte, war von einem weißen Zaun eingefaßt, in dem gelbe Heckenrosen rankten. Ein Cadillac Cabrio und ein neuer cremefarbener Oldsmobile parkten davor, und aus der Garagentür ragte ein feuerwehrroter MG, ein Sammlerstück aus den dreißiger Jahren. Zwischen den Weiden am Flußufer entdeckte ich ein Schnellboot, wie es Schmuggler gern benutzen. Das Cockpit hatte man mit einer Plane abgedeckt.

Es war schwer vorstellbar, daß diese Szenerie, die wie aus einem Magazin für schönes Wohnen im alten Süden wirkte, zu Bubba Rocque passen sollte, dem Jungen, der sich stets auf einen Kampf vorbereitete, indem er die Hände in eine Salzsäurelösung tauchte und jeden Morgen acht Kilometer in Armeestiefeln runterriß. Ein alter schwarzer Diener öffnete mir die Tür, doch er bat mich nicht herein. Statt dessen knallte er sie mir beinahe vor der Nase zu und ging nach hinten ins Haus, um Order einzuholen. Etwa fünf Minuten später hörte ich, wie Bubba sich über die Verandabrüstung beugte und zu mir herunterrief: »Komm rein, Dave. Ich bin gleich unten. Entschuldige mein ungehobeltes Benehmen. Ich bin unter der Dusche gewesen.«

Ich trat ein und wartete mitten in der Eingangshalle unter einem riesigen Kronleuchter, bis er über die Wendeltreppe vom Obergeschoß herunterkam. Das Innere des Hauses war eigenartig. Die Dielenbretter waren aus heller Eiche, die Wandverkleidung aus geschnitztem Mahagoni, die Möbel antike Stücke aus Frankreich. Offensichtlich hatte hier ein teurer Innenarchitekt versucht, die kreolische Epoche vor dem Bürgerkrieg neu erstehen zu lassen. Doch noch jemand anderes war am Werk gewesen. Die Scheuerleisten aus Zedernholz und die Deckenbalken waren mit Efeuranken bemalt; kitschige Ölgemälde von dick hingeklecksten Sonnenuntergängen, wie man sie bei Straßenkünstlern an der Pirates Alley von New Orleans kaufen konnte, hingen über der Couch und der Kamineinfassung; ein Aquarium, gefüllt mit Schaufelrädern und Plastikburgen, ja sogar einem Oktopus aus Gummi, der an eine Seitenwand gepappt war, nahm die ganze

Breite eines Fensters ein, und aus dem Mund eines Clowns stiegen grüne Luftblasen auf.

Bubba kam auf den Fußballen federnd die Treppe herunter. Er trug lange weiße Hosen und ein kanariengelbes Golferhemd, Sandalen ohne Socken und eine goldene Halskette, eine goldene Armbanduhr mit in das Zifferblatt eingesetzten Diamanten und Rubinen. Sein kurzes Stoppelhaar war an den Spitzen von der Sonne gebleicht, die Haut fast oliv gebräunt. Gebaut war er noch immer wie ein Boxer – die Hüften schmal, der Bauch flach wie ein Bügelbrett, die Schultern breit wie ein Axtgriff, die Arme ungewöhnlich lang, die Handknöchel ausgeprägt wie Kugellager. Aber es waren die weit auseinanderstehenden graublauen Augen und der Mund mit den Zahnlücken, die einem zuerst auffielen. Der Blick war nicht auf einen Punkt gerichtet, aber auch nicht unstet, und er blinzelte nie; er saugte sich am Gesicht des Gegenübers fest und blieb unverwandt darauf ruhen. Sein Lächeln war ungezwungen und unverwandt, doch welche Gefühle sich hinter diesem Gesicht verbergen mochten, konnte man nur erraten.

»Was liegt an, Dave?« sagte er. »Bin froh, daß du mich noch erwischt hast. Ich muß nämlich heute nachmittag nach New Orleans. Komm doch mit raus auf den Patio und nimm einen Drink. Was hältst du von meinem Haus?«

»Es ist beeindruckend.«

»Hier ist mehr Platz, als ich brauche. Ich hab' noch ein kleines Haus am Lake Pontchartrain und ein Winterhaus in Bimini. Das ist mehr mein Stil. Aber der Frau gefällt's hier. Und du hast schon recht. Die Leute sind höllisch beeindruckt. Erinnerst du dich noch, als du und ich und dein Bruder auf der Bowlingbahn Kegel aufgestellt und die farbigen Jungs versucht haben, uns zu vertreiben, weil wir ihnen die Jobs weggenommen haben?«

»Mein Bruder und ich sind gefeuert worden. Aber ich glaube, dich hätten sie nicht mal mit 'ner Schrotflinte verscheuchen können, Bubba.«

»Mensch, das waren harte Zeiten, Partner. Komm nach draußen. Ich muß dir was zeigen.«

Er führte mich durch hohe Flügeltüren hinaus auf den Patio

mit einem von Steinplatten gesäumten Swimmingpool in der Mitte. Die Sonne schien durch die ausladenden Äste einer Eiche und glitzerte auf dem türkisgrünen Wasser. Am anderen Ende des Pools befand sich ein ummauerter Wendelgang mit spitzem Schindeldach, in der ein Hometrainer, Boxbirnen und ein Sandsack untergebracht waren.

Er grinste, nahm die geduckte Boxerstellung ein und täuschte einen Schlag an.

»Willst du dir die Sechzehn-Unzen-Handschuhe überstreifen und mit mir einen kleinen Gang machen?« fragte er.

»Du hast mir beim letzten Mal fast die Lichter ausgepustet, als ich gegen dich im Ring gestanden habe.«

»Einen Scheiß hab' ich. Ich hatte dich in der Ecke festgenagelt und hab' auf dich eingedroschen, daß die Schweißtropfen nur so aus den Haaren gesprüht sind und den Ringrichter naß gemacht haben. Und trotzdem konnte ich dich nicht auf die Matte legen. Willst du 'n Highball? Clarence, bring uns Krebsfleisch und *boudin.* Setz dich.«

»Ich hab' ein Problem, bei dem du mir vielleicht helfen kannst.«

»Klar doch. Was willst du trinken?« Er nahm einen Martini-Shaker aus einem kleinen Eisschrank hinter der Getränkebar.

»Danke, nichts.«

»Ach, stimmt ja. Ich hab' gehört, du kämpfst seit einiger Zeit gegen den Schnaps. Hier, ich hab' auch Tee da. Clarence, bring das verdammte Krebsfleisch.« Er schüttelte den Kopf und goß das Getränk in ein geeistes Martiniglas. »Der ist halb senil. Du wirst es nicht glauben, aber er hat mit meinem Alten zusammen auf dem Austernboot gearbeitet. Du erinnerst dich doch noch an meinen Alten? Er ist vor zwei Jahren auf den Gleisen der South Pacific umgekommen. Das ist kein Witz. Mitten auf den Schienen, mit 'ner Weinflasche auf der Brust, hat er ein Nickerchen gemacht, wie man mir erzählt hat. Na ja, er hat immer davon geredet, daß er ein vielgereister Mann sein möchte, der arme Hund.«

»Ein Haitianer namens Toot und ein Kerl, der vielleicht Eddie Keats heißt, haben mir einen Besuch abgestattet. Ich mußte die Platzwunden im Mund und am Kopf mit ein paar Stichen nähen lassen. Ein Barmann im Smiling Jack's in der Bourbon Street hat mir gestanden, daß er sie auf mich angesetzt hat, nachdem er in einem deiner Clubs angerufen hat.«

Bubba setzte sich mit seinem Drink in der Hand mir gegenüber an den Glastisch. Seine Augen starrten mich voll an.

»Jetzt erklär' mir gefälligst mal, was du damit sagen willst.«

»Ich glaube, die Kerle erledigen Jobs für dich. Sie haben sich auch eine Freundin von mir vorgenommen«, sagte ich. »Ich werde mich dafür revanchieren, Bubba.«

»Deswegen also sitzt du hier in meinem Haus?«

»Sag du's mir.«

»Nein. Ich werd' dir mal was ganz anderes sagen. Ich kenne Eddie Keats. Der kommt aus irgendeinem Scheißhaus oben im Norden. Er arbeitet nicht für mich. Nach allem, was ich so höre, schlitzt er Leuten nicht die Kopfhaut auf, sondern er räuchert sie. Von dem Haitianer hab' ich noch nie was gehört. Ich erzähl' dir das alles nur, weil wir zusammen zur Schule gegangen sind. Essen wir jetzt 'n bißchen Krebsfleisch und *boudin* und reden nicht mehr über diesen Mist.«

Von dem Tablett, das der Neger auf den Tisch gestellt hatte, spießte er kaltes Krebsfleisch mit einem Zahnstocher auf, nippte von seinem Martini und schaute mir, mit vollem Mund kauend, ins Gesicht.

»Ein Regierungs-Cop hat mir gesteckt, daß Eddie Keats Aufträge von dir übernimmt«, sagte ich.

»Dann sollte er was dagegen unternehmen.«

»Die Leute von der Regierung sind komische Typen. Ich werd' aus denen nie ganz schlau. Heute noch sind sie von 'nem Typ tödlich gelangweilt, und am nächsten Tag drehen sie ihn durch den Fleischwolf.«

»Du meinst Minos Dautrieve von der DEA, stimmt's? Weißt du, was sein Problem ist? Er ist aus demselben Stall wie du und ich. Genau so ein Prolet, nur daß er aufs College gegangen ist und so reden gelernt hat, als wär' er nicht hier unten aufgewachsen. Das stinkt mir. Und genausowenig gefallen mir die Sachen, die du hier vorbringst, Dave.«

»Du hast das Blatt so ausgeteilt, Bubba, als du mir die beiden Schläger ins Haus geschickt hast.«

Er schaute zur Seite, weil er vorn im Haus ein Geräusch gehört hatte, und trommelte mit den Fingerspitzen auf der Glasplatte. Seine Nägel waren abgekaut und die Fingerkuppen platt und schwielig.

»Eins will ich dir mal erklären, weil wir Freunde sind«, sagte er. »Mir gehören eine Menge Geschäfte. Ich hab' ein Dutzend Austernboote, ich hab' ein Kühl- und Packhaus für Fisch in New Iberia und eins in Morgan City. Ich besitze ein Fischrestaurant in Lafayette und am Lake Charles. Mir gehören drei Clubs und eine Transportsicherungsagentur in New Orleans. Ich hab' keine Verwendung für Kerle wie Keats. Aber in meinem Geschäft muß ich mich mit allerlei Leuten rumschlagen – Juden, Italos, Nutten, die ihren Verstand zwischen den Beinen haben, was immer du willst. Da ist zum Beispiel ein Arbeitsrechtler in New Orleans, für den mir meine Spucke zu schade wäre. Aber ich blätter' ihm jedes Jahr einen Scheck über fünftausend Dollar hin, damit vor meinen Clubs keine Streikposten aufmarschieren. Vielleicht gefällt mir nicht jeder, den ich auf meiner Lohnliste stehen habe, und womöglich weiß ich auch nicht immer, was sie tun. So ist das eben im Geschäftsleben. Aber wenn du willst, mach' ich ein paar Anrufe und finde raus, ob irgendwer Keats und diesen Farbigen auf dich angesetzt hat. Wie war noch mal der Name von diesem Plappermaul im Smiling Jack's?«

»Vergiß ihn. Ich hab' mit ihm schon ein ernstes Gespräch gehabt.«

»Ja?« Er schaute mich neugierig an. »Klingt irgendwie hundsgemein.«

»Er fand das auch.«

»Wer ist diese Freundin, die was abbekommen hat?«

»Die Freundin ist aus dem Spiel.«

»Ich glaube, unser Problem ist gegenseitiges Vertrauen.«

»So seh ich's nicht. Wir stellen nur eine gemeinsame Verständigungsebene her.«

»Nein. Ich muß gar nichts herstellen. Du bist mein Gast. Wenn ich dich ansehe, ist mir, als wär's erst gestern gewesen, als ich dir dabei zugesehen hab', wie du dich über den Spuckeimer gebeugt hast mit zitterndem Rücken, dein ganzer Mund blutverschmiert, und ich die ganze Zeit gehofft habe, daß du zur dritten Runde nicht mehr antrittst. Du hast das wohl nicht gemerkt. Aber in der zweiten hast du mich so schwer an den Nieren getroffen, daß ich geglaubt hab', ich würd' meinen Sackschoner bepissen.«

»Hast du eigentlich gewußt, daß ich nach diesem Flugzeugabsturz am Southwest Pass Johnny Dartez gefunden habe? Nur daß seine Leiche sich danach plötzlich in Luft aufgelöst hat.«

Er lachte, schnitt ein Stück *boudin* ab und reichte es mir auf einem Cracker.

»Ich hab' grade gegessen«, sagte ich.

»Du nimmst das jetzt.«

»Ich hab' keinen Hunger.«

»Nimm das jetzt, oder ich bin beleidigt. Gott, bist du stur und vernagelt. Hör mal, vergiß all diese Clowns, die du offenbar durch die Gegend schleifst. Ich hab' dir gesagt, ich hab' Geschäfte überall, und ich heuer' Leute an, die ich noch nicht mal leiden kann, damit sie sie für mich in Gang halten. Du bist gebildet, du bist schlau, du weißt, wie man zu Geld kommt. Leite einen meiner Clubs in New Orleans, und ich geb' dir sechzigtausend pro Jahr plus Prozente, mit denen du spielend auf fünfundsiebzig kommst. Du bekommst ein Auto, du fährst und bringst Nachschub auf die Inseln, du hast freie Wahl unter den Nutten.«

»Hat sich die Einwanderungsbehörde schon mal mit dir unterhalten?«

»Was?«

»Nachdem sie Dartez und Victor Romero hochgenommen haben. Die haben versucht, hier ein paar hochkarätige Kolumbianer einzuschmuggeln. Du müßtest doch davon wissen. Ich hab's auf der Straße aufgeschnappt.«

»Redest du jetzt von Illegalen oder wie oder was?«

»Ach, nun komm schon, Bubba.«

»Wenn du mit mir über Latinogesindel reden willst, such dir 'n anderen. Ich kann die nicht ausstehen. Von denen wimmelt's nur so in New Orleans. Die Regierung sollte Schiffsladungen mit Gummis runter in die Länder schicken, aus denen die kommen.«

»Das Vertrackte an dieser Festnahme ist, daß die beiden Typen Kuriere gewesen sind. Aber beide sind nicht durch die Mangel gedreht worden. Keiner mußte vor einem Geschworenengericht mit dem Finger auf irgendwen zeigen. Was schließt du daraus?«

»Nichts, weil mir diese Typen piepegal sind.«

»Ich glaube, die arbeiten jetzt für die Regierung. Wenn das meine Maultiere gewesen wären, würde ich langsam nervös werden.«

»Glaubst du, ich geb' einen Scheiß drauf, wenn ein paar von diesen Pomadenköppen behaupten, sie hätten was gegen mich in der Hand? Glaubst du, ich hätte dieses Haus, all diese Geschäfte, weil ich mir angst machen lasse? Weil die DEA oder die Einwanderungsbehörde oder Minos Dautrieve, der mit dem Daumen in seinem fetten rosa Arsch auf seinem Sessel hockt, einen Scheißdreck behaupten, den sie nie beweisen können, den sie selbst fabrizieren, mit dem sie die Zeitungen füttern oder Leute, die blöd genug sind, ihnen zuzuhören?«

Seine Augen waren hell und die Haut um seinen Mund angespannt und grau.

»Ich weiß nicht. Ich weiß einfach nicht, was in dir vorgeht, Bubba«, sagte ich.

»Wenn jemand das rausfinden will, muß er mit mir vielleicht am selben Strang ziehen.«

»Das ist keine Einbahnstraße, Partner.«

»Stimmt das denn?«

»Du kannst 'ne Bank drauf setzen. Bis später dann. Danke für den *boudin.*«

Ich stand auf, und er erhob sich ebenfalls vom Tisch. Sein Gesicht war stumpf, heiß vor Wut, undeutbar wie die Schnauze eines Haies. Dann plötzlich grinste er, ging wieder in die geduckte Boxerstellung, tänzelte und täuschte eine Linke an mein Gesicht an.

»He, jetzt hab' ich dich erwischt«, sagte er. »Kein Scheiß, du bist zurückgezuckt. Versuch nicht, das abzustreiten.«

Ich starrte ihn an.

»Was stierst du denn so?« sagte er. »Na schön, ich bin wütend geworden. Du setzt mir ja auch ganz schön zu. Das bin ich nicht mehr gewohnt.«

»Ich muß gehen, Bubba.«

»Teufel, nein. Komm, zieh' die Handschuhe an. Wir lassen es

ruhig angehen. He, stell dir mal vor: Ich bin in diesen Vollkontakt-Karateclub in Lafayette gegangen. Du weißt schon, wo sie wie die Känguruhs mit den Füßen boxen. Also, da steh' ich mit diesem Burschen im Ring, und der grunzt und fuchtelt mit seinem dreckigen Fuß in der Luft herum, und diese anderen Knaben schreien lauthals, weil sie wissen, daß er mir gleich den Kopf abreißen wird, und ich, ich geh' blitzschnell in ihn rein und verpaß ihm drei Kurze, bevor er sich auf die Matte legt. Die mußten ihn in die Umkleidekabine schleifen, als hätt' ihm jemand mit 'nem Eiscremelöffel das Hirn rausgekratzt.«

»Ich hab's endgültig an den Nagel gehängt. Und außerdem muß ich heute nachmittag noch arbeiten.«

»Quatsch mit Soße. Ich seh's dir doch an den Augen an. Du würdest es nur allzugern mit mir aufnehmen. Da ist deine lange Reichweite. Da ist die Versuchung immer groß, stimmt's?«

»Vielleicht.«

Mit einiger Mühe war es mir fast gelungen, mich von Bubba und seiner unberechenbaren Persönlichkeit freizumachen, als seine Frau durch die offenen Flügeltüren zu uns auf den Patio herausspaziert kam. Sie war mindestens zehn Jahre jünger als er. Ihr schwarzes Haar war hinten im Nacken mit einem Band zusammengeknotet; sie hatte dunkle Haut und trug einen zweiteiligen Badeanzug, oben gelb und unten rot, mit aufgedruckten Blumen und einen dazu passenden Sarong, der an der Hüfte geknotet war. In einer Hand trug sie einen offenen Schuhkarton voller Fläschchen, Nagelfeilen und -kissen. Sie war hübsch auf jene weiche, unbestimmte Art wie es Cajun-Mädchen oft sind, bevor sie in ihren mittleren Jahren schwergewichtig und fett werden. Sie lächelte mich an, setzte sich an den Gartentisch, schlug die Beine übereinander, ließ mit einem Wippen ihres Fußes eine Sandale in hohem Bogen durch die Luft fliegen und schob sich ein Stück *boudin* in den Mund.

»Dave, du erinnerst dich doch noch an Claudette aus New Iberia?« fragte Bubba.

»Tut mir leid. An die Leute von zu Hause hab' ich manchmal nur ganz vage Erinnerungen«, sagte ich. »Ich habe an die vierzehn Jahre in New Orleans gelebt.«

»Aber ich wette, du erinnerst dich noch an ihre Mutter, Hattie Fontenot.«

»O ja, ich glaube doch«, sagte ich mit ausdrucksloser Miene.

»Ich könnte wetten, daß du deine Unschuld in einem ihrer Rammelschuppen an der Railroad Avenue verloren hast«, sagte Bubba.

»Die Erinnerungen an meine Knabenzeit sind ein bißchen verwischt«, sagte ich.

»Du und dein Bruder, ihr habt doch Zeitungen an der Railroad Avenue ausgetragen. Willst du mir etwa weismachen, daß du nie in Naturalien bezahlt worden bist?«

»Vermutlich schon, aber ich kann mich einfach nicht mehr erinnern.«

»Da waren an der Ecke zwei Puffs für die Schwarzen«, sagte er. »Wir sind da immer Nigger aufmischen gegangen, und dann haben wir's uns für zwei Dollar besorgen lassen.«

»Bubba macht es manchmal Spaß, dreckige Reden zu schwingen. Mir macht das nichts aus. Sie sollten deswegen nicht verlegen sein«, sagte sie.

»Bin ich nicht.«

»Ich schäme mich wegen meiner Mutter nicht. Sie hatte eine Menge guter Eigenschaften. In höflicher, freundlicher Gesellschaft hat sie sich nie einer schmutzigen Sprache bedient. Anders wie manche Leute, die ich kenne.« Sie hatte einen schweren Cajun-Akzent, und in ihren braunen Augen lag ein seltsamer roter Schimmer. Sie waren rund wie bei einer Puppe.

»Bubba, machst du mir einen Gin Rickey?« sagte sie.

»Deine Thermosflasche ist im Eisschrank.«

»Ach so? Ich möchte aber einen im Glas, bitte.«

»Sie kann den ganzen Tag Gin Rickeys trinken und wird davon nicht breit«, sagte Bubba. »Ich glaube, sie hat so was wie 'ne hohle Schrippe.«

»Ich glaube nicht, daß Dave daran gewöhnt ist, wie wir miteinander reden«, sagte sie.

»Er ist doch auch verheiratet, oder nicht?«

»Bubba . . .«

»Was?«

»Würdest du mir bitte einen Drink holen?«

»Na schön«, sagte er und nahm die Thermosflasche und ein geeistes Glas aus dem Eisschrank. »Ich frag' mich, wofür ich Clarence eigentlich bezahle. Verdammt, es kommt noch soweit, daß ich ihm 'ne Lageskizze machen muß, bevor er anfängt, Staub zu wischen.«

Aus der Thermosflasche goß er das Getränk in das Glas seiner Frau und stellte es vor sie hin. Der gereizte Ausdruck wich nicht aus seinem Gesicht.

»Hör mal, ich will ja nicht ständig an dir rumnörgeln, aber wie wär's, wenn du dir zur Abwechslung mal nicht die Fingernägel am Tisch feilst«, sagte er. »Mir schmeckt mein Essen auch, wenn ich nicht dauernd den Staub von deiner Feile drin habe.«

Sie wischte den feinen Staub mit einem Kleenex von der Glasplatte und feilte sich dann weiter ihre Nägel über dem Schuhkarton.

»Also, ich muß gehen. Hat mich sehr gefreut, Sie kennenzulernen«, sagte ich.

»Yeah, ich muß auch packen und mich auf den Weg machen. Begleite ihn nach draußen zu seinem Pickup, Claudette. Sobald ich in New Orleans bin, werd' ich ein bißchen rumtelefonieren. Sollte ich rausfinden, daß dir irgendwer Probleme macht, unterbinde ich das. Das ist ein Versprechen. Übrigens, dieser Barmann sollte schleunigst aus der Stadt verschwinden.«

Er schaute kurz zu mir hin, tänzelte auf den Fußballen, knickte die Fäuste ein und stieß blitzartig die Schulter vor, wie von einem Gummiband geschnellt.

»He«, sagte er, grinste und blinzelte, ging dann zurück ins Haus und auf die gewundene Treppe zu. Sein Rücken bildete ein kräftiges Dreieck, das Hinterteil war straff und flach, die Schenkel waren dick wie Telefonmasten.

Seine Frau lief neben mir her zu meinem Pickup. Der Wind fegte über den Rasen, wehte den Sprühregen von den Sprinklern in Regenbogenschleiern zwischen die Bäume. Im Süden ballten sich graue Wolken zusammen, und die Luft war schwer und heiß. Im Obergeschoß des Hauses hatte Bubba eine Little-Richard-Platte von 1950 auf volle Lautstärke gedreht.

»Sie erinnern sich wirklich nicht mehr an mich?« sagte sie.

»Nein, tut mir leid.«

»Vor ungefähr zehn Jahren bin ich viel mit Ihrem Bruder Jimmie in New Orleans ausgegangen. An einem Abend haben wir Sie in Ihrem Anglercamp besucht. Sie waren echt voll bis obenhin und haben immer und immer wieder gesagt, daß der Güterzug Sie beim Schlafen stört. Als er dann vorbeigekommen ist, sind Sie nach draußen gerannt und haben mit einer Scheibenpistole auf ihn geschossen.«

Ganz plötzlich ging mir auf, daß Bubbas Frau doch kein so schlichtes Gemüt war.

»Ich fürchte, daß ich damals immer reichlich Promille gehabt habe«, sagte ich.

»Ich fand's komisch.«

Ich versuchte, höflich zu bleiben, doch wie den meisten trockenen Alkoholikern machte es auch mir keinen Spaß, über meine durchsoffenen Tage mit Leuten zu sprechen, die das witzig finden wollten.

»Also bis dann. Ich hoffe, wir sehen uns bald wieder«, sagte ich.

»Glauben Sie, daß Bubba verrückt ist?«

»Ich weiß nicht.«

»Seine zweite Frau hat ihn vor zwei Jahren verlassen. Er hat ihre ganzen Sachen in der Heizungsanlage hinter dem Haus verbrannt. Aber trotzdem, verrückt ist er nicht. Er will nur, daß die Leute das denken, weil es ihnen angst macht.«

»Könnte sein.«

»Er ist kein übler Mann. Ich kenn' all das Zeug, das man über ihn sagt, aber die wenigsten Leute wissen, was für schwere Zeiten er in seiner Jugend durchgemacht hat.«

»Für viele von uns waren es harte Zeiten, Mrs. Rocque.«

»Sie mögen ihn nicht, nicht wahr?«

»Ich schätze, ich kenne Ihren Mann einfach nicht gut genug, und ich geh' jetzt wohl besser.«

»Sie sind zu leicht gereizt.«

»Mrs. Rocque, ich wünsche Ihnen Glück, weil ich glaube, daß Sie es brauchen.«

»Ich habe gehört, daß er Ihnen einen Job angeboten hat. Sie

sollten ihn annehmen. Die Leute, die für ihn arbeiten, machen eine Menge Geld.«

»Ja, das wohl. Auf Kosten anderer Menschen.«

»Er verleitet sie nicht, etwas zu tun, was sie nicht selber wollen.«

»Ihre Mutter hat Bordelle gehabt, aber schließlich war sie keine weiße Sklavenhalterin. Und sie hat kein Rauschgift verkauft. Das Freundlichste, was ich über Bubba sagen kann, ist, daß er ein echter Schweinehund ist. Ich glaube nicht mal, daß ihm das was ausmachen würde.«

»Sie gefallen mir. Kommen Sie doch irgendwann mal zu uns zum Dinner«, sagte sie. »Ich bin viel zu Hause.«

Ich fuhr über den mit feinem Kies bestreuten Weg zurück, New Iberia und dem Picknick im Park mit Annie und Alafair entgegen, das mich erwartete. Die Sonne glänzte auf den Wellblechdächern der Scheunen am Rand der Zuckerrohrfelder. Die wenigen moosbewachsenen Eichen links der Straße bildeten dunkle Schattenteiche auf der Fahrbahn. Unwillkürlich tat mir Bubbas Frau leid. Bei den Anonymen Alkoholikern nannten wir das Verleugnung. Wir nähren die Natter an unserer Brust und lächeln über das Erschrecken, das wir in den Augen anderer sehen.

Mit der Erwähnung der Festnahme seiner beiden Kuriere durch die Einwanderungsbehörde hatte ich ihn schwer erschüttert, weshalb ich mich denn auch noch mehr wunderte, welche Rolle die Einwanderungsbehörde bei dieser Sache spielen mochte. Offenbar mauerte sie gegenüber Minos Dautrieve. Und ich glaubte jetzt auch, daß sie hinter dem Verschwinden der Leiche von Johnny Dartez steckte, nachdem diese von der Küstenwache aus dem Flugzeugwrack geborgen worden war. Wenn auch nur noch ein Hauch von Polizist in mir war, warum hatte ich mich dann nicht zu allererst mit der Einwanderungsbehörde auseinandergesetzt? Wahrscheinlich hätten die mich aus ihren Amtszimmern gejagt, doch ich wußte immerhin, wie man Bürokraten auf den Schwanz treten mußte – reihum ihre Vorgesetzten in Washington anrufen und sie in aller Form an ihre Informationspflicht zu erinnern, bis der Lack ab war. Warum, in Teufels Namen, hatte ich das nicht getan, fragte ich mich. Und als ich mir diese Frage zu beantworten versuchte, dämmerte mir die Erkenntnis, daß auch ich voller Anmaßung war und mich auf Leugnen und Abwiegeln verstand.

5

Als ich nach Hause kam, waren Annie und Alafair gerade dabei, Brathähnchenteile in Wachspapier einzuwickeln und die Thermosflasche mit gekühlter Limonade zu füllen. Ich saß bei einem Glas geeistem Tee mit Minzeblättern am Küchentisch und betrachtete durchs Fenster die Eichelhäher, die über dem Mimosenbaum im Hinterhof kreisten. Die Enten in meinem Teich schüttelten Wassertropfen aus dem Gefieder und watschelten ans Ufer in den Schatten, den die Trauerweiden spendeten.

»Mir ist wegen einer Sache ganz dumm zumute«, sagte ich.

»Darum kümmern wir uns heute abend«, sagte sie lächelnd.

»Ich meine was anderes.«

»Oh.«

»Vor Jahren, als ich noch Streife gegangen bin, trieb sich in meinem Viertel ein seltsames Original herum, ein Stadtstreicher namens Doc Stratton. Das Sozialamt hat ihm regelmäßig einen Gutschein für Unterkunft und Verpflegung in einem seiner Vertragshotels in die Hand gedrückt, und er hat sich dort einquartiert und dann das ganze Mobiliar aus dem Fenster geworfen – Tische, Stühle, Kommoden, Lampen, Matratzen, einfach alles, was sich durchs Fenster zwängen ließ. Und alles landete krachend auf dem Bürgersteig. Dann rannte er schnell nach unten, bevor jemand die Bullen rufen konnte, und schaffte das Zeug zu einem Trödler. Aber was immer dieser Kerl auch machte, wir haben ihn nie eingelocht. Ich war noch neu und verstand das Ganze nicht. Meine Kollegen haben mir erzählt, das wäre deswegen, weil Doc ein Kotzer sei. Wann immer er nämlich hinten im Streifenwagen einen Finger freibekam, steckte er ihn sich tief in den Hals und kotzte die Sitze voll. Dasselbe machte er, wenn er zur Identifizierung mit anderen Leuten in einer Reihe stand. Er machte es in einer Haftzelle und im Gerichtssaal. Er hatte immer was parat und war bereit, jederzeit loszuspucken. Man konnte den Kerl so schwer in Schach halten, daß jedes Gefängnis damit drohte, lieber dichtzumachen, als ihn allmorgendlich an der Kette zum Rundgang zu führen. Also gestattete man Doc, Sozialarbeiter und Geschäftsführer von Vertragshotels jahrelang in den Wahnsinn zu treiben. Und wenn ein grüner Junge wie ich fragte, warum, speiste man mich mit einer glaubwürdigen Geschichte ab. Nur daß ich dann irgendwann dahinter kam, daß es einen ganz anderen Grund dafür gab, warum man Doc frei auf der Straße herumlaufen ließ. Er kannte nicht nur jeden Ganoven und Dieb in der Innenstadt von New Orleans, sondern er war Schlosser gewesen, bevor er sich das Gehirn mit Wermut eingeschmolzen hatte, und er konnte sich schneller in jedes Haus Einlaß verschaffen als jeder berufsmäßige Einbrecher. Es gab also bei uns ein paar Detectives im Raubdezernat und bei der Mordkommission, die sich seiner bedienten, wenn in einem Fall nicht alles nach Plan verlief. Einmal hatten sie Kenntnis davon bekommen, daß ein Killer aus Miami in der Stadt war, um einen Gewerkschaftssekretär umzulegen. Sie machten Doc weis, daß sie ihn zum Sonderagenten der Polizei von New Orleans ernannt hätten, und brachten ihn dazu, das Motelzimmer des Kerls zu knacken, seine Waffe, den Koffer, sämtliche Kleidungsstücke und Travellerschecks zu stehlen. Dann haben sie den Typ auf Verdacht festgenommen – es war ein Freitag, also konnten sie ihn bis Montag morgen festhalten – und zwei Tage lang zusammen mit drei Transvestiten in eine winzige Zelle eingesperrt.«

»Und die Pointe der Geschichte?« fragte Annie. Ihre Stimme war ausdruckslos, und ihr Blick schweifte zu den Baumkronen draußen, durch die die Sonne brach.

»Es gibt immer einen Grund dafür, wenn die Cops bestimmte Dinge und bestimmte Personen an einem Ort belassen.«

»Ich weiß, daß diese Leute, von denen du redest, komisch sind und außergewöhnlich und interessant und all das, Dave. Aber warum läßt du sie nicht in der Vergangenheit ruhen?«

»Du erinnerst dich doch noch an den Kerl von der Einwanderungsbehörde, der bei uns vorbeigekommen ist? Er ist doch nie wieder zu uns ins Haus gekommen, oder? Wenn er wollte, könnte er uns eine Menge Schwierigkeiten machen, aber das hat er nicht. Ich hab' mir eingeredet, das wäre deswegen, weil ich ihm einen guten Grund geliefert hätte, uns zu meiden.«

»Vielleicht hat er was anderes zu tun. Ich kann mir einfach nicht denken, daß die Regierung sich für ein einzelnes kleines Mädchen interessiert.« Sie trug eine vom vielen Waschen verblichene Levi's und ein weißes Trägerhemdchen, und ich konnte die braunen Tupfen der Sommersprossen auf ihrem Rücken sehen. Der Stoff bauschte sich leicht über ihrem Gürtel, als sie den Picknickkorb packte, den sie auf das Ablaufbrett gestellt hatte.

»Die Regierung interessiert sich für das, von dem sie meint, daß es sie interessieren muß«, sagte ich. »Ich glaube, im Augenblick lassen sie uns noch ein bißchen Leine. Sie haben mir ein Warnzeichen gegeben, aber ich hab's nicht gesehen.«

»Ehrlich gesagt, das klingt für mich wie etwas, das du dir selbst ausgedacht hast.«

»Dieser Typ von der Einwanderungsbehörde, dieser Monroe, der hat im Büro des Sheriffs Fragen über uns gestellt. Das hätte er nicht nötig gehabt. Er hätte eine Vorladung ausstellen, zu uns herauskommen und alles machen können, was er will. Statt dessen hat er oder irgendein Vorgesetzter gewollt, daß ich ihre Macht zu spüren bekomme, für den Fall, daß ich mir einbilden sollte, ich könnte ihnen wegen Johnny Dartez Schwierigkeiten machen.«

»Wen kümmert denn, was die tun?« sagte Annie.

»Ich glaube, du begreifst nicht ganz das Wesen der Bürokratie, sobald ihre Maschinen erst mal in Gang gesetzt sind.«

»Tut mir leid. Ich hab' einfach nicht vor, mein Leben mit Spekulationen darüber zu vergeuden, was Leute mir antun könnten.«

Alafairs Blicke wanderten zwischen uns hin und her, und beim Tonfall unserer Stimmen hatte sich ihr Gesicht verdüstert. Annie hatte ihr rosa Shorts angezogen, ein Mickey-Maus-T-Shirt und rosa Tennisschuhe, auf deren Gummikappen die Worte »links« und »rechts« aufgedruckt waren. Annie strich Alafair mit der Hand über den Kopf und gab ihr die Plastikhenkeltasche, in der wir das alte Brot sammelten.

»Geh die Enten füttern«, sagte sie. »Wir brechen gleich auf.«

»Enten füttern?«

»Ja.«

»Jetzt die Enten füttern?«

»Ja doch.«

»Dave viene al parque?«

»Natürlich kommt er mit«, sagte Annie.

Alafair grinste mich an und ging durch die hintere Tür hinunter zum Teich. Das Sonnenlicht, das durch das Laub der Bäume fiel, warf Muster auf ihre braunen Beine.

»Eins will ich dir sagen, Dave. Ganz gleich, was diese Leute von der Einwanderungsbehörde vorhaben, sie werden sie nicht von hier fortholen. Sie gehört uns, als wäre sie unser eigenes Kind.«

»Ich habe dir nicht den Rest der Geschichte von Doc Stratton erzählt. Nachdem er es endlich soweit gebracht hatte, sich mit Chemiewein die letzten Gehirnzellen wegzusaufen, und für niemand mehr von Nutzen war, haben sie ihn in Mandeville ins Irrenhaus gesteckt.«

»Und was lehrt uns das? Willst du etwa der strahlende Ritter sein, der gegen die US-Regierung zu Felde zieht?«

»Nein.«

»Willst du noch immer mit in den Park kommen?«

»Das ist der Grund, weshalb ich nach Hause gekommen bin, Kindchen.«

»Das frage ich mich. Ich frage mich wirklich«, sagte sie.

»Ich wäre dir dankbar, wenn du mir das näher erklären würdest.«

»Siehst du das denn nicht selbst, Dave? Mit dir ist es so, als würdest du jeden Augenblick unseres Lebens mit deinen Verschwörungsphantasien ausfüllen. Bei dir ist das zur Besessenheit geworden. Wir reden schon über nichts anderes mehr. Entweder das, oder du starrst nur leer vor dich hin. Was glaubst du, wie ich mich dabei fühle?«

»Ich will versuchen, anders zu sein.«

»Ich weiß.«

»Das will ich wirklich.«

Ihre Augen waren naß. Sie setzte sich mir gegenüber an den Tisch.

»Wir haben kein eigenes Kind haben können. Jetzt ist uns eins geschenkt worden«, sagte sie. »Das sollte uns zu den glücklichsten Menschen auf Erden machen. Statt dessen kämpfen wir gegeneinander und machen uns Sorgen über etwas, das noch gar nicht passiert ist. Unsere Gespräche zu Hause sind gespickt mit den Namen von Leuten, die in unserem Leben keinen Platz haben sollten. Das ist so, als würden wir uns ihre widerliche Gegenwart in unser Heim einladen. Dave, du hast gesagt, daß man euch bei den Anonymen Alkoholikern gelehrt hat, alles einer höheren Macht zu überlassen. Kannst du das jetzt nicht versuchen? Es einfach aufgeben, aus deinem Leben verbannen? Es gibt kein einziges Problem auf der Welt, das nicht die Zeit irgendwann, auf irgendeine Weise unbedeutend erscheinen läßt.«

»Das ist so, als wolltest du sagen, ein Tumor in deinem Hirn wird besser, solange du nur nicht dran denkst.«

In der Küche war es still. Ich konnte die Eichelhäher in den Mimosenbäumen hören und den Flügelschlag der Enten auf dem Teich, als Alafair Brotkrümel auf ihre Köpfe regnen ließ. Annie wandte sich von mir ab, wickelte die letzten Brathähnchenstücke ein, verschloß den Picknickkorb und ging hinaus zum Teich. Die Fliegendrahttür schlug laut hinter ihr zu.

An diesem Abend war wegen des Baseballspiels eine große Menschenmenge im Park, und die Brandschutzleute kochten in dem offenen Pavillon Kessel voller Flußkrebse. Der abendlich dämmernde Himmel war lila und rosa gestreift, und der Wind aus Süden war kühl und kündigte Regen an. Wir aßen unser Picknick an einem Holztisch unter den Eichen, schauten dem Spiel der American Legion zu und den Gruppen von Jugendlichen aus den High Schools und Colleges, die zwischen den Zuschauersitzen und Heckklappen der Pickups hin und her liefen, wo sie in Waschzubern voll Eis ihr Bier kalt hielten. Draußen auf dem Bayou glitt der Vergnügungsraddampfer mit seinen hellerleuchteten Decks vor der dunklen Silhouette von Zypressen und Kolonialstilvillen am anderen Ufer vorbei. In den Bäumen hing der Rauch von Barbecue-Feuern und man konnte die Flußkrebse vom Pavillon und die heißen *boudin* riechen, die ein Schwarzer von einem Handkarren verkaufte. Dann hörte ich, wie eine Cajun-Band im Pavillon »Jolie Blonde« anstimmte, und mir war zumute, als schaute ich noch einmal durch ein Loch in der Zeit auf jenes Südlouisiana, in dem ich aufgewachsen war.

Jolie blonde, gardez donc c'est t'as fait.
Tu m'as quit-té pour t'en aller,
Pour t'en aller avec un autre que moi.
Jolie blonde, pretty girl,
Flower of my heart,
I'll love you forever
My jolie blonde.

Aber nur selten redeten Annie und ich direkt miteinander. Statt dessen plapperten wir aufgeräumt mit Alafair, begleiteten sie zu den Schaukeln und Wippen, kauften Eistüten und vermieden es, einander in die Augen zu sehen. An diesem Abend liebten wir uns in der fast anonymen Dunkelheit unseres Schlafzimmers. Wir taten es aus Not, mit geschlossenen Augen, ohne Worte und mit einem Kuß erst am Schluß. Als ich, die Arme über die Augen gelegt, auf dem Rücken lag, spürte ich, wie ihre Finger von meinem Handrücken glitten, spürte, wie sie sich mit dem Rücken zur Wand von mir wegdrehte, und fragte mich, ob ihr Herz genauso schwer war wie meines.

Eine halbe Stunde später wachte ich auf. Im Zimmer war es kühl von der Nachtluft, die vom Ventilator im oberen Fensterflügel angesaugt wurde, doch meine Haut fühlte sich heiß an, als hätte ich einen Sonnenbrand. Die genähte Stelle an meiner Kopfhaut juckte. Die Handflächen lagen feucht auf meinen Schenkeln, als ich mich an der Bettkante aufsetzte.

Ohne Annie aufzuwecken, wusch ich mir das Gesicht, zog mir Khakihosen und ein altes Hawaiihemd an und ging hinunter zum Fischködergeschäft. Der Mond war aufgegangen, und die Weiden entlang dem Ufer des Bayou waren in silbriges Licht getaucht. Ich setzte mich im Dunkeln an die Ladentheke, starrte durchs Fenster hinaus aufs Wasser und auf die Boote mit den Außenbordmotoren und die Kanus, die sacht gegen die Pfähle des Anlegestegs stießen. Dann stand ich auf, öffnete die Kühltruhe mit dem Bier, nahm eine Handvoll Eisstücke heraus und rieb mir damit über Gesicht und Nacken. Die bernsteinfarbenen Hälse der Bierflaschen schimmerten im Mondlicht. Die glatten Aluminiumkappen, die naßglänzenden Etiketten, die messingfarbenen Kohlensäureperlen im Inneren der Flaschen waren wie ein beleuchtetes nächtliches Stilleben. Ich klappte die Truhe zu, drehte die Glühbirne über der Theke ein und verlangte die Auskunft in Lafayette, um mir Minos P. Dautrieves Privatnummer geben zu lassen.

Kurze Zeit später hatte ich ihn am Apparat. Ich schaute auf die Uhr. Es war Mitternacht.

»Was tut sich denn so, Dunkenstein?« fragte ich.

»Oh, Mann!«, sagte er.

»Tut mir leid, daß ich so spät anrufe.«

»Was wollen Sie, Robicheaux?«

»Wo sind diese Clubs, deren Besitzer Eddie Keats ist?«

»Haben Sie mich angerufen, um mich danach zu fragen?«

Ich antwortete ihm nicht und konnte hören, wie er tief Atem holte.

»Das letztemal, als wir miteinander geredet haben, haben Sie einfach aufgelegt«, sagte er. »Das hat mir nicht gefallen. Ich finde, Ihr Problem sind gute Manieren.«

»Na schön, ich entschuldige mich also. Werden Sie mir jetzt sagen, wo diese Clubs sind?«

»Ich will auch in einer anderen Sache ganz offen mit Ihnen sein. Sind Sie auf Sauftour?«

»Nein. Was ist nun mit den Clubs?«

»Ich schätze, für Sie kann alles gar nicht schnell genug gehen, wie? Sie haben also vor, bei unserem Freund aus Brooklyn den Cowboy zu spielen?«

»Ein bißchen könnten Sie mir schon vertrauen.«

»Ich versuch's ja, glauben Sie mir«, sagte er.

»Es gibt ein Dutzend Leute, die ich in Lafayette anrufen könnte, die mir dieselbe Antwort geben könnten.«

»Ja, und ich wundere mich eigentlich, warum Sie mich unbedingt aufwecken mußten.«

»Die Antwort darauf müßten Sie eigentlich wissen.«

»Tu ich nicht. Wirklich, da muß mir was entgangen sein. Sie sind für uns ein echtes Rätsel. Sie hören nicht auf das, was man Ihnen sagt, Sie stellen sich Ihre Regeln selber auf, Sie sind der Meinung, daß Ihre Erfahrungen als ehemaliger Polizist Ihnen gestatten, in einer Regierungssache herumzupfuschen.«

»Ich rede mit Ihnen, weil Sie weit und breit der einzige Bursche sind, der genügend Verstand und Mumm hat, diese Leute aus dem Verkehr zu ziehen«, sagte ich.

»Ich fühle mich nicht geschmeichelt.«

»Also kein Geschäft zu machen, wie?«

Er blieb still.

»Schauen Sie, Robicheaux. Ich glaube, Sie sind ein echter Querkopf, doch im Grunde auch ein ganz netter Bursche«, sagte er. »Das heißt, wir wollen nicht, daß Sie noch mehr zu Schaden kommen. Halten Sie sich raus. Vertrauen Sie uns ein bißchen. Ich weiß nicht, warum Sie heute nachmittag zu Bubba Rocques Haus rausgefahren sind, aber ich glaube nicht, daß das klug war. Sie haben kein –«

»Woher wissen Sie, daß ich dagewesen bin?«

»Wir haben jemanden postiert, der für uns die Zulassungsnummern aufschreibt. Diese Burschen lassen sich nicht einfach dadurch abschütteln, daß man brennende Streichhölzer nach ihnen schnippt. Die halten Ort und Zeit fest, und schon sitzen Sie in der Tinte. Und überhaupt, gehen Sie jetzt lieber zu Bett und vergessen Sie Eddie Keats. Zumindest für heute nacht.«

»Hat er Familie?«

»Nein, er streunt frei rum.«

»Danke, Minos. Tut mir leid, daß ich Sie geweckt habe.«

»Na, macht nichts. Übrigens, wie hat Ihnen Bubba Rocques Frau gefallen?«

»Ich vermute, sie ist maßlos ehrgeizig.«

»Ach, was sind Sie für ein Romantiker. Die ist 'ne Rockerlesbe, Partner. Vor fünf Jahren hat sie drei Monate bekommen, weil sie eine andere Lesbe fertiggemacht hat. Dieser Bubba hat wirklich Talent, sich die richtigen auszusuchen, wie?«

Ich rief einen alten Freund in Lafayette an, einen Barmann. Minos hatte mir mehr verraten, als er dachte. Der Barmann erzählte mir, daß Keats zwei Bars besitze, eine in einem Hotel unweit der Canal Street in New Orleans, die andere am Breaux Bridge Highway außerhalb von Lafayette. Falls er in einer dieser Bars war und falls es stimmte, was Minos über ihn gesagt hatte, dann wußte ich, wo er sich wahrscheinlich aufhielt.

Als ich noch auf dem College war, hatte es an der Schnellstraße bei Breaux Bridge eine Reihe von Bumslokalen gegeben, die die ganze Nacht geöffnet hatten, Materialhöfe von Ölgesellschaften, Raststätten, eine kleine Pferderennbahn, Spielhöllen und ein Bordell für Schwarze. Man hatte dort jeden Samstagabend freie Auswahl unter den Luden, Ganoven, Nutten, Ex-Knackis und gefährlichen weißen Brutalo-Schlägern. Blinkleuchten von Unfall- und Krankenwagen flackerten neben Autowracks und Glasscherben auf der zweispurigen Asphaltstraße. Aus den Tanzschuppen dröhnten elektronischer Lärm und der Krach von Schlägereien. Man konnte aufgerissen, zusammengeschlagen, vergewaltigt werden, einen Tripper angehängt bekommen, und alles in einer einzigen Nacht und für weniger als fünf Dollar.

Ich parkte gegenüber vom Jungle Room. Eddie Keats hatte auf Tradition geachtet. Seine Bar war ein breiter Flachbau aus Hohlblocksteinen, die lila gestrichen und dann mit grünen Kokospalmen übermalt worden waren, auf die in den Eichen vor dem Gebäude hängende Flutlichter herunterstrahlten. Doch hinten, auf dem in der Dunkelheit liegenden Parkplatz, konnte ich zwei Wohnwagen erkennen, in denen offenbar Keats' Stroßtrupp seinen Gunstbezeugungen nachging. Ich wartete eine halbe Stunde, ohne daß ich die weiße Corvette sah.

Ich hatte keinen richtigen Plan, und ich wußte, daß ich besser Minos' Rat befolgt hätte, doch meine Haut brannte noch immer heiß, mein Atem ging schneller als gewöhnlich, die Backenzähne mahlten aufeinander, ohne daß es mir bewußt wurde. Gegen halb zwei steckte ich mir die 45er vorne in die Khakihosen, zog das Hawaiihemd über den Knauf und überquerte die Straße.

Die Eingangstür, die in einem Fingernagellackrot gestrichen war, stand halb offen, damit die verbrauchte rauchige Luft abziehen konnte. Nur der Bereich um die Bar und der Pooltisch in einem Nebenraum waren erleuchtet. Ein Holzgeländer umgab die

Tanzfläche im hinteren Teil, wo ein rothaariges Mädchen, das mit reichlich Puder seine Sommersprossen zu verdecken suchte, verführerisch grinsend seine Sachen abstreifte, während die Rockabilly-Band in der Ecke das letzte aus ihren Instrumenten herausholte. Die Männer an der Bar waren hauptsächlich Monteure von den Pipelines, Tagelöhner und Gelegenheitsarbeiter. Die Bürohengste zogen das Dunkel an ihren Tischen und Plüschnischen vor. Die Kellnerinnen trugen schwarze, abgeschnittene Blusen, die den Bauch frei ließen, schwarze, hochhackige Schuhe und rosa Shorts, die so eng waren, daß sich jedes anatomische Detail unter dem Stoff abzeichnete.

Ein paar Nutten saßen an der Bar, schätzten mich mitten in ihrer Unterhaltung mit den Ölarbeitern mit kundigen Seitenblicken ab, als ich einer der Nischen zustrebte. Über der Bar hockte auf einer Spielzeugschaukel zwischen Erdnußschalen und Kothaufen bewegungslos ein Affe in einem kleinen Käfig.

Ich wußte sehr wohl, daß ich mir einen Drink bestellen mußte. Das hier war kein Laden, in dem ich mir ein 7-Up kommen lassen konnte, ohne allen zu verraten, daß ich ein Cop oder etwas ähnlich Unerfreuliches war. Nun, ich würde ihn eben nicht trinken. Nein, ich würde nicht davon trinken. Die Kellnerin brachte mir ein Jax, das drei Dollar kostete. Sie war hübsch, lächelte mir zu und goß mir aus der Flasche in mein Glas ein.

»Mindestbestellung zwei Drinks für die Show«, sagte sie. »Ich komme zurück, wenn Sie für den zweiten soweit sind.«

»Ist Toot schon hier gewesen?« fragte ich.

»Wer?«

»Eddies Freund, der Schwarze.«

»Ich bin hier neu. Ich glaube nicht, daß ich ihn kenne«, sagte sie und ging weg.

Ein paar Minuten später gingen drei der Ölarbeiter hinaus und ließen eine der Nutten allein an der Bar sitzen. Sie leerte ihren Drink, nahm ihre Zigarette aus dem Aschenbecher und kam auf meine Nische zugeschlendert. Sie trug weiße Shorts zu einer dunkelblauen Bluse, und ihr schwarzes Haar war hinten im Nacken mit einem blauen Tuch zusammengebunden. Ihr Gesicht war rund, und sie hatte leichtes Übergewicht, und als sie sich neben mich setzte, konnte ich ihr Haarspray, Parfum und den Nikotingeruch riechen, der tief aus ihrer Lunge kam. Im grellen Lichtschein von der Bar waren die feinen Härchen in ihrem Gesicht steif vom Make-up. Ihre Augen, die sie nicht voll auf mein Gesicht gerichtet hielt, waren verschwommen vom Alkohol, und ihre Lippen schienen ständig bemüht, ein Lächeln zu unterdrükken, das weder mit ihr noch mit mir zu tun hatte.

Die Kellnerin kam gleich nach ihr an den Tisch. Sie bestellte einen Champagnercocktail. Sie hatte einen Akzent, der ihre Herkunft aus dem Norden verriet. Ich sah ihr zu, wie sie eine Zigarette anzündete und Rauch in die Luft blies, als sei dies exquisitester Stil. »Ist Toot kürzlich hier gewesen?« fragte ich.

»Meinst du das große, schwarze Ekel?« fragte sie. In ihren Augen lag ein Lächeln, während ihr Blick abwesend zur Bar schweifte.

»Hört sich ganz nach ihm an.«

»Weswegen bist du an ihm interessiert?«

»Einfach weil ich ihn und Eddie seit längerer Zeit nicht gesehen habe.«

»Hast du Interesse an Mädchen?«

»Manchmal.«

»Ich wette, einen leckeren Bissen hin und wieder könntest du schon brauchen, wie?«

»Vielleicht.«

»Wenn du nicht ab und zu mal 'n saftiges Stück hast, kriegst du da oben 'n Koller, stimmt's? Dann wird's für dich echt hart.« Sie legte ihre Hand auf meinen Schenkel und umspielte mit ihren Fingern mein Knie.

»Um welche Zeit kommt Eddie her?«

»Du versuchst mich auszuhorchen, Schätzchen. Da muß ich ja ganz schlimme, schlimme Sachen von dir denken.«

»Ist bloß 'ne Frage.«

Ihre Lippen verzogen sich zu einem übertriebenen Schmollmund, und sie hob die Hand, berührte meine Wange und ließ sie meine Brust hinabgleiten. »So langsam muß ich denken, daß du an Mädchen vielleicht gar nicht interessiert bist, daß dich vielleicht ganz falsche Gründe hergeführt haben«, sagte sie.

Dann wanderte ihre Hand tiefer und stieß auf den Griff der 45er. Ihre Augen schauten mich direkt an. Sie wollte aufstehen, und ich legte ihr die Hand auf den Oberarm.

»Du bist ein Cop«, sagte sie.

»Spielt keine Rolle, was ich bin. Jedenfalls nicht für dich. Du bist nicht in Schwierigkeiten. Hast du verstanden?«

Der Alkoholnebel war aus ihren Augen gewichen, und ihre Miene wechselte zwischen Angst und einer uralten Wut.

»Wo ist Eddie?« fragte ich.

»Er geht manchmal zu Hundekämpfen nach Breaux Bridge und kommt dann hier rein, um die Abrechung durchzusehen. Wenn du echten Ärger willst, dann leg dich mit ihm an und sieh zu, was passiert.«

»Aber das geht dich doch nichts an, oder? Du hast nichts dabei zu gewinnen, wenn du dich mit den Problemen anderer Leute abgibst, nicht wahr? Hast du ein Auto?«

»Was?«

»Ein Auto.« Ich drückte leicht ihren Arm.

»Ja, was dachtest du denn?«

»Wenn ich jetzt die Hand von deinem Arm nehme, nimmst du deine Auszeit. Du gehst durch die Tür frische Luft schnappen, du redest mit niemand, und du fährst mit deinem Auto die Straße runter, nimmst irgendwo noch ein spätes Nachtessen zu dir, und auch das Telefon da an der Bar bleibt stumm, verstanden?«

»Du spinnst total?«

»Du hast die Wahl, Schätzchen. Ich glaube, in diesem Bums wird es heute nacht noch von Cops nur so wimmeln. Falls du dabei sein willst, ist das echt cool.« Ich nahm die Hand von ihrem Arm.

»Schweinehund.«

Ich schaute zur Eingangstür. Ihr Blick streifte noch einmal wütend mein Gesicht, dann glitt sie von dem Sitz und schlenderte auf Beinen, die vom Sitzen in der Nische rot und faltig waren, auf die Bar zu und verlangte ihre Handtasche. Der Barmann reichte sie ihr, machte sich dann wieder ans Gläserspülen, und sie ging durch eine Seitentür hinaus auf den Parkplatz.

Zehn Minuten später klingelte zwar das Telefon, aber der Barmann schaute kein einziges Mal zu mir hin, während er in die Muschel sprach, und nachdem er aufgelegt hatte, mixte er sich einen Scotch mit Milch und fing an, die Aschenbecher auf dem Bartresen zu leeren. Trotzdem wußte ich, daß mir nicht mehr viel Zeit blieb, bis sie die Nerven verlieren würde. Sie hatte Angst vor mir oder ganz allgemein vor jedem Bullen, aber sie hatte auch Angst vor Eddie Keats. Und schließlich würde sie doch anrufen, um herauszufinden, ob eine Razzia oder eine Schießerei stattgefunden hatten, um aus ihrer Situation das Beste zu machen.

Ich hatte noch ein anderes Problem. Die nächste Show mußte gleich anfangen, und die Kellnerin schlängelte sich durch die Tische, um sich zu vergewissern, daß auch jeder sein Mindestsoll von zwei Drinks weggekippt hatte. Ich machte in meiner Nische eine ungeschickte Bewegung und stieß mit dem Ellbogen die Bierflasche vom Tisch.

»Entschuldigung«, sagte ich, als sie zu mir herantrat. »Geben Sie mir bitte einen neue, ja?«

Sie hob die Flasche vom Boden auf und machte sich daran, den Tisch abzuwischen. Im Lichtschein der Bar schimmerte ihr blondes Haar. Ihr Körper war fest und wirkte, als habe sie reichlich körperliche Arbeit geleistet.

»Sie wollten also keine Gesellschaft«, sagte sie.

»Nicht jetzt, nein.«

»Teurer Stoff für einen Trockenlauf.«

»Gar nicht so wild.« Ich musterte sie aus meiner Nische von der Seite, während sie mit dem Lappen aufwischte.

»Das ist der falsche Laden, um Zoff zu machen, Herzchen«, sagte sie ganz ruhig.

»Seh' ich so aus, als würde ich Ärger machen?«

»Eine Menge Leute tun das. Aber der Bursche, dem dieser Schuppen gehört, ist wirklich von der üblen Sorte. Nur zum eigenen Spaß hält er sein Feuerzeug an diesen Affenkäfig und macht die Stäbe heiß.«

»Warum arbeiten Sie dann hier?«

»In der Klosterschule war kein Platz mehr frei«, sagte sie und ging mit dem Getränketablett davon, als habe sich eine Tür hinter ihr geschlossen.

Etwas später kam ein muskulöser, kräftig gebauter Mann herein, setzte sich an die Bar, ließ sich vom Barmann einen Tom Collins bringen und fing an, Erdnüsse aus einer Schüssel zu knacken und zu kauen, während er sich mit einer der Nutten unterhielt. Er trug lila eingefärbte Cowboystiefel aus Wildleder, teure, cremefarbene lange Hosen, ein kastanienbraunes Frotteehemd mit V-Ausschnitt und um den Hals Goldketten und Medaillons. Seine langen Haare waren blond gefärbt und glatt zurückgekämmt wie bei einem Catcher. Er zog eine Packung Picayune-Zigaretten aus der Hosentasche und stellte sie aufrecht auf die Bar, während er weiter Erdnüsse aus der Schüssel fischte. Er konnte mich nicht sehen, weil ich weit hinten im Halbdunkel saß und er keine Veranlassung hatte, in meine Richtung zu schauen, doch ich konnte sein Gesicht klar erkennen, und obwohl ich es noch nie gesehen hatte, waren seine Züge für mich so vertraut wie ein vergessener Traum.

Sein Kopf war mächtig, der Nacken wie ein Baumstumpf, die Augen grün und voll Energie; ein Knorpelstück zuckte hinter seinen Wangenknochen, während seine Backenzähne Erdnüsse zermalmten. Die gebräunte Haut um seinen Mund war so straff, als könne man ein Streichholz daran anreißen. Auch seine Hände waren groß – die Finger wie Würste, die Gelenke von Adern durchzogen. Die Nutte rauchte eine Zigarette und versuchte sich lässig zu geben, während er mit ihr sprach; sie schaute der roten Zickzackspur ihrer Zigarettenglut im Spiegel hinter der Bar nach, doch immer, wenn sie ihm antwortete, schien sich ihre Stimme zu einem Flüstern zu senken.

Seine Stimme konnte ich allerdings ohne Schwierigkeiten identifizieren. Sie hörte sich an, als sei seine Stirnhöhle verstopft; es war keine Stimme, die etwas sagte, sondern eine, die befahl. In diesem Fall befahl er der Nutte, daß sie ihre Zeche zahlen müßte, zuviel saufe und daß der Jungle Room kein Trog sei, an dem eine Schlampe wie sie sich gratis ihr Stroh nehmen könne.

Ich habe vorhin gesagt, daß ich keinen Plan hatte. Das stimmte nicht. Ein Säufer hat immer einen Plan. Sein Unterbewußtsein schreibt die Handlung. Er erkennt sie sofort, im geeigneten Augenblick.

Ich rutschte seitlich aus der Nische. Fast hätte ich vorher von dem vollen Bierglas getrunken. Als praktizierender Alkoholiker hatte ich jahrelang kein ungeleertes Glas oder eine Flasche, in der noch ein Rest war, auf dem Tisch stehenlassen, und immer hatte ich noch einen letzten Kurzen gekippt, bevor ich auf der Straße mein Auto mit Karacho wendete. Alte Gewohnheiten legt man schwer ab.

Ich nahm mir ein Queue aus dem Wandgestell neben dem Eingang zum Billardzimmer. Es verjüngte sich zur Spitze hin, war aus poliertem Eschenholz gemacht, und der Schaft wog schwer in der Hand. Der Blonde beachtete mich nicht, als ich mich auf ihn zubewegte. Er sprach jetzt mit dem Barmann, knackte Erdnüsse mit seinem dicken Daumen und warf sich den Inhalt in den Mund. Dann wandten sich seine grünen Augen mir zu, stellten sich in dem trüben Licht auf mich ein, sein Blick wurde scharf, so daß sich über seiner Nasenwurzel ein schmaler Strich bildete, dann wischte er sich die Hände ab und schwang sich lässig auf seinem Hocker herum, bis er mir sein Gesicht zuwandte.

»Du bist in meinem Revier, Arschloch«, sagte er. »Fang hier was an und du gehst baden. Wenn du jetzt durch diese Tür da gehst, garantier' ich dir 'nen ungehinderten Abgang.«

Ich ging weiter auf ihn zu, ohne zu antworten. Ich sah, wie der Ausdruck seiner Augen wechselte, so wie grünes Wasser sich plötzlich durch eine Grundströmung eintrüben kann. Er langte über die Bar nach einer Collins-Flasche – das Wechselgeld klimperte in seinen Hosentaschen, ein Stiefel hatte sich unten in der messingnen Haltestange verfangen. Doch er wußte, daß es zu spät war, und er hatte den linken Arm bereits erhoben, und den Kopf zu schützen.

Die meisten Leute halten Gewalt für etwas Abstraktes. Das ist sie nie. Sie ist immer häßlich, immer erniedrigend und entmenscht. Sie ist immer ein Schock, stets abstoßend, und denen, die dabei sind und Zeugen werden, wird davon übel und zittrig. Alles, was sie auslöst, ist so beabsichtigt.

Ich hielt das Queue mit beiden Händen am schmalen Ende und schwang es seitlich von unten hoch wie einen Baseballschläger, mit derselben Wucht und Energie und derselben Drehung des

Handgelenks, und zerschmetterte das schwere Griffstück an seiner linken Augenbraue und der Nasenwurzel. Ich spürte, wie Holz auf Knochen traf, sah die Haut aufplatzen, sah, wie das grüne Auge fast aus der Höhle sprang, hörte, wie er krachend gegen die Theke fiel, mit zur Nase hochgerissenen Händen die Messingstange entlangglitt und zu Boden ging, sah das Blut zwischen seinen Fingern hervorsprudeln.

Auf dem Boden, zwischen Zigarettenkippen und Erdnußschalen liegend, zog er die Knie ans Kinn. Er brachte kein Wort heraus und zitterte am ganzen Leib. In der Bar herrschte absolute Stille. Der Barmann, die Nutten, die Arbeiter von den Bohrtürmen mit ihren Schutzhelmen auf dem Kopf, die Kellnerinnen in ihren rosa Shorts und den abgeschnittenen schwarzen Blusen, die Rockabilly-Musiker, die halbentkleidete Mulattin, die auf der Tanzfläche strippte, sie alle standen wie Statuen inmitten der Schwaden von Zigarettenqualm.

Als ich hinaus in die Nacht ging, hörte ich vom Telefon her das Surren der Wählscheibe.

Am folgenden Morgen fuhr ich nach New Iberia und holte neue Vorräte an Regenwürmern, allerlei Kriechgetier und Blinkern. Es war ein klarer, warmer Tag mit nur ganz leichtem Wind, und ich vermietete fast sämtliche Boote. Als ich später im Fischköderladen hinter der Theke bediente und danach Feuer unter dem Barbecue-Grill für die Lunchgäste anmachte, hielt ich ständig nach einem Wagen des Sheriffs Ausschau. Doch es kam keiner. Gegen Mittag rief ich Minos Dautrieve beim DEA in Lafayette an.

»Ich muß rüberkommen und mit Ihnen reden«, sagte ich.

»Nein. Ich komme zu Ihnen. Halten Sie sich von Lafayette fern.«

»Warum das?«

»Ich glaube nicht, daß die Stadt heute morgen schon auf Wyatt Earp vorbereitet ist.«

Eine Stunde später kam er in einem Regierungswagen den Sandweg unter den Eichen entlang, parkte an der Anlegestelle und betrat meinen Laden. Er duckte sich automatisch, als er die

Füße über die Schwelle setzte. Er trug lange Seersucker-Hosen, glänzend geputzte Halbschuhe, ein hellblaues Sporthemd und eine rot-grau gestreifte Krawatte, die er am Kragen gelockert hatte. Seine Kopfhaut und das streichholzlang geschnittene blonde Haar glänzten in der Sonne. Er schaute sich im Laden um und nickte mit einem lächelnden Gesicht vor sich hin.

»Sie haben hier ein hübsches Geschäft«, sagte er.

»Danke.«

»Nur schade, daß Sie sich nicht damit zufrieden geben, es in bescheidener Stille zu führen, und nicht damit aufhören können, sich anderweitig zu übernehmen.«

»Möchten Sie was Nichtalkoholisches oder eine Tasse Kaffee?«

»Lenken Sie nicht ab. Sie sind heute morgen eine Legende. Ich bin zu spät ins Büro gekommen, weil jemand mich gestern nacht geweckt hat, und alles hat herzhaft gelacht über die Galavorstellung im Jungle Room. Ich hab' Ihnen ja schon erzählt, daß wir uns diese Art Spaß nicht verschaffen können. Wir füllen bloß Formulare aus, belehren die Schleimer über ihre Rechte und vergewissern uns, daß ihre Rechtsberater gewieft genug sind, damit sie noch frei auf der Straße herumlaufen können. Ich hab' gehört, daß sie einen Scheuerlappen gebraucht haben, um all das Blut aufzuwischen.«

»Wird ein Haftbefehl ausgestellt?«

»Er wollte keine Anzeige erstatten. Ein Detective aus dem Sheriffbüro hatte ihm das Formular auf einem Tablett im Krankenhaus serviert.«

»Aber er hat mich identifiziert?«

»Das mußte er gar nicht. Eine seiner Nutten hat sich Ihre Zulassungsnummer aufgeschrieben. Eddie Keats geht nicht gern vor Gericht, also bleiben Sie ohne eigenes Dazutun in der Sache ungeschoren. Aber kommen Sie den Cops von Lafayette nicht mehr in die Quere. Die fühlen sich provoziert, wenn jemand in ihr Revier eindringt und meint, er könnte mit einem Billardstock auf Köpfe eindreschen.«

»Jammerschade. Die hätten ihn einlochen sollen, als man mir im Gesicht rumgetrampelt ist.«

»Ich mache mir ernstlich Sorgen um Sie. Sie hören offenbar nicht zu.«

»Ich hab' in letzter Zeit nicht viel geschlafen. Heben Sie sich das für später auf. Abgemacht?«

»Irgendwie bin ich auch perplex. Ich weiß, daß Sie sich früher schon schwer in die Scheiße geritten haben, aber ich hätte Sie nie für einen Cowboy gehalten. Wissen Sie, Sie hätten dem Kerl fast das Lebenslicht ausgeblasen.«

Zwei Angler kamen herein und kauften einen Karton Würmer und ein Dutzend Bierflaschen für ihre Kühlbox. Ihr Geld klingelte in meiner alten Messingregistrierkasse, und ich begleitete sie vor die Tür in den strahlenden Sonnenschein.

»Machen wir eine kleine Fahrt«, sagte ich.

Ich übergab Batist den Laden, und Minos und ich fuhren in meinem Pickup den Sandweg hinunter. Das Sonnenlicht schien wie mit einem Klicken durch die dicken grünen Blätter über uns zu fallen.

»Ich habe Sie heute morgen aus einem ganz bestimmten Grund angerufen«, sagte ich. »Wenn Ihnen nicht gefällt, wie ich die Dinge handhabe, tut es mir leid. Sie stecken auch nicht im Schwitzkasten, Partner. Ich habe mir den ganzen Scheißdreck nicht aus Übermut in mein Leben geholt. Er hat mich heimgesucht. Also halt' ich es nicht für allzu schlau, wenn Sie Ihre Bemerkungen mitten in meinem Laden vor meinen Kunden und meinem Angestellten machen.«

»Okay. Das leuchtet mir ein.«

»Ich hab' noch nie einen Kerl so zusammengeschlagen. Ich fühl' mich dabei gar nicht gut.«

»Es ist immer ein bißchen blöd, wenn man so was nach den Spielregeln dieser Strolche erledigt. Aber wenn Sie nun schon mal jemandem an die Eier mußten, dann war Keats eine hervorragende Wahl. Ich hab' Ihnen davon erzählt, wie er die kleine Hure in New Orleans zur Brandfackel gemacht hat. Aber ob Sie's glauben oder nicht, wir haben in seiner Akte ein paar Sachen, die noch um einiges schlimmer sind. Der kleine Junge eines Zeugen der Anklage ist vor einem Jahr verschwunden. Wir haben ihn gefunden in einem –«

»Warum haben Sie den Wichser dann nicht aus dem Verkehr gezogen?«

Er antwortete nicht. Er richtete die Düse der Lüftung auf sein Gesicht und schaute hinüber zu den Negerfamilien, die im Schatten der Zypressen angelten.

»Macht er den Spitzel für euren Verein?« fragte ich.

»Wir benutzen keine Killer als Informanten.«

»Nehmen Sie mich nicht auf den Arm, Minos. Sie benutzen doch alles, was sich bietet, alles, was irgendwie funktioniert.«

»Keine Killer. Niemals. Nicht in meinem Amt.« Er schaute mir ins Gesicht. Seine Wangen hatten sich leicht gerötet.

»Dann geben Sie ihm doch höchste Priorität und schweißen die Tür zu, hinter der er sitzt.«

»Sie glauben wohl, Sie segeln unter vollem Wind, während wir nur Taschenbillard spielen? Aber vielleicht tun wir auch manches, von dem Sie nichts wissen. Sehen Sie, es geht uns nie um nur einen Kerl. Das wissen Sie selbst. Wir werfen das Netz über einer ganzen Bande von solchen Scheißköppen aus. Das ist die einzige Methode, sie dahin zu bringen, daß einer gegen den anderen aussagt. Versuchen Sie es mal mit etwas Geduld.«

»Sie wollen Bubba Rocque. Sie haben eine Akte über jeden aus seiner Umgebung. Und in der Zwischenzeit laufen seine Clowns mit Baseballschlägern frei herum.«

»Ich glaube, Sie sind unbelehrbar. Übrigens, warum haben Sie mich eigentlich angerufen?«

»Wegen der Einwanderungsbehörde.«

»Ich hab' heute morgen noch nicht gefrühstückt. Halten Sie hier irgendwo.«

»Sie kennen diesen Typ, diesen Monroe, der in New Iberia rumgeschnüffelt hat?«

»Ja, den kenn' ich. Machen Sie sich wegen des kleinen Mädchens Sorgen, das bei Ihnen im Haus ist?«

Ich schaute ihn an.

»Sie haben wirklich ein Talent, uns ständig auf Sie aufmerksam zu machen«, sagte er. »Halten Sie mal da. Ich hab' wirklich Hunger. Sie können für mich bezahlen. Ich habe meine Brieftasche heute morgen auf der Kommode liegenlassen.«

Ich hielt vor einer kleinen Imbißbude aus Holz, die ein Stück von der Straße ab im Schatten einer Gruppe von Eichen stand und von einem Neger betrieben wurde. Wir setzten uns an einen der Tische im Schatten und bestellten Sandwiches mit Schweinebraten und Risotto. Der Herdrauch hing in den sonnenhellen Zweigen der Bäume.

»Was hat das mit der Einwanderungsbehörde auf sich?« fragte Minos.

»Ich hab' gehört, daß die sowohl Johnny Dartez als auch Victor Romero hochgenommen haben.«

»Wo haben Sie das erfahren?« Er schaute ein paar schwarzen Kindern zu, die in der Nähe der Imbißbude schlagen und fangen übten. Doch ich sah den besorgten Blick in seinen Augen.

»Von einem Barmann in New Orleans.«

»Hört sich nach einer trüben Quelle an.«

»Keine Spielchen, bitte. Sie wissen ganz genau, daß irgendeine Regierungsbehörde in Verbindung mit Dartez gestanden haben muß, sonst hätte seine Leiche nicht einfach verschwinden können. Nur bei Victor Romero sind Sie sich nicht ganz sicher.«

»Und?«

»Ich glaube, die Einwanderungsbehörde hat diese Kerle benutzt, um die Sanctuary-Bewegung zu unterwandern.«

Er legte eine Hand unter sein Kinn und beobachtete die Kinder dabei, wie sie den Baseball warfen. »Ihr Freund, dieser Barmann, weiß der eigentlich, was Romero jetzt macht?« fragte er.

»Nein, er weiß nichts.«

»Wie heißt der Bursche? Wir würden uns gern mal mit ihm unterhalten.«

»Das möchte Bubba Rocque auch. Es heißt, daß Jerry – das ist sein Name, und er arbeitete im Smiling Jack's an der Bourbon – sich wahrscheinlich schon nach einem Sommerhäuschen in Afghanistan umsieht.«

»Ich wußte ja, daß Sie mich nie enttäuschen. Es ist Ihnen also gelungen, einem Informanten Angst einzujagen und ihn aus der Stadt zu vertreiben. Aber ich bin neugierig. Wie kommt es eigentlich, daß Leute Ihnen solche Sachen erzählen, die sie uns nicht mitteilen würden?«

»Ich hab' ihm eine geladene 45er unter die Nase gehalten.«

»Ach, stimmt ja. Hätte ich fast vergessen. Sie haben ja bei der Polizei von New Orleans viel über verfassungsmäßige Rechte gelernt.«

»Aber trotzdem hab' ich recht, oder? Irgendwie hat die Einwanderungsbehörde diese beiden Typen dazu gebracht, sie als U-Boote einzuschleusen, oder wie immer die Sanctuary-Leute das nennen.«

»Ja, so nennen sie es wohl. Und was immer Sie sich ausgedacht haben, das ist nicht Ihre Angelegenheit. Natürlich ist das für Sie unerheblich. Ich will 's also mal anders ausdrücken: Wir Jungs von der DEA sind nett. Wir versuchen, soviel Kroppzeug wie möglich hinter den Gittern unserer Kette von Staatshotels einsitzen zu lassen. Und wir haben durchaus Respekt vor Burschen wie Ihnen, die zwar die besten Absichten haben mögen, deren Gehirn aber in einem dicken Zementmantel steckt. Ich gebe Ihnen einen Rat: Fangen Sie mit der Einwanderungsbehörde keinen Zoff an. Besonders dann nicht, wenn Sie eine Illegale bei sich beherbergen.«

»Sie mögen sie also nicht.«

»Ich mach' mir nicht allzu viele Gedanken über sie. Aber Sie sollten das tun. Ich bin mal einem Bezirksleiter von INS begegnet, einem wichtigen Mann mit besten Drähten direkt zum Weißen Haus. Der hat gesagt: ›Falls man sie erwischt, muß man sie gut putzen und ausnehmen und sie sich dann braten‹. Mit so einem hätte ich nicht gern zu tun.«

»Für mich hört sich das an wie großmäuliges Gewäsch«, sagte ich.

»Sie sind ein Herzchen, Robicheaux.«

»Ich will Ihnen nicht Ihr Mittagessen verderben, aber würde es Ihnen nicht Bauchschmerzen machen, wenn das Flugzeug vielleicht durch eine Bombe am Southwest Pass Bruch gemacht hat? Wenn vielleicht jemand einen katholischen Priester und zwei Frauen umgebracht hat, die aus einem Schlachthaus fliehen wollten, an dem wir in El Salvador kräftig mitgearbeitet haben?«

»Sind Sie Experte in Fragen mittelamerikanischer Politik?«

»Nein.«

»Sind Sie da unten gewesen?«

»Nein.«

»Aber trotzdem erwecken Sie den Eindruck, als hätten sie das Mitleid gepachtet.«

»Vielleicht müssen Sie mal die Luft aus einem vietnamesischen Dorf schnuppern, das gerade mit Flammenwerfern spezialbehandelt worden ist.«

»Kommen sie mir nicht mit dieser selbstgerechten Hundekacke. Ich war auch dabei, Partner.« Das Stück Brot in seiner Backe verzerrte seinen Mund zu einer wütenden Grimasse.

»Um so mehr Grund, sich von den Pißnelken bei der Einwanderungsbehörde nicht so rumstoßen zu lassen.«

Er legte sein Sandwich auf den Teller, trank von seinem geeisten Tee und schaute nachdenklich zu den Kindern hinüber, die unter den Bäumen spielten.

»Ist Ihnen jemals in den Sinn gekommen, daß Sie besoffen vielleicht besser dran sind als nüchtern?« sagte er. »Oh, tut mir leid. Das hab' ich nicht sagen wollen. Was ich sagen wollte: Mir ist gerade eingefallen, daß in meiner Hemdtasche ein Scheck steckt. Heute zahl' ich für meinen Lunch selber. Nein, keine Widerrede. War mir ein echtes Vergnügen, mit Ihnen mal auszugehen.«

Im Inneren der Kirche war es kühl und dunkel, und es roch nach brennenden Wachskerzen, Wasser und Weihrauch. Durch die Seitentür konnte ich den ummauerten Garten sehen, wo ich als Kind mit den anderen Kindern Aufstellung genommen hatte, bevor wir am Karfreitag die Stationen von Christi Leidensweg zur Darstellung brachten. Der Garten war sonnig und das St. Augustinus-Gras grün und frisch gemäht, und die Blumenbeete waren voll gelber und purpurner Rosen. In einer Ecke des Gartens, überschattet von einem Tulpenbaum mit blutroten Blüten, befand sich eine Felsgrotte mit Wasserfall und Auffangbecken und einer steinernen Statue des gekreuzigten Christus hinten in der Wölbung.

Ich ging in den Beichtstuhl und wartete, daß der Priester das kleine Fenster in der Holztrennwand aufschob. Ich kannte ihn schon seit fünfundzwanzig Jahren, und ich vertraute seinen proletarischen Instinkten und vergab ihm das Übermaß an Wohltätigkeit und den Mangel an Mahnung und Geleit genauso, wie er mir meine Sünden vergab. Er schob die Klappe zurück, und ich schaute durch das Drahtgitter auf den runden Kopf, den bulligen Hals und die Silhouette der massigen Schultern. Er hatte einen kleinen Ventilator mit Gummiblättern in seinem Verschlag, und sein kurzgestutztes graues Haar bewegte sich leicht in der Zugluft.

Ich erzählte ihm von Eddie Keats. Alles. Von den Schlägen, die ich einstecken mußte, der Demütigung, dem Billardstock, den ich ihm durchs Gesicht gezogen hatte, dem Blut, das zwischen seinen gespreizten Fingern hervorgesprudelt war.

»Wolltest du diesen Mann töten?« fragte er.

»Nein.«

»Bist du dir darin sicher?«

»Ja.«

»Hast du vor, ihn noch einmal zu verletzen?«

»Nicht, wenn er mich in Ruhe läßt.«

»Dann laß es hinter dir.«

Ich gab ihm darauf keine Antwort. Wir saßen beide stumm im Dunkel des Verschlags.

»Machst du dir deswegen noch Sorgen?« fragte er.

»Ja.«

»Dave, du hast mir gebeichtet. Versuch nicht, über das Richtig oder Falsch dessen zu urteilen, was du getan hast. Laß es so, wie es ist. Vielleicht war das, was du getan hast, falsch. Aber du hast gehandelt, weil man dich provoziert hat. Dieser Mann hat eine Frau bedroht. Glaubst du nicht, daß der Herr deine Gefühle in einer Situation wie dieser wohl verstehen kann?«

»Aber ich hab's nicht deswegen getan.«

»Entschuldige, das verstehe ich nicht.«

»Ich habe es getan, weil ich trinken will. Alles in mir brennt darauf zu trinken. Ich will immerzu nur trinken.«

»Ich weiß nicht, was ich dazu sagen soll.«

Ich ging durch die Seitentür der Kirche hinaus in den Garten. Ich hörte den Wasserfall in der Grotte, und der Duft der gelben und purpurnen Rosen und der roten Blüten auf dem Tulpenbaum war schwer und süß in der warmen, unbewegten Luft. Ich saß auf der Steinbank neben der Grotte und starrte meine Schuhspitzen an.

Später fand ich Annie beim Unkrautjäten im Gemüsegarten hinter unserem alten Räucherhaus. Sie war barfuß und trug Bluejeans und ein ärmelloses Drillichhemd. Sie kauerte auf Händen und Knien, riß das Unkraut zwischen den Tomatenpflanzen aus und warf es in einen Korb. Ihr Gesicht war von der Arbeit erhitzt. Ich hatte ihr heute morgen im Bett von Eddie Keats erzählt. Sie hatte nichts darauf erwidert, sondern war lediglich in die Küche gegangen, um Frühstück zu machen.

»Ich denke, vielleicht solltest du deine Familie in Kansas besuchen und Alafair mitnehmen«, sagte ich. Ich hielt ein Glas Eistee in der Hand.

»Warum?« Sie schaute nicht zu mir auf.

»Dieser Kerl, Keats.«

»Du glaubst, er kommt her?«

»Ich weiß nicht. Wenn man seinesgleichen hart genug durchprügelt, bleiben die einem manchmal für immer fern. Aber das weiß man manchmal nicht. Es wäre Leichtsinn, ein Risiko einzugehen.«

Sie warf eine Handvoll Unkraut in den Korb und stand von ihrer Arbeit auf. Ein dunkler Streifen Schweiß und Erde lief über ihre Stirn. Ich konnte den heißen, dumpfigen Geruch der Tomatenpflanzen in der Sonne riechen.

»Warum hast du daran nicht früher gedacht?« sagte sie. Sie schaute starr geradeaus.

»Vielleicht hab' ich einen Fehler gemacht. Ich möchte noch immer, daß ihr beide, du und Alafair, nach Kansas geht.«

»Ich möchte nicht melodramatisch klingen, Dave, aber wegen Leuten wie denen fälle ich keine Entscheidungen über mein Leben oder das meiner Familie.«

»Annie, das hier ist ernst.«

»Natürlich ist es das. Du versuchst eine Art Alleingang als Cop, aber gleichzeitig hast du Familie. Also wär's dir am liebsten, einen Teil des Problems aus Louisiana fortzuschaffen.«

»Zieh es doch wenigstens in Erwägung.«

»Das hab' ich bereits. Und zwar heute morgen, genau fünf Sekunden. Vergiß es«, sagte sie und ging mit dem mit Unkraut gefüllten Korb zum Bach und schüttete es die Böschung hinunter.

Als sie zurückkam, schaute sie mich weiter ernst an, dann mußte sie plötzlich lachen.

»Dave, das ist doch wirklich die Höhe«, sagte sie. »Zumindest hättest du uns Biloxi oder Galveston anbieten können. Erinnerst du dich noch, was du über Kansas gesagt hast, nachdem du dort auf Besuch gewesen bist? ›Das war wahrscheinlich der einzige Ort in den Vereinigten Staaten, dem ein Atomkrieg gut bekommen würde‹. Und jetzt willst du mich dahin zurückverfrachten?«

»Na schön, also dann Biloxi.«

»Das Geschäft läuft nicht, mein kleiner Schatz.« Sie ging über den schattigen Hinterhof, und der Korb, den sie trug, stieß rhythmisch an ihr Hosenbein.

An diesem Abend gingen wir zu einem *fais dodo* in St. Martinville. Die Hauptstraße war für die Tänzer gesperrt, und eine neuschottländische Geigerkapelle und eine Rock 'n' Roll-Gruppe spielten abwechselnd auf einer Holzbühne, die dicht am Bayou Teche aufgebaut war. Die Wipfel der Bäume wirkten vor dem lavendelfarbenen und rosa Licht des Himmels sattgrün, und die Abendbrise wehte durch die Eichen auf dem Kirchhof, auf dem Evangeline und ihr Liebster begraben waren. Aus irgendeinem Grund hat sich die Rock 'n' Roll-Musik in Südlouisiana seit den fünfziger Jahren nicht verändert. Noch immer klingt sie nach Jimmie Reed, Fats Domino, Clifton Chenier und Albert Ammons. Ich saß mit einem Pappteller voll wildem Reis, roten Bohnen und gebratenem *sac-a-lait* an einem Holztisch unweit des Musikpodiums, sah den Tänzern zu und lauschte der Musik, während Annie mit Alafair auf der Suche nach einer Toilette die Straße entlangging.

Dann schwärzten vorüberziehende Regenwolken die Sonne im Westen, und heftige Windstöße trieben Blätter, Zeitungen, Bierbecher und Pappteller durch die Staßen. Doch die Band spielte weiter, als seien der drohende Regen oder gar ein Gewitter so wenig der Beachtung wert wie das Schwinden der Zeit und die

Sterblichkeit, und aus irgendeinem Grund fing ich an, darüber nachzudenken, warum jeder von uns so ist, wie er ist – im Guten wie im Bösen. Ich hatte es mir nicht ausgesucht, Alkoholiker zu sein, wie ein Kleinkind nach der Flasche zu lechzen, doch trotzdem nagte diese selbstzerstörerische Leidenschaft, diese genetische oder umweltbedingte Schwäche tagein, tagaus am Nerv meines Lebens. Dann mußte ich an einen Sergeant in meinem Zug denken, vielleicht der feinste Mensch, dem ich je begegnet bin. Falls die Umwelt der formende und bestimmende Faktor in unserem Leben war, dann ergab das seine einfach keinen Sinn.

Aufgewachsen war er in einer verrußten Eisengießerstadt in Illinois, einem jener Orte, wo der Himmel auf ewig verdüstert ist vom Rauch und verstellt von geschwärzten Fabrikschloten und der Fluß so verunreinigt von Chemikalien und Schlamm, daß er einmal sogar Feuer gefangen hat. Er hatte mit seiner Mutter in einer Zeile von Reihenhäusern gelebt, einer Welt, in der das Leben auf der einen Seite begrenzt war von der Bierschwemme und dem Billardsaal an Samstagabenden, auf der anderen von seinem Job als Rangierer auf dem Güterbahnhof. Angesichts dieser Umstände hätte er ein Mensch sein müssen, der sein Leben grau und in aller Unauffälligkeit zubringt, nie von einem höherem Ehrgeiz angetrieben als dem nach einer freudlosen Ehe und einer Angleichung des Lohns an die Lebenshaltungskosten. Statt dessen war er sowohl tapfer als auch mitfühlend, sorgte für seine Männer und duldete in seiner Loyalität für sie keinen Kompromiß; seine Intelligenz und Tapferkeit reichten, um uns beide durchzubringen, auch wenn sie bei mir versagten. Doch obwohl wir sieben Monate lang gemeinsam unseren Wehrdienst ableisteten, wird mir stets ein nachhaltiges Bild von ihm bleiben, eine Art Symbol all dessen, was an den Menschen unseres Landes so gut und wertvoll ist.

Wir hatten es gerade noch zurück geschafft in eine heiße, windige Gefechtsstellung – nach zwei Tagen draußen im »Indianerland« und einem Feuergefecht, bei dem der Vietcong manchmal bis auf zwei Meter an uns herankam. Wir hatten vier Männer verloren und waren ausgelaugt und krank und erschöpft, wie man sich eben fühlt, wenn man noch im Schlaf meint, man läge zusammengekrümmt in einer aus der eigenen Qual zusammengezimmerten Holzkiste und die Seele zucke wie ein Gummiband. Ich hatte meinen Zug in einem Nachtmarsch über einen Dschungelpfad geführt – ein dummes, unverantwortliches Unternehmen –, war in ihren Hinterhalt getappt, hatte sofort meinen Führungsmann verloren, war in die Zange genommen worden, und nur eine einzige Person war dafür verantwortlich – ich. Obwohl es jetzt Mittag war und die Sonne heiß und grell wie der Lichtbogen eines Schweißers brannte, hatte ich noch immer die Mündungsblitze der AK-47 vor dem Schwarzgrün des Dschungels vor Augen.

Dann schaute ich zu Dale, meinem Sergeant, der sein Hemd über einer Wassertonne auswringte. Sein Rücken war gebräunt, die Wirbel bildeten eine Furche, die Rippen spannten wie Zweige unter der Haut, in den Spitzen seines schwarzen Haars hatten sich glänzende Schweißtropfen gesammelt. Dann lächelte er mir mit dem schmalen Tschechengesicht mit mehr Zärtlichkeit und Zuneigung im Blick zu, als ich je bei einer Frau gesehen hatte.

Er wurde acht Tage später getötet, als eine Huey die Baumwipfel neben dem Landeplatz streifte und seitlich auf die Lichtung abkippte.

Doch meine Überlegungen zum Ursprung der Persönlichkeit und den Geheimnissen der Seele galten jemand anderem, nicht meinem toten Freund. Ein halbes Dutzend Harley-Davidsons ohne Motorverkleidung und mit jeweils einem jungen Pärchen – ausnahmlos Frauen – auf dem Sitz fuhren bis an die Straßenabsperrungen, dann mischten sich Claudette Rocque und ihre Freundinnen lässig unter die Menge. Sie trugen speckige Jeans und schwarze Harley-T-Shirts ohne BHs darunter, breite, metallbeschlagene Gürtel, Tätowierungen, Stulpenstiefel mit Metallkappen. Die Finger hatten sie in Sixpacks mit Bier gehakt, und aus den Brusttaschen ihrer T-Shirts ragten Heftchen mit ZigZag-Zigarettenpapier. Sie stellten ihre fremdartige Sexualität zur Schau wie eine Horde Westgotenkrieger ihre Leder- und Kettenpanzer.

Aber nicht Bubbas Frau. Schwer lasteten ihre Brüste in einem schwarzen Bikinioberteil, das mit roten Herzen bedruckt war, und ihre Jeans saßen weit unten auf dem weichen, gebräunten Bauch, so daß der neben ihrem Nabel tätowierte Schmetterling in Orange und Purpur zur Geltung kam. Sie entdeckte mich und kam auf meinen Tisch zu. Ein Lächeln umspielte ihre Mundwinkel, ihre Hüften rollten und schaukelten beim Gehen, und der Bund ihrer Bluejeans hob sich schweißfeucht von ihrer Haut ab.

Sie beugte sich über den Tisch und lächelte mir ins Gesicht. Am Brustansatz sah ich Sommersprossen. Ich roch Bier in ihrem Atem und den schwachen Duft nach Marihuana in ihrem Haar. Ihre Augen blickten träge und zugleich fröhlich, und sie biß sich auf die Lippe, als ahne sie, daß sich zwischen uns etwas aufregend Sinnliches anbahnte.

»Wo ist das Frauchen?« fragte sie.

»Da hinten, auf der Straße.«

»Ob sie wohl erlaubt, daß Sie mit mir tanzen?«

»Ich bin kein guter Tänzer, Mrs. Rocque.«

»Ich wette, dann sind Sie in anderen Dingen gut. Jeder hat so seine Talente.« Wieder biß sie sich auf die Lippe.

»Ich glaube, ich gehöre zu jenen Menschen, die ganz ohne besondere Talente geboren sind. Mancher von uns muß sich nicht erst die Mühe machen, bescheiden zu sein.«

Sie lächelte mit trägem Schlafzimmerblick.

»Die Sonne ist hinter den Wolken verschwunden«, sagte sie. »Dabei wollte ich doch noch braun werden. Finden Sie, daß ich dunkel genug bin?«

Ich aß von meinem Pappteller und versuchte, gutmütig zu grinsen.

»Manche Leute behaupten, in meiner Familie fließt das Blut von Schwarzen und Indianern«, sagte sie. »Mich kümmert das aber nicht. Wie die farbigen Mädel meiner Mutter immer gesagt haben: ›Brombeeren haben den süßesten Saft‹.«

Dann tupfte sie mit dem Finger einen Schweißtropfen von meiner Stirn und steckte ihn sich in den Mund. Ich spürte, wie ich unter den Blicken der Leute zu beiden Seiten rot anlief.

»Letzte Gelegenheit zum Tanzen«, sagte sie, legte die Hände hinter den Kopf und fing an, ihre Hüften zu einem Jimmy-Clanton-Song kreisen zu lassen, den die Rock 'n' Roll-Band auf der

Bühne gerade spielte. Sie straffte die Brüste, rollte mit dem Bauch und sah mir in die Augen. Ihre Zunge umspielte die Mundwinkel, als lecke sie eine Eiskugel. Eine Familie neben mir stand auf und entfernte sich fluchtartig. Sie beugte die Knie, bis ihr Hinterteil sich prall unter dem Jeansstoff abzeichnete, hielt die Ellbogen eng an die Brüste gedrängt, die Finger nach außen gespreizt, spitzte den feuchten Mund, ging tiefer und tiefer in die Hocke, näher und näher auf den Boden zu, und zeigte den anderen am Tisch immer mehr von ihren blassen Brüsten. Ich schaute weg, hin zur Band und entdeckte dann Annie, die mit Alafair an der Hand durch die Menge geschlendert kam.

Claudette Rocque und Annie schauten einander mit jenem instinktiven Wissen und der unfehlbaren Witterung für die Absichten der anderen an, wie sie offenbar nur Frauen haben. Aber in Claudettes Miene war keine Verlegenheit, nur jenes träge, fröhliche Licht strahlte in ihren rötlichbraunen Augen. Dann lächelte sie uns beiden zu, legte die Hand wie unabsichtlich einem Mann auf die Schulter und hatte sich Augenblicke später mit ihm zur Straßenmitte davongemacht.

»Wer war das?« fragte Annie.

»Bubba Rocques Frau.«

»Es hat ihr anscheinend gefallen, dich ein bißchen aufzumuntern.«

»Ich glaube, sie hat heute nachmittag nur ein bißchen zuviel *muta* gehabt.

»Sie hat was?«

»Marihuana.«

»Ich war ganz hingerissen von dem tanzenden Schmetterling. Sie versteht sich drauf, ihn flattern zu lassen.«

»Das hat sie in Juilliard gelernt. Komm, Annie, heute keine Sticheleien.«

»Schmetterling? Schmetterling tanzt?« sagte Alafair. Sie trug eine Donald-Duck-Mütze mit einem gelben Schirm, die Quakgeräusche von sich gab, wenn man darauf drückte. Ich setzte sie auf mein Knie und entlockte der Mütze ein Quaken, glücklich, Annies forschendem Blick ausweichen zu können. Aus dem Augenwinkel sah ich Claudette Rocque mit dem Mann tanzen, den sie sich aus der Menge gegriffen hatte, den Bauch ganz eng an seine Lenden gedrückt.

Tags darauf zog mir der Arzt die Fäden von Kopfhaut und Mund. Als ich mit der Zunge über die Innenseite meiner Lippe fuhr, fühlte sich die Haut an wie aneinandergeklebte Gummiflikken auf einem Fahrradschlauch. Am Nachmittag ging ich zu einer Versammlung der Anonymen Alkoholiker. Die Klimaanlage war ausgefallen, und im Raum war es heiß und rauchgeschwängert. Meine Gedanken schweiften ständig ab.

Es war jetzt fast Sommer, und die Nachmittage schienen heißer, je weiter der Tag voranschritt. An dem Rotholztisch im Hinterhof, mitten im Gesumm der Zikaden und dem trockenen Gepolter fernen Donners, aßen wir unser Abendbrot. Ich versuchte, auf der Veranda Zeitung zu lesen, doch meine Konzentration reichte nur für einen Absatz. Ich ging hinunter zum Anlegesteg, um nachzusehen, wie viele Boote noch draußen waren, kehrte dann zum Haus zurück und schloß mich in dem Hinterzimmer ein, wo ich meine Scheibenhanteln und die Sammlung historischer Jazzschallplatten aufbewahrte. Ich legte eine alte 78er mit Bunk Johnson auf, und als der klare, glockenhelle Ton seiner Posaune aus dem Rauschen und Knacken aufstieg, begann ich eine Serie im Reißen mit aufgelegten 75 Pfund, und jedesmal wenn ich die Hanteln von meinen Schenkeln hob und bis ans Kinn zog, schwollen Bizeps und Brustkasten vor Anspannung und Kraftaufwand und füllten sich mit Blut.

Binnen fünfzehn Minuten tropfte mein Schweiß auf die Holzdielen. Ich zog das Hemd aus, schlüpfte in Trainingshose und Laufschuhe und rannte fünf Kilometer auf dem Sandweg entlang dem Bayou. Das wunde Gefühl in meinen Genitalien, das ich den Tritten von Eddie Keats zu verdanken hatte, war fast vollständig verschwunden, und meine Atmung war gut und der Herzschlag regelmäßig. Ich hätte noch gut drei Kilometer zulegen können. Normalerweise hätte ich mich prächtig fühlen müssen bei all der Energie und Ausdauer im Körper eines Mannes von mittleren Jahren, doch ich kannte nur zu gut den Mechanismus, der in meinem Inneren ablief, und der hatte nichts zu tun mit Gesundheit oder der atemberaubenden Abenddämmerung, oder den Leuchtkäfern, die in den schwarzgrünen Bäumen funkelten, oder den Brassen, die am Rand der Wasserlilien mit schmatzenden Mäulern durch die Wasseroberfläche stießen. Der Sommer in Südlouisiana ist für mich stets wie die Strophe eines ewigen Liedes gewesen. Heute abend erkannte ich in dem verblassenden roten Schein der Sonne am Horizont nur das Ende des Frühlings.

Es war eine seltsame Nacht. Die Sterne wirkten heiß am schwarzen Himmel. Es war absolut windstill, und jedes einzelne Blatt der Pecanobäume sah aus, als sei es aus Metall gestanzt. Die Fläche des Bayou war glatt und ruhig, die Weiden entlang den Uferbänken standen bewegungslos. Als der Mond aufging, sahen die Wolken am Nachthimmel aus wie silbrige Pferdeschwänze.

Ich duschte mich kalt und legte mich in Unterwäsche im Dunkeln auf die Bettücher. Annies Finger tasteten zu meiner Schulter hoch. Ihr Kopf auf dem Kissen war mir zugewandt, und ich spürte ihren Atem auf meiner Haut.

»Wir werden das überstehen, Dave. In jeder Ehe gibt's ein paar böse Momente«, sagte sie. »Wir dürfen nur nicht zulassen, daß sie über uns Macht bekommen.«

»Ja, gut.«

»Vielleicht war ich egoistisch. Vielleicht hab' ich zu vieles zu meinen Bedingungen haben wollen.«

»Was meinst du damit?«

»Ich habe gewollt, daß du jemand sein solltest, der du nicht bist. Ich habe versucht, uns beiden vorzumachen, daß du mit Polizeiarbeit und jener Welt in New Orleans nichts mehr zu schaffen hast.«

»Ich habe sie aus eigenem Willen aufgegeben. Du hast damit gar nichts zu tun gehabt.«

»Du hast zwar deinen Abschied eingereicht, aber du hast sie nie ganz verlassen, Dave. Das wirst du auch nie.«

Ich schaute hoch in die Dunkelheit und wartete. Das Mondlicht, das durch den sich drehenden Fensterventilator fiel, warf unruhige Muster auf unsere Körper.

»Falls du dorthin zurück willst, sollten wir das tun«, sagte sie.

»Nein.«

»Weil du nicht glaubst, daß ich damit fertigwerde?«

»Weil es eine Kloake ist.«

»Das sagst du jetzt, aber ich glaube nicht, daß du auch so empfindest.«

»Mein erster Partner war ein Mann, den ich sehr bewundert habe. Er verfügte über höllisch viel Mumm und Integrität. Einmal wurde in der Canal Street ein kleines Mädchen durch eine Windschutzscheibe geschleudert, und dabei wurde ihr der Arm abgetrennt. Er ist in eine Bar gerannt, hat seine Jacke mit Eis gefüllt, den Arm drin eingewickelt, und sie haben ihn ihr wieder annähen können. Aber bevor derselbe Mann in den Ruhestand ging, hat er Schmiere genommen, er –«

»Was?«

»Er hat Bestechungsgelder genommen. Nutten, die er laufen ließ, hat er vorher geschröpft. Er hat einen vierzehn Jahre alten Jungen auf dem Dach eines Obdachlosenheims niedergeschossen.«

»Du müßtest nur mal hören, wie wütend deine Stimme klingt. Das ist, als würde in dir ein Feuer brennen.«

»Das ist keine Wut. Das sind Tatsachen. Man bleibt dabei, und dann fängt man irgendwann an, selbst wie ein Strolch zu reden und zu denken. Und eines Tages ertappt man sich dabei, daß man etwas tut, das man nie für möglich gehalten hätte. Und das ist dann der Zeitpunkt, zu dem man weiß, daß man endgültig auf heimischem Boden angelangt ist. Kein schöner Moment.«

»Du bist nie so gewesen, und du wirst auch nie so werden.« Sie legte ihren Arm über meine Brust und das Knie über meinen Schenkel.

»Weil ich da rausgekommen bin.«

»Das hast du geglaubt, aber du bist es nicht.« Sie rieb mit dem Knie und der Innenseite ihres Schenkels an meinem Bein auf und ab, fuhr mir mit der Hand über Brust und Bauch. »Ich kenne einen Officer, auf dessen körperliche Verfassung man ein Augenmerk haben muß.«

»Morgen möchte ich mit den Nonnen sprechen, ob ich Alafair im Kindergarten anmelden kann.«

»Gute Idee, Skipper.«

»Dann gehen wir in die Badeanstalt und essen in St. Martinville zu Mittag.«

»Was immer du befiehlst.« Sie drückte sich eng an mich, blies mir ihren Atem ins Haar und hakte ihr Bein über meine Schenkel. »Was hast du sonst noch für Pläne?«

»Dann ist da morgen abend noch ein Spiel der American Legion. Vielleicht nehmen wir uns einfach den ganzen Tag frei.«

»Kann ich da anfassen? Da schau her, und da hab' ich geglaubt, daß du so stoisch bist, daß dich die Reize eines Mädchens nicht erschüttern können. Mein kleiner Liebling ist wohl ein großer Schauspieler, wie?«

Sie küßte mich auf die Wange, dann auf den Mund, schob sich dann in ihrer mütterlichen Art über mich, wie sie es immer tat, streichelte mein Gesicht und lächelte mir in die Augen. Das Mondlicht fiel auf ihre gebräunte Haut und die schweren weißen Brüste, und sie stützte sich leicht auf die Knie, nahm mich an die Hand und drückte mich in sich, und ihre Lippen bildeten plötzlich ein überraschtes O, und ihre Augen wirkten wie nach innen gekehrt. Ich küßte ihr Haar, ihr Ohr, die Spitzen ihrer Brüste, meine Hand strich über ihren Rücken und ihre zitternden harten Schenkel, und endlich spürte ich, wie die ganze Wut und Hitze dieses Tages, die in mir zu hausen schienen wie brennend heißes, in einer Whiskeyflasche eingeschlossenes Sonnenlicht, sich in ihrem rhythmischen Atem an meiner Wange und in ihren Händen und Armen auflösten, während sie mich überall drückte und liebkoste, als könnte ich ihrer Liebe entfliehen wollen, die so warm, beständig und allumfassend war wie das Meer.

Meine Träume führten mich an viele Orte. Manchmal saß ich dann mit meinem Vater in einem Einbaum tief in den Atchafalaya-Sümpfen, dicker Nebel hing in schwarzen Bäumen, und als die Sonne über den Rand der Erde kletterte, zog ich meinen Blinker dicht bei den Zypressenstümpfen durchs Wasser und ein Kaulbarsch schnappte ihn sich und brach aus dem stillen Wasser und versprühte glitzernde Tropfen im grüngoldenen Licht. Doch heute nacht träumte ich von Hueys, die tief über dem Laubdach des Dschungels flogen und über milchig-braune Flüsse. Im

Traum machten sie kein Geräusch. Am lavendelfarbenen Himmel wirkten sie wie Insekten, und als sie näher schwebten, konnte ich den Bordschützen sehen, der in die Bäume feuerte. Die Luft der Rotorblätter des Helikopters bog die Wipfel der Bäume in rasendem Tanz, und die Kugeln aus dem Maschinengewehr ließen das Wasser der Flüsse aufspritzen, peitschten durch verlassene Fischerdörfer, hüpften in geometrischen Linien über Deiche und Reisfelder, doch alles vollzog sich völlig lautlos, und da unten waren keine Menschen. Ich sah das vor Angst angespannte Gesicht eines Bordschützen. Der Wind pfiff darüber, und es bebte vom Rattern der Waffe. Nur die Augen leuchteten heraus – zusammengekniffen im beißenden Kordit, feucht schimmernd ob der Bilder toter Wasserbüffel, rauchverhangener Dörfer und einer Landschaft wie unter Glas, wo Menschen sich wie Mäuse in Erdlöchern verkrochen. Seine Hände waren geschwollen und rot, die Finger zu einem Knoten um den Abzugsbügel geschlungen, herumfliegende Patronenhülsen glänzten kaleidoskopartig im Licht. Es gab keine Menschen mehr zu erschießen, aber was machte das schon – sein Daseinszweck war klar. Er war auf ewig diesem Stück Erde, das er verwüsten half, verhaftet und verfallen. Diesem Land, das seine Droge und Nemesis zugleich war. Die Stille des Traums war wie ein Schrei.

Ich erwachte vom Grollen eines Wetterleuchtens, ein Auto fuhr auf dem Sandweg neben dem Bayou vorbei. Die Ochsenfrösche quakten unten am Ententeich. Ich hatte kein analytisches Interesse an der Deutung von Träumen, die unvertrauten Gefühle und Mechanismen, die sie repräsentierten, verflogen stets bei Morgengrauen, und das war alles, worauf es ankam. Ich hoffte, daß sie eines Tages ganz verschwinden würden. Ich hatte einmal gelesen, daß Audie Murphy, der höchstdekorierte US-Soldat des Zweiten Weltkriegs, mit einer 45er im Bett schlief. Ich halte ihn für einen tapferen und guten Mann, doch bei manch einem wird die nächtliche Traumlandschaft heimgesucht von Kreaturen, die wie Ausgeburten eines Höllenschlunds sind. Die Griechen riefen Morpheus an, die Furien zu vertreiben. Ich wartete einfach auf eine trügerische Morgendämmerung, und manchmal, wenn ich Glück hatte, schlief ich wieder ein, bevor sie einsetzte.

Doch diese Nacht war von zu vielen Geräuschen erfüllt, zu vielen Erinnerungssplittern, die an der Schwelle zum wachen Bewußtsein nagten wie Ratten, als daß ich so leicht wieder hätte Schlaf finden können. Ich streifte mir Sandalen über, goß mir in der Küche ein Glas Milch ein und ging in meinen Sporthosen hinunter zum Ententeich. Die Enten hatten sich im Schatten der Rohrkolben aneinandergeschmiegt, und der Mond und die erleuchteten Wolken wurden im samtigen Wasser so vollkommen widergespiegelt, als habe man sie unter dunklem Glas eingefangen. Ich saß auf einer Bank neben der eingefallenen Scheune am Ende meines Grundstücks und schaute im Mondlicht hinüber auf die Weide meines Nachbarn und auf sein Zuckerrohrfeld. An der Scheunenwand hinter mir, deren rote Farbe längst abgeblättert war, hing ein 35 Jahre altes Blechreklameschild von HADACOL. Hadacol war von einem Bundessenator aus Abbeville hergestellt worden, und es enthielt nicht nur genug Vitamine und Alkohol, um Tote zu erwecken, sondern der Kartondeckel galt auch als Bon für die Wanderschau von Hadacol, auf der in nur einem Jahr so berühmte Leute wie Jack Dempsey, Rudy Vallee und ein über zwei Meter großer kanadischer Riese aufgetreten waren. Ich schwelgte in Erinnerungen an die Unschuld jener Epoche, in der ich großgeworden war.

Dann sah ich im Süden das Hitzegewitter grell aufflammen, und plötzlich kam eine Brise auf, zerteilte das Mondlicht, kräuselte das Wasser und bog das Laub der Pecanobäume in meinem Vordergarten. Die Kühe auf der Weide hatten sich bereits zusammengedrängt, und ich konnte Regen und Schwefel riechen und spürte, daß der Luftdruck fiel. Ich trank die Milch in meinem Glas leer, lehnte mich mit geschlossenen Augen an die Scheunenwand, atmete die feuchte Kühle, die der Wind herantrug und stellte fest, daß ich in dieser Nacht mühelos die Schlaflosigkeit besiegen und zurück ins Bett gehen und bei meiner Frau schlafen konnte, während der Regen an den Fensterventilator klatschte.

Doch als ich die Augen wieder aufschlug, sah ich die Umrisse zweier schwarzer Gestalten, die schnell und geschmeidig wie Nachttiere aus dem Dunkel der Pecanobäume in meinem Vorgarten heraustraten, aus meinem Gesichtsfeld verschwanden und zur vorderen Veranda schlichen. Schon als ich auf die Füße sprang und die Augen weit aufriß in dem vergeblichen Wunsch, daß ich nur Schatten und nichts sonst gesehen hätte, sank mir das Herz in der schrecklichen Erkenntnis, die mich erst ein einziges Mal blitzartig überkommen hatte: als ich in Vietnam das *Klack* der Mine unter meinem Fuß gehört hatte. Schon als ich auf das im Dunkeln liegende Haus zurannte und noch bevor ich das Stemmeisen an der Tür hörte, bevor Worte aus meiner Kehle drangen, wußte ich, daß meine nächtlichen Ängste heute Wirklichkeit würden, daß keine trügerische Morgendämmerung sie vertreiben konnte. Ich stolperte über meine Sandalen, kickte sie von den Füßen und rannte barfuß über den harten Boden, durch die Trümmer zerbrochener Bretter und rostiger Nägel vom Scheunendach, den Rohrkolben, die über die Uferböschung des Teiches wuchsen, laut schreiend: »Ich bin hier draußen. Ich bin hier draußen«, wie ein Hysteriker, der durch ein Stück Mondlandschaft stolpert.

Doch meine Worte gingen unter im Donner, im Wind, dem Prasseln des Regens auf dem Blechdach, dem Krachen des Stemmeisens, das den Türrahmen aufsprengte, die Scharniere herausriß, den Türriegel, das Türblatt ins Wohnzimmer stürzen ließ. Dann hörte ich wieder meine Stimme, einen Laut wie den Schrei eines Tiers, gurgelnd hervorgestoßen, und ich hörte das Aufbrüllen der Schrotgewehre und sah die Mündungsblitze über die Schlafzimmerwände springen wie Wetterleuchten am Himmel. Sie feuerten Schuß auf Schuß. Nach jeder neuen Patrone rastete das Nachladeschloß mit lautem Klacken wieder ein, die flammenden Explosionen rissen die Dunkelheit auf, in der meine Frau allein unter einem Laken lag. Die Schrotkugeln spien Fensterglas und Fetzen von Vorhangstoff auf den Hof, rissen Holzstücke aus der Außenwand, prallten von den Blättern des Fensterventilators. Irgendwo hinter mir schlug ein Blitz ein, und in seinem geisterhaften Schein sah meine Haut weiß und tot aus.

Sie hatten aufgehört zu schießen. Ich stand atemlos und barfuß in Unterwäsche im Regen, schaute durch das geborstene Fenster und die zerfetzten Vorhänge auf den Umriß eines Mannes, der zu mir zurückstarrte, bewegungslos, ein Schrotgewehr quer über der Brust. Dann hörte ich das Knacken des Nachladeschlosses, als er die nächste Patrone einlegte.

Ich rannte zur Hausseite, drückte mich an die Zypressenplanken, bewegte mich unter den Fenstern entlang nach vorn, kroch in der Finsternis vorwärts. Ich hörte, wie einer von ihnen im Dunkeln an eine Wand oder gegen eine Tür krachte, über die Telefonschnur stolperte, den Apparat aus der Halterung riß und in den Flur warf. An meinen Füßen war Blut, an meinem Knöchel eine Rißwunde, doch ich war ohne jedes Körpergefühl. In meinem Kopf drehte es sich, als habe jemand mit einer zusammengerollten Zeitung auf ihn eingeschlagen, und ich schmeckte die Kotze, die unkontrollierbar vom Magen hochkam. Ich hatte keine Waffe, mein Nachbar war nicht zu Hause, es gab nichts, was ich tun konnte, um Annie zu helfen. Schweiß und Regentropfen rannen mir aus dem Haar wie Insekten.

Mir blieb nichts anderes übrig, als zum Telefon im Fischköderladen zu laufen. Dann hörte ich die vordere Fliegentür gegen die Wand knallen, und sie kamen beide nach draußen auf die Veranda gestürzt. Ihre Stiefel lärmten laut auf den Holzdielen. Die Schritte wandten sich erst in die eine, dann in die andere Richtung. Ich drückte mich gegen die Hauswand und wartete. Sie mußten nichts weiter tun, als über das Seitengeländer der Veranda zu springen, und schon hätten sie mich vor dem Lauf gehabt. Dann verhielten sie, und ich erkannte, daß etwas anderes ihre Aufmerksamkeit erregt hatte. Ein Pickup kam krachend den Sandweg zum Dock herunter, Regen trieb schräg im Kegel eines einzelnen Scheinwerfers, der über Baumwipfel tanzte. Ich wußte, daß es Batist sein mußte. Er wohnte nur fünfhundert Meter den Weg hinunter, schlief im Sommer draußen auf seiner überdachten Veranda und hätte sogar im Getöse des Donners die Schüsse gehört.

»Scheiße! Bloß weg hier«, sagte einer der Männer.

Der andere Mann sprach, doch seine Stimme verlor sich im Geprassel des Regens auf dem Blechdach und im langgezogenen Donnergrollen.

»Du gehst gefälligst allein zurück und erledigst ihn. Das war sowieso ein lausiger Hit. Von einem Weib hast du mir nichts gesagt«, hörte ich den ersten Mann. »Verdammte Schweinerei, der Laster biegt hier ein. Ich hau' ab. Das nächstemal kannst du deinen Dreck selber wegräumen.«

Ich hörte, wie einer der Männer die Stufen hinuntersprang und anfing zu rennen. Der zweite Mann zögerte, seine Füße scharrten unschlüssig auf den Holzplanken. Dann hörte ich, wie sich eine Stufe unter seinem Gewicht bog, und kurze Zeit darauf konnte ich erkennen, wie beide Männer im Schutz der Bäume auf ein Auto zurannten, das unten am Bayou abgestellt war. Mit ihren Schrotgewehren in der Armbeuge sahen sie aus wie Infanteristen, die nachts durch einen Wald flüchten.

Ich hastete durch die Vordertür ins Schlafzimmer und hieb auf den Lichtschalter, und das Herz hämmerte mir in der Brust. Die roten Papphüllen von Schrotpatronen lagen vor der Schwelle verstreut; das Untergestell aus Mahagoni und das Kopfbrett des Bettes waren von Kugeln zerfetzt und zersplittert; die Blumentapete über dem Bett war mit Löchern, groß wie schwarze Zehn-Cent-Stücke, bedeckt. Das Laken, das noch über sie gebreitet war, war von ihrem Blut getränkt, zerrissenes Tuch war in die Wunden gedrückt, die wie von Wölfen gerissen aussahen. Ihr krauser Blondschopf lag von mir abgewandt auf dem Kissen. Eine makellose weiße Hand hing über die Kante der Matratze.

Ich berührte ihren Fuß. Ich berührte ihren blutverschmierten Knöchel. Ich legte meine Hände um ihre Finger. Ich strich mit der Hand über ihr Lockenhaar. Wie ein Kind kniete ich neben ihrem Bett und küßte ihre Augen. Ich nahm ihre Hand und steckte mir die Finger in den Mund. Dann fing das Zittern an, als würden sich in meinem Innern Sehnen und Knochen voneinander lösen, und ich preßte, das nasse Haar an ihre Stirn gelegt, mein Gesicht tief in das Kissen.

Ich weiß nicht, wie lange ich so gekniet habe. Ich kann mich auch nicht erinnern, wie ich wieder hochgekommen bin. Ich weiß nur, daß meine Haut brannte, als habe sie jemand mit Säure bepinselt, daß ich nicht genügend Luft in die Lunge bekam, daß das gelbe Licht im Zimmer wie eine Flamme in meinen Augen stach, daß all meine Gelenke wie gelähmt schienen, daß meine Hände plumpe Holzklötze waren, als ich in der Kommodenschublade wühlte, die 45er fand und den schweren Ladestreifen ins Magazin schob. Ich hatte schon vor Augen, wie ich über den Hof rannte, über die Weiden meines Nachbarn, durch die im Gelände abfallenden Eichen- und Pinienwälder auf der anderen Seite, wo der Sandweg vorbeiführte, bevor er an der Zugbrücke über dem Bayou endete. Ich hörte einen jungen Schwarzen aus meinem Zug schreien. *Charlie will nicht mehr mitspielen! Er verzieht sich in den Tunnel. Fetz ihnen die Scheiße raus, Lieutenant!* Ich sah, wie sich unter meinem Feuerhagel Gliedmaßen von Menschen losrissen, und als die Kammer offen blieb und ich nachladen mußte, zitterten meine Hände vor fiebriger Erwartung.

Doch die Stimme war nicht die des jungen Schwarzen aus meinem Zug, und ich war nicht der junge Lieutenant, der dafür sorgte, daß sich kleine gelbe Männer in schwarzen Pyjamas in Erdlöchern versteckten. Batist hatte seine Riesenhände auf meine beiden Arme gelegt, seine nackte Brust wie eine Stahlplatte, die braunen Augen ausdruckslos und ohne Blinzeln unverwandt in meine starrend.

»Abgehauen die, Dave. Diese Waffe da hilft dir zu nichts, du«, sagte er.

»Die Zugbrücke. Wir können den Weg abschneiden.«

»C'est pas bon. Ils sont pa'tis.«

»Wir nehmen den Pickup.«

Er schüttelte den Kopf, ließ die gewaltige Hand meinen Arm hinuntergleiten und nahm mir die Automatik ab. Dann legte er mir den Arm um die Schultern und führte mich ins Wohnzimmer.

»Du setzt dich hin. Für dich gibt's nichts zu tun, du«, sagte er. Die 45er ragte aus der Gesäßtasche seiner Bluejeans. »Wo ist Alafair?«

Ich schaute ihn blöde an. Er atmete durch den Mund und fuhr sich mit der Zunge über die Lippen.

»Du bleibst hier, bewegst dich nicht vom Fleck, nein. *T'comprendes,* Dave?«

»Ja.«

Er ging in Alafairs Zimmer. Die Pecanobäume im Hof flackerten in weißlichem Licht, als ein Blitz über den Himmel geisterte, und der Wind fegte den Regen über die Veranda und durch die zertrümmerte Eingangstür. Als ich die Augen schloß, sah ich ein Licht, das in einer schwarzen Fensterhöhle tanzte wie Elektrizität in einem Faradayschen Käfig.

Mit hölzernen Bewegungen erhob ich mich von der Couch und ging zur Schwelle von Alafairs Zimmer. Ich blieb stehen, eine Hand an den Türrahmen gestützt, fast so, als wäre ich durch die Beschäftigung mit meinem eigenen Schmerz zu einem Fremden geworden. Batist saß, Alafair auf dem Schoß, auf der Bettkante, die mächtigen Arme schützend um sie gelegt. Ihr Gesicht war weiß, zuckte unter Schluchzen an seiner schwarzen Brust.

»Sie ist in Ordnung. Du kommst auch bald in Ordnung, Dave. Batist kümmert sich schon um euch alle. Du wirst sehen«, sagte er. »Herrgott, Herrgott, was die Welt diesem kleinen Kind angetan hat.«

Mit unverhüllter Trauer in den Augen schüttelte er den mächtigen Kopf.

6

Am Tag von Annies Beerdigung regnete es. Eigentlich regnete es die ganze Woche über unaufhörlich. Das Wasser tropfte von den Bäumen, rann in kleinen Bächen von den Dachfirsten, bildete braune, von Blättern bedeckte Teiche im Hof, tränkte die Felder und das Zuckerrohr mit stumpfem, graugrünem Licht. Ihre Eltern kamen von Kansas heruntergeflogen. Ich holte sie vom Flughafen in Lafayette ab und fuhr sie im Regen zu einem Motel in New Iberia. Ihr Vater war ein massiger, flachsblonder Weizenfarmer mit breiten, schwieligen Händen und dicken Handgelenken, und er schaute schweigend aus dem Wagenfenster auf die regenverhangene Landschaft, rauchte eine Zigarre und sprach gerade genug, um nicht unhöflich zu erscheinen. Ihre Mutter war eine füllige mennonitische Landfrau mit sonnenhellem Blondhaar, blauen Augen und roten Wangen. Sie versuchte, die Distanziertheit ihres Mannes gutzumachen, indem sie über den Flug von Wichita nach hier, den ersten Flug ihres Lebens, redete. Doch sie konnte sich nicht auf das konzentrieren, was sie sagte, und sie schluckte oft, und ihr Blick schweifte ständig von meinem Gesicht ab.

Sie hatten ihre Vorbehalte mir gegenüber gehabt, als ich Annie heiratete. Ich war ein geschiedener älterer Mann mit einer Alkoholgeschichte gewesen, und als Detective bei der Mordkommission hatte ich in einer von Gewalt beherrschten Welt gelebt, die den Landleuten von Kansas noch fremder war als mein Cajun-Akzent und mein französischer Name. Ich spürte, daß sie mich für Annies Tod verantwortlich machten. Zumindest tat das ihr Vater, da war ich mir ganz sicher, und ich hatte einfach nicht die Kraft, mich gegen diese unausgesprochene Anklage aufzulehnen – nicht einmal mir selbst gegenüber.

»Die Beerdigung ist um vier Uhr«, sagte ich. »Ich bring' euch zum Motel, wo ihr euch ausruhen könnt, und hol' euch dann um halb vier von dort ab.«

»Wo ist sie jetzt?« fragte ihr Vater.

»Im Bestattungsinstitut.«

»Ich möchte da hin.«

Ich sagte nichts, schaute nur in sein großes, angespanntes Gesicht mit den weit auseinanderstehenden grauen Augen.

»Der Sarg ist verschlossen, Mr. Ballard«, sagte ich.

»Du bringst uns jetzt da hin«, sagte er.

Wir beerdigten Annie im Grab meiner Familie auf dem alten Friedhof neben der St. Peter's Church in New Iberia. Die Gruften waren aus Ziegel gemauert und mit weißem Mörtel verputzt. Die ältesten waren rissig, in die Erde eingesunken und von grünen Ranken überwachsen, die im Mörtel wurzelten. Der Regen fiel aus dem grauen Himmel nieder, Tropfen tanzten auf dem Ziegelweg vor dem Friedhof und trommelten auf den Baldachin aus Segeltuch über unseren Köpfen. Bevor die Angestellten des Bestattungsinstituts Annies Sarg in die Gruft senkten und ihn mit einer Marmortafel, die eine Inschrift trug, versiegelten, schraubte einer von ihnen das metallene Kruzifix vom Deckel ab und legte es mir in die Hände.

Ich kann mich nicht erinnern, daß ich die anderen zur Limousine begleitet habe. Ich erinnere mich an die Leute unter dem Baldachin – ihre Eltern, Batist und seine Frau, den Sheriff, meine Freunde aus der Stadt –, aber ich kann mich nicht erinnern, wie ich vom Friedhof gegangen bin. Ich sah den Regen, der wirbelnd aus dem Himmel fiel, sah ihn auf den roten Ziegeln der Zufahrt und den schwarzen Spitzen des Eisenzauns glitzern, der den Friedhof umgab, spürte, wie er mir aus dem Haar in die Augen rann, hörte von irgendwo die Pfeife eines Zugs und Güterwaggons über die Schienen rattern, die mitten durch die Stadt verliefen. Und dann stand ich auf dem gepflasterten Rasen vor dem Bestattungsinstitut mit seinen hohen, imitierten Säulen aus Holz und der falschen Südstaatenfassade, die im trüben Licht die Farbe von Pappe hatte, und Autos starteten im Regen und fuhren davon.

»Der Pickup ist hier drüben, Dave«, sagte Batist. »Komm jetzt. Wir haben Abendessen schon fertig. Du hast den ganzen Tag nichts gegessen.«

»Wir müssen ihre Eltern zurück zum Motel bringen.«

»Die sind schon weggefahren. He, zieh dir diese Jacke über den

Kopf. Du willst doch nicht hier draußen stehenbleiben wie 'ne Ente, du?«

Er lächelte mir zu. Auf seinem kanonenkugelrunden Kopf perlten Regentropfen, die großen Zähne sahen aus wie aus Walfischbein geschnitzt. Ich spürte, wie sich seine Hand um meinen Arm legte, leicht in den Muskel drückte und mich zum Pickup führte, wo seine Frau in einem bedruckten Baumwollkleid unter einem aufgespannten Schirm neben der offenen Tür stand. Auf dem Weg zurück zum Haus saß ich still zwischen ihnen. Sie hatten den Versuch aufgegeben, mich anzusprechen, und ich starrte durch die Windschutzscheibe auf die Schlammpfützen auf dem Sandweg, den feuchten Schimmer auf den Stämmen der Eichen, das Wasser, das aus dem Geäst tropfte, die Nebelschwaden, die über dem Bayou hingen, vor unserer Kühlerhaube aufrissen wie eine Einladung zum Schlafen. In dem grauen Licht sah die Baumreihe am Weg wie ein Tunnel aus, durch den ich mich sicher fallenlassen konnte, bis er mich in einen kalten, abgeschlossenen Raum unter der Erde führte, wo Wunden von selbst heilten, wo das Fleisch nicht den Würmern preisgegeben war, wo man einen versiegelten Sarg öffnen konnte, aus dem ein strahlend schönes Gesicht lächelte.

Ich nahm die Arbeit am Anlegesteg wieder auf. Ich vermietete Boote, füllte Elritzen in die Fischkästen der Leute, machte ihnen Barbecue-Lunch, öffnete Sprudel- und Bierflaschen mit dem mechanischen Lächeln und den Bewegungen eines Mannes, der in einem Traum lebt. Wie stets, wenn man unerwartet einen geliebten Menschen verliert, machte auch ich die Erfahrung, wie freundlich Menschen sein konnten, doch nach einer Weile empfand ich fast den Wunsch, mich vor ihren wohlmeinenden Beileidsworten zu verstecken, ihrem teilnahmsvollen Händedruck und ihrem Schulterklopfen. Ich erfuhr, daß Schmerz eine ganz private und alles verzehrende Empfindung ist und daß man ihn, wenn er einen zu seinem Gefäß erkor, nicht leicht mit anderen teilen konnte.

Und vielleicht wollte ich ihn auch mit niemandem teilen. Nachdem die Spurensicherer vom Amt des Sheriffs die blutigen Bettücher zu einem Bündel gerollt und die Schrotkugeln aus dem Kopfbrett des Betts und aus den Wänden gekratzt hatten, verschloß und verriegelte ich die Tür, als versiegele ich ein Mausoleum, gefüllt mit Schmerz, den ich allzeit wiederbeleben konnte, indem ich einfach einen Schlüssel umdrehte. Als ich Batists Frau mit Scheuerbürsten und Eimern auf das Haus zukommen sah, um die Blutspuren im gesplitterten Holz zu beseitigen, kam ich vom Fischköderladen gerannt, schrie sie auf französisch mit der schneidenden Schärfe an, mit der man früher mit einer Negerin sprach, und sah ihr nach, als sie kehrtmachte und mit verletzter und verwirrter Miene zu ihrem Pickup ging.

In jener Nacht wurde ich vom Geräusch nackter Füße auf den Holzdielen und einem sich drehenden Türgriff aufgeweckt. Ich setzte mich von der Couch auf, auf der ich bei laufendem Fernseher eingeschlafen war, und sah Alafair neben der versperrten Schlafzimmertür sitzen. Sie trug ihre Schlafanzughose ohne Oberteil, und in ihren Händen hielt sie die kleine Plastiktasche, in der wir das alte Brot für die Enten gesammelt hatten. Ihre Augen standen offen, doch das kleine Gesicht war verhangen vom Schlaf. Im Mondschein, der durch die Vorderfenster fiel, ging ich auf sie zu. Ihre braunen Augen schauten leer zu mir hoch.

»Mit Annie Enten füttern«, sagte sie.

»Du träumst, mein Kerlchen«, sagte ich.

Ich versuchte, ihr die Plastiktasche sanft aus den Händen zu nehmen, doch ihre Augen und Hände waren im Traum gefangen. Ich berührte ihr Haar und ihre Wangen.

»Bringen wir dich wieder ins Bett«, sagte ich.

»Mit Annie Enten füttern?«

»Wir füttern sie morgen früh. *En la mãnana.*« Ich versuchte, ihr ins Gesicht zu lächeln, und hob sie hoch. Sie legte eine Hand auf den Türknauf und bewegte ihn von einer Seite zur anderen.

»Dónde está?«

»Sie ist fortgegangen, mein kleines Kerlchen.«

Es gab nichts weiter zu sagen. Ich hob sie mir auf die Hüfte und trug sie zurück in ihr Zimmer. Ich legte sie aufs Bett, zog ihr das Laken über die Beine, setzte mich neben sie und strich ihr mit der Hand über das daunenweiche Haar. Im Mondlicht, das vom Fenster hereinfiel, sah ihre nackte Brust klein und schmal aus. Dann sah ich, wie ihr Mund zu zittern anfing wie damals in der Kirche, wie ihre Augen meinen Blick festhielten in der Erkenntnis, daß ich nicht helfen konnte, daß niemand helfen konne, daß die Welt, in die sie geboren worden war, viel mehr Schrecken barg als irgendeiner ihrer Alpträume.

»Los soldados llegeron en la lluvia y le hicieron dano a Annie?«

Die einzigen spanischen Wörter, die ich aus ihrer Frage heraushörte waren »Soldaten« und »Regen«. Doch selbst wenn ich sie verstanden hätte, ich hätte ihr keine Antwort geben können. Ich war viel verlorener als sie, alleingelassen für immer, mit dem Wissen, daß ich in jener Nacht, als meine Frau mich am meisten gebraucht hätte, aus dem Haus gegangen war, um im Dunkeln neben einem Ententeich zu sitzen und über die Vergangenheit und meine Alkoholneurose nachzugrübeln.

Ich legte mich neben Alafair und zog sie eng an mich. Ich spürte ihre nassen Wimpern an meinem Gesicht.

Dann, an einem heißen, strahlenden Nachmittag genau eine Woche, nachdem ich Annie beerdigt hatte, ohne daß es dramatische Zwischenfälle oder Aufregungen bei der Arbeit gegeben hätte, sondern bei blauem Himmel, über den flauschige Wolken zogen, riß ich die Verschlußkappe von einer Flasche Jax, sah zu, wie der Schaum über den bernsteinfarbenen Flaschenrand quoll und auf die Holzdielen im Fischköderladen tropfte, und trank sie in weniger als einer Minute leer.

Zwei Anglerfreunde schauten von ihrem Tisch mit ausdrucksloser Miene zu mir, und in der Stille, die eingetreten war, hörte ich, wie Batist ein Streichholz an der Holztheke anriß und sich eine Zigarre anzündete. Als ich ihm ins Gesicht schaute, schnippte er das Streichholz zum offenen Fenster hinaus, und ich hörte es im Wasser aufzischen. Er wandte sich von mir ab, starrte hinaus in den Sonnenschein, und Rauch kräuselte über seinem Kopf.

Ich faltete eine große Papiertüte auf, legte zwei Kartons Jax hinein, schüttete einen kleinen Eimer mit zerstoßenem Eis oben auf die Flaschen und klemmte mir die Tüte unter den Arm.

»Ich fahre mit dem Außenborder ein Stück den Bayou runter«, sagte ich. »Mach in ein paar Stunden dicht und behalte Alafair bei dir, bis ich zurückkomme.«

Er antwortete mir nicht, sondern starrte weiter hinaus in die Sonne, auf die Wasserlilien und das Schilf, die am Ufer wuchsen.

»Hast du nicht gehört?« fragte ich.

»Tu, was du nich' lassen kannst, du. Du mußt mir nich' sagen, wie ich auf das kleine Mädchen aufpassen soll.« Er ging zum Haus hinauf, wo Alafair auf der Veranda ein Buch ausmalte und schaute kein einziges Mal zu mir zurück.

Ich brachte den Außenbordmotor auf volle Touren und sah zu, wie meine gelbweiße Bugwelle um die Wurzeln der Zypressen am Ufer schwappte. Jedesmal wenn ich eine Flasche Jax ansetzte, tanzte das Sonnenlicht wie braunes Feuer im Innern des Glases. Ich hatte kein Ziel, keinen Ort, an dem ich die ganze Energie, die sich kochend in meinen Händen ballte, hätte austoben können, keinen Plan für den Tag, mein Leben oder gar die nächsten fünf Minuten. Welchen Wert haben denn Pläne überhaupt? dachte ich. Ein Waldbrand hatte auch keinen oder eine Flutwelle, die eine Stadt in Kentucky im Schlamm begrub, oder ein Blitz, der in einen aufgeweichten Acker schlug und einen Bauern aus den Stiefeln riß. Solche Dinge passierten eben, und die Welt ging weiter. Warum mußte gerade Dave Robicheaux seinem Leben Ordnung und bestimmte Formen aufzwingen? Also verliert man eben mal die Kontrolle und meldet sich eine Weile ab, dachte ich. Die US-Armee verstand sich ganz hervorragend darauf. Man erklärte ein geographisch und politisch schwieriges Gebiet zu einer freien Feuerzone, und später stand man dann inmitten wirbelnder Asche, den Rauch von Napalm noch in der Nase, und bestimmte mit viel größerer Klarheit die Bedeutung jenes vormaligen, jetzt endgültigen Problems.

Gegen Abend war der Benzintank leer, und zu meinen Füßen lagen halbgeschmolzene Eisstücke, durchweichtes braunes Papier und ein Haufen leerer Jax-Flaschen. Ich ruderte das Boot ans Ufer, warf das schwere Ankergewicht auf die Böschung, ging in der einsetzenden Abenddämmerung einen Sandweg hinunter zu einem Schnapsladen der Schwarzen und kaufte einen weiteren

Sechserpack Bier und eine Halbliterflasche Jim Beam. Dann schob ich das Boot zurück ins Wasser bis zur Mitte des Bayou und trieb in der Strömung dahin, inmitten der Leuchtspuren von Glühwürmchen und den dunklen Wirbeln, die die Schuppenpanzer von Alligatoren knapp unterhalb der Wasseroberfläche hinterließen. Ich nippte von der Whiskeyflasche, spülte mit Bier nach und wartete. Manchmal stieß Whiskey die Tür zu einem Feuerofen auf, dessen Flammen mich wie ein Stück Zellophan verbrannten. Dann wieder konnte ich tagelang in einer milden Euphorie funktionieren, mäßig kompensiert und kontrolliert, ein Zustand, der vielleicht als Nüchternheit durchgehen mochte. Dann wieder schaute ich manchmal in Untiefen des Gedächtnisses und fand dort Szenen wieder, die ich vergessen geglaubt hatte und von denen ich mir wünschte, ich könnte sie verbrennen wie Filmnegative auf glühenden Kohlen.

So erinnerte ich mich an einen Ausflug zur Entenjagd mit meinem Vater, als ich dreizehn Jahre alt war. Wir hatten an einem kalten, grauen, windgepeitschten Tag auf einer Sandbank unweit dem Sabine Pass Posten bezogen, knapp vor der Stelle, wo dieser in den Golf einmündete. Die Stockenten und *poules d'eau* waren den ganzen Morgen tief über uns hinweggeflogen, und wir hatten sie wie Schmutzflecken am Himmel zerfetzt. Dann war mein Vater leichtsinnig geworden, vielleicht weil er am Abend davor getrunken hatte. Er hatte Schlamm im Lauf seines zwölfkalibrigen automatischen Schrotgewehrs, und als drei kanadische Wildgänse über uns hinwegflogen – viel zu hoch für einen guten Schuß –, war er schnell aufgesprungen, hatte sich, die Schrotflinte knapp über meinem Kopf, mit einer raschen Drehung in Stellung gebracht, und aus dem Lauf fetzte ein Hagel von Füllmaterial, Kordit, Vogeldunst und Stahlnadeln über die Oberfläche des Wasser. In meinen Ohren hallte die Explosion wider, und Stäubchen von heißem Pulver bedeckten mein Gesicht wie gemahlener Pfeffer. Ich sah die Beschämung in seinen Augen und roch den schalen Bierdunst in seinem Atem, als er mir das Gesicht mit einem nassen Taschentuch abwischte. Er versuchte, leichthin darüber hinwegzugehen, sagte, das habe er nun davon, daß er gestern nicht zur Messe gegangen sei, doch seinen Augen war sowohl Besorgnis wie Scham anzusehen, und sein Gesichtsausdruck war derselbe, wie er ihn immer hatte, wenn er wegen einer Prügelei in der Bar ins örtliche Gefängnis gesteckt worden war.

Es war nur ein halber Kilometer bis zurück zu unserem Lager; es befand sich gleich auf der anderen Seite der Bucht, ein Stück den Kanal hinauf, der durch Schilfgras und Rohrkolben schnitt, eine Hütte auf Pfählen, deren Vorderseite dem Golf zugewandt war. Er wollte nur kurze Zeit wegbleiben und seine Schrotflinte, Kaliber 16, mit zurückbringen. Ich konnte derweil die Enten ausnehmen, die auf dem plattgetretenen gelben Gras am Boden der Sandbank einen Haufen aus mattem Grün und Blau bildeten. Und übrigens, ja, diese kanadischen Wildenten, die würden zurückkommen, sagte er.

Aber hinten auf dem Kanal fuhr er mit dem Außenborder über einen unter Wasser treibenden Baumstamm, und der Propellerschaft brach weg wie ein Zweig.

Ich wartete zwei Stunden auf ihn, das Messer in meiner Hand noch blutig von den warmen Eingeweiden der Enten. Der Wind von Süden her frischte auf, kleine Wellen klatschten auf die Sandbank, der Himmel bekam die Farbe von Brandrauch. Von der texanischen Seite der Küste hörte ich gedämpft das *Plop* der Schrotflinte eines anderen Jägers.

Hinter mir auf der Sandbank war ein Einbaum festgemacht. Ich entlud meine primitive kleinkalibrige Schrotflinte, sammelte die Schnur mit den Lockenten ein, die wir wie ein J auf dem Boden ausgelegt hatten, steckte die steif werdenden ausgeweideten Entenkadaver in den Jagdbeutel aus Leinwand, verstaute alles im Bug des Einbaums und legte ab mit Ziel auf den Kanal im breiten Schilfgürtel gegenüber.

Doch der Wind hatte gedreht und wehte jetzt kräftig von Nordost, und ganz gleich, wie sehr ich mich abmühte und auf beiden Seiten des Einbaums das Stechblatt ins Wasser tauchte, ich trieb unaufhaltsam auf die Mündung des Pass und die schiefergrünen Wasser des Golfs von Mexiko zu. Ich paddelte, bis sich an meinen Händen Blasen bildeten und vom rauhen Holz aufplatzten. Dann warf ich das Ankergewicht über Bord, mußte jedoch, als ich sah, daß die Leine straff herunterhing, erkennen, daß der Grund zu tief war, der Anker nicht hielt, und schaute verzweifelt hinüber auf das Sumpfland von Louisiana, das immer weiter von mir wegglitt.

Gischt von hohen Wellen sprühte mir ins Gesicht, und ich schmeckte Salzwasser in meinem Mund. Der Einbaum tauchte mit derartiger Wucht in die Wellentäler, daß ich mich an den Bordwänden festhalten mußte, und die Muskeln meines Hinterns zogen sich jedesmal vor Angst zusammen, wenn die Bodenbretter in mein Steißbein krachten. Ich versuchte, das eingedrungene Wasser mit einer Blechdose auszuschöpfen, verlor mein Paddel und sah es wie ein gelbes Stöckchen in den Wellen davontreiben. Die Schnur mit den Lockenten, mein Schrotgewehr und die Jagdtasche mit den Enten lagen vorn im Bug im Wasser; entwurzelte Zypressen trieben vorbei, und eine umgekippte Holzhütte mit den Bodenbrettern nach oben beschrieb neben mir dicht unterhalb der Wasseroberfläche wirbelnde Kreise. Der Hütte war eine kleine Veranda vorgebaut, und diese brach durch die Wellen ins winterliche Licht wie ein riesenhafter Mund, aus dem Wasser strömte.

Der Kutter der staatlichen Fischerei- und Jagdaufsicht mit meinem Vater an Bord fischte mich an jenem Nachmittag auf. Sie rieben mich trocken, gaben mir warme Sachen, rösteten mir in der Kombüse Spam-Sandwiches und machten mir Ovaltine heiß. Aber bis zum darauffolgenden Tag sprach ich kein einziges Wort mit meinem Vater, und dann redete ich auch nur deshalb mit ihm, weil der nächtliche Schlaf mir jene vertraute Beziehung zu ihm wiedergegeben hatte, was seine Erklärung über den gebrochenen Schaft der Schraube nicht vermocht hatte.

»Das ist, weil du da draußen allein gewesen bist«, sagte er. »Wenn einer dich allein läßt, dann macht es gar nichts, warum. Du denkst, du bist wahnsinnig wütend auf die. Als deine Mama mit einem *bourée*-Mann weggelaufen ist, hat mich gar nicht gekümmert, daß ich sie so weit gebracht habe. Nein. Ich hab' ihn vor ihren Augen in der Bar niedergeschlagen. Als er wieder hochgekommen ist, hab' ich ihn gleich noch mal auf die Bretter niedergeschlagen. Später hab' ich rausgefunden, daß er eine Pistole in seiner Jacke gehabt hat. Er hätte mich sofort töten können, der.

Aber sie hat ihn nicht gelassen, weil sie gewußt hat, daß ich drüber wegkomme. Darum, also darum bin ich nicht wütend auf dich, weil ich weiß, daß du glaubst, du könntest von mir enttäuscht sein.

Am schlimmsten ist, wenn man sich selber allein läßt. Tu das niemals, Dave, das ist nämlich wie dieser Waschbär, der seinen eigenen Fuß abbeißt, wenn er in der Falle steckt.«

Als ich auf dem Bayou in meinem Außenborder saß und in den roten Himmel und auf die purpurnen Wolken im Westen schaute, die unbewegte Luft warm war wie der Whiskey, den ich an meine Lippen setzte, da wußte ich, was mein Vater gemeint hatte.

Ein Waschbär kann sich in wenigen Minuten durch Sehnen und Knochen beißen. Ich hatte noch die ganze Nacht vor mir, um mich selbst zu zerfleischen. Ich hatte auch einen guten Ort dafür gefunden – eine Bar für Schwarze, gebaut aus Montgomery-Ward-Ziegeln, zurückgesetzt von einer staubigen Straße in einen Eichenhain, ein Ort, wo sie Rasiermesser bei sich trugen, den Bourbon mit Thunderbird mischten und so laut Zydeco-Musik spielten, daß die gesprungenen und mit Klebeband zusammengehaltenen Fenster davon erzitterten.

Zwei Tage später hob eine großbusige Negerin in einem purpurroten Kleid meinen Kopf aus einer Bierlache. Die Sonne im Osten stand noch niedrig und schien wie eine weiße Flamme durchs Fenster.

»Dein Gesicht is' kein Scheuerlappen, Schätzchen«, sagte sie, schaute mit in die Hüfte gestemmten Händen zu mir herunter, eine brennende Zigarette zwischen den Fingern.

Dann stahl sich ihre Hand in meine Gesäßtasche und zog meine Brieftasche heraus. Kraftlos langte ich danach, als sie sie aufklappte.

»Ich muß den weißen Männern gar nich' ihr Geld stehlen«, sagte sie. »Muß bloß drauf warten, daß ihr es mir gebt. Aber hier bei uns heißt es, ›guter Spaß, gutes Geschäft oder verduften‹, Schätzchen. Und für dich sieht's ganz nach verduften aus.«

Sie steckte mir die Brieftasche ins Hemd, zerdrückte ihre Zigarette im Aschenbecher, der vor mir auf dem Tisch stand, und drehte die Wählscheibe des Telefons an der Bar, während ich zusammengesunken im Stuhl sitzen blieb, eine Seite meines Gesichts naß von Bier, im Gehirn tanzende rote Lichtkugeln. Zehn Minuten später fuhr mich ein Wagen vom Sheriffbüro des St. Martin Parish zurück zum Bayou, wo ich mein Boot festgemacht hatte, und ließ mich krank und allein stehen, wie eine einsame Statue im taunassen Unkraut am Ufer.

Nachdem ich es bis zu diesem Nachmittag endlich geschafft hatte, zum Bootssteg zurückzugelangen, bat ich Batist, Alafair bis zum Abend zu behalten, und schlief drei Stunden auf der Couch bei laufendem Ventilator, stand dann auf, rasierte und duschte mich und glaubte schon, meinem Tag ein gewisses Maß an Normalität zurückgegeben zu haben. Statt dessen bekam ich den Flattermann, vom Magen her würgte es mich trocken, und ich endete auf den Knien vor dem Waschbecken.

Ich ging wieder unter die Dusche, saß fünf Minuten unter dem kalten Wasserstrahl, putzte mir die Zähne, zog mir ein paar saubere Khakihosen und ein Baumwollhemd an und zwang mich, eine Schüssel Nüsse mit Rosinen zu essen. Sogar unter dem kühlen Luftzug des Ventilators war mein Hemd binnen kürzester Zeit wieder schweißfleckig.

Ich holte Alafair bei Batist und seiner Frau ab, nahm sie mit zum Haus meines Cousins, einem Lehrer im Ruhestand, der in New Iberia lebte. Ich hatte Alafair bereits zwei Tage allein gelassen, während ich auf Sauftour gewesen war, und ich fühlte mich schlecht, weil ich sie schon wieder anderswo unterbrachte, doch sowohl Batist als auch seine Frau arbeiteten und konnten sie nicht den ganzen Tag beaufsichtigen; außerdem war ich im Moment körperlich und emotional nicht in der Verfassung, auch nur für mich selbst Verantwortung zu übernehmen, geschweige denn für jemand anderen, und zudem bestand die Möglichkeit, daß die Killer noch einmal zu mir ins Haus kommen könnten.

Ich bat meinen Cousin, Alafair die nächsten zwei Tage bei sich zu behalten, und fuhr dann zum Gerichtsgebäude, um beim Sheriff vorzusprechen, doch als ich meinen Pickup parkte, war ich am ganzen Körper schweißnaß, meine Hände hinterließen nasse Abdrücke auf der Lenkung, meine Hirnwindungen fühlten sich an wie verdrehte Elektrokabel. Ich fuhr zum Billardsalon an der Main Street, setzte mich in die kühle der Bar unter die Ventilatoren mit den großen Rotorblättern aus Holz und trank drei Wodka Collins, bis ich spürte, wie der harte Knoten vom Whiskey sich in meiner Brust auflöste und die Stimmgabel in meinem Inneren zu summen aufhörte.

Aber ich lebte heute mit der Hypothek auf morgen, und morgen würde ich es wahrscheinlich wieder aufschieben, die Schuld zu tilgen, und am nächsten Tag auch und am übernächsten, bis ich schließlich mit einer sehr großen Schuld im Rückstand wäre, die mir am Ende präsentiert werden würde wie eine ausgehungerte Schlange, der man ein verwundetes Kaninchen zum Fraß vorwirft. Doch das war mir an diesem Punkt vermutlich gleichgültig. Annie war tot, weil ich Dinge nicht auf sich beruhen lassen konnte. Ich hatte von der Polizei in New Orleans meinen Abschied genommen, ich, der von Bourbonduft umhauchte edle Ritter, der von sich behauptet hatte, er könne die Heuchelei der Politiker und die enthemmte, brutale Häßlichkeit des Polizeidienstes in einer Großstadt nicht länger aushalten. Doch die schlichte Wahrheit war, daß ich Spaß daran hatte, daß mich mein Wissen um die Unzulänglichkeit der Menschen in einen gehobenen Zustand versetzte, daß ich die Langeweile und Berechenbarkeit der normalen Welt genauso verachtete, wie mein unheimlicher alkoholischer Stoffwechsel den Adrenalinstoß der Gefahr liebte und das Gefühl der Macht über eine böse Welt, die sich in vielfältiger Weise im Mikrokosmos meiner eigenen Seele spiegelte.

Ich kaufte eine Flasche Wodka zum Mitnehmen und rührte sie bis zum folgenden Morgen nicht an.

Die Handbreit, die ich zum Frühstück trank, lag mir wie ein heißer Stein im Magen. Eine halbe Stunde lang mußte ich mir immer wieder das Gesicht mit einem Handtuch abwischen, bis der Schweißausbruch vorüber war. Dann putzte ich mir die Zähne, duschte, zog meine cremefarbenen langen Hosen an, ein schwarzgraues Sporthemd, band eine grau und rot gestreifte Krawatte um, und eine Stunde später saß ich im Büro des Sheriffs, während er mich anhörte, unbehaglich und unschlüssig bei dem, was ich ihm zu sagen hatte, und mir mit einem merkwürdigen Blick ins Gesicht schaute.

»Ist Ihnen sehr heiß? Sie sind ganz rot im Gesicht«, sagte er.

»Gehen Sie mal nach draußen. Es müssen jetzt schon fünfunddreißig Grad sein.«

Er nickte abwesend. Er kratzte mit einem Fingernagel über die blauen und roten Äderchen seiner schlaffen Wangen und schob eine Büroklammer auf seiner Schreibunterlage hin und her. Durch das Glasfenster der geschlossenen Bürotür konnte ich die Deputies sehen, die an ihren Schreibtischen Papierkram erledigten. Das Gebäude war neu und hatte den neutralen, klimatisierten Geruch eines modernen Büros, ein Eindruck, den es auch vermitteln sollte, doch die Deputies sahen noch immer aus wie die grobknochigen Rednecks und Hinterwäldler einer früheren Ära, und neben ihren Schreibtischen standen noch immer Spucknäpfe.

»Wie haben Sie davon erfahren, daß in meiner Abteilung eine Stelle frei ist?« fragte der Sheriff.

»Es hat in der Zeitung gestanden.«

»Es ist Detective-Rang, Dave, aber achtzehntausend sind nicht annähernd so viel, wie Sie in New Orleans verdient haben. Mir scheint, daß Sie damit in die untere Spielklasse absteigen.«

»Ich brauche nicht viel Geld. Ich habe den Fischköderladen und den Bootsverleih, und das Haus, das ich besitze, ist frei von Schulden.«

»Da draußen sind ein paar Deputies, die diesen Job gern haben würden. Die hätten bestimmt was gegen Sie.«

»Das ist ihr Problem.«

Er öffnete seine Schreibtischschublade, ließ die Heftklammer hineinfallen und schaute mich an. Die weichen Linien seines Gesichts zuckten bei dem Gedanken, der ihm zu schaffen machte, seit ich ihm davon erzählt hatte, daß ich die Stelle haben wollte.

»Ich gebe keinem Mann eine Polizeimarke, damit er Scharfrichter spielen kann«, sagte er.

»Dafür würde ich keine Marke brauchen.«

»Teufel, nein. Das würden Sie wohl nicht.«

»Ich bin ein guter Cop gewesen. Ich bin nie eigenmächtig vorgeprescht, es sei denn, andere haben die Spielregeln gemacht.«

»Sie müssen mich nicht von Ihrer sauberen Personalakte überzeugen. Wir reden vom Hier und Heute. Wollen Sie mir etwa weismachen, daß Sie den Mord an Ihrer Frau mit der gebotenen Objektivität untersuchen können?«

Ich fuhr mit der Zunge über die Lippen. Ich fühlte, wie der Wodka in meinem Blut summte. Nur ruhig, nur ruhig, nur ruhig, du hast es fast geschafft, dachte ich. »Ich bin bei keiner Morduntersuchung objektiv gewesen«, sagte ich. »Man erkennt die Handschrift, und man bringt den Schweinehund zur Strecke. Wie mein ehemaliger Partner immer gesagt hat: ›Man läßt sie hochgehen, oder man schmiert sie ab.‹ Aber ich hab' sie nicht umgelegt, Sheriff. Ich hab' sie eingeliefert. Dabei hätte ich sie auf dem Bürgersteig liegenlassen können und wäre damit glatt durch die Untersuchungskommission gekommen. Sehen Sie, Sie haben da draußen ein paar Deputies, bei denen Sie wahrscheinlich manchmal Schweißausbrüche bekommen. Und zwar deswegen, weil sie Amateure sind. Eines Tages sind sie Barbesitzer oder werden Fernfahrer oder machen einfach damit weiter, ihre Ehefrauen zu verprügeln. Aber richtige Cops, die werden sie nie.«

Seine Augen zwinkerten.

»Die erzählen Ihnen, ein Kerl hätte sich der Verhaftung widersetzt oder wäre hingefallen, als er in den Streifenwagen einsteigen wollte«, sagte ich. »Sie sollen eine Nutte vorführen, aber es scheint, daß sie sie nirgendwo finden können. Sie schicken sie in eine schwarze Wohngegend und wundern sich dann, wenn um Mitternacht die ganze Stadt brennt.«

»Es gibt da noch ein anderes Problem. Das kommt in Flaschen daher.«

»Sollte ich je außer Kontrolle geraten, feuern Sie mich.«

»Jedermann hier mag und achtet Sie, Dave. Ich möchte nicht zusehen müssen, wie ein Mann wieder ins alte Gleis zurückfällt, weil er versucht, schwerbeladen noch zu fliegen.«

»Ich komme gut klar, Sheriff.« Ich schaute ihm unverwandt in die Augen. Es gefiel mir nicht, einen anständigen Mann hinters Licht zu führen, doch die meisten Karten, die ich in der Hand hatte, waren Luschen.

»Sie sehen aus, als wären Sie zu lange in der Sonne gewesen«, sagte er.

»Ich kann damit umgehen. Manchmal gewinne ich, manchmal verliere ich. Sollte ich je hier reinkommen und Ihnen meine Fahne ins Gesicht blasen, ziehen Sie eben einfach den Stecker. Das ist alles, was ich dazu sagen kann. Was denken Sie, wo diese Killer jetzt sind?«

»Ich weiß nicht.«

»Die schnupfen ein paar Lines, bumsen, schlürfen vielleicht Likör auf der Rennbahn. Die haben jetzt ein Machtgefühl, von dem weder Sie noch ich eine Ahnung haben. Mir hat es einer mal so beschrieben, daß es wie ein Heroinrausch ist.«

»Warum erzählen Sie mir das?«

»Weil ich deren Denkweise kenne. Ich glaube nicht, daß Sie das tun. Auch Ihre Jungs da draußen nicht. Wissen Sie, was die gemacht haben, nachdem sie Annie ermordet hatten? Sie sind zu einer Bar gefahren. Nicht zu der ersten oder zweiten, die sie gesehen haben, sondern zu einer ein Stück weiter die Straße runter, wo sie sich sicher fühlen, wo sie Jack Daniel's trinken und Zigaretten rauchen konnten, ohne miteinander zu reden, bis zu jenem Augenblick, wenn sich ihr Blut abgekühlt hat und sie sich in die Augen sehen und anfangen zu lachen. Und dann nehmen wir mal die andere Seite. Was haben Sie an Beweisen in der Hand?«

»Das Blei, das wir aus den Wänden geholt haben, die Schrotpatronen am Boden, das Stemmeisen, das sie auf der Veranda fallengelassen haben«, sagte er.

»Aber keinen Fingerabdruck.«

»Nein.«

»Was bedeutet, daß Sie so gut wie nichts haben. Ausgenommen mich. Die sind draußen bei mir gewesen, um mich umzubringen, nicht Annie. Wieviel Aspekte die Ermittlungen auch haben mögen, man wird schließlich von dieser Tatsache ausgehen müssen. Es wird noch so weit kommen, daß Sie mich jeden zweiten Tag ausfragen.«

Er zündete eine Zigarette an und rauchte sie, die Ellbogen auf die Schreibunterlage gestützt. Er schaute durch das Türglas zu den Deputies im anderen Dienstzimmer. Einer von ihnen beugte sich an seinem Schreibtisch gerade zur Seite und spuckte Tabaksaft in einen Napf.

»In dieser Sache haben noch ein paar andere Leute mitzuentscheiden. Aber ich glaube nicht, daß es irgendwelche Schwierigkeiten geben wird«, sagte er. »Aber Sie arbeiten nicht nur an diesem einen Fall, Dave. Sie erledigen das, was routinemäßig anfällt, genau wie die anderen Detectives auch, und Sie halten sich an dieselben Regeln.«

»In Ordnung.«

Er paffte an seiner Zigarette, seine Augen wurden im Rauch weit, als wäre er jetzt von einigen privaten Sorgen befreit. Dann studierte er eingehend meine Miene und sagte: »Wer, glauben Sie, hat das getan?«

»Ich weiß es nicht.«

»Genau das haben Sie mir an dem Tag gesagt, nachdem es geschehen ist. Und ich hab's akzeptiert. Aber in den vergangenen zehn Tagen haben Sie viel Zeit gehabt, darüber nachzudenken. Ich kann nicht glauben, daß Sie nicht inzwischen zu einer Schlußfolgerung gelangt sind. Ich möchte nicht das Gefühl haben, daß Sie in dieser Sache nicht ehrlich sind, und daß Sie vielleicht doch versuchen, auf eigene Faust zu handeln.«

»Sheriff, ich habe jeder beliebigen Anzahl von Leuten reichlich Motive geliefert. Der Barmann im Smiling Jack's ist genau der heimtückische Strolch, der jemand das Lebenslicht ausbläst und dabei sein Bier trinkt. Ich hab' sein Gesicht nicht nur in einen Fensterventilator gedrückt und ihm eine 45er zwischen die Augen gesetzt. Ich hab' auch noch Bubba Rocque auf ihn losgelassen und dafür gesorgt, daß er aus New Orleans verschwinden muß. Ich habe Eddie Keats vor den Augen seiner Nutten mit einem Billardstock verdroschen, und ich bin in Bubba Rocques Haus gegangen und hab' ihm gesagt, daß ich ihm den Finger ins Auge stoße, sollte ich herausfinden, daß er Keats und den Haitianer auf mich angesetzt hat.

Vielleicht waren es Toot und ein Kerl, den ich nicht kenne. Vielleicht waren es zwei Kontraktkiller, die Bubba oder Keats aus einem anderen Bundesstaat eingeschleust haben. Vielleicht ist es jemand aus der Vergangenheit. Hin und wieder kommen die aus Angola raus und halten ihr Versprechen.«

»In New Orleans glaubt man, daß der Barmann auf die Inseln gegangen ist.«

»Vielleicht. Aber ich habe meine Zweifel. Er ist eine Ratte, und eine Ratte verkriecht sich in einem Loch. Er hat mehr Angst vor Bubba als vor den Cops. Ich glaube nicht, daß er irgendwo am Strand rumspaziert. Übrigens ist er ein Muttersöhnchen. Wahrscheinlich läuft er nicht weit von zu Hause weg.«

»Ich will ehrlich mit Ihnen sein, Dave. Ich weiß nicht, wo ich in dieser Sache anfangen soll. Verbrechen dieser Art gibt's in dieser Gegend nicht. ich habe zwei Deputies geschickt, die Keats vernehmen sollten, und der hat sich in der Nase gepopelt und ihnen gesagt, sie sollten ihn festnehmen oder die Kurve kratzen. Sein Barmann und eine seiner Nutten haben ausgesagt, daß er im Club gewesen ist, als Annie ermordet wurde.«

»Haben sie den Barmann und die Nutte getrennt vernommen?«

Er wandte den Blick ab. »Ich weiß nicht«, sagte er.

»Schon in Ordnung. Wir können ja noch mal mit ihnen reden.«

»Ich bin selbst zu Bubba Rocque rausgefahren. Ich weiß nicht, was ich von ihm halten soll. An diesen Augen könnte man ein Streichholz anreißen, und ich glaube, der würde nicht mal blinzeln. Ich erinnere mich an einen Tag vor dreißig Jahren, als er als Junge im Stadtpark einen Flugball fallengelassen und damit das Spiel für seine Mannschaft verloren hat. Nach dem Spiel hat er an einer Eistüte gelutscht, und sein Daddy hat sie ihm aus der Hand geschlagen und ihm eins hinter die Ohren gegeben. Seine Augen sind so ausdruckslos geblieben wie zwei Blechpennies.«

»Was hat er Ihnen erzählt?«

»Daß er zu Hause gewesen ist und geschlafen hat.«

»Was hat seine Frau gesagt?«

»Sie hat gesagt, daß sie an diesem Abend in New Orleans gewesen ist. Also hat Bubba kein Alibi.«

»Er weiß eben, daß er es noch nicht braucht. Bubba ist um einiges schlauer als Eddie Keats.«

»Er hat gesagt, das mit Annie täte ihm leid. Ich glaube, daß es vielleicht sogar aufrichtig gemeint war, Dave.«

»Vielleicht.«

»Sie glauben, daß er durch und durch schlecht ist, nicht wahr?«

»Ja.«

»Ich schätze, da haben Sie einen Vorsprung vor mir.«

Ich wollte ihm schon sagen, daß jeder Cop, der Bubba Roque und seinesgleichen faire Bedingungen einräumte, wahrscheinlich nicht viel Vorsprung gewinnen konnte, aber glücklicherweise hielt ich mich zurück und fragte ihn dann einfach nur, wann ich meine Marke bekommen könnte.

»In zwei oder drei Tagen«, erwiderte er. »Und bis dahin bleiben Sie ganz ruhig. Früher oder später schnappen wir die Kerle schon.«

Wie gesagt, er war ein anständiger Mann, doch seine Seele neigte mehr dem Rotary Club zu als dem Amt des Sheriffs. Tatsache ist, daß die meisten Kriminellen für ihre Verbrechen nicht bestraft werden. In New York City werden nur zirka zwei Prozent aller Verbrechen geahndet, und in Miami liegt die Rate bei ungefähr vier Prozent. Falls Sie Bekanntschaft mit einer Menschengruppe machen wollen, die tiefes Mißtrauen und Feindseligkeit gegenüber unserem Rechtssystem hegt, dann verlieren Sie Ihre Zeit nicht mit politischen Radikalen; greifen Sie sich eine beliebige Zahl Opfer von Verbrechen heraus, befragen Sie sie, und wahrscheinlich werden Sie feststellen, daß erstere im Vergleich mit ihnen wie heillose Idealisten aussehen.

Ich schüttelte ihm die Hand und ging hinaus in die feuchte, dunstige Mittagshitze. Auf den Weiden entlang der Straße hatte sich das Vieh unter dem heißen Schatten der Eichen zusammengedrängt, und kleine weiße Reiher pickten an den getrockneten Kuhfladen im Gras. Ich löste meine Krawatte, wischte mir die Stirn mit dem Hemdsärmel und schaute auf die langen feuchten Streifen am Stoff.

Fünfzehn Minuten später war ich in einer dunklen, kühlen Bar im Süden der Stadt, einen kalten, mit einer Serviette umwickelten Tom Collins in der Hand, aber das Schwitzen hörte nicht auf.

Wodka ist ein alter Freund der meisten heimlichen Säufer. Er hat weder Geruch noch Farbe, und er läßt sich praktisch mit allem mischen, ohne daß man dem Trinker auf die Schliche kommt, doch der Nachteil für einen Whiskeytrinker wie mich besteht darin, daß er so glatt, so unschuldig hinunterläuft, in Gläser mit zerstoßenem Eis und Obststücken und Fruchtsirup und kandierten Früchten gefüllt, daß ich davon fast einen Liter trinken kann, bevor ich merke, daß ich vom Haaransatz bis zu den Fußsohlen taub bin.

»Haben Sie nicht gesagt, Sie müßten um vier gehen?« fragte der Barmann.

»Sicher.«

Er warf einen Seitenblick auf die angestrahlte Uhr an der Wand über der Bar. Ich versuchte, die Ziffern und Zeiger klar in den Blick zu bekommen. Wie abwesend tastete ich nach meiner Hemdtasche.

»Ich schätze, ich hab' meine Brille im Pickup vergessen«, sagte ich.

»Es ist fünf nach.«

»Rufen Sie mir bitte ein Taxi, ja? Haben Sie was dagegen, wenn ich meinen Wagen eine Weile auf Ihrem Parkplatz stehenlasse?«

»Wie lange?« Er war gerade beim Gläserspülen, und er schaute mich nicht an, als er sprach, und seine Stimme hatte den neutralen Tonfall, den Barmänner gelegentlich annehmen, um die Verachtung zu kaschieren, die sie einigen Leuten gegenüber empfinden, die sie bedienen müssen.

»Ich hol' ihn wahrscheinlich morgen ab.«

Er machte sich nicht die Mühe zu antworten. Er rief ein Taxi und spülte weiter Gläser im Aluminiumbecken hinter der Theke.

Zehn Minuten später kam mein Taxi. Ich leerte meinen Drink und setzte das Glas auf dem Tresen ab.

»Ich schicke jemand, der meinen Pickup abholt, Partner«, sagte ich dem Barmann.

Ich fuhr im Taxi zurück zu mir nach Hause, packte Sachen zum Wechseln in meinen Koffer, bat Batist, mich zum Flughafen von Lafayette zu fahren, und um halb sieben saß ich an Bord der Linienmaschine nach Key West mit Zwischenlandung in Miami und starrte in die rote Abendsonne und die Feuerteiche, wo sie sich auf den Wolken spiegelte.

Ich nippte an meinem zweiten doppelten Jim Beam mit Soda und schaute hinunter auf die dunkelblaue und türkisfarbene Weite der See vor dem Westzipfel der Insel, wo der Golf und der Atlantik einander begegnen, und auf die Wogen, die über die Korallenriffe unter der Wasseroberfläche rollten und auf die Strände brachen, die so weiß waren wie zerstoßene Diamanten. Die viermotorige Maschine kippte nach unten, beschrieb einen weiten Bogen über dem Wasser, richtete sich dann aus für den Anflug auf den Flughafen, und ich konnte jetzt den schmalen Streifen des Highways sehen, der von Key West nach Miami führt, die Kokospalmen entlang den Stränden, die Lagunen voller Segelboote und Jachten, den Riementang, der in der Unterströmung wogte, die Brecher, die an den Enden der Außenpiers gischtend hochschäumten, und dann plötzlich die baumbestandenen, neonerleuchteten Straßen von Key West im letzten blassen Abendglühen der untergehenden Sonne.

Es war die Stadt der Feigen, der Meeresfrüchte, der Mahagoni- und Schirmbäume, Kokos- und Königspalmen, der Hängegeranien, des Südstaatenjasmin und der Bougainvillea, die in strahlendem Blutrot erblühten. Die Stadt war auf Sand und Korallen gebaut, umgeben von Wasser, die Holzhäuser farblos und grau von der Salzluft. In früherer Zeit war sie die Heimstatt von Indianern, Jean Lafittes Piraten, Strandräubern, die Handelsschiffe auf die Riffe lockten und die Wracks dann ausschlachteten, James Audubon, Rumschmugglern, kubanischen Exilpolitikern, Malern, Homosexuellen, Rauschgiftschmugglern und ausgebrannten Obdachlosen, die auf dem Kontinent so weit gedrückt worden waren, daß sie nirgendwo anders mehr hin konnten.

Es war eine Stadt aus Pappmaché und hinter Laubhecken versteckten Bierkneipen, Lokalen, in denen man rohe Austern aß, Restaurants, die nach frittierten Muscheln, gekochten Krebsen und scharf gebratenen Schwertfischen rochen, offenen Plätzen zwischen den Pinien, wo Fischer ihre Hummerfallen aufbewahrten, ziegelroten Warenhäusern und Waffenmagazinen der Regierung aus dem neunzehnten Jahrhundert, schattigen Straßen, gesäumt von farblosen, windschiefen Häusern mit Holzläden vor den Fenstern und abgesunkenen Veranden. Die Touristen waren wegen der Sommerhitze abgereist und die Straßen im Zwielicht fast menschenleer; die Stadt hatte sich in sich zurückgezogen. Der Taxifahrer mußte auf dem Weg zum Hotel tanken, und ich schaute aus dem Fenster auf eine Gruppe alter Schwarzer, die auf Holzkisten vor einem winzigen Gemüseladen saßen, auf die Feigenwurzeln, die auf den Bürgersteigen den Beton aufsprengten, auf das purpurne Dämmerlicht auf dem Ziegelpflaster der Straße und die dunklen Bäume, und einen flüchtigen Augenblick war mir, als hätte ich New Iberia nie verlassen, als wäre ich nicht einen Schritt weitergegangen, tiefer hinein in meine Probleme.

Doch das war ich.

Ich mietete mich in einem Motel an der Südspitze der Insel ein und ließ mir einen Liter Jim Beam und einen kleinen Kübel Eis aufs Zimmer bringen. Ich trank ein paar auf die Schnelle, mit Wasser verdünnt, duschte danach und zog mich an. Durch mein Fenster konnte ich die Palmen sehen, die auf dem verlassenen Strand vom Wind gepeitscht wurden, und das schwindende Abendlicht am Horizont. Das Wasser hatte jetzt eine burgunderdunkle Farbe angenommen, und Wellen schäumten hoch an einem Korallenriff, das für ein halbes Dutzend Segelboote einen kleinen Hafen bildete. Ich öffnete die Glaslamellen weit, um die kühle Brise ins Zimmer zu lassen, machte mich dann auf den Weg zur Duval Street in der Innenstadt und zum Restaurant meines Freundes, wo Robin als Kellnerin arbeitete.

Aber mein Stoffwechsel lief trocken, noch bevor ich es bis zur Duval Street geschafft hatte. Ich machte im Sloppy Joe's halt, nahm an der Bar einen Drink und versuchte, all meine vagen Gedanken und merkwürdigen Unternehmungen des Tages noch einmal genau durchzugehen. Richtig, nicht alles, was ich getan hatte, war übereilt gewesen. Noch immer war Robin die beste Verbindung zu jener Ansammlung hirnloser Typen in New Orleans, die im Dienst von Bubba Rocque standen, und ich hatte mit meinem Freund ein Ferngespräch geführt, um sicherzugehen, daß sie noch im Restaurant arbeitete. Doch ich hätte sie auch am Telefon fragen können oder es zumindest versuchen, bevor ich mich dazu entschloß, nach Key West zu fliegen.

Was mich, jedenfalls vorübergehend, den wirklichen Grund

begreifen ließ, weswegen ich hier war: Es ist ein lausiges Gefühl, allein zu sein, besonders dann, wenn man nichts richtig auf die Reihe bekommt, besonders, wenn man besoffen ist und drauf und dran, wieder einmal sein Leben zu versauen, und diesmal in ganz großem Maßstab. Vor allem aber, weil irgendwer »Baby Love« in der Musikbox gedrückt hatte.

»Warum nehmen Sie nicht ein paar Platten in Ihre Jukebox, die nicht zwanzig Jahre alt sind?« sagte ich zu dem Barmann.

»Was?«

»Bringen Sie doch ein bißchen neue Musik. Das ist 1978.«

»Die Jukebox ist kaputt, Kumpel. Besser, Sie nehmen mal 'n Gang raus und gehen in Nullstellung.«

Ich ging auf die Straße, warm im Gesicht vom Bourbon, vom Wind, der von der Landseite der Insel wehte. Auf dem Dock neben dem Restaurant beobachtete ich, wie die Wellen durch die Stützpfeiler glitten und kleine leuchtende Fische dicht an der Wasseroberfläche hin und her flitzten wie rauchig grüne Lichter. Das Restaurant war voll besetzt mit Gästen, und die Bar ein gut ausgeleuchteter, ordentlicher Raum, wo die Leute vor dem Dinner zwei Drinks zu sich nahmen. Als ich hineinging, fühlte ich mich wie ein Taucher, der aus der Tiefe in eine ihm feindliche, gleißende Helligkeit eintritt.

Der Maître betrachtete mich eingehend. Ich hatte meine Krawatte gerichtet und versucht, die Knitterfalten meiner Seersukker-Jacke zu glätten, doch ich hätte dazu noch eine Sonnenbrille aufsetzen sollen.

»Haben Sie eine Reservierung, Sir?« fragte er.

»Sagen Sie Robin, daß Dave Robicheaux hier ist. Ich warte an der Bar.«

»Verzeihung, wie bitte?«

»Sagen Sie ihr, Dave aus New Orleans, der Nachname ist für manch einen oft schwer auszusprechen.«

»Sir, ich finde, Sie sollten sie besser außerhalb der Arbeitszeit aufsuchen.«

»Sagen Sie, Sie können doch wahrscheinlich Leute gut beurteilen: Sehe ich so aus, als könnte man mich leicht zum Weggehen bewegen?«

Ich bestellte einen Drink an der Bar, und fünf Minuten später sah ich sie durch die Tür kommen. Sie trug ein kurzes schwarzes Kleid mit einer weißen Spitzenschürze darüber, und bei ihrer Figur und der Art, wie sie ging – als sei sie noch immer auf dem Laufsteg eines Amüsierlokals –, warf ihr jeder Mann an der Bar Seitenblicke zu. Sie lächelte mich an, doch in ihren Augen lag auch eine Spur Überraschung.

»Wow, du kommst von weit her, um ein Mädchen zu kontrollieren«, sagte sie.

»Wie geht's dir, Kindchen?«

»Nicht schlecht. Das hier hat sich als 'ne recht gute Nummer erwiesen. He, steh nicht extra auf.«

»Wie lange dauert's noch, bis du Schluß hast?«

»Drei Stunden. Komm und setz dich mit mir in die Nische. Du hast ziemlich schwer geladen.«

»Eine Naßfront ist heute morgen über New Iberia gezogen.«

»Na ja, dann laß dich mal von Mommy an die Hand nehmen und dir was zu essen bestellen.«

»Ich habe im Flugzeug gegessen.«

»Ja, versteh' schon«, sagte sie.

Wir setzten uns in eine mit hellbraunem Leder ausgeschlagene Nische an der Rückwand der Bar. Sie atmete in kurzen Stößen mit gespitzten Lippen.

»Dave, was machst du bloß«, sagte sie.

»Was denn?«

»Na, dies hier.« Sie schnippte mit dem Fingernagel gegen mein Highballglas.

»Manchmal muß ich mir den Kopf leerräumen.«

»Hast du mit deiner Alten gebrochen, oder wie?«

»Ich bekomme noch einen Jim Beam. Möchtest du eine Tasse Kaffee oder eine Coke?«

»Ob ich Kaffee möchte? Gott, das ist großartig, Dave. Sieh mal, nach dem Dinner-Trubel kann ich hier früh weg. Nimm den Schlüssel zu meiner Wohnung, und ich treff' dich da in ungefähr einer Stunde. Es ist gleich um die Ecke.«

»Hast du irgendwelchen Schnaps da?«

»Ein bißchen Bier, das ist alles. Ich hab' mich wacker gehalten,

Dave. Keine kleinen weißen Pillen, kein Gluckgluck, bevor ich zur Arbeit gehe. Ich kann's selber nicht glauben, wie gut ich mich morgens fühle.«

»Hol mich im Sloppy Joe's ab.«

»Weswegen willst du denn da rein? Da wimmelt's von College-Trotteln, die glauben, daß Ernest Hemingway einer war, der Klowände vollgekritzelt hat.«

»Wir sehen uns in einer Stunde, Kindchen. Du bist ein süßes Mädchen.«

»Ja, die Jungs im Smiling Jack's haben mir das auch immerzu gesagt, während sie versucht haben, mich schnell mal unterm Tisch zu befummeln. Ich glaub', dir ist heute morgen der Blitz ins Gehirn eingeschlagen.«

Als sie mich später im Sloppy Joe's abholen kam, saß ich hinten allein an einem Tisch. Der Luftzug von einem Fußbodenventilator stieg meine Hosenbeine hinauf, brachte den nassen Ärmel meiner Seersucker-Jacke, die über der Tischkante hing, zum Flattern. Die großen Rolltüren an zwei Seiten des Gebäudes waren weit aufgeschoben, und das Neonlicht waberte purpurn über den Bürgersteig. An der Ecke nahmen zwei Cops einen Betrunkenen fest. Die sprangen nicht gerade schonend mit ihm um. Sie würden ihn ins Loch stecken.

»Gehen wir, Lieutenant«, sagte Robin.

»Wart noch, bis die Bullen weg sind. Mein Horizont ist noch sehr verwackelt. Key West ist eine schlechte Stadt, sich Ärger einzuhandeln.«

»Ich muß nur mit den Titten wackeln, und die tippen an ihren Hut. Echte Gentlemen. Keinen Schnaps, mehr, Schätzchen.«

»Ich muß dir einiges erzählen. Über meine Frau. Dann mußt du mir mehr über diese Leute in New Orleans sagen.«

»Morgen. Mommy macht dir heute ein schönes Steak.«

»Sie haben sie umgebracht.«

»Was?«

»Sie haben Sie mit Schrotgewehren in Stücke geschossen. Das haben sie mit ihr gemacht.«

Sie starrte mich mit offenem Mund an. Ich sah, wie sie um die Nasenflügel blaß wurde.

»Du meinst, Bubba Rocque hat deine Frau umgebracht?« sagte sie.

»Vielleicht war er es. Vielleicht auch nicht. Der alte Bubba ist schwer auszurechnen.«

»Dave, es tut mir ja so leid. Gott im Himmel. Hat es was mit mir zu tun gehabt? Gott, ich kann's nicht glauben!«

»Nein.«

»Muß es aber doch, weil du jetzt hier bist.«

»Ich wollte nur sehen, ob du dich noch an einiges erinnern kannst. Vielleicht wollte ich dich einfach wiedersehen.«

»Ich schätze, deswegen bist du auch so scharf auf mich gewesen, als du noch allein gewesen bist. Erzähl mir davon lieber, wenn dein Kopf nicht völlig zu ist.« Sie schaute sich in der Bar um. Der Fußbodenventilator zauste ihr kurzes, schwarzes Haar. »Das Lokal hier ist ein Dreckloch. Die ganze Stadt ist ein Dreckloch. Sie ist voll von Schwuchteln und Lesben zum Billigsttarif und Menschenfressern, die es aus New York hierher zieht. Warum hast du mich grade hierher geschickt?«

»Du hast mir erzählt, daß es dir hier gut geht.«

»Wem kann es denn gut gehen, wenn da draußen Leute rumlaufen, die einem Mann die Frau abknallen? Du hast dich mit denen eingelassen, stimmt's, Dave? Du hast nicht auf mich hören wollen.«

Ich antwortete nicht, griff statt dessen nach meinem Highballglas.

»Laß es sein. Deine Milchkuh hat heute abend nichts mehr im Euter«, sagte sie, nahm mir das Glas aus der Hand und goß seinen Inhalt in die Pfütze aus Whiskey und Eis auf dem Tisch.

Sie wohnte im ersten Stock eines alten zweigeschossigen Stuckgebäudes mit rotem Schindeldach, nur ein kleines Stück von der Duval Street ab. Ein riesenhafter Bunyanbaum hatte eine der Mauern gesprengt, und der winzige Hof war von Unkraut und wild wuchernden Bananenstauden überwachsen. Ihr Apartment bestand aus einer kleinen Küche, einem mit einer Falttür abgetrennten Schlafraum und einem Zimmer mit einer Couch, Eßtisch und Sesseln, die aussahen, als stammten sie von einem Wohltätigkeitsbasar.

Robin hatte ein gutes Herz, und sie hatte es nett gemeint, doch ihre Kocherei war wirklich eine Zumutung, besonders für jemanden, der auf Sauftour war. Das Steak war auf einer Seite halb verbrannt. Sie briet die Kartoffeln in zwei Zentimetern Fett und füllte die Wohnung mit Rauch und dem Geruch von verbrannten Zwiebeln. Ich versuchte zu essen, doch ich konnte nicht. Ich hatte in meinem Suff den Tiefpunkt erreicht. Die Zahnräder in meinem Laufwerk griffen nicht, drehten glatt durch, mein Nervenkostüm hing in Fetzen, und meine Gesichtshaut fühlte sich lappig und tot an. Ich hatte plötzlich das Gefühl, um hundert Jahre gealtert zu sein, als habe jemand ein Messer an meinem Brustbein angesetzt und alle lebenswichtigen Organe rausgerissen.

»Wird dir schlecht?« fragte sie.

»Nein. Ich muß nur einfach ins Bett.«

Sie schaute mich im Licht der nackten Glühbirne, die von der Decke hing, eine Weile an. Ihre Augen waren grün, und anders als die meisten Stripperinnen der Bourbon Street hatte sie es nie nötig gehabt, falsche Wimpern zu tragen. Sie brachte zwei Laken aus der Kommode im Schlafzimmer und breitete sie über die Couch. Ich setzte mich schwer hin, zog meine Schuhe aus und rieb mir mit der Hand über das Gesicht. Die Austrocknung hatte bereits eingesetzt, und ich konnte den Alkohol an meinem Handballen riechen wie den Dunst aus einem dunklen Brunnenschacht. Sie brachte ein Kissen und legte es auf die Couch.

»Robin?« sagte ich.

»Was hast du vor, Lieutenant?« Die grelle Glühbirne im Rükken, schaute sie auf mich herunter.

Ich umfaßte ihr Handgelenk. Sie setzte sich neben mich und schaute starr geradeaus. Ihre Hände waren gefaltet, und sie hielt die Knie unter ihrer schwarzen Kellnerinnenuniform eng aneinandergepreßt.

»Bist du sicher, daß du das willst?« fragte sie.

»Ja.«

»Bist du den ganzen Weg hierher gekommen, nur um zu bumsen? Bei dir zu Hause muß es doch eine geben, die leichter erreichbar ist.«

»Du weißt, daß ich bei dir anders fühle.«

»Nein, weiß ich nicht. Ich weiß nichts dergleichen, Dave. Aber du bist ein Freund, und ich will mich nicht von dir abwenden. Ich will einfach nur nicht, daß du deswegen lügst.«

Sie machte das Licht aus und entkleidete sich. Ihre Brüste lagen rund und weich an mir, ihre Haut im Dunkeln sonnenbraun und glatt. Sie hakte ein Bein bei mir ein, fuhr mit ihren Händen über meinen Rücken, küßte meine Wange, blies mir ihren Atem ins Ohr und liebte mich, als sei ich ein verstörtes, verwirrtes Kind. Aber das machte mir nichts aus. Ich war verbraucht, erledigt, innerlich so tot wie an dem Tag, an dem sie Annies Sarg in die Gruft gesenkt hatten. Draußen vor dem Fenster warf die Straßenlaterne Schatten auf den Bunyanbaum und die Bananenstauden. In meinem Kopf war ein Geräusch wie das Rauschen des Meeres in einer Muschelschale.

Am nächsten Morgen lag das Frühlicht grau auf den Straßen. Dann stieg die Sonne rot am östlichen Horizont auf, und von den Blättern der Bananenstauden, die sich am Fliegendrahtfenster rieben, sprühten Tautropfen auf. Ich füllte einen Krug mit Leitungswasser, trank ihn leer, erbrach die Flüssigkeit in die Toilettenschüssel. Meine Hände zitterten, Unterschenkel und Waden zuckten, farbige Blitze flammten hinter meinen Augen auf. Ich stand in Unterwäsche vor dem Waschbecken, warf mir Wasser ins Gesicht, putzte mir die Zähne mit Zahnpasta und Finger, erbrach mich wieder und durchlitt eine Reihe so schwerer Magenkrämpfe, daß der Schleimfaden am Boden des Beckens durchzogen war von Blut. Wasser schoß mir unwillkürlich in die Augen, mein Gesicht war kalt und zuckte, es war, als hätte ich auf einer Seite meines Kopfes einen Druckverband, ganz so, als wäre ich mit einem guten dicken Buch geschlagen worden, und mein säuerlicher Atem staute sich zitternd in der Kehle, wenn ich auszuatmen versuchte.

Ich wischte mir den Schweiß und das Wasser mit einem Handtuch aus dem Gesicht und steuerte den Kühlschrank an.

»Da findest du keine Hilfe, Schatz«, sagte Robin vom Herd her zu mir, wo sie Eier weichkochte. »Ich hab' heute früh um vier das Bier ausgegossen.«

»Hast du irgendwas zum Putschen?«

»Ich hab' dir doch gesagt, daß Mommy clean ist.« Sie war barfuß und trug ein Paar schwarze Shorts und ein Baumwollhemd, das sie über dem Büstenhalter nicht zugeknöpft hatte.

»Ein paar von diesen PMS-Pillen. Komm schon, Robin. Ich bin kein Süchtiger, ich hab' bloß 'nen Kater.«

»Du solltest gar nicht erst versuchen, einem anderen Alki was vorzumachen. Ich hab' auch deine Brieftasche genommen. Du sitzt auf dem trockenen, Lieutenant.«

Der Morgen würde sehr lang werden. Und sie hatte recht damit, daß sich ein Profi nicht reinlegen läßt. Normalerweise kann ein Alkoholiker so ziemlich jeden an der Nase herumführen, außer einen anderen Säufer. Und Robin kannte jedes Manöver, das ich anwenden könnte, um an einen Drink zu kommen.

»Geh unter die Dusche, Dave«, sagte sie. »Wenn du rauskommst, ist das Frühstück fertig. Du magst doch Schinken und weichgekochte Eier?«

Ich drehte das Wasser so heiß auf, wie ich es aushalten konnte, hielt mein Gesicht mit aufgerissenenem Mund an den Duschkopf, wusch mir den Zigarettenrauch der Bar aus den Haaren, schrubbte meine Haut, bis sie rot war, dann drehte ich den Kaltwasserhahn voll auf, stützte meine Arme gegen die Blechwände der Kabine und blieb, langsam bis sechzig zählend, so stehen.

»Schätze, der Schinkenspeck ist ein bißchen kroß geworden«, sagte sie, nachdem ich mich angezogen hatte und wir am Tisch saßen.

Der Schinkenspeck sah aus wie Streifen, die sie von einem Gummireifen gerissen hatte, und die Eier hatte sie hartgekocht und mit einem Löffel plattgeschlagen.

»Du mußt das nicht essen«, sagte sie.

»Nein, es ist echt gut, Robin.«

»Empfindest du heute morgen eigentlich große Reue? So nennen das doch deine AA-Freunde, oder?«

»Nein, ich empfinde keine Reue.« Ich mußte den Blick jedoch von ihrem Gesicht wenden.

»Ich hab' mit siebzehn schon Freier aufgerissen. Die Nummer war also gratis. Verschon mich mit deinen Schuldgefühlen, Dave.«

»Rede nicht so von dir.«
»Ich mag diesen Kack ›am Morgen danach‹ nicht.«
»Hör mir jetzt mal zu, Robin. Ich bin gestern abend zu dir gekommen, weil ich mich einsamer gefühlt habe als jemals in meinem ganzen Leben.«
Sie trank ihren Kaffee und stellte die Schale auf die Untertasse.
»Du bist ein süßer Kerl, aber damit hab' ich zuviel Erfahrung. Es ist schon in Ordnung.«
»Warum hältst du dir nicht auch was zugute? Ich kenne keinen zweiten Menschen auf der Welt, der mich so aufgenommen hätte, wie du das gestern abend getan hast.«
Sie stellte die Teller ins Spülbecken, trat hinter mich und küßte mich aufs Haar.
»Übersteh erst mal deinen Kater, Streak. Mommy kämpft schon seit langer Zeit mit ihren eigenen Drachen«, sagte sie.
Aber es war nicht nur ein einfacher Kater. Dieser Rückfall hatte ein Jahr Nüchternheit weggefegt, und in diesem einen Jahr der Gesundheit und des Sonnenscheins und des Gewichthebens und meilenweiten Joggens am späten Abend hatte mein Körper alle Widerstandskraft gegenüber Alkohol eingebüßt. Es war ähnlich, als würde man eine Fünfpfundtüte Zucker in den Benzintank eines Autos schütten und den Motor dann auf vollen Touren laufen lassen. In kürzester Zeit wären Ringe und Kolben nur noch Schrott.
»Kann ich meine Brieftasche haben?« fragte ich.
»Sie liegt unter dem Kissen auf der Couch.«
Ich fand sie, steckte sie in die Gesäßtasche und zog meine Slipper über.
»Auf dem Weg in die Kneipe?« fragte sie.
»Keine schlechte Idee.«
»Dann bist du solo. Ich werd' dir nicht dabei helfen, dich noch weiter abzuwracken.«
»Das ist deswegen, weil du die Allerbeste bist, Robin.«
»Spar dir das Babyöl. Schmier dich selber damit ein. Ich kann's nicht brauchen.«
»Du hast mich falsch verstanden, Kindchen. Ich will mir eine

Badehose kaufen, und dann gehen wir runter zum Strand. Danach führ' ich dich zum Lunch aus.«

»Das hört sich nach einer ganz gerissenen Masche an, dich zurück in die Bar zu mogeln und Mommy mitzuschleppen.«

»Keine Bars. Ich versprech's dir.«

Ihre Augen schauten mich prüfend an, und ich sah, wie ihre Miene sich aufhellte.

»Ich könnte hier für uns Essen kochen. Du mußt dann kein Geld ausgeben«, sagte sie.

Ich lächelte sie an.

»Ich möchte dich aber wirklich zum Lunch ausführen«, sagte ich.

Es war ein Morgen der Abstinenz, an dem ich jeden einzelnen Schritt in Fünf-Minuten-Abständen vorausplante. Ich fühlte mich wie ein Stück zerbrochenes Porzellan. In dem Herrenbekleidungsladen zitterten meine Hände noch immer, und ich sah, wie der Verkäufer vor meiner Dunstwolke zurückschreckte. An einem Imbißstand am Strand trank ich ein Glas Eiskaffee und kaute vier Aspirin. Ich blinzelte hoch in die Sonne, die durch die Blätter der Palmen über mir schien. Ich hätte eine Rasierklinge dafür geschluckt, mir jetzt einen Schuß Jim Beam in den Körper jagen zu können.

Die Schlangen waren wieder aus ihren Körben, und ich hoffte nur, sie würden sich mit einem leichten Mahl begnügen und ihrer Wege ziehen. Ich zahlte einem kubanischen Jungen einen Dollar, lieh mir von ihm seine Maske samt Schnorchel aus, watete durch die warmen Wogen der Lagune und schwamm hinaus ins offene, tiefe Wasser über einem Korallenriff. Das Wasser war so klar und grün wie Gelee, und in zehn Meter Tiefe konnte ich die Feuerkorallen am Riff sehen, Schwärme von Clownsfischen, Blaupunktkrebse, die über den Sand huschten, einen Ammenhai, der bewegungslos wie ein Baumstamm im Schatten des Riffs stand, fadendünne Pflanzen, die in der Strömung wiegten, schwarze Seeigel, deren Stachel sich durch einen Fuß bohren konnten. Ich hielt den Atem an und tauchte, so tief ich konnte, geriet in eine Kaltwasserschicht, wo ein Barracuda mit seinem knochigen, gebogenen Maul direkt in das Glas meiner Tauchermaske starrte, dann an meinem Ohr vorbeizuckte wie ein silberner, von der Sehne eines Bogenschützen geschnellter Pfeil.

Ich fühle mich besser, als ich zurückschwamm und durch den Sand hinaufstapfte, wo Robin zwischen einer Gruppe von Kokospalmen auf einem Handtuch lag. Ich hatte ohnehin schon viel zuviel Muße an mein eigenes Elend verschwendet. Es war Zeit, wieder an die Arbeit zu gehen, obwohl ich wußte, daß es ihr nicht gefallen würde.

»Die Cops in New Orleans glauben, daß Jerry auf den Inseln ist«, sagte ich.

Sie ließ ihre Handtasche aufschnappen, entnahm ihr eine Zigarette und zündete sie an. Sie zog ein Bein an und fegte Sand von ihrem Knie.

»Na komm, Robin«, sagte ich.

»Ich hab' die Brücken zu all diesen Scheißtypen abgebrochen.«

»Nein, ich werd' dafür sorgen, daß die Türen sich endgültig hinter denen schließen. Wie wir vom Ersten Distrikt immer gesagt haben: Wir schweißen sie zu und verbrennen ihre Geburtsurkunden.«

»Du bist der große Lacher, Dave.«

»Wo ist er?« Ich lächelte sie an und schnippte mit dem Fingernagel ein paar Sandkörner von ihrem Knie.

»Ich weiß es nicht. Trotzdem, die Inseln kannst du vergessen. Er hat da eine kleine Mulattenmieze in Bimini gehabt. Das ist der einzige Grund gewesen, weswegen er immer hingefahren ist. Dann war er mal so benebelt vom Ganja, daß er ihr Baby hat fallenlassen. Auf den Kopf. Auf Zementboden. Er hat gesagt, die hätten da unten ein Gefängnis aus Korallenmarmor, das so schwarz ist, daß ein Nigger drin zu einem weißen Mann wird.«

»Wohin geht seine Mutter, wenn sie nicht grade in New Orleans ist?«

»Sie hat Verwandte in Nordlouisiana. Die sind manchmal in die Bar gekommen und haben gefragt, ob wir Spucknäpfe aus Styropor haben.«

»Wo ist das in Nordlouisiana?«

»Woher soll ich das wissen?«

»Ich möchte, daß du mir alles erzählst, was Eddie Keats und der

Haitianer gesagt haben, als sie in deiner Wohnung gewesen sind.«

Ihre Miene verdüsterte sich, und sie schaute hinaus aufs Wasser, wo sich ein paar junge Leute über die Brandungswellen eine Frisbyscheibe zuwarfen. Weiter draußen, jenseits der Einmündung der Lagune, tauchten Pelikane in blauem Wasser, das so dunkel war wie Tinte.

»Hältst du meinen Kopf für einen Kassettenrecorder?« fragte sie. »Einen, der aufzeichnet, was solche Leute sagen, während sie mir den Finger in der Tür brechen? Weißt du, was eine Frau dabei fühlt, wenn solche Schleimer sie in die Finger kriegen.?«

Ihr Gesicht war noch immer von mir abgewandt, doch ich konnte es in ihren Augen feucht schimmern sehen.

»Was kann dir das schon nützen, was die gesagt haben?« fragte sie. »Es ergibt doch absolut keinen Sinn. Das sind Irre, die sich an mir ausgetobt haben, und sie versuchen, sich wie die großen Ganoven zu benehmen, die sie im Fernsehen bestaunen. Genau wie Jerry, der immer gesagt hat: ›Ich bin kein heißer Junge. Ich bin kein heißer Junge.‹ Wow, was für eine Untertreibung. Dabei wette ich, daß er in Angola jede Nacht in der Brautsuite gewesen ist.«

Ich wartete, daß sie weiterredete. Sie zog an der Zigarette und behielt den Rauch unten, als fülle sie sich die Lunge mit Marihuana.

»Dieses schwarze Untier wollte mir das Gesicht zerschneiden«, sagte sie. »Da hat dieser, wie heißt er noch, Keats, zu ihm gesagt, der Mann will nicht, daß wir sein Filet in den Müll schmeißen. Verpaß ihr einfach ein Souvenir an der Hand oder am Fuß, und ich wette, das trägt sie noch zum Kirchgang. Überhaupt ist diese Robin gar nicht unübel. Darauf hat der Schwarze gesagt: ›Du redest immer nur Scheiße, Mann.‹ Dieser Dingsda fand das sehr komisch. Er hat also gelacht, sich eine Picayune angesteckt und gesagt: ›Immerhin leb' ich nicht in einem verdammten Slum, damit ich immer eine tote Hexe ganz in der Nähe haben kann.‹ Also, was für 'ne intelligente Unterhaltung! Wenn man zuhört, wie die miteinander reden, dann ist das so, als würde man aus 'nem Spucknapf trinken.«

»Sag das mit der Hexe noch mal.«

»Der Typ wohnt in einem Slum, wo in der Nähe eine Hexe ist. Oder eine tote Hexe, oder wie auch immer. Versuch gar nicht erst, dir darauf deinen Reim zu machen. Diese Kerle kaufen ihren Grips vom Schrottplatz. Warum denn sonst würde jemand für Bubba Rocque arbeiten? Die enden alle damit, daß sie für ihn in den Bau gehen. Ich hab' gehört, wenn die aus Angola rauskommen, gibt er ihnen nicht mal 'nen Job als Kloputzer. Was für ein Klassetyp.«

Ich nahm ihre Hand und drückte sie. Klein und braun lag sie in meiner. Im warmen Schatten schaute sie mich lange an, und ihre Lippen teilten sich leicht, so daß ich ihre Zähne sehen konnte.

»Ich muß heute nachmittag zurückfliegen.«

»Was für 'ne überraschende Neuigkeit.«

»Sei nicht biestig, Kindchen. Hättest du Lust, mit mir nach New Iberia zu gehen?«

»Falls dein Gewissen dich plagt, geh in die Kirche.«

»Ich hab' da ein Fischködergeschäft, bei dem ich Hilfe gebrauchen könnte. Dann ist da noch ein kleines Mädchen, das bei mir lebt.«

»Ein Leben unten am Bayou wär' nicht mein Stil, Streak. Komm wieder her, wenn's dir wirklich ernst ist.«

»Du mußt wohl immer glauben, daß ich dich hinters Licht führen will?«

»Nein, du bist nur ein Bursche, der sich selbst unmögliche Regeln macht. Darum bist du so anstrengend. Jetzt lad mal ein Mädel zum Lunch ein, ja?«

Manchmal läßt man jemanden in Ruhe. Ich habe bei ihr nicht nachgehakt.

Weit draußen auf dem Ozean stieg ein Pelikan von seinem Futtertrog auf und flog über uns hinweg, im Schnabel einen Fisch, von dem das Blut tropfte.

7

Als ich am folgenden Morgen wieder in New Iberia erwachte, hörte ich Eichelhäher und Spottdrosseln in den Pecanobäumen. Ich zog meine kurze Turnhose und Tennisschuhe an und joggte im bläulichen Frühlicht bis zur Zugbrücke, trank Kaffee mit dem Brückenwärter und lief den ganzen Weg nach Hause scharf durch. Ich duschte und zog mich an, aß ein Frühstück aus Erdbeeren und Studentenfutter am Picknicktisch im Hinterhof und sah zu, wie die zarten Blätter des Mimosenbaums von der Brise sanft geschüttelt wurden. Es war jetzt über dreißig Stunden her, daß ich den letzten Drink abgesetzt hatte. Ich war noch immer schwach, meine Nervenenden fühlten sich an, als habe jemand ein brennendes Streichholz darangehalten, doch ich konnte spüren, daß mich die Bestie allmählich aus den Klauen ließ.

Ich fuhr nach Lafayette und redete mit zwei Priestern, die mit dem Piloten jenes Flugzeugs zusammengearbeitet hatten, das am Southwest Pass Bruch gemacht hatte. Was sie mir zu erzählen hatten, bestätigte nur, was ich bereits erfahren hatte: Pater Melancon, der ertrunkene Priester, hatte eine bemerkenswerte Laufbahn hinter sich. Er hatte Wanderarbeiter auf Farmen in Texas und Florida organisiert, bezahlte Schläger des Bauernverbandes hatten ihn außerhalb von Florida City mit Axtgriffen halbtot geprügelt, und er hatte drei Monate im Bezirksgefängnis von Brownsville absitzen müssen, weil er die Reifen eines mit festgenommenen Streikenden beladenen Pritschenwagens vom Sheriffbüro aufgeschlitzt hatte. Dann hatte er Ernst gemacht, war in eine Zweigniederlassung von General Electric eingebrochen und hatte den elektronischen Lenkkopf einer Atomrakete zerstört. Die nächsten drei Jahre hatte er im Bundesgefängnis in Danbury verbracht.

Das Bemühen der Regierung, den politischen Protest der Geistlichkeit in diesem Land unter Kontrolle zu bringen, hat mich stets fasziniert. Gewöhnlich unternahm die Staatsanwaltschaft den Versuch, sie als naive Idealisten abzustempeln, als Schwärmer, die ihre Kanzeln und Ämter mißbraucht hatten, und wenn das nicht funktionierte, schickte man sie in die Wüste, sperrte sie zusammen mit perversen Freaks und Halbirren ins Zuchthaus. Kaum hinter Schloß und Riegel, verstanden sie sich jedoch auch hier darauf, ihre Botschaft unter den Häftlingen zu verbreiten.

Doch den Priestern von Lafayette sagten die Namen Johnny Dartez und Victor Romero nichts. Sie meinten, Pater Melancon sei ein sehr vertrauensvoller Mann mit ungewöhnlichen Freunden gewesen, und diese ungewöhnlichen Freunde hätten ihn manchmal begleitet, wenn er Flüchtlinge aus Dörfern in El Salvador und Guatemala ausflog.

»Romero ist ein kleiner, brünetter Kerl mit schwarzen Zierlöckchen, die ihm ins Gesicht hängen. Er trägt ein Barett«, sagte ich.

Einer der Priester tippte sich mit dem Finger an die Wange.

»Sie erinnern sich an ihn?« fragte ich.

»Er hat keinen Bart getragen, aber alles übrige war so, wie Sie es beschrieben haben. Er war vor einem Monat mit Pater Melancon hier. Er hat gesagt, er wäre aus New Orleans, hätte aber Verwandte in Guatemala.«

»Wissen Sie, wo er sich jetzt aufhält?«

»Nein, tut mir leid.«

»Falls er wieder auftauchen sollte, rufen Sie Minos Dautrieve von der Drug Enforcement Administration an oder versuchen Sie es unter dieser Nummer.« Ich schrieb Minos' Namen und meine Privatnummer auf einen Zettel und gab ihn ihm.

»Ist dieser Mann in Schwierigkeiten?« fragte der Priester.

»Ich bin mir nicht sicher, was mit ihm ist, Pater. Er war früher Drogenkurier und Straßendealer. Jetzt ist er vielleicht Informant für die Einwanderungs- und Einbürgerungsbehörde. Ich weiß nicht, wie es moralisch um ihn bestellt ist.«

Ich fuhr durch Breaux Bridge zurück nach New Iberia, so daß ich zum Mittagessen im Mulate's haltmachen konnte. Ich bestellte scharf gebratene Krebse mit einem Krabbensalat und einer kleinen Schüssel *étouffée,* dazu französisches Weißbrot und geeisten Tee. Mulate's war jetzt ein Familienlokal, und nur die lange Mahagonibar und die wachsglänzende Tanzfläche erinnerten mich an den Nachtclub und den Spielsalon von einst, als ich noch auf dem College gewesen war. Die vergangenen fünfundzwanzig Jahre hatten Südlouisiana gewaltig verändert, in manchem auch zum Besseren. Die Rassentrennungsgesetze waren abgeschafft; Jugendliche gingen an Samstagabenden nicht mehr »Nigger aufmischen«; der Ku Klux Klan verbrannte keine Kreuze mehr im gesamten Plaquemines Parish; Demagogen wie Judge Leader Perez waren nur noch Geschichte. Aber auch etwas anderes war verschwunden: das angenehm heidnische Ambiente, das inmitten einer französisch-katholischen Kultur existiert hatte. O ja, an Verruchtheit hatte es auch jetzt keinen Mangel – und an vielen Rauschgiftsüchtigen, die es früher nicht gegeben hatte –, doch die Rennbahnspiele und Geldautomaten mit ihren blinkenden Lichtern und den Bildern von Kirschen, Pflaumen und Glöckchen auf der Walze waren aus den Restaurants entfernt und durch Videospiele ersetzt worden; Pool-Salons und Arbeiterkneipen mit offenen Bourréespielen waren seltener; die gemischtrassigen Kneipen, die einst von Negern und dunkelhäutigen Cajuns gleichermaßen besucht worden waren, lockten jetzt auch weiße Touristen an, die ihre Kassettenrecorder mitbrachten, um Zydeco-Musik mitzuschneiden. Die alteingesessenen Bordelle – das Magaret's in Opelousas, das Column Hotel in Lafayette, die Puffs an der Railroad Avenue in New Iberia – waren dichtgemacht worden.

Ich würde das nur zu gern den Kerlen vom Rotary Club und den Kiwanis anlasten, aber das wäre nicht ganz fair. Es war wohl einfach so, daß wir bürgerlich-spießig geworden waren.

Doch ein lokaler Anachronismus hatte beharrlich und erfolgreich an der Vergangenheit festgehalten und seine Wurzeln in die Gegenwart geschlagen, und das war Bubba Rocque. Der Junge, der für einen Dollar Glühbirnen zerkaut, für zwei eine beinahe weißhäutige Waschfrau rangeschafft, der nur so zum Spaß eine Katze in den Kühlergrill eines vorbeifahrenden Autos geworfen hatte, sein Typ war jetzt in Mode gekommen. Ich hatte den Verdacht, daß er etliche seiner Glanznummern an den Mob in New Orleans hatte abtreten müssen, daß mittlerweile wahrscheinlich manche Drähte von dort aus gezogen wurden und am Ende vielleicht seine ganze Show in die Binsen gehen würde, doch in der Zwischenzeit hatte er Drogenhandel und Zuhälterei für sich entdeckt, wie ein Köter von der Müllkippe, der plötzlich eine Leidenschaft für Lammkoteletts entwickelt.

Aber hatte er mir wirklich zwei Killer mit Schrotgewehren ins Haus geschickt? Ich hatte das Gefühl, daß ich das Netz über eine Menge von Leuten auswerfen mußte, bevor ich die Wahrheit herausfand. Bubba hinterließ nirgendwo lose Fäden.

An diesem Nachmittag wurde meine Anstellung als Detective im Büro des Sheriffs bestätigt. Mir wurde eine Ausweiskarte mit Foto und eine goldene Marke ausgehändigt, die in einer weichen Lederhülle steckte, dazu ein Stapel Gedrucktes über Ziele und Politik der Abteilung und Vergünstigungen für ihre Angestellten, die ich später ungelesen wegwarf, und ein 38er Revolver der Marke Smith & Wesson mit verkratztem Lauf und zwei in den Griff gefeilten Kerben. Am nächsten Morgen um Punkt acht Uhr sollte ich mich im Büro des Sheriffs zur Arbeit melden. Ich holte Alafair vom Haus meines Cousins in New Iberia ab, kaufte uns beiden Eiskugeln und spielte mit ihr auf der Schaukel im Park. Sie war ein wunderschönes kleines Mädchen, sobald die Wolken grausiger Erinnerungen und unbeantwortet gebliebener Fragen sich aus ihren Augen verzogen hatten. Ihr Gesicht war heiß und strahlte vor Aufregung, als ich ihr Schwung gab, sie hoch bis fast in die Zweige der Eiche flog, und sie war so tief gebräunt, daß sie mit dem Baumschatten zu verschmelzen schien; und dann fegte sie mit begeisterten Juchzern in der Sonne an mir vorbei, und ihre staubigen Füße tippten nur ganz leicht auf den Boden.

Wir gingen nach Hause und machten uns zum Abendbrot Sandwiches mit Katzenwels zurecht. Dann fuhr ich los und heuerte eine ältere Mulattin, die ich seit meiner Kindheit kannte, als Babysitterin an. An diesem Abend packte ich meine Koffer.

Am folgenden Morgen wachte ich früh auf. Regen fiel auf die Pecanobäume und trommelte auf das Verandadach. Alafair und die Babysitterin schliefen noch. Ich schraubte Krampe und Haspe an Rahmen und Blatt der Tür zu Annies und meinem Schlafzimmer, schloß die Fenster, zog die Vorhänge zu und hängte ein Schloß vor die Tür.

Warum?

Ich habe darauf keine Antwort. Vielleicht, weil es eine unheilige Handlung ist, das Blut derer wegzuwaschen, die wir lieben. Vielleicht, weil das Aufstellen eines Gedenksteins auf einem Grab etwas Atavistisches ist, das einzig und allein uns selbst nützt (wie auch die Primitiven beschweren wir die Toten und das Gedenken an sie sicher mit einer Schicht Erde). Vielleicht aber auch, weil das einzig passende Andenken an jene, die gewaltsam gestorben sind, die Erinnerung an den Schmerz ist, den sie hinterlassen haben.

Ich lud fünf Patronen in die Trommel des 38er, ließ den Hahn über der leeren Kammer einrasten und verstaute die Waffe in meinem Koffer. Ich trank eine Tasse Kaffee und heiße Milch am Küchentisch, nahm meine 45er Automatik auseinander, ölte sie, reinigte den Lauf mit einer Bürste, setzte sie wieder zusammen und schob einen vollen Ladestreifen ins Magazin. Dann riß ich einen neuen Karton mit Holzspitzgeschossen auf und stopfte sie nacheinander mit dem Daumen in einen zweiten Ladesteifen. Sie lagen mir schwer und rund in der Hand, und sie schnappten glatt gegen die straffe Ladefeder. Wenn sie sich flachdrückten, konnten sie Löcher von der Größe von Crocketbällen in eine Eichentür reißen, die ganze Fahrgastzelle eines Autos verwüsten und einem Menschen so schwere Wunden beibringen, daß kein Arzt sie heilen konnte.

Düstere Phantasien? Ja, in der Tat. Schußwaffen töten. Das ist ihre Funktion. Ich hatte noch nie eine Situation mutwillig so zugespitzt, daß sie ein Ende mit Schrecken nahm. Dafür hatte stets die Gegenseite gesorgt. Ich war sicher, es würde auch diesmal so kommen.

Ich rief das Büro des Sheriffs an. Er war nicht da. Ich hinterließ eine Nachricht, daß ich unterwegs nach New Orleans sei und mich in ein oder zwei Tagen bei ihm melden würde. Ich schaute zu Alafair hinein, die mit dem Daumen im Mund vor dem Fensterventilator schlummerte, nahm dann meinen Koffer, zog mir den Regenmantel über den Kopf und rannte durch Schlammpfützen und unter den tropfnassen Bäumen hindurch zu meinem Pickup.

Die Sonne stand schon hoch, doch es regnete noch immer, als ich gegen elf Uhr in New Orleans ankam. Ich parkte meinen kleinen Laster an der Basin Street und ging zu Fuß zum alten St. Louis Cemetery No. 1, während der warme Regen auf meine Hutkrempe trommelte. Da waren Reihen um Reihen von Gruften aus weißgestrichenen Ziegeln, die Gräber in Bodenhöhe oft so tief in die Erde eingesunken, daß man die französischen Aufschriften auf den gesprungenen und verwitterten Marmortafeln nicht mehr lesen konnte, die die Särge bedeckten. Glaskrüge und verrostete Blechdosen, gefüllt mit verdorrten Blumen, lagen am Boden verstreut. Viele der Toten waren Mitte des 19. Jahrhunderts während einer Gelbfieberepedemie in der Stadt umgekommen, und man hatte die Leichen auf Karren geworfen, wie Feuerholz übereinandergestapelt, sie mit Kalk überstreut und von Kettensträflingen beerdigen lassen, denen man gestattete, sich zu betrinken, bevor sie ihr Werk verrichteten. Manche Gruft war von Plünderern ausgeraubt worden. Knochenstücke, verschimmeltes Tuch und verrottetes Holz ragten noch aus dem Boden. Bei Regen oder in kalten Nächten krochen Wermutbrüder hinein und schliefen dort in fötaler Stellung, eine Flasche Chemiewein fest an die Brust gedrückt.

Hier lagen die Reichsten und Berühmtesten aus New Orleans: französische und spanische Gouverneure, bei Duellen oder in der Schlacht gegen die Engländer bei Chalmette getötete Aristokraten, Sklavenhändler und Kapitäne von Segelklippern, die die Yankee-Blockade der Stadt durchbrochen hatten. Ich fand sogar das Grab von Dominique You, dem napoleonischen Söldner und Artilleriekommandanten bei Jean Lafitte. Doch an diesem Tag interessierte mich nur ein einziges Grab, und selbst als ich es gefunden hatte, konnte ich nicht sicher sein, daß Marie Laveau auch wirklich darin lag (einige Leute behaupteten, sie sei in einem alten Steinofen zwei Querstraßen weiter, auf dem St. Louis Cemetery No. 2, beerdigt worden).

Mitte des 19. Jahrhunderts war sie berühmt gewesen als Voodookönigin von New Orleans. Sie galt als Hexe, eine Frau von den Inseln, die schwarze Magie praktizierte, eine opportunistische Mulattin. Dessen ungeachtet war ihre Gefolgschaft groß gewesen, und ich vermutete, daß es in dieser Gegend mindestens noch einen Mann gab, der Erde von ihrem Grab kratzte und sie in einem roten Flanellbeutel bei sich trug, die Zukunft befragte, indem er Schweineknochen auf das Dach ihrer Grabstätte schüttete, oder einmal im Monat nachts in die geplünderte Gruft daneben stieg.

Ich hatte keinen richtigen Plan, und es wäre wahrscheinlich pures Glück, falls ich Toot in dieser verkommenen Friedhofsgegend zu fassen kriegte. Eigentlich befand ich mich außerhalb meines Zuständigkeitsbereichs und war nicht einmal befugt, mich hier aufzuhalten. Doch wenn ich den Dienstweg einhielte, säße ich noch immer in New Iberia, und eine Handvoll Streifenpolizisten aus New Orleans würden in der Gegend ein paar Fragen stellen – vorausgesetzt, sie hätten genügend Zeit –, und wenn das nichts nützte, würde ein überarbeiteter Kripomann, der ohnehin schon stapelweise unerledigte Haftbefehle auf dem Beifahrersitz liegen hatte, Toots Namen der Liste gesuchter Verdächtiger hinzufügen, und das Ergebnis wäre gleich Null.

Die meisten Kriminellen sind dumm. Sie dringen in Fünfhunderttausend-Dollar-Villen im Garden District ein, raffen etliche Flaschen Gin, Whiskey, Wermut und Collins-Mix zusammen, verknoten ihre Beute in einem zweitausend Dollar teuren Tischtuch aus irischem Leinen, saufen später den Schnaps aus und werfen das Tischtuch weg.

Doch vermutlich fürchtete ich am meisten, die Polizei könnte Toot aus der Gegend vertreiben, ihn vielleicht sogar festnehmen und dann laufenlassen, bevor wir ihn nach New Iberia überstellen lassen könnten. So etwas passiert. Kriminelle sind nicht die einzigen Dummen in der Stadt.

Als ich noch Detective bei der Mordkommission im Ersten Revier an der Basin Street war, hatten wir einen Serienmörder aus Georgia erwischt, der überall in den Südstaaten gemordet hatte. Er war ein fünfunddreißig Jahre alter Rummelplatzarbeiter, ein blonder, grobschlächtiger Mann von einschüchterndem Körperbau, der Ohrringe in Form goldener Kruzifixe trug. Er war Hilfsschüler, malte seine Unterschrift wie ein Kind, und einmal hatte er seine Toilette in der Zelle mit einer Decke verstopft und das Erdgeschoß des Gefängnisses unter Wasser gesetzt, weil man ihm verweigert hatte, zusammen mit anderen Männern im Aufenthaltsraum des normalen Haftbereichs fernzusehen; trotzdem konnte er zwei Detectives der Mordkommission einreden, er könne ihnen zeigen, an welcher Stelle am Deich unten im Plaquemines Parish ein junges Mädchen begraben liege. Sie hatten ihm statt der üblichen Bein- und Hüftfesseln nur Handschellen angelegt und waren mit ihm über einen Knüppeldamm bis tief hinein in den Sumpf gefahren.

Doch er hatte eine Heftklammer im Mund versteckt. Damit knackte er das Schloß der Handschellen, riß dem Fahrer den 357er Magnum aus dem Schulterhalfter und ballerte damit die beiden Polizisten durch die Windschutzscheibe.

Er war nie wieder gefaßt worden. Eines Tages hatte sich in Pocatello, Idaho, die Gondel eines Karussells aus der Halterung gelöst und ihn unter sich begraben.

Ich verbrachte den Tag damit, herumzufahren und durch die Straßen der Gegend zu schlendern, von der Canal Street bis hinüber zur Esplanade Avenue. Ich redete mit Schwarzen, Chicanos und Weißen, unterhielt mich mit Angestellten vor Schuhputzerständen, trieb mich in Bars herum, die schon morgens geöffnet hatten, und in Eckläden, in denen es nach Innereien und Räucherfisch roch. Gestern war ich noch Geschäftsmann in einer Kleinstadt gewesen. Heute war ich ein Cop, und mir wurde der Empfang zuteil, mit dem Cops in einer armen Gegend rechnen müssen. Man hielt mich entweder für einen Geldeintreiber, einen Kautionssteller, den Vertreter einer Sterbeversicherung, jemanden, der für einen Hauswirt Räumungsbefehle zustellt, oder für den bösen Mr. Charlie mit der Dienstmarke (schon merkwürdig, daß wir Weiße uns über die Einstellung von Minderheiten zu uns wundern, wenn wir immer die übelsten Zeitgenossen unserer Rasse zu ihnen schicken).

Einmal wähnte ich mich bereits kurz vor dem Ziel. Ein Ex-Boxer, und mittlerweile Besitzer einer Bar, über deren Tür ein Autoschild mit der Südstaatenflagge genagelt war, nahm die nasse Zigarre aus dem Mund, schaute mich mit dem von Narbengewebe zerfurchten Gesicht an und sagte: »Ein Haitianer? Sie reden von einem schwarzen Affen von den Inseln, stimmt's?«

»Stimmt.«

»Drüben an der North Villere haust eine ganze Bande von diesen Kannibalen. Die fressen sämtliche Hunde der Gegend auf. Die angeln sogar die Goldfische aus dem Teich im Park. Bleiben Sie nicht bis zum Abendbrot, sonst enden Sie vielleicht noch im Topf.«

Der Vorgarten des eingeschossigen gelben Fachwerkhauses, wohin er mich gewiesen hatte, war überwachsen von nassem Unkraut und übersät mit den Schrotteilen von Autos und Waschmaschinen. Ich steuerte in eine Durchfahrt und versuchte, in die hintersten Fenster zu schauen, doch die Jalousien waren wegen der grellen Nachmittagssonne geschlossen. Ich hörte ein Baby schreien. Müllsäcke, die nach verrottetem Fisch stanken, stapelten sich auf den Hintertreppen, und die Windeln auf der Wäscheleine waren durch das Waschen von Hand grau und fadenscheinig. Ich ging ums Haus und klopfte an der Vordertür.

Ein kleiner, verängstigter Schwarzer mit einem Gesicht wie ein Bratapfel trat bis auf einen Meter vor die Fliegendrahttür und schaute aus dem Dämmerlicht zu mir heraus.

»Wo ist Toot?« fragte ich.

Er schüttelte den Kopf, als verstehe er mich nicht.

»Toot«, sagte ich noch einmal.

Er wandte mir die Handflächen zu und wedelte damit. Seine Augen leuchteten im Dunkeln rot. Zwei Kinder saßen auf dem Fußboden und malten ein Buch mit Farbstiften aus. Eine breithüftige Frau mit einem Säugling auf der Schulter musterte mich von der Küchentür aus.

»Vous connaissez un homme qui s'appelle Toot?« sagte ich.

Er antwortete mir in einem Mischmasch aus Französisch, Englisch und vielleicht Afrikanisch, das mir unverständlich blieb. Außerdem war er eingeschüchtert.

»Ich bin nicht von der Einwanderungsbehörde«, sagte ich. *»Comprenez? Pas Immigration.«*

Aber das kaufte er mir nicht ab. Ich konnte weder seine Furcht überwinden, noch ihn dazu bringen, meine Worte zu verstehen, und dann machte ich die Sache nur noch schlimmer, indem ich noch einmal nach Toot fragte und dabei das Wort *tonton macoute* gebrauchte. Die Augen des Mannes wurden weit, und er schluckte, als habe er einen Kiesel in der Kehle.

Aber es war alles hoffnungslos. Gute Arbeit, Robicheaux, dachte ich. Jetzt würden diese armen Menschen wahrscheinlich tagelang verängstigt sein, jedesmal zusammenzucken, wenn draußen vor ihrer Tür ein Auto langsamer wurde. Sie würden sich nie vorstellen können, wer ich war, und annehmen, daß ich nur der Auftakt zu viel Schlimmerem wäre. Dann hatte ich eine Idee. Polizisten und Beamte der Einwanderungsbehörde gaben illegalen Einwanderern kein Geld.

Ich entnahm meiner Brieftasche einen Fünf-Dollar-Schein, kniff ihn der Länge nach zusammen und schob ihn durch den Spalt in der eingehakten Fliegendrahttür.

»Das ist für Ihr Baby‹, sagte ich. *»Pour vot' enfant.«*

Er starrte mich stumpfsinig an. Als ich von meinem Pickup aus zurück auf die Fliegendrahttür schaute, starrten beide, er und seine Frau, mir noch immer nach.

Ich kaufte in einem Negerladen ein Stück Käse, ein halbes Pfund Schinken in Scheiben, eine Zwiebel, einen Laib französisches Weißbrot und einen Liter Milch, parkte neben dem Friedhof und aß mein Abendbrot, während im purpurnen Zwielicht der Regen einsetzte. Drüben an der Basin Street sah ich eine Neonreklame für Jax-Bier über einer Bar.

Wenn man einen Kerl wie Toot nicht in seinem Bau festnageln kann, dann hält man dort nach ihm Ausschau, wo er vermutlich seinen Neigungen frönen kann. Die meisten gewalttätigen Männer mögen Frauen. Perverse prügeln sie durch, ein angeheuerter Killer nimmt sie als Belohnung für seinen Erfolg und zur Bestätigung seiner Macht. Ich kannte so ziemlich jede Neger- und Halbblutbar und jeden Puff in New Orleans. Es würde eine lange Nacht werden.

Ich war völlig erschöpft, als morgens die Sonne aufging. Gegen drei Uhr früh hatte es zu regnen aufgehört, und jetzt trockneten die Wasserpfützen auf der Straße in der heißen Sonne, und man konnte die Feuchtigkeit und Hitze spüren, die wie Dampfschwaden vom Beton aufstiegen.

In den Toilettenräumen einer Tankstelle putzte ich mir die Zähne und rasierte mich. Meine Augen waren rot umrändert, meine Gesichtszüge scharf vor Erschöpfung. Ich war im Laufe der Nacht durch ein gutes Dutzend halbseidener Negerbars gestreift, man hatte mir Anträge gemacht, mich bedroht oder ignoriert, doch niemand kannte einen Haitianer namens Toot.

Im Café du Monde trank ich Kaffee, tunkte Hörnchen hinein und unternahm dann einen letzten Versuch in der näheren Umgebung des Friedhofs. Inzwischen war mein Gesicht zwischen Iberville und St. Louis Avenue so bekannt, daß die Besitzer von Lebensmittelläden, Drugstores und die Barmänner in die andere Richtung schauten; sobald sie mich kommen sahen. Die Sonne stand grellweiß am Himmel; Elefantenohren, Philodendron und Bananenstauden, die an den Hintergassen wucherten, troffen vor Nässe; in der Luft lag feuchter Verwesungsgeruch wie in einem Treibhaus. Gegen Mittag war ich so weit, aufzugeben.

Dann sah ich zwei Polizeiwagen mit ihren runden Bubblegum-Lichtern auf dem Dach vor einem Rauhputzhaus an der North Villere stehen, nur eine Seitenstraße von dem gelben Haus entfernt, in dem der verschreckte kleine Mann wohnte. Ein Unfallwagen war rückwärts in die Zufahrt hinauf bis an die Treppe zur Garagenwohnung gefahren. Ich parkte meinen Pickup, hielt die Lederhülle mit der Dienstmarke aufgeschlagen in der Hand und näherte mich den beiden Streifenpolizisten in der Zufahrt. Einer von ihnen schrieb auf ein Klemmbrett und versuchte, den Schweiß zu ignorieren, der unter seinem Hutband hervorströmte.

»Was ist los?« fragte ich.

»Ein Kerl, tot in der Badewanne«, sagte er.

»Und wie?«

»Teufel, wenn ich das wüßte. Er liegt schon zwei oder drei Tage drin. Alles ohne Klimaanlage.«

»Welche Rasse?«

»Weiß ich nicht. Ich bin noch nicht oben gewesen. Wenn Sie wollen, überprüfen Sie es selbst. Aber nehmen Sie Ihr Taschentuch mit.«

Als ich halb die Treppe hinauf war, traf mich der Gestank. Er war faulig und stechend und süßlich zugleich. Es roch nach Salz und Verwesung, pestig und grau wie der Atem einer Ratte, durchdringend und einhüllend wie Exkremente. Ich würgte und preßte mir die Faust vor den Mund.

Zwei Leute von der Gerichtsmedizin, die Gummihandschuhe übergestreift, warteten geduldig mit einer Trage in dem winzigen Wohnzimmer, während die Spurensicherung im Bad Blitzlichtaufnahmen machte. Die Polizeifotografen waren offensichtlich angespannt, und sie räusperten sich ständig. Ein übergewichtiger Detective in Zivil mit aufgeschwemmtem Gesicht stand auf der Türschwelle, so daß ich die Badewanne kaum sehen konnte. Sein weißes Hemd war so mit Schweiß vollgesogen, daß man durch den Stoff die Haut sehen konnte. Er drehte sich um und schaute mich überrascht an. Ich dachte zuerst, er sei mir noch vom Ersten Revier her bekannt, doch dem war nicht so. Ich öffnete die Hand und zeigte ihm meine Dienstmarke.

»Ich bin Dave Robicheaux vom Sheriffbüro im Iberia Parish«, sagte ich. »Wer ist er?«

»Das wissen wir noch nicht. Der Hauswirt ist im Urlaub, in der Wohnung ist nichts gefunden worden, wo ein Name draufsteht«, erklärte er. »Ein Stromableser ist heute morgen die Treppe raufgekommen und hat sein ganzes Frühstück übers Geländer gespuckt. Die Rosenbüsche sind vollgekotzt. Die überdecken echt den Gestank. Wen suchen Sie?«

»Wir haben einen Haftbefehl für einen Haitianer.«

»Dann sind Sie herzlich eingeladen«, sagte er und trat einen Schritt beiseite. Das Taschentuch über Mund und Nase gepreßt, ging ich ins Badezimmer. Die alte Wanne aus Gußeisen und voller Roststreifen stand auf kurzen Metallfüße, die wie Tierklauen aussahen. Nackte schwarze Waden und der Fuß eines Mannes ragten am anderen Ende der Wanne aus dem Wasser.

»Entweder war er ein blödes Stück Scheiße und hatte sein Radio gern auf dem Wannenrand, oder jemand hat es zu ihm reingeschmissen«, sagte der Detective. »Wie immer man's auch nimmt, es hat ihn jedenfalls gekocht.«

Das Wasser in der Wanne war verdunstet und schlammige Schmutzstreifen waren um das Spundloch angetrocknet. Ich schaute auf die mächtigen Hände, jetzt zu Klauen erstarrt, auf die Muskeln der breiten Brust, die in der Verwesung schlaff geworden waren, die halbgeschlossenen Augen, die aussahen, als konzentrierte sich der Mann auf einen letzten entscheidenden Gedanken, auf den rosa Mund, der noch immer weit aufgesperrt war zu einem stillen Schrei.

»Das muß ein mordsmäßig starker Schweinehund gewesen sein. Er hat sogar Farbe von den Seiten gekratzt«, sagte der Detective. »Da, sehen Sie mal das Weiße unter seinen Nägeln. Kennen Sie ihn?«

»Sein Name ist Toot. Er hat für Eddie Keats gearbeitet. Vielleicht auch für Bubba Rocque.«

»Puh«, sagte er. »Na ja, das hier könnte dann keinem netteren Kerl passiert sein. Aber auf was für 'ne Art. Ich hab' mal drüben in Algiers einen ähnlichen Fall gehabt. Eine Frau hat einem Wunderheiler zugehört, als sie beim Geschirrspülen war. Also, dieser Wunderheiler erzählt seiner Hörergemeinde, daß sie ihre Hände aufs Radio legen sollen und dann geheilt sind. Und das hat sie glatt aus ihrem Trikot gerissen. Was liegt denn gegen diesen Typ vor?«

»Schwere Körperverletzung und Mordverdacht.«

Der Mann von der Spurensicherung ging mit seiner Kamera an uns vorbei. Der Detective winkte die beiden Männer von der Gerichtsmedizin zu sich.

»Also dann, sackt ihn ein und schafft ihn hier raus«, sagte er und wandte sich dann wieder mir zu. »Den Gestank muß man wohl mit 'nem Flammenwerfer aus dieser Bude rausbrennen. Haben Sie alles, was sie brauchen?«

»Was dagegen, wenn ich mich mal kurz umschaue?«

»Nur zu. Ich warte draußen auf Sie.«

In die hinterste Ecke des Wandschranks geklemmt, verdeckt von einer Stange mit aufgehängten Tropenhemden, weißen langen Hosen und Seidenwesten mit Blumenmuster, fand ich ein Schrotgewehr vom Kaliber 12. Ich klappte den Lauf auf. Alles war gereinigt und geölt und das Kordit mit einem Lappen ausgewischt worden. Dann schraubte ich den Nachlademechanismus auf und entdeckte, daß der Sportsman-Stopfen entfernt worden war, so daß das Magazin jetzt fünf anstatt drei Patronen aufnehmen konnte. Auf dem Fußboden stand ein halbleerer Karton mit roten Schrotpatronen vom selben Hersteller wie jene, die verstreut auf dem Fußboden in Annies und meinem Schlafzimmer gelegen hatten. Ich rollte eine der Patronen auf meinem Handteller vor und zurück und steckte sie dann wieder in den Karton.

Der Detective zündete sich eine Zigarette an, als er die Treppe zum Hof hinunterstieg. Jetzt, am Nachmittag, hatten sich Regenwolken vor die Sonne geschoben, und er wischte sich mit der flachen Hand Schweiß von den Augenbrauen und wandte das Gesicht der Brise zu, die von Süden aufgekommen war.

»Ich möchte, daß Sie mit aufs Revier kommen und einen Bericht über Ihren Mann schreiben«, sagte er.

»In Ordnung.«

»Wen soll dieser Typ umgebracht haben?«

»Meine Frau.«

Er blieb mitten auf dem Hof unter den raschelnden Blättern einer abgestorbenen Palme stehen und schaute mich mit offenem Mund an. Der Wind wehte Zigarettenasche auf seine Krawatte.

Bevor ich den Rückweg nach New Iberia antrat, beschloß ich, noch eine Zwischenstation einzulegen. Aus Sorge um Alafair hatte ich bislang einen weiten Bogen um die Einwanderungsbehörde gemacht. Aber wie jener schwarze Hausmeister auf der High School einmal zu mir gesagt hatte: »Du darfst 'n Schlagmann nie wissen lassen, daß de Angst vor ihm hast. Wenn er die Füße am Schlagmal spreizt und dich unter der Mütze gemein angrinst, als ob er dir gleich an die Kehle will, dann spuck auf 'n Ball und treib ihm die Faxen aus. Hinterher sieht er dich wahrscheins mit andern Augen.«

Aber Mr. Monroe sollte mich überraschen.

Ich parkte den Pickup im Schatten einer ausladenden Eiche nahe der Loyola Street und ging in der heißen Sonne den Weg zurück zum Büro der Einwanderungsbehörde. Er saß zwischen anderen Mitarbeitern im Erdgeschoß, und als er von dem Aktenordner in seinen Händen aufblickte und mich sah, spannte sich buchstäblich die Kopfhaut über dem Knochen seiner Ohren. Sein schwarzes Haar, das wie Draht quer über den Schädel gekämmt war, schimmerte matt im gleißenden Licht. Ich sah, wie sein Adamsapfel unter der Krawatte hüpfte.

»Ich bin amtlich hier«, sagte ich und zog lässig meine Dienstmarke aus der Tasche. »Ich bin jetzt Detective beim Sheriffbüro von Iberia. Haben Sie was dagegen, wenn ich mich setzte?«

Er antwortete nicht. Er nahm eine Zigarette aus der Packung auf dem Schreibtisch und zündete sie an. Seine Augen blickten starr geradeaus. Ich setzte mich in den Lehnstuhl neben seinem Schreibtisch und schaute ihn von der Seite an. Neben seiner Schreibunterlage stand in einem Silberrahmen ein Bild von ihm, seiner Frau und drei Kindern. Eine durchsichtige Vase mit zwei gelben Rosen war neben dem Bild.

»Was wünschen Sie?« fragte er.

»Ich bin mit einer Morduntersuchung beschäftigt.«

Er hielt die Zigarette zwischen zwei Fingern an den Mund und rauchte, ohne sie einmal von den Lippen zu nehmen. Seine Augen starrten angestrengt ins Leere.

»Ich denke, ihr Burschen habt jemand an der Leine, den ich suche«, sagte ich.

Endlich schaute er mich an. Sein Gesicht war glatt wie Papier.

»Mr. Robicheaux, es tut mir leid«, sagte er.

»Tut Ihnen leid? Weswegen?«

»Wegen . . . wegen Ihrer Frau. Tut mir aufrichtig leid.«

»Woher wissen Sie von meiner Frau?«

»Es stand im Lokalteil der *Picayune*.«

»Wo ist Victor Romero?«

»Ich kenne diesen Mann nicht.«

»Hören Sie, das ist eine Morduntersuchung. Ich bin Polizist. Führen Sie mich nicht an der Nase herum.«

Die Hand mit der Zigarette sank auf die Schreibunterlage, und er atmete schwer aus. Die Leute an den anderen Schreibtischen hörten jetzt offenbar mit.

»Sie sollten eins verstehen: Ich leiste Außendienst unter illegalen Einwanderern an deren Arbeitsplatz. Ich überprüfe Sozialversicherungskonten. Ich vergewissere mich, daß die Leute eine Arbeitserlaubnis haben. Ich mach' das schon seit sieben Jahren.«

»Ist mir gleich, was Sie machen. Beantworten Sie meine Frage über Victor Romero.«

»Ich kann Ihnen dazu nichts sagen.«

»Achten Sie sorgfältig auf Ihre Worte, Mr. Monroe. Sie bewegen sich hart am Rand der Behinderung von Ermittlungen.«

Seine Finger wanderten hoch zur Stirn. Ich sah, daß seine Unterlippe zitterte.

»Sie müssen mir glauben«, sagte er. »Ich bin sehr erschüttert über das, was Ihnen zugestoßen ist. Ich kann gar nicht zum Ausdruck bringen, was ich empfinde.«

Ich ließ eine Pause eintreten, bevor ich wieder zu spechen ansetzte.

»Wenn jemand tot ist, sind Entschuldigungen soviel wert wie ein kalter Bauer in 'ner Papiertüte«, sagte ich. »Ich glaube, das müssen Sie noch lernen. Vielleicht gehen Sie mal rüber zum Gericht und hören einem der Burschen zu, der auf dem Weg nach Angola ist. Können Sie mir folgen? Denn ich glaube, ihr Jungs habt folgendes gemacht: Ihr habt Johnny Dartez und Victor Romero in die Sanctuary-Bewegung eingeschleust, und dabei sind vier Menschen am Southwest Pass zu Tode gekommen. Ich glaube, eine Bombe hat das Flugzeug zum Absturz gebracht. Ich glaube auch, daß Romero damit zu tun hatte. Außerdem hängt er mit Bubba Rocque zusammen, und vielleicht hat Bubba meine Frau umbringen lassen. Wenn Sie diesen Kerl decken, bringe ich Sie hinter Schloß und Riegel.«

Ich konnte hören, wie er einatmete. Unter dem Deckenlicht glänzte sein Schädel von Öl und Schweiß. Er klapperte mit den Augendeckeln.

»Mir ist ganz gleich, wer das jetzt mit anhört, und Sie können draus machen, was Sie wollen«, sagte er. »Ich bin Karrierebeamter. Ich mache keine Politik und treffe keine Entscheidungen. Ich hindere illegale Einwanderer daran, Amerikanern die Jobs wegzunehmen. Das ist alles, was ich hier mache.«

»Aber man hat Sie zum Mitspieler gemacht. Sie nehmen ihr Geld, Sie nehmen deren Befehle entgegen, und wenn die stürzen, stürzen Sie mit.«

»Ich bin kein wortgewandter Mann. Ich habe versucht, Ihnen mein tiefempfundenes Mitgefühl auszudrücken, aber das wollen Sie ja nicht. Ich mach' Ihnen keinen Vorwurf. Ich bin nur traurig. Mehr habe ich nicht zu sagen, Mr. Robicheaux.«

»Wo finde ich Ihren Vorgesetzten?«
»Er ist nach Washington geflogen.«
Ich schaute auf das Foto seiner Familie auf dem Schreibtisch.
»Der Sarg meiner Frau mußte geschlossen bleiben«, sagte ich. »Denken Sie mal kurz drüber nach. Sagen Sie Ihrem Vorgesetzten außerdem, daß ich diesen Heroinkurier zur Strecke bringe. Wenn es soweit ist, werd' ich ihn ausquetschen. Ich hoffe nur für Sie, daß er keinen Ihrer Namen ausspuckt.«
Als ich aus der Tür ging, war es totenstill im Raum, bis auf das Rattern der Telexmaschine.

Es war Abend, als ich nach Hause kam, und Alafair und die Babysitterin hatten bereits gegessen. Ich war hungrig und zu aufgedreht, um zu schlafen, also machte ich mir etwas gemischten Reis heiß, löste Flußkrebse aus dem Panzer, nahm dazu Roggenbrot, wickelte alles in Aluminiumfolie, packte es mit meinem Army-Eßbesteck in meinen Segeltuchrucksack und ging im flammenden Sonnenuntergang die Straße entlang zu einer Stelle am Bayou, wo mein Vater, mein kleiner Bruder und ich immer nach Miniékugeln gegraben hatten, als ich noch ein Junge war.

Dort war im Jahre 1830 der Herrensitz eines Zuckerrohrpflanzers erbaut worden, doch General Banks' Soldaten hatten 1863 das Obergeschoß mitsamt der Zwischendecke eingeäschert, und die geschwärzten Zypressenbalken waren zwischen die Ziegelmauern gestürzt. Über die Jahre war der Zugangsweg mit Pinienschößlingen und Gebüsch überwachsen. Vandalen hatten auf der Suche nach Goldmünzen die Steinplatten der Kamine zertrümmert und die Grabsteine auf dem Familienfriedhof umgestürzt. Die Gräber selbst ließen sich nur noch an der dunkelgrünen Farbe erkennen und an den Pilzkulturen, die darauf sprossen.

Wunderblumen und wilde Rosenstöcke wuchsen an einem Wasserlauf, der am Rand der Lichtung entlangfloß, vorbei an einer eingefallenen Zisterne nahe einer Seitenwand des Hauses und dem Amboß eines Schmieds, von dem nur ein rostiger Schmierfleck auf dem nassen Boden geblieben war. Die Brise, die vom Bayou her wehte, hatte noch Kraft genug, die Mückenschwärme zurück in die Bäume zu treiben, und ich saß im letzten

Dämmerlicht der rot untergehenden Sonne auf dem Stumpf einer abgestorbenen Zypresse und aß mein Abendbrot. Das kupferfarbene, klare Wasser floß über die Felsen auf dem Grund des Bächleins, und ich konnte kleine Brassen entdecken, die sich unter dem in der Strömung wogenden Moos versteckten. Entlang dieser Uferbänke hatten mein Vater, mein Bruder und ich einen Korb voller Miniékugeln, Blechstücke und Schrapnelle, Kettenglieder und kleingestückelte Hufeisen ausgebuddelt, die von den Kanonen der Union auf die Nachhut der Konföderierten abgefeuert worden waren. Wir benutzten Harken, um die Ranken und feuchten Schichten toter Blätter von den Bachböschungen loszureißen, und oft fielen uns die Miniékugeln aus dem Lehm entgegen wie weiße Zähne. Sie waren am einen Ende konisch, hatten eine Einkerbung und drei geriffelte Ringe am anderen Ende und lagen schwer und glatt auf der Hand.

In unserer Unschuld dachten wir nicht daran, daß sie dazu gemacht waren, die Muskeln von Knochen zu fetzen, sich durch Gewebe und Adergeflecht zu bohren, Kinn und Zunge von einem Gesicht zu reißen. Ich mußte erst ein Neokolonialist werden und übers Meer fahren, um diese einfache Tatsache zu lernen. Ich mußte erst selbst erfahren, was eine explodierende Schrotladung anrichten konnte, abgefeuert von einem Mann, dessen Mission darin bestand, menschliches Elend zu erzeugen und es auf Polaroid zu bannen.

Ich legte mein Eßbesteck beiseite, riß die Blüten von einer lachsfarbenen Rose und sah zu, wie sie im Wasser trieben, mitgerissen wurden, vorbei an kleinen Wirbeln um die Stengel der Wasserfarne, hinaus ins rote Sonnenlicht. Ich hatte über mehr nachzudenken, als mir lieb war. Gewiß, ich war nüchtern; die körperlichen Qualen meines letzten Rückfalls waren verflogen, und die Bestie schien wieder im Käfig zu sein; doch ich mußte mich etlichen Dingen stellen, und aus Erfahrung wußte ich, daß eine solche Langzeitplanung mich wieder in den Suff treiben konnte. Morgen mittag wollte ich zu einer AA-Versammlung gehen und meinen Ausrutscher vor der versammelten Gruppe bekennen, was alles andere als leicht war. Ich hatte nicht nur mich enttäuscht, sondern auch das Vertrauen meiner Freunde mißbraucht.

Ich klopfte mein Eßbesteck an dem Zypressenstumpf ab und legte es zurück in den Rucksack. Mir war, als hörte ich von der Straße her eine Autotür, doch ich achtete kaum darauf. Schatten hatte sich über die Lichtung gelegt, und die Mücken sammelten sich jetzt in Bäumen und Unterholz zu dichten Schwärmen. Ich streifte mir einen Rucksackriemen über die Schulter und marschierte durch die Piniensetzlinge in das letzte rote Glühen der Sonne oberhalb des Hauptwegs.

Durch die Baumstämme nahm ich die dunkle Silhouette eines Mannes wahr, der neben einem hellbraunen, am Weg parkenden Toyota stand. Er stand auf der anderen Seite der Motorhaube und schaute bewegungslos zu mir. Einen Moment lang konnte ich ihn wegen eines überhängenden Eichenasts überhaupt nicht sehen. Dann wurde der Baumbestand dünner, und ich sah ihn plötzlich einen Karabiner an die Schulter reißen, die Lederschlaufe fest um den linken Unterarm geschlungen, sah die Linse eines Zielfernrohrs dunkel aufleuchten, wie den Widerschein eines Kaminfeuers in einem Whiskeyglas, sah, wie er sich behende wie ein Scharfschütze, der nie verfehlt und seinen Treffer genau zwischen Brustbein und Kehle plaziert, mit Brust und Ellbogen auf das flache Autodach stützte.

Ich sprang zur Seite und rollte mich genau in dem Moment durch das Gebüsch ab, als das Gewehr aufbrüllte und eine Kugel Blätter aus den Zweigen riß und splitternd die Rinde einer Pinie traf, so daß es klang, als sei sie von einer Kettensäge angekratzt worden. Ich hörte, wie er durchlud, hörte sogar die leere Patrone vom Autoblech abprallen, doch jetzt rannte ich im Zickzack durch den Wald, Pinienzweige peitschten mir über Gesicht und Brust, und der Teppich abgestorbener Blätter unter meinen Füßen machte explosionsartige Geräusche. Ich hatte die Leinengurte meines Rucksacks inzwischen um mein linkes Handgelenk geschlungen, und als der zweite Schuß losging, durchs Unterholz fetzte und sirrend von der Mauer der Pflanzervilla abprallte, ließ ich mich auf den Bauch fallen, riß die Lasche des Rucksacks aus der Lederverschnürung und legte die Hand um den Knauf meiner 45er Automatik.

Ich glaube, ihm war bewußt, daß jetzt er an der Reihe war. Ich hörte, wie er repetierte, hörte aber gleichzeitig, daß der Gewehrlauf auf Autodach und Windschutzscheibe schlug und wie er am Verschluß rüttelte, als habe sich durch sein überhastetes Nachladen eine Patrone in der Kammer verklemmt. Ich war auf den Beinen, rannte diesmal im stumpfen Winkel zur Straße, so daß ich hinter seinem Wagen aus der Deckung der Bäume kommen mußte. Die Stämme standen hier sehr dicht, und er schoß nur noch auf Verdacht, und seine Kugel landete mit einem Platsch fünf Meter hinter mir im Gehölz.

Ich brach durchs Unterholz und hatte gerade eine lichtere Stelle erreicht, als er sein Gewehr auf den Vordersitz warf und in seinen Wagen sprang. Er war ein kleiner, brünetter Mann in Jeans, Sportschuhen und einem purpurroten T-Shirt, mit schwarzen Haaren, die in Locken herabhingen. Doch ich war vom Laufen so außer Atem, daß ich neben einem Drainagegraben fast ausgerutscht wäre und mir dabei den Lauf der 45er mit nasser Erde verstopfte. Sein Wagen schleuderte, als er die Kupplung kommen ließ, und Wasser spritzte aus einer Schlammpfütze. Ich ließ mich mit ausgestreckten Armen auf die Ellbogen fallen, den Handballen der Linken direkt unter dem Lauf der 45er, und eröffnete das Feuer.

Das Krachen war ohrenbetäubend. Mit dem ersten Schuß riß ich seine Stoßstange ab, stanzte ihm zwei Löcher in den Kofferraum, zielte ein Stück höher und zerschoß dann die Heckscheibe mit solcher Wucht, daß es aussah, als sei sie von einem Baseballschläger zerschmettert worden. Ich erhob mich auf die Knie und feuerte weiter, wobei der Rückstoß meinen Arm ein Stück höher riß. Der Wagen schlitterte in die Kurve, krachte gegen einen Eichenstamm, bevor die Vorderräder wieder griffen, und ich sah, wie meine letzte Kugel sein Rücklicht in ein Gewirr aus Drähten und splitterndem roten Plastik verwandelte. Aber ich traf weder den Benzintank noch einen Reifen, keine Kugel schlug in den Motorblock, und ich hörte noch das Getriebe aufkreischen, bevor er hinter dem Röhricht auf der anderen Seite der Kurve verschwand.

8

Nachdem ich vom Dock aus eine Beschreibung des Schützen und seines Toyota durchgegeben hatte, lief ich zurück zum Weg und machte mich mit der Taschenlampe auf die Suche nach Patronenhülsen, die sein Gewehr ausgeworfen hatte. Zwei mit Kies beladene Laster waren inzwischen über den Weg gedonnert, hatten eine der .30-06-Hülsen ins Erdreich gemahlen und die andere fast unauffindbar in eine schlammige Vertiefung gedrückt, doch ich kratzte beide mit der Ahle meines Schweizer Armeemessers heraus und verstaute sie in einem Plastikbeutel. Sie waren naß, schlammig und zerquetscht von den Reifen der Lastwagen, doch die ausgeworfene Patronenhülse eines Repetiergewehrs liefert zumeist gute Fingerabdrücke, da normalerweise jeder Schütze die Patrone mit dem Daumen ins Magazin schiebt und somit seine Visitenkarte klar und deutlich auf der Messingfläche hinterläßt.

Am folgenden Morgen hörte ich mir ruhig an, was der Sheriff davon hielt, daß ich zwei Tage unerlaubt in New Orleans gewesen war. Sein Gesicht war gerötet, die Krawatte gelockert, und er hatte die Hände auf dem Schreibtisch krampfhaft gefaltet, um seine Wut zu unterdrücken. Ich konnte ihm nicht verargen, daß er so empfand, und daß ich ihm nicht antwortete, frustrierte ihn noch mehr. Schließlich verstummte er, rutschte auf dem Stuhl hin und her sah mich an, als sei keines seiner Worte so gemeint gewesen.

»Vergessen Sie diesen Scheißdreck von wegen Amtsweg. Mir gefällt nur das Gefühl nicht, daß ich benutzt worden bin«, sagte er.

»Ich habe angerufen, bevor ich losfuhr. Sie sind nicht dagewesen«, sagte ich.

»Das reicht nicht.«

Wieder antwortete ich nicht. Die Gewehrpatronen lagen in der Tüte auf seinem Schreibtisch.

»Sagen Sie mir die Wahrheit. Was hätten Sie getan, wenn Sie den Haitianer lebend angetroffen hätten?« fragte er.

»Ihn festgenommen.«

»Ich wollte, ich könnte Ihnen glauben.«

Ich schaute aus dem Fenster auf einen leuchtend grünen Magnolienbaum im dunstigen Morgenlicht.

»Was ich getan habe, tut mir leid. Es wird nicht wieder vorkommen«, sagte ich.

»Falls doch, müssen Sie Ihren Abschied nicht schriftlich einreichen. Dann nehme ich Ihnen persönlich die Dienstmarke ab.«

Ich blickte eine Weile auf den Magnolienbaum und beobachtete eine Hummel, die über eine der weißen Blüten schwebte.

»Wenn wir von diesen Patronenhülsen einen Fingerabdruck bekommen, möchte ich ihn nach New Orleans schicken«, sagte ich.

»Warum?«

»Die Spurensicherung hat das Radio untersucht, das bei dem Haitianer in der Badewanne lag. Vielleicht gibt es eine Verbindung zu unserem Schützen.«

»Wie das?«

»Wer weiß. Ich möchte, daß New Orleans uns eine Kopie von Victor Romeros Strafakte und seinen Fingerabdrücken gibt.«

»Sie glauben, daß er der Schütze gewesen ist?«

»Vielleicht.«

»Was ist das Motiv?«

»Verdammt, wenn ich das wüßte!«

»Dave, glauben Sie nicht, daß Sie hier vielleicht zu viele Sachen miteinander in Verbindung bringen? Ich meine, Sie wollen die Killer Ihrer Frau schnappen. Aber Sie haben nur eine Gruppe Verdächtiger die Sie in die Finger kriegen können. Vielleicht sehen Sie inzwischen Verbindungen, wo keine sind. Wie Sie schon sagten, Sie haben dafür gesorgt, daß eine Menge Leute in Angola sitzen.«

»Wenn einen ein Ex-Knacki erledigen will, möchte er, daß man sein Gesicht sieht und ein paar Erinnerungen mit ihm teilt. Der Kerl, der gestern abend auf mich geschossen hat, hat es für Geld getan. Ich kenne ihn nicht.«

»Nun ja, vielleicht taucht ja das Auto irgendwo auf. Mir ist schleierhaft, wie er es mit all den Löchern drin überhaupt aus unserem Sprengel geschafft hat.«

»Er hat's verschwinden lassen, und jetzt ist es irgendwo im Bayou oder in einer Werkstatt. Das finden wir nie. Jedenfalls nicht in nächster Zeit.«

»Sie sind wirklich ein Optimist, stimmt's?«

Ich verbrachte den ganzen Tag mit den für einen Detective in einem ländlichen Polizeisprengel typischen Routineuntersuchungen. Es machte mir keinen Spaß. Aus irgendeinem Grund – wahrscheinlich, weil er Angst hatte, daß ich wieder davonlief – hatte mir der Sheriff einen uniformierten Deputy namens Cecil Aguillard zugeteilt, einen riesenhaften, geistig etwas unbeweglichen Landburschen. Er war eine Mischung aus Cajun, Neger und Chitimacha-Indianer; seine Haut hatte die Farbe gebrannter Ziegel, und er hatte winzige, türkisgrüne Augen und ein fladenplattes Gesicht, auf dem man eine Zaunlatte hätte zerbrechen können, ohne daß er eine Miene verzog. Er fuhr bei hundert Stundenkilometern mit einer Hand, spuckte Kautabak aus dem Fenster und trat die Pedale mit soviel Wucht, daß er den Gummi vom Metall abgewetzt hatte.

Wir untersuchten eine Messerstecherei in einer Negerbar, unsittliche Handlungen an einem geistig zurückgebliebenen Mädchen durch den Onkel, eine Brandstiftung, bei der ein Mann sein Anglercamp in Feuer gesteckt hatte, weil sich seine betrunkenen Gäste am Morgen nach einem Saufgelage geweigert hatten, sein Grundstück zu verlassen, und am Spätnachmittag kümmerten wir uns um einen bewaffneten Raubüberfall auf ein Lebensmittelgeschäft an der Abbeville Road. Der Besitzer war ein Schwarzer, ein Cousin von Cecil Aguillard, und der Räuber hatte fünfundneunzig Dollar erbeutet, ihn in den Kühlraum gedrängt, ihm mit dem Pistolenknauf eins über dem Auge verpaßt und ihn dann eingesperrt. Als wir ihn befragten, zitterte er immer noch vor Kälte, und sein Auge war zu einem purpurnen Knoten angeschwollen. Er konnte uns nur erzählen, daß der Räuber ein Weißer war, in einem kleinen, braunen Auto mit einem Nummernschild aus einem anderen Bundesstaat vorgefahren, mit einem Hut auf dem Kopf hereinspaziert war und sich dann plötzlich einen Nylonstrumpf übers Gesicht gezogen hatte, so daß nur verschwommen Haut und Haare zu erkennen gewesen seien.

»Noch was. Er hat eine Flasche Apricot Brandy mitgenommen und 'ne Packung Tootsie Roll«, sagte der Neger. »Ich hab' zu ihm gesagt: ›Ah, so'n großer Mann mit 'ner Waffe, und er lutscht Tootsie Roll‹. Darauf hat er mir ins Gesicht gehauen, der. Ich brauch' das Geld für das College meiner Tochter in Lafayette. Billig ist das nich', nein. Ihr beschafft es mir doch wieder?«

Ich schrieb auf mein Klemmbrett, ohne etwas zu erwidern.

»Ihr beschafft's mir doch wieder, nich'?«

»Manchmal schwer zu sagen.«

Natürlich wußte ich es besser. Ich rechnete damit, daß unser Mann längst in Lake Charles oder Baton Rouge war. Aber Zeit und Gelegenheit werden uns allen gewährt, sogar den Strolchen.

Über Funk hörten wir, daß ein Streifenwagen-Deputy einen hellbraunen Chevette, Baujahr 1981, mit einem Nummernschild aus Florida überprüfte. Er hatte den Chevette auf der Straße nach Jeanerette angehalten, weil der Fahrer eine Schnapsflasche gegen ein Straßenschild geschleudert hatte. Ich rief die Frau in der Zentrale an und forderte sie auf, dem Deputy zu sagen, er solle den Fahrer festhalten, bis wir dort seien.

Cecil fuhr die sechzehn Kilometer in weniger als acht Minuten. Der Chevette war auf dem mit Austernschalen aufgeschütteten Partkplatz vor einer heruntergekommenen Tanzdiele geparkt. Es war fünf Uhr nachmittags, die Sonne stand orange über den Regenwolken, die sich im Westen zusammengeballt hatten, und um den Eingang zur Bar standen Tieflader, Zementlaster und Pickups. Ein tiefbrauner Mann in Bluejeans und ohne Hemd lehnte, einen Arm über die offene Tür des Wagens gelegt, an seiner Chevette und spuckte angewidert zwischen den Beinen auf den Boden. Auf seinem Rücken war eine blaue Spinne in einem Netz tätowiert. Das Netz erstreckte sich über beide Schulterblätter.

»Was liegt gegen ihn vor?« fragte ich den Deputy, der ihn für uns festgehalten hatte.

»Eigentlich nichts. Verunreinigung der Straße. Er sagt, er arbeitet auf einer Bohrinsel vor der Küste.«

»Wo hat er die Flasche zertrümmert?«

»Da hinten an diesem Eisenbahnschild.«

»Von jetzt an übernehmen wir. Danke für Ihre Hilfe«, sagte ich.

Der Deputy nickte und fuhr in seinem Wagen davon.

»Durchsuch diesen Kerl von oben bis unten, Cecil. Ich bin in einer Minute zurück«, sagte ich.

Ich ging zu Fuß zurück zu der Stelle, wo die Eisenbahnschienen die Straße kreuzten und wo ein altes LOUISIANA LAW – STOP-Schild neben der Kiesaufschüttung an einem Pfosten am Bahndamm stand. Die Holzbretter waren mit einem dunklen, nassen Fleck verschmiert. Ich sammelte Glasstücke aus dem Kies und dem rußgeschwärzten Unkraut auf, bis ich zwei bernsteinfarbene Stücke fand, die von einem Apricot-Brandy-Etikett zusammengehalten wurden.

Mit den feuchten Glasstücken in der Hemdtasche schlenderte ich zurück zum Parkplatz. Cecil hatte dem Tätowierten befohlen, sich über die Kühlerhaube seines Chevette zu beugen, und stülpte ihm gerade die Taschen nach außen. Der Tätowierte drehte den Kopf zurück, sagte etwas und wollte sich aufrecht hinstellen, als Cecil ihn am Hosengürtel in die Luft hob und zugleich seinen Kopf auf die Motorhaube krachen ließ. Das Gesicht des Mannes wurde kreidebleich. Ein paar harte Jungs von den Ölfeldern, Schutzhelme auf dem Kopf und die Drillichhemden mit Schlamm bespritzt, blieben am Eingang zur Bar stehen und kamen dann langsam auf uns zu.

»Man erwartet, daß wir unsere kostbare Fracht unbeschädigt abliefern, Cecil«, sagte ich.

»Willst du mal wissen, was der zu mir gesagt hat?«

»Beruhige dich. Unser Mann hier wird uns keinen weiteren Ärger machen. Der steht schon bis zu den Kniescheiben im Schweinemist.«

Ich wandte mich den Ölarbeitern zu, die sich offenbar nicht damit anfreunden konnten, daß ein Redbone, ein Mischling, so grob mit einem Weißen umsprang.

»Geschlossene Gesellschaft, meine Herren«, sagte ich. »Lest morgen in der Zeitung drüber. Sorgt aber dafür, daß euer Name nicht schon heute mit in den Bericht kommt. Versteht ihr, worauf ich hinaus will?«

Sie taten so, als starrten sie mir grimmig drohend ins Gesicht, doch ein kühles Bier war für sie wichtiger als eine Nacht im Gefängnis.

Der tätowierte Mann lehnte wieder mit den Armen auf der Kühlerhaube. Auf einer Seite seines Gesichts, wo er auf das Blech geknallt war, waren Schmutzspuren, und in seinen Augen glomm ein böses Licht. Die blonden Haare waren ungeschnitten, strähnig und trocken wie altes Stroh. Das Einwickelpapier von zwei Tootsie Rolls lag zerrissen auf dem Wagenboden.

Ich schaute unter den Sitzen nach. Dort war nichts.

»Würden Sie den Kofferraum für uns aufmachen?« fragte ich.

»Machen Sie ihn doch selber auf«, sagte er.

»Ich habe gefragt, ob *Sie* das tun wollen. Sie müssen ja nicht. Aber es sieht danach aus, als ob Sie um das Gefängnis nicht rumkommen. Was ja nicht heißt, daß Sie in den Knast müssen. Ich hab' mir nur gedacht, daß Sie ein ordentlicher Bursche sein und uns helfen wollen.«

»Weil Sie nämlich keinen Grund dazu haben.«

»Das stimmt schon. Es heißt ja auch nur ›hinreichender‹ Grund. Sind Sie in Raiford gewesen? Mir gefällt das kleine Kunstwerk auf Ihrem Rücken«, sagte ich.

»Sie wollen mein verdammtes Auto durchsuchen? Da geb' ich 'n Scheiß drauf. Hier, sehen Sie selbst nach«, sagte er, zog den Schlüssel von der Zündung, ließ die Kofferraumhaube aufschnappen und nahm die Verkleidung von der Halterung für den Ersatzreifen. Es war nichts drin außer dem Wagenheber und einem Ersatzreifen.

»Leg ihm Handschellen an und steck ihn hinter das Gitter«, wies ich Cecil an.

Cecil riß dem Mann die Hände auf den Rücken, ließ die Handschellen eng über seinen Gelenken zuschnappen und führte ihn zu unserem Streifenwagen, als sei er ein verletzter Vogel. Er sperrte ihn hinter den Maschendraht, der die Rück- und Vordersitze voneinander trennte, und wartete, daß ich mich auf den Beifahrersitz setzte. Als ich das nicht tat, kam er zu dem Chevette zurück, neben dem ich stehengeblieben war.

»Was gibt's denn noch? Er ist doch unser Mann, oder?«

»Ja.«

»Also, buchten wir ihn doch ein.«

»Wir haben da ein Problem, Cecil. Da ist keine Waffe, kein Hut, kein Nylonstrumpf. Und dein Cousin wird nicht in der Lage sein, ihn bei der Parade zu identifizieren.«

»Ich hab' gesehen, wie du das Glas von der Brandyflasche aufgehoben hast. Und ich hab' gesehen, wie du das Papier von den Tootsie Rolls entdeckt hast.«

»Das stimmt schon. Aber der Staatsanwalt wird uns Anweisung geben, ihn laufen zu lassen. Wir haben nicht genügend Beweise, Partner.«

»Ach, du beschissener Arsch. Du besorgst dir jetzt ein Bier, du. Komm in zehn Minuten wieder, und dann sehn wir mal. Dann gibt er dir nämlich den Strumpf. Das glaub mir mal ruhig, du. Ja.«

»Wieviel Geld war in seiner Brieftasche?«

»Zirka hundert.«

»Ich glaube, das läßt sich noch anders machen, Cecil. Bleib mal einen Moment hier.«

Ich ging zurück zu unserem Streifenwagen. Im Innern war es heiß, und der Mann in Handschellen schwitzte heftig. Er war gerade dabei, sich eine Mücke vom Gesicht zu pusten.

»Mein Partner möchte Sie festnehmen«, sagte ich.

»So?«

»Es gibt aber einen Haken. Ich mag Sie nicht. Das heißt, ich hab' keine Lust, Sie zu beschützen.«

»Wovon reden Sie da, Mann?«

»Ich hab' um fünf Uhr Dienstschluß gehabt. Ich besorg' mir jetzt ein Krabbensandwich und ein Dr. Pepper und überlass' es ihm, Sie abzuliefern. Geht Ihnen jetzt vielleicht in groben Umrissen auf, was das heißt?«

Er schüttelte sich das nasse Haar aus den Augen und versuchte, gleichgültig zu wirken, doch er konnte die Angst nur schlecht verbergen.

»Ich habe so ein Gefühl, daß Sie sich irgendwo zwischen hier und dem Gefängnis plötzlich dran erinnern werden, wo die Waffe und der Strumpf abgeblieben sind«, sagte ich. »Aber was soll's. Das ist jetzt eine Sache zwischen Ihnen und ihm. Im übrigen geb' ich auch nicht viel auf Gerüchte.«

»Was? Was reden Sie da für Scheiße über Gerüchte, Mann?«

»Na ja, daß er mal einen Verdächtigen mit in den Wald genommen und ihm mit 'ner Fahrradspeiche ein Auge ausgestochen hat. Aber ich glaub' das nicht.«

Ich sah, wie er schluckte. Der Schweiß troff ihm aus den Haaren.

»He, haben Sie mal ›Der Schatz der Sierra Madre‹ gesehen?« fragte ich. »Da gibt's eine großartige Szene, in der dieser mexikanische Bandit zu Humphrey Bogart sagt: ›Mir gefällt deine Uhr. Ich glaube, du gibst mir jetzt deine Uhr.‹ Vielleicht haben Sie das in der Spätvorstellung in Raiford gesehen?«

»Ich mach' bei diesem Scheißspiel nicht mit, Mann.«

»Na, kommen Sie, es ist doch ganz einfach. Sie tun einfach so, als wären Sie Humphrey Bogart. Sie fahren in Ihrem Auto zurück zu diesem Kramladen und geben dem Besitzer ihre hundert Dollar und diese Gucci-Armbanduhr, die Sie da tragen. Das wird Sie mächtig aufheitern. Ich garantier's Ihnen.«

Die Mücke saß jetzt auf seiner Nasenspitze.

»Ah, da kommt Cecil! Sagen Sie ihm Bescheid, wie Sie sich entschieden haben«, sagte ich.

Das durch die Bäume fallende Licht war weich, als ich an diesem Abend über die Bayoustraße nach Hause fuhr. An manchen Sommertagen wird der Himmel über Südlouisiana regelrecht lavendelfarben, mit Streifen von zartrosa Wolken im Westen, wie auf den Horizont gemalte Flamingoflügel, und an diesem Abend war die Luft süß vom Duft der Wassermelonen und Erdbeeren auf der Ladefläche irgendeines Lasters und der Hydrangeas und dem nachts aufblühenden Jasmin, der den Holzzaun meines Nachbarn umrankte. Draußen auf dem Bayou kerbten die Brassen das Wasser wie Regentropfen.

Bevor ich in meine Zufahrt einbog, kam ich an einem am Straßenrand abgestellten feuerroten MG-Cabrio mit einem platten Reifen vorbei, dann entdeckte ich Bubba Rocques Frau, die mit einer silbernen Thermosflasche neben dem Fuß und einem Plastikbecher zwischen den Fingern auf meiner Vortreppe saß. Sie trug mexikanische Strohsandalen, beige Shorts und eine kurzgeschnittene weiße Bluse mit aufgedruckten blauen und braunen Tropenvögeln, und im Haar hatte sie eine gelbe Hibiskusblüte stecken. Sie lächelte mir entgegen, als ich, die Jacke über die Schultern geworfen, auf sie zukam. Auch diesmal fiel mir der merkwürdige rötliche Schimmer in ihren braunen Augen auf.

»Ich hab' einen Platten. Könnten Sie mich vielleicht zurück zu meiner Tante zur West Main fahren?« fragte sie.

»Sicher. Ich kann Ihnen auch den Reifen wechseln.«

»Im Ersatzreifen ist auch keine Luft.« Sie trank aus ihrem Becher. Ihr Mund war rot und feucht, und sie lächelte mich wieder an.

»Wie kommen Sie denn in diese Gegend, Mrs. Rocque?«

»Sagen Sie Claudette zu mir, Dave. Meine Cousine lebt ganz am Ende der Straße. Ungefähr einmal im Monat fahr' ich rüber nach New Iberia, meine ganze Verwandschaft besuchen.«

»Verstehe.«

»Halt' ich Sie auf?«

»Nein, ich brauch' nur eine Minute.«

Ich forderte sie nicht auf, hereinzukommen. Ich ging hinein, um nach Alafair zu sehen, und sagte der Babysitterin, sie könne ruhig schon Abendessen auftragen, ich würde gleich zurückkommen.

»Helfen Sie einer Dame mal auf die Beine. Ich bin heute abend ein bißchen wacklig«, sagte Claudette Rocque und streckte mir ihre Hand hin. Sie fühlte sich schwer an, als ich sie hochzog. Ihr Atem roch nach Gin und Zigaretten.

»Tut mir leid, das mit Ihrer Frau«, sagte sie.

»Danke.«

»Es ist ganz schrecklich.«

Ich hielt ihr die Tür des Pickup auf, ohne etwas zu erwidern.

Sie setzte sich, den Rücken an die Beifahrertür gedrückt, die Beine leicht auseinander, und ließ den Blick über mein Gesicht wandern.

O Junge, dachte ich. Ich fuhr aus dem Schatten der Pecanobäume auf die Bayoustraße.

»Sie sehen aus, als wär' Ihnen unbehaglich«, sagte sie.

»Ein langer Tag.«

»Haben Sie Angst vor Bubba?«

»An ihn denk' ich überhaupt nicht«, log ich.

»Ich glaube nicht, daß Sie sonderlich viel Angst haben.«

»Ich habe Respekt vor dem, was Ihr Mann so in der Reserve hat. Übrigens, entschuldigen Sie, daß ich Sie nicht reingebeten habe. Das Haus ist ein einziges Chaos.«

»Sie lassen sich nicht so leicht in die Enge treiben, wie?«

»Wie schon gesagt, der Tag ist lang gewesen, Mrs. Rocque.«

Sie spitzte übertrieben die Lippen.

»Und Sie weigern sich beharrlich, eine verheiratete Frau beim Vornamen zu nennen. Was für ein mustergültiger Gesetzeshüter Sie doch sind. Möchten Sie einen Gin Rickey?«

»Nein, danke.«

»Sie kränken mich. Hat jemand Ihnen schlimme Sachen über mich erzählt?«

Ich beobachtete, wie ein Hühnerhabicht mit ausgebreiteten Schwingen in Richtung Bayou flog.

»Hat Ihnen jemand erzählt, daß ich in St. Gabriel gewesen bin?« fragte sie. Dann lächelte sie, streckte die Hand aus und fuhr mir mit dem Fingernagel über die Haut oberhalb des Kragens. »Oder vielleicht hat man Ihnen auch erzählt, daß ich kein hundertprozentiges Mädchen bin?«

Ich spürte, wie ihr Blick über mein Gesicht glitt.

»Ah, jetzt hab' ich den Officer verlegen gemacht. Ich glaube, er ist sogar rot geworden«, sagte sie.

»Wie wär's, wenn Sie mal ein bißchen langsamer machen, Mrs. Rocque?«

»Aber dann trinken Sie einen mit mir?«

»Was meinen Sie: Wie hoch ist die Chance, daß Sie genau vor meiner Zufahrt einen Platten haben?«

Ihre runden Puppenaugen strahlten, als sie mich über den Rand ihres Trinkbechers anschaute.

»Was für ein scharfsinniger Detective«, sagte sie. »Er denkt jetzt ganz angestrengt nach und fragt sich, was diese böse Frau wohl von ihm will.« Sie rieb ihren Rücken an der Autotür und drückte die Schenkel flach auf den Sitz. »Vielleicht ist die Dame an Ihnen interessiert? Sind Sie auch an mir interessiert?«

»Ich würde Bubba nicht an der Nase rumführen wollen, Mrs. Rocque.«

»Ach je, wie direkt.«

»Sie leben mit ihm. Sie wissen, was für ein Mann er ist. Wäre ich in Ihrer Situation, würde ich mir schon überlegen, was ich tue.«

»Sie sind unverschämt, Mr. Robicheaux.«

»Das können Sie auffassen, wie Sie wollen. Ihr Mann ist wie eine Bombe. Verletzen Sie seinen Stolz, stellen Sie ihn gesellschaftlich bloß, und ich glaube, es kommt derselbe Junge zum Vorschein, der seinen verkrüppelten Cousin samt Rollstuhl in einen Bach geschubst hat.«

»Ich will Ihnen mal was sagen, was für Sie vielleicht neu ist«, sagte sie. Ihre Stimme klang nicht mehr träge oder kokett, und der rote Schimmer in ihren Augen schien heller geworden zu sein. »Ich habe drei Jahre an einem Ort zugebracht, wo man von den harten Mädels gewarnt wird, daß man abends besser nicht in den Duschraum kommen sollte, es sei denn, man will unbedingt seine Unschuld verlieren. Bubba hat nie gesessen. Ich glaube, er könnte es auch nicht. Ich glaube, er würde genau drei Tage durchhalten, bis man ihn in die Kiste sperren, Griffe dranschrauben und sie mitten auf ein weit offenes Feld tragen müßte.«

Ich fuhr auf die Zugbrücke zu. Die Reifen donnerten über das Metallgitter. Ich sah, wie der Brückenwärter Claudette Rocque und mich mit verdutzter Miene musterte.

»Dann noch was, worüber Sie nachdenken können, Sir«, sagte sie. »Bubba hat ein paar Schlampen, die er sich in New Orleans hält. Von mir wird erwartet, daß ich sie nicht erwähne. Ich bin nur sein leckeres, herziges Cajun-Mädel, von dem er verlangt, daß es sein Haus sauberhält und seine Trainingsanzüge wäscht. Auf Jungs wie euch bin ich echt scharf. Euer Sackschoner stinkt.«

In der kühler werdenden Abenddämmerung passierte ich eine Reihe verwitterter Negerhütten mit eingesunkenen Veranden, eine Bar mit Barbecue-Garten unter einer ausladenden Eiche und einen alten Lebensmittelladen aus Ziegelsteinen mit einem leuchtenden Reklameschild für Dixie-Bier im Fenster.

»Ich setze Sie am Taxistand ab«, sagte ich. »Haben Sie Geld für ein Taxi?«

»Bubba und ich besitzen Taxis. Ich fahr' mit den Dingern nicht.«

»Nun, der Abend ist schön genug für einen Spaziergang.«

»Sie sind beschissen«, sagte sie.

»Sie haben's nicht anders gewollt.«

»Ja, da haben Sie vielleicht recht. Ich dachte, ich könnte was für Sie tun. Großer Irrtum. Sie sind ein ewiger Versager. Wissen Sie, was man dazu braucht, um ein guter Versager zu sein? Übung.« An der East Main deutete sie mit dem Finger in die Dunkelheit. »Setzten Sie mich an der Bar da vorne ab.«

Dann trank sie ihre Thermosflasche leer und ließ sie achtlos durch das Seitenfenster meines Pickup auf die Straße fallen. Sie polterte über den Betonbelag. Eine Gruppe Männer, die vor der Bar Zigarren rauchten und Dosenbier tranken, drehten sich um und starren in unsere Richtung.

»Ich hatte vor, Ihnen einen Hunderttausend-Dollar-Job pro Jahr anzubieten, wenn Sie Bubbas Fischpackerei in Morgan City leiten«, sagte sie. »Sie können ja auf dem Heimweg zu Ihrem Würmerladen noch mal drüber nachdenken.«

Ich ließ den Pickup vor der Bar ausrollen. Das Neonlicht der Bierreklame tunkte die Fahrerkabine in roten Schein. Die Männer draußen vor dem Bareingang hatten aufgehört zu reden und schauten uns nur an.

»Ah, und außerdem möchte ich nicht, daß Sie hier wegfahren und denken, Sie hätten heute abend alles unter Kontrolle gehabt«, sagte sie, stemmte sich auf die Knie, legte ihren Arm um meinen Hals und küßte mich feucht auf die Wange. »Sie haben grade die beste Nummer ihres Leben verpaßt, Sie Kürbis. Warum versuchen Sie's nicht bei einer Ihrer AA-Versammlungen mit Taschenbillard? Das entspräche ganz Ihrer Persönlichkeit.«

Doch ich war zu müde, als daß es mir wichtig gewesen wäre, ob sie nun gewonnen hatte oder nicht. An diesem Abend türmten sich schwarze Wolken über dem Golf, und Wetterleuchten zuckte über den gewaltigen, düsteren Himmelsdom über mir. Ein Abend für die Bestie, die wieder anfing, rastlos durch ihren Käfig zu schleichen. Fast konnte ich die dicken, ledrigen Pranken hören, die über den Maschendraht scharrten. Ich sah die heißen orangen Augen in der Dunkelheit, roch den Kot und den fauligen Atem nach verrottetem Fleisch.

Ich habe nie eine Erklärung für diese Anwandlungen gehabt, die mich plötzlich überkamen. Ein Psychologe würde es wahrscheinlich Depression nennen. Ein Nihilist würde von philosophischer Innenschau sprechen. Doch wie dem auch sei, mir blühte nichts weiter als die nächste schlaflose Nacht. Batist, Alafair und ich fuhren im Pickup zu dem einzigen Drive-in-Kino in Lafayette, bauten unsere Campingstühle in einer der Zuschauermuscheln auf, aßen Hot Dogs, tranken Limonade und schauten uns ein Doppelprogramm mit zwei Walt-Disney-Filmen an, doch ich konnte mich nicht losmachen von dem Gefühl, meine Seele stiege in einen dunklen Brunnenschacht hinab.

Im Lichtschein von der Leinwand betrachtete ich Alafairs hochgerecktes, unschuldiges Gesicht und mußte dabei an die Opfer von Habgier und grausamer Gewalt und politischem Wahnsinn überall auf der Welt denken. Ich habe nie geglaubt, daß ihr Leiden Zufall ist oder ein notwendiger Bestandteil des menschlichen Daseins – ich glaube, es ist die unmittelbare Folge der Raffgier gewisser Cliquen, eigennützigen Machenschaften von Politikern, die Kriege anzetteln, an denen sie selbst nie teilnehmen, und vielleicht schlimmer noch, der Gleichgültigkeit all jener von uns, die es besser wissen.

Ich habe viele dieser Opfer mit eigenen Augen gesehen, habe gesehen, wie sie aus Dörfern getragen wurden, die wir mit Granatwerfern beschossen hatten, mit Benzin übergossen, nachdem sie von Napalm verbrannt worden waren, aus Erdlöchern am Flußufer geschaufelt, wo man sie lebendig begraben hatte.

Doch so schrecklich meine Erinnerungen an Indochina auch waren, ein Foto, das ich als Kind gesehen hatte, schien wie eine Kapsel den düsteren Traumbezirk, in den ich gestürzt war, einzuschließen. Es war von einem Nazifotografen in Bergen-Belsen aufgenommen worden und zeigte eine jüdische Mutter, die eine Betonrampe entlang zur Gaskammer ging, auf dem Arm ein Baby, an der anderen Hand einen kleinen Jungen und hinter ihr herlaufend ein Mädchen von vielleicht neun Jahren. Das Mädchen trug eine kurze Stoffjacke, genau wie die, die die Kinder in meiner Grundschule getragen hatten. Das Bild war schlecht belichtet, die Gesichter der Familie schattenhaft und verschwommen, doch aus irgendeinem Grund hob sich die weiße Socke des kleinen Mädchens, die auf den Knöchel gerutscht war, klar vor dem dunklen Hintergrund ab, als wäre ein Strahl grauen Lichts darauf gefallen. Das Bild dieser verrutschten Socke auf jenem kalten Gang war für immer haften geblieben. Ich kann nicht sagen, warum. Aber dasselbe empfinde ich, wenn ich Annies Tod noch einmal durchlebe, mich an Alafairs Geschichte über ihr Indianerdorf erinnere, oder wenn jener alte, verschlissene Film aus Vietnam noch einmal vor meinen Augen abläuft. Ich bin dann wie in einen schwarzen Kasten gebannt, der mich nicht loslassen will.

Wenn das Denken aussetzt, rufe ich mir manchmal eine Stelle aus dem Buch der Psalmen in Erinnerung. Ich verfüge über keinerlei theologische Kenntnisse, mein religiöses Empfinden ist angeschlagen, doch jene Zeilen scheinen eine Antwort zu geben, die meine Vernunft nicht bieten kann: daß die Unschuldigen, die stellvertretend für uns leiden, Gesalbte des Herrn sind und von Gott auf besondere Weise geliebt werden – die Votivkerze ihres Lebens hat sie zu Gefangenen des Himmels gemacht.

Die Nacht hindurch regnete es, und am Morgen kam die Sonne weich und rosa durch den Dunst, der über den Bäumen am anderen Ufer des Bayou aufstieg. Ich ging über die Zufahrt zum Hauptweg, holte die Zeitung aus dem Briefkasten und las bei einer Tasse Kaffee auf der Veranda.

Das Telefon klingelte. Ich ging hinein und nahm ab.

»Was fällt Ihnen ein, mit dieser Lesbe in der Gegend rumzufahren?«

»Dunkenstein?« fragte ich.

»Genau. Was haben Sie mit dieser Lesbe zu schaffen?«

»Geht Sie nichts an.«

»Alles, was Sie und Bubba tun, geht uns was an.«

»Woher wissen Sie, daß ich mit Claudette Rocque zusammengewesen bin?«

»Wir haben unsere Methoden.«

»Da war kein Beschatter weit und breit.«

»Vielleicht haben Sie ihn bloß nicht gesehen.«

»Da war kein Beschatter.«

»Und?«

»Haben Sie bei denen das Telefon angezapft?«

Am anderen Ende blieb es stumm.

»Was wollen Sie mir nun mitteilen, Dunkenstein?« fragte ich.

»Daß ich glaube, Sie spinnen.«

»Sie soll das Telefon benutzt haben, bloß um jemand zu erzählen, daß ich sie nach New Iberia gefahren habe?«

»Sie hat's ihrem Mann erzählt. Sie hat ihn aus einer Bar angerufen. Man könnte meine, daß Sie ein besonders blöder Scheißer sind, Robicheaux.«

Ich schaute hinaus auf den Dunst, der über den Pecanobäumen hing. Die Blätter waren dunkel und schwarz vom Tau.

»Vor ein paar Minuten hab' ich noch gemütlich bei einer Tasse Kaffee und der Morgenzeitung gesessen«, sagte ich. »Ich glaube, ich lese jetzt die Zeitung zu Ende und vergesse dieses Gespräch.«

»Ich rufe aus dem kleinen Lebensmittelladen an der Zugbrücke an. Ich bin in ungefähr zehn Minuten vor Ihrer Tür.«

»Ich denke, ich werd's so einrichten, daß ich bis dahin auf dem Weg zur Arbeit bin.«

»Nein, das werden Sie nicht. Ich habe schon auf Ihrer Dienststelle angekündigt, daß Sie sich verspäten. Legen Sie jetzt auf.«

Ein paar Minuten später beobachtete ich, wie er seinen Dienstwagen aus dem Fuhrpark der US-Regierung auf der Zufahrt vor meinem Haus ausrollen ließ. Er schlug die Autotür zu und machte lange Schritte um die Schlammpfützen. Seine Slipper waren blankgeputzt, die Kammgarnhosen messerscharf gebügelt, sein hübsches, helles Gesicht glänzte von einer scharfen Naßrasur. Den polierten braunen Hosengürtel hatte er hoch über die Hüfte gezogen, was ihn noch größer wirken ließ, als er war.

»Haben Sie eine Tasse Kaffee für mich?« sagte er.

»Was wollen Sie von mir, Minos?« Ich hielt ihm die Fliegendrahttür auf, kann mir aber vorstellen, daß meine Miene und mein Tonfall nicht gerade einladend waren.

Er kam herein und schaute auf Alafairs Malbuch auf dem Fußboden.

»Vielleicht will ich gar nichts. Vielleicht will ich Ihnen nur helfen«, sagte er. »Warum versuchen Sie nicht mal, etwas weniger empfindlich zu sein? Jedesmal wenn ich mich mit Ihnen unterhalte, sind Sie wegen irgendwas völlig ausgerastet.«

»Sie sind bei mir zu Hause. Sie sind auf meinem Spielfeld. Hilfe habe ich von Ihnen bisher nicht bekommen. Also lassen Sie den Schmus.«

»Na schön. Sie haben ja recht. Ich habe Ihnen gesagt, wir würden die Angelegenheit in die Hand nehmen. Haben wir nicht. So läuft das eben manchmal. Sie wissen das. Soll ich jetzt nach Luft japsen?«

»Kommen Sie in die Küche. Ich mache mir Studentenfutter mit Erdbeeren. Möchten Sie auch was?«

»Hört sich gut an.«

Ich goß ihm eine Tasse Kaffee und heiße Milch ein. Das Licht im Hinterhof war bläulich.

»Ich habe auf der Beerdigung nicht mit Ihnen gesprochen. Beileidsbezeigungen liegen mir nicht. Aber ich wollte Ihnen sagen, daß es mir leid tut«, sagte er.

»Ich hab' Sie gar nicht gesehen.«

»Ich bin nicht auf den Friedhof gekommen. Ich finde, der ist nur was für die Angehörigen. Ich glaube, Sie sind ein Stehertyp.«

Ich füllte zwei Schüsseln mit Studentenfutter, Erdbeeren und Bananenscheiben und stellte sie auf den Tisch. Er schob einen Löffel voll in den Mund, und Milch tropfte von seinen Lippen. Im Licht der Deckenlampe schimmerte die Kopfhaut unter den kurzgeschnittenen Haaren.

»Das ist genau das Richtige, oder«, sagte er.

»Was ist der Grund, weswegen ich heute zu spät zur Arbeit komme?« Ich setzte mich zu ihm an den Tisch.

»Eine dieser Patronenhülsen, die Sie aufgelesen haben, trug einen wunderschönen Daumenabdruck. Raten Sie mal, wen die Polizei von New Orleans in ihrer Kartei gefunden hat.«

»Sagen Sie's mir, Minos.«

»Victor Romereo schießt auf Sie, Partner. Ich bin überrascht, daß er Sie nicht erwischt hat. Er ist in Vietnam Scharfschütze gewesen. Ich hab' gehört, daß Sie sein Auto total zusammengeschossen haben.«

»Woher wissen Sie, daß New Orleans seinen Abdruck gefunden hat? Ich hab' noch nichts drüber erfahren.«

»Wir haben ihn uns schon lange vor Ihnen reserviert. Die Städter kontaktieren uns jedesmal, wenn sein Name auftaucht.«

»Ich möchte, daß Sie mir ohne jedes Drumherumgerede eins ganz offen sagen: Glauben Sie, daß die Regierung bei dieser Sache die Hand im Spiel haben könnte?«

»Bleiben Sie auf dem Teppich.«

»Soll ich's noch mal sagen?«

»Sie sind ein guter Cop. Fallen Sie nicht auf diese Verschwörungsphantasien rein. Das ist nicht Ihr Stil«, sagte er.

»Ich bin zur Einwanderungsbehörde in New Orleans gegangen. Dieser Monroe plagt sich offenbar mit ganz persönlichen Schuldgefühlen.«

»Was hat er Ihnen erzählt?« Seine Augen schauten mich mit neu erwachtem Interesse an.

»Er ist einer von den Typen, die ein reines Gewissen brauchen. Ich hab's ihm nicht gegeben.«

»Das heißt, Sie glauben wirklich, daß jemand von der Regierung Sie umlegen lassen will?«

»Ich weiß nicht. Aber ganz gleich, von welcher Seite man stochert, es ist Scheiße, was bei denen zum Himmel stinkt.«

»Aber sehen Sie mal, die Regierung legt doch nicht ihre eigenen Bürger um. Sie verirren sich da in lauter Sackgassen. Das führt zu nichts.«

»So? Dann versuchen Sie's damit: Was sind das wohl für Amerikaner, die die Regierung da unten in Mittelamerika einsetzt? Pfadfinder? Burschen wie Sie?«

»Das ist nicht hier bei uns.«

»Victor Romereo ist ganz sicher hier.«

Er holte tief Luft.

»Na schön. Vielleicht können wir ihnen das anhängen«, sagte er.

»Wann haben Sie zum letzenmal davon gehört, daß Bundesbeamte sich gegenseitig die Augen aushacken und zur Strecke bringen? Minos, Sie sind mir ein Witzbold. Essen Sie Ihr Müsli auf.«

»Immer smart, immer verbindlich. Der PR-Mann wie aus dem Bilderbuch«, sagte er.

An diesem Nachmittag brannte die Sonne aufs Straßenpflaster, als Cecil Aguillard und ich unseren Streifenwagen vor dem Billardsalon an der Main Street in New Iberia parkten. Ein paar Collegeboys aus Lafayette hatten den Gummiautomaten von der Wand der Herrentoilette gerissen und ihn durch die Hintertür weggeschafft.

»Ham die in Lafayette nicht ihre eigenen Gummis? Warum müssen die meine stehlen?« sagte Tee Neg, der Besitzer. Er stand hinter der Bar und deutete mit seiner Hand, an der drei Finger fehlten, auf mich. Die Ventilatoren mit den Rotorblättern aus Holz drehten sich über unseren Köpfen, und von der Küche her wehte der Geruch von *boudin* und Gumboschoten. Ein paar alte Männer tranken Bier vom Hahn und spielten hinten auf den filzbespannten Tischen Bourrée. »Bringt man denen so was auf dem College bei? Was soll ich machen, wenn ein Mann wegen sein' Gummi hier reinkommt?«

»Sag ihm, er soll's mal mit Keuschheit probieren«, riet ich ihm.

Tee Negs Mund wurde rund vor Überraschung und Gekränktheit.

»Ne, über so was red' ich doch nicht, nein. Was ist los mit dir, daß du so was zu Tee Neg sagst? Ich glaub', du bist verrückt geworden, Dave.«

Ich trat aus der Kühle des Billardsalons in den heißen Sonnenschein, um Cecil suchen zu gehen, der sich aufgemacht hatte, um sich eine Beschreibung des Autos der Collegeboys geben zu lassen. Genau in diesem Augenblick scherte ein cremefarbenes Oldsmobile mit getönten Fenstern aus dem Verkehrsstrom. Der Fahrer unternahm gar nicht erst den Versuch einzuparken; er hielt mit seinem Wagen einfach im spitzen Winkel zum Bürgersteig, brachte die Schaltung in Parkstellung, stieß die Tür auf und sprang bei laufendem Motor auf die Straße. Seine kurzen Haare waren mit Pomade hochgebürstet, die Haut gebräunt wie die eines Mulatten. Er trug teure lange Cowboyhosen, Halbschuhe mit Schnallen und ein rosa Polohemd, doch seine schmalen Hüften, die breiten Schultern und der wie ein Eisenpanzer flacher Bauch ließen seine Klamotten aussehen, wie überflüssiger Kinderkram. Die weit auseinanderstehenden graublauen Augen waren rund, starr und ohne Regung, doch seine Gesichtshaut war so straff angespannt, daß sich unterhalb der Schläfen Netze aus feinen Fältchen gebildet hatten.

»Was ist denn passiert, Bubba?« fragte ich.

Seine Faust schoß von der Seite hoch, erwischte mich voll am Kinn und ließ mich zurück durch die offene Tür des Billardsalons taumeln. Mein Klemmbrett fiel klappernd zu Boden. Ich versuchte mich an der Wand abzustützen, und dann sah ich ihn aus dem grellen Geviert des Sonnenlichts fäusteschwingend auf mich zukommen. Ich mußte seitlich am Kopf zwei Schläge einstecken, duckte ab, konnte sein Gesichtswasser und den Schweiß riechen und hörte, wie er den Atem zischend zwischen den Zähnen ausstieß, als er mich mit einem Schwinger verfehlte. Ich hatte ganz vergessen, wie hart Bubba zuschlagen konnte. Er hob sich bei jedem Schlag auf die Fußballen, wobei die muskulösen Schenkel und Hinterbacken sich unter der langen Hose wie Stahlbänder abzeichneten. Er ging nie in Verteidigungsstellung; stets griff er an, zielte mit unbändiger Energie auf Augen und Nase, so daß man sofort wußte: Wenn du erst einmal angeschlagen bist, wird er nicht mehr aufhören, bis er dein Gesicht zu Hackfleisch verarbeitet hat.

Doch ich hatte ihm gegenüber noch immer den Vorteil der größeren Reichweite, und ich versetzte ihm mit meiner Linken eine gestochene Gerade aufs Auge, sah, wie sein Kopf von der Wucht des Schlages wie bei einem Peitschenschlag zurückschnellte, und dann erwischte ich ihn mit einem rechten Cross genau am Kiefer. Er torkelte zurück und stieß dabei den Spucknapf aus Messing um, der, eine nasse Spur hinterlassend, über den Boden rollte. Um sein rechtes Auge war ein roter Kreis, und auf seiner Wange konnte ich den Abdruck meiner Knöchel sehen. Er spuckte auf den Fußboden und zog seine Hose mit dem Daumen bis zum Nabel hoch.

»Wenn das dein bester Schuß war, klebst du gleich mit dem Arsch am Boden«, sagte er.

Plötzlich kam Cecil durch die Eingangstür gestürzt, die Backen voller Kautabak, Schlagstock und Handschellen an seinem Pistolengürtel klappernd, hob Bubba von hinten hoch, hielt mit der anderen Hand seine Arme in einem Klammergriff und schleuderte ihn kopfüber auf einen Bourréetisch und in eine Gruppe von Stühlen.

Die langen Hosen fleckig vom Tabaksaft, rappelte Bubba sich auf die Beine, und ich sah, wie Cecil seinen Schlagstock aus dem Plastikring hakte und den Griff fest umspannte.

»Du läßt diesen Karamellarsch auf mich los, Dave?« sagte Bubba.

»Was hältst du davon, wenn ich dir dein Gesicht einschlage?« sagte Cecil.

»Du hast mit Claudette rumpoussiert. Lüg mich nicht an, verstehst du, du Hundesohn. Leg Bonzo an die Kette, und ich blas' dir das Licht aus.«

»Du bist doch ein saublöder Kerl, Bubba.«

»Nein, richtig. Ich bin nicht aufs College gegangen wie du. Bringen wir das jetzt zu Ende oder nicht?«

»Du bist verhaftet. Dreh dich um und leg die Hände auf den Tisch.«

»Leck mich! Ich jag' dir deine Deputy-Marke in den Arsch.«

Cecil wollte wieder auf ihn losgehen, doch ich hielt ihn zurück. Ich packte Bubbas Arm, der sich unter meinem Griff hart wie ein Zedernpfahl anfühlte, und schob ihn mit einem Ruck auf den Tisch zu.

Vergebliche Liebesmüh.

Sein Oberkörper schnellte zu mir herum wie von einer überspannten Feder angetrieben. Seine Faust tauchte vor meinem Gesicht auf wie ein riesiger Ballon. Seine Augen schielten fast von der Anstrengung, die er in den Schlag legte. Doch er war aus dem Gleichgewicht, und ich duckte seitlich ab, spürte, wie sein Handknöchel die Haut über meinen Ohren schürfte, und rammte ihm dann die rechte Faust so hart ich konnte in den Mund. Speichel flockte von seinen Lippen, er riß die Augen weit auf, die Nasenflügel wurden weiß vor Schmerz und Schock. Ich erwischte ihn noch einmal mit der Linken über dem Auge, durchbrach seine Deckung in der Rippengegend genau unter dem Herzen. Er knickte vornüber, fiel gegen die Bar und mußte sich an der Mahagonikante festhalten, um nicht zu Boden zu gehen.

Ich war außer Atem, und mein Gesicht fühlte sich da, wo er mich getroffen hatte, taub und geschwollen an. Ich löste die Handschellen hinten von meinem Gürtel. Eine ließ ich über Bubbas Gelenk einschnappen, dann zog ich ihm den anderen Arm auf den Rücken und ließ auch die zweite einrasten. Ich setzte ihn in einen Stuhl. Er ließ den Kopf vornüber fallen und spuckte mit Blutfäden durchsetzten Speichel zwischen seine Knie.

»Willst du in ein Krankenhaus gebracht werden?« fragte ich.

Er grinste. In seinen Augen glomm ein verrücktes Licht. Auf den Zähnen hatte er einen roten Schmierfleck wie von Lippenstift.

»*Brasse ma chu,* Dave«, sagte er.

»Pinkelst du mir deswegen ans Bein, weil du einen Kampf verloren hast?« sagte ich. »Eigentlich hast du doch mehr Klasse, Bubba. Willst du nun ins Krankenhaus oder nicht?«

»He, Tee Neg«, sagte er zu dem Besitzer. »Gib allen eine Runde aus. Schreib's auf meinen Zettel.«

»Du hast bei mir keinen Zettel«, sagte Tee Neg. »Du bekommst auch keinen, nein.«

Cecil führte Bubba nach draußen zum Wagen und schloß ihn hinter der Trennwand aus Maschendraht ein. Grüne Klümpchen Sägemehl vom Fußboden des Billardsalons hatten sich mit der Haarpomade verklebt. Durch das Wagenfenster sah er aus wie ein Tier im Käfig. Cecil ließ den Motor an.

»Fahr mal kurz in den Park rüber«, sagte ich.

»Warum?« fragte Cecil zurück.

»Wir haben's nicht eilig. Es ist ein schöner Tag. Holen wir uns ein Pfefferminzeis.«

Wir überquerten die Zugbrücke über den Bayou Teche. Das Wasser war braun und stand hoch, Libellenflügel flimmerten in der Sonne über den Blüten der Seerosen, und dicht am Ufer konnte ich im Schatten der Zypressen die gepanzerten Rücken von Hornhechten sehen. Wir fuhren durch eichengesäumte Straßen in den Park, vorbei am Badeteich, und hielten an der Zuschauertribüne des Baseballfeldes. Ich reichte Cecil zwei Dollarscheine.

»Wie ist es, holst du uns drei Tüten?« fragte ich.

»Dave, der Mann gehört in den Knast. Der soll kein Eis im Park lutschen, der«, sagte er.

»Es ist was Persönliches zwischen mir und Bubba, Cecil. Ich möchte dich bitten, das zu respektieren.«

»Er ist ein Zuhälter. Der verdient keine Schonung.«

»Vielleicht nicht, Partner. Aber es ist mein Hals.« Ich zwinkerte ihm zu und grinste.

Im gefiel das zwar gar nicht, doch er schlenderte durch die Bäume auf den Erfrischungsstand am Badeteich zu. Ich beobachtete Kinder, die vom Sprungbrett in das kalte Wasser hüpften.

»Glaubst du wirklich, daß ich mich mit deiner Frau rumtreibe?« fragte ich Bubba durch den Maschendraht.

»Wie würdest du das nennen?«

»Laß mal den Scheiß beiseite und antworte mir ganz offen.«

»Sie weiß sehr gut, wie sie einen Kerl zu packen kriegt.«

»Du redest von deiner Frau.«

»Na und? Sie ist auch nur ein Mensch.«

»Merkst du nicht, wenn du geleimt wirst? Man hält dich doch für einen von den ganz Schlauen.«

»Aber gib's zu, du hast dran gedacht, als sie in deinem Pickup gewesen ist«, sagte er und lächelte. Seine Zähne waren noch rosa vom Blut. Die Handschellen hielten seine Arme auf dem Rükken, und seine gestraffte Brust sah rund und hart aus wie ein kleines Faß. »Manchmal macht's ihr Spaß, vorzuzeigen, was sie hat. Das machen alle so. Das heißt nocht nicht, daß du gleich deinen Schlitz aufreißt. He, und jetzt mal ehrlich. Mit dem ersten Knaller hab' ich dir die Birne gründlich durchgeschüttelt, wie?«

»Ich will dir mal was sagen, Bubba. Ich möchte nicht, daß du das in den falschen Hals bekommst: Geh mal zu einem Psychiater. Du bist ein reicher Mann, du kannst dir das leisten. Du wirst dann andere Leute besser verstehen, du lernst was über dich.«

»Ich wette, ich bezahl' meinem Gärtner mehr, als du verdienst. Was schließt du daraus?«

»Du hörst nicht richtig zu. Hast du noch nie gekonnt. Deshalb wirst du eines Tages ganz schwer auf die Nase fallen.«

Ich stieg aus dem Wagen und öffnete seine Tür.

»Was machst du da?« fragte er.

»Steig aus.«

Ich schob ihm eine Hand unter den Arm und half ihm vom Sitz. »Dreh dich um«, sagte ich.

»Was wird hier gespielt?«

»Kein Spiel. Ich lass' dich laufen.«

Ich schloß seine Handschellen auf. Er rieb sich die Handgelenke. Im Schatten starrten mich die Pupillen seiner graublauen Augen an wie glühende Scheite.

»Ich gehe davon aus, daß das, was bei Tee Neg passiert ist, eine persönliche Sache zwischen uns gewesen ist. Also lass' ich dich diesmal gehen. Falls du noch mal über mich herfällst, wanderst du in den Bau.«

»Hört sich an wie ein Dick-Tracy-Spruch.«

»Ich weiß auch nicht, warum, aber ich habe das starke Gefühl, daß du ein Mann ohne Zukunft bist.«

»Ja?«

»Die fressen dich bei lebendigem Leib.«

»Wer sind die denn, diese ›die‹, von denen du sprichst?«

»Die Dagos, solche wie wir, deine eigene Sippschaft. Eines Tages wird es passieren, wenn du es am wenigsten erwartest. Das wird sich ähnlich abspielen wie damals, als Eddie Keats eine deiner Nutten in Brand gesteckt hat. Sie dachte wahrscheinlich gerade an einen Urlaub auf den Inseln, als er mit einem Lächeln im Gesicht an ihre Tür geklopft hat.«

»Mit diesem hirnrissigen Scheiß sind mir die Cops früher auch schon gekommen. So was stammt immer von denselben Typen. Die haben keinen Fall, keine Beweise, keine Zeugen. Sie machen einen Höllentanz, bei dem es jeder mit der Angst zu tun kriegen soll. Aber weißt du, was ihr eigentliches Problem ist? Sie tragen Anzüge von J. C. Higgins. Sie fahren Scheißkarren, sie wohnen in kleinen Flohkisten beim Flughafen. Dann sehen sie einen Kerl, der alles das hat, was sie haben wollen und nicht können, weil die meisten von denen so blöd sind, daß ihnen noch ein nasser Traum danebengeht, also werden sie auf diesen Kerl so richtig scharf und reden einen Haufen Mist, von wegen, daß jemand dem mal das Handwerk legen muß. Also sag' ich dir dasselbe, was ich diesen anderen Typen auch sage: ›Wenn's soweit ist, bin ich dabei. Trink mein Bier und piß auf mein Grab.‹«

Er holte einen Kaugummistreifen aus der Tasche, zog die Hülle ab, ließ sie auf den Boden fallen und schob sich den Kaugummi in den Mund, wobei er mir unverwandt in die Augen starrte.

»Bist du jetzt mit mir fertig?« fragte er.

»Ja.«

»Übrigens, ich hab' mich gestern nacht besoffen. Also, kein Grund für dich, dir gleich 'n Siegerpokal zu kaufen.«

»Ich führe schon seit langem kein Kampfbuch mehr. Das macht das reife Alter.«

»Ja? Das sag dir mal immer wieder, wenn du das nächstemal deinen Bankauszug siehst. Ich bin dir was schuldig, weil du mich hast laufenlassen. Kauf dir was Hübsches und schick mir die Rechnung. Bis bald dann. Wir sehn uns.«

»Du darfst meine kleine Geste nicht mißverstehen: Falls ich herausfinden sollte, daß du mit dem Tod meiner Frau zu tun hast, dann helfe dir Gott, Bubba.«

Er kaute auf seinem Gummi, blickte hinaus auf den Badeteich, als überlege er sich eine Antwort, doch statt dessen schlenderte er unter den Eichen davon, wobei die Sohlen seiner Halbschuhe auf den trockenen, toten Blättern ein lautes, raschelndes Geräusch machten. Dann blieb er stehen und wandte sich noch einmal um.

»He, Dave! Wenn ich mit jemand ein Problem regeln muß, dann bekommt derjenige *dieses* Gesicht zu sehen. Darüber denk' mal nach.«

Er ging ein paar Schritte, drehte sich dann wieder um, sein Stachelhaar und das gebräunte Gesicht gesprenkelt von Sonne und Schatten.

»He, erinnerst du dich noch, als wir hier Ball gespielt und uns gegenseitig zugeschrien haben: ›Ich laß dein Traumsäckchen baumeln‹?«, sagte er grinsend und umspannte durch den Hosenstoff hindurch sein Glied. »Das waren noch Tage, Partner!«

Ich kaufte einen kleinen Beutel mit zerstoßenem Eis, nahm ihn mit zurück ins Büro und ließ es in einem sauberen Plastikeimer schmelzen. Alle fünfzehn Minuten tauchte ich ein Handtuch in das kalte Wasser, drückte es mir ans Gesicht und zählte jedesmal bis sechzig. Es war nicht die angenehmste Art, einen Nachmittag zu verbringen, aber so kam ich wenigstens darum herum, am nächsten Morgen mit einem Gesicht wie eine schiefe Pflaume aufzuwachen.

Dann, kurz vor Dienstschluß, setzte ich mich an den Schreibtisch in meinem kleinen Büro, während die Nachmittagssonne auf die Zuckerrohrfelder jenseits der Straße niederbrannte, und sah mir noch einmal die Akte an, die uns die Polizei von New Orleans über Victor Romero geschickt hatte. Auf den erkennungsdienstlichen Fotos hingen ihm die schwarzen Locken über die ganze Breite der Stirn und die Ohren. Wie bei allen Polizeifotos waren die Schwarzweißkontraste stark ausgeprägt. Sein Haar glänzte wie geölt, seine Haut hatte die Farbe von Knochen, die unrasierten Wangen und das Kinn wirkten wie rußgeschwärzt.

Seine kriminelle Karriere war nicht gerade bemerkenswert. Vier Festnahmen wegen kleinerer Vergehen, eine wegen Begünstigung von Prostitution; wegen Besitzes von Einbruchswerkzeug hatte er einhundertacht Tage im Bezirksgefängnis abgesessen; außerordentlich hohe Bußgelder wegen Nichterscheinens vor Gericht. Aber entgegen der gängigen Meinung verrät ein Strafregisterauszug oft wenig über einen Verdächtigen. Er listet lediglich jene Verbrechen auf, deretwegen er angeklagt worden ist, nicht aber jene anderen hundert, die er vielleicht begangen hat. Ebensowenig bietet er eine Erklärung dafür, was im Kopf eines Mannes wie Victor Romero vorgehen mag.

Seine Augen waren auf den Fotos ohne jeden Ausdruck. Ebensogut hätte er gerade auf den Bus warten können, als die Kameraverschlüsse klickten. War das der Mann, der Annie mit einem Schrotgewehr ermordet hatte, der eiskalt eine gezielte Ladung Schrot auf sie abgefeuert hatte, während sie schrie und versucht hatte, ihr Gesicht mit den Armen zu schützen? War er aus denselben Knorpeln, Sehnen und Knochen gemacht wie ich? Oder war sein Gehirn heiß aus einem Brennofen gekommen? Waren die Teile, aus denen er bestand, in einem stiebenden Funkenregen auf dem Amboß eines Teufels zusammengehämmert worden?

Am folgenden Morgen kam der Anruf vom Sheriffbüro des St. Martin Parish. Ein Schwarzer, der in seinem Einbaum am Henderson-See angeln gewesen war, hatte ins Wasser geschaut und ein versunkenes Auto entdeckt. Ein Polizeitaucher war gerade unten und untersuchte es. Bei dem Automobil handelte es sich um einen hellbraunen Toyota, und der Fahrer saß noch drin. Der Gerichtsarzt des Bezirks und ein Bergungsfahrzeug waren auf dem Weg von St. Martinville dorthin.

Ich rief Minos bei der DEA in Lafayette an und forderte ihn auf, sich an der Fundstelle mit mir zu treffen.

»Ich bin beeindruckt«, sagte er. »Das ist professionell, das ist Zusammenarbeit. Wer behauptet denn, daß ihr Burschen Dorfdeppen seid?«

»Halten Sie die Luft an, Minos.«

Zwanzig Minuten später waren Cecil und ich an dem See, eigentlich ein Ausläufer des Atchafalaya-Sumpfes. Es war bereits heiß, die Sonne glitzerte auf der rießigen Wasseroberfläche, und die Weideninseln wirkten still und grün in der Hitze. Angler versuchten spät am Morgen noch ihr Glück bei Schnäppern und Barschen, standen zwischen den Stützpfeilern der Ölbohrplattformen, in den zahlreichen Buchten oder im Schatten der langgestreckten Betondammstraße, die sich durch die ganze Marsch dehnte. Hühnerhabichte segelten hoch im Aufwind und zeichneten ihre Konturen in den weißlichen Himmel. Ich roch den toten Fisch zwischen den Seerosen und Rohrkolben, die an den Ufern wuchsen. Weiter draußen ragten die schwarzen Körper von Mokassinschlangen wie reglose Zweige aus dem Wasser.

Der Boden war naß gewesen, als der Wagen über die Böschung gekippt war. Die Reifenspuren verliefen schräg durch das Gras und die Butterblumen, schnitten tief durch ein Schlammloch und verschwanden im Schlick an einer Stelle, an der die Böschung steil abfiel. Der Fahrer des Abschleppwagens, ein schwitzender Mann in Levi's mit einer Brust wie ein Faß und ohne Hemd, löste Haken und Seil von seinem Laster und gab sie an den Polizeitaucher weiter, der mit angelegter Maske und Schnorchel in einem hellgelben Schwimmanzug an einer seichten Stelle im Wasser stand. Unter einem Streifen Sonnenlicht auf dem Wasser konnte ich undeutlich die Umrisse des Toyota sehen.

Minos parkte seinen Wagen und kam gerade zum Ufer herunter, als der Abschleppwagenfahrer die Motorwinde einschaltete und das Kabel sich straff um das Chassis des Toyota spannte.

»Was, meinen Sie, ist passiert?« fragte Minos.

»Da bin ich überfragt.«

»Glauben Sie, daß Sie ihm doch eine verpaßt haben?«

»Wer weiß. Aber selbst wenn, warum sollte er hier rausfahren?«

»Vielleicht hat er sich auf den Weg gemacht, um zu sterben. Sogar ein Stück Scheiße wie dieser Typ weiß wahrscheinlich, daß das was ist, was man ganz allein tun muß.«

Ihm entging nicht, daß ich ihn von der Seite anschaute. Er kaute auf einem Nietnagel herum, spuckte ein Stück Haut aus und schaute auf das Bergungskabel, das auf der Wasseroberfläche vor Spannung zitterte.

»Entschuldigung«, sagte er.

Eine gelbe Sandwolke stieg vom Grund auf, und plötzlich barst das Heck des Toyota durch ein Gewirr von Seerosenblättern und entwurzeltem Rohrkolbenschilf in die helle Sonne. Der Abschleppwagenfahrer zog das Auto mühelos über den Uferrand, und es setzte schaukelnd auf dem Boden auf. Das zerschmetterte Rückfenster klaffte wie ein rissiger Mund. Zwei Deputies des Sheriffs vom St. Martin Parish zogen die Türen auf, und eine Wasserflut, durchsetzt mit Schlick, Moos, vergilbten Pflanzen und Aalen, ergoß sich auf den Boden. Die Aale waren lang und fett, mit glänzenden Silberschuppen und roten Kiemen, und sie wanden sich und zappelten zwischen den Butterblumen wie Knäuel von Schlangen. Der Mann auf dem Vordersitz war zur Seite gekippt, so daß sein Kopf jetzt aus der Fahrertür hing. Um den Kopf hatten sich tote Ranken gewickelt. Er war überzogen von Schlamm, und überall hatten sich Blutegel festgesaugt. Minos versuchte, mir über die Schulter zu sehen, als ich auf den toten Mann hinunterstarrte.

»Himmel, das halbe Gesicht ist weggefressen«, sagte er.

»Ja.«

»Na ja, vielleicht hat Victor den Wunsch gehabt, ein Teil der Landschaft zu werden.«

»Der da ist nicht Victor Romero«, sagte ich. »Das ist Eddie Keats.«

9

Ein Deputy wollte ihn zunächst am Handgelenk aufs Gras ziehen, wischte sich dann die Finger an der Hose ab und holte sich einen Bogen Zeitungspapier, der im Schilf herumlag. Er wickelte ihn um Keats' Arm und zerrte ihn aus dem Wagen. Wasser schwappte aus Keats' wildledernen Cowboystiefeln, und das offene Hemd rutschte bis zur Brust hoch. Auf der rechten Seite des Brustkorbes befand sich ein etwa daumengroßes gezacktes Loch mit schwarzen Schmauchspuren auf der Haut rundum; die Austrittswunde lag unter der linken Achselhöhle. Der Deputy stupste Keats' Arm mit dem Fuß ein Stück höher, damit man die Wunde besser erkennen konnte.

»Sieht aus, als hätt' da jemand mit dem Löffel drin rumgekratzt, stimmt's?« sagte er.

Der Gerichtsmediziner winkte den beiden Sanitätern, die am Heck eines oben an der Uferböschung geparkten Notarztwagens standen. Sie zogen die Trage aus dem Auto und schleppten sie die Böschung herunter. Unter einem der Leinengurte befand sich ein zusammengefalteter schwarzer Leichensack.

»Wie lange hat er im Wasser gelegen?« fragte ich den Gerichtsmediziner.

»Zwei bis drei Tage«, sagte er. Er war ein großer, fetter Mann mit Glatze, in dessen Hemdtasche etliche Zigarren steckten. Sein Hintern sah aus wie zwei Wassermelonen. Er blinzelte in die grelle Spiegelung der Sonne auf dem Wasser. »Bei diesem Wetter werden sie weiß und ziemlich schnell reif. Matschig ist er noch nicht, aber auf dem besten Weg. Kennen Sie den da?«

»Ein ziemlich kleiner Ausputzer«, sagte ich.

»Ein was?«

»Ein Mietkiller. Einer von der billigen Sorte«, erklärte Minos.

»Na ja, irgendwer hat ihn jedenfalls gründlich eingemacht«, sagte der Gerichtsarzt.

»Mit welcher Waffe vermutlich?« fragte Minos.

»Da kann man nur raten, weil keine Kugel da ist. Vielleicht ein paar Splitter, aber die helfen auch nicht viel. Ich würde mal annehmen, daß ein Gewehr in Frage kommt. Das Mündungsfeuer hat die Haut verbrannt, also ist ihm die Waffe auf den Leib gedrückt worden. Der Winkel weist aber nach oben, was heißt, daß der Schütze das Gewehr tief halten und den Schaft nach unten hätte drücken müssen, bevor er gefeuert hat, was wenig Sinn macht. Deswegen würde ich sagen, daß er mit einer Pistole umgelegt worden ist. Mit einer großen, möglicherweise einer 44er Magnum. Oder einer 45er, die mit Dumdum- oder Hohlspitzgeschossen geladen war. Der muß gemeint haben, jemand schiebt ihm 'ne Handgranate in den Hals. Ihr seht ja alle so verdattert aus.«

»Das können Sie laut sagen«, meinte Minos.

»Was ist denn los?« fragte der Gerichtsmediziner.

»Der im Wagen ist der falsche Kerl«, sagte ich.

»In meinen Augen ist's der richtige Mann. Seien Sie doch dankbar«, sagte der Gerichtsmediziner. »Wollen Sie seine Taschen durchsuchen, bevor wir ihn eintüten?«

»Ich bin später drüben in St. Martinville«, sagte ich. »Ich hätte dann gern eine Kopie des Autopsieberichts.«

»Mann, kommen Sie doch mit und schauen Sie zu. Den nehm' ich in zehn Minuten auseinander.« Seine Augen strahlten, und die Mundwinkel verzogen sich zu einem Lächeln. »Nur mit der Ruhe. Manchmal macht's mir Spaß, wenn ich euch Jungs mal ein bißchen aufziehen kann. Heute abend liegt jedenfalls eine Kopie für Sie da.«

Die Sanitäter zogen den Reißverschluß des Leichensacks auf und hoben Eddie Keats hinein. Ein Aal rutschte aus dem Hosenbein und wand sich ins Unkraut, als habe er das Rückgrat gebrochen.

Ein paar Minuten später sahen Minos und ich den Notarztwagen, das Auto des Gerichtsmediziners und die zwei Streifenwagen des Sheriffs von St. Martin auf dem Uferweg verschwinden. Der Abschleppwagenfahrer hatte Schwierigkeiten mit seiner Winde, und er und Cecil versuchten, sie wieder flottzumachen. Ein heißer Wind wehte über die Marsch, kräuselte das Wasser und drückte die Butterblumen zu unseren Füßen nieder. Ich konnte die Blaufische riechen, die sich im Schatten der Weiden an den Mücken gütlich taten.

Minos ging zum Toyota und rieb mit dem Daumen über eins der Löcher im Kofferraum, die meine 45er hinterlassen hatte. Das Loch war glatt und an den Rändern silbrig, als sei es von einer Maschine gestanzt worden.

»Sind Sie sicher, daß Keats nicht im Wagen saß, als Romero auf Sie geschossen hat?« fragte er.

»Dann müßte er sich auf dem Wagenboden versteckt haben.«

»Wie ist er dann in den Toyota gekommen? Und was kann sich jemand davon versprechen, wenn er ihn abknallt und dann mit einem Auto versenkt, das wir unweigerlich finden müssen?«

»Ich weiß es nicht.«

»Aber Sie müssen doch Vermutungen haben.«

»Wie gesagt, ich weiß es nicht.«

»Na kommen Sie. Wie viele Leute hatten einen Grund, ihn umzulegen?«

»Ungefähr die halbe Welt.«

»Und hier in der Gegend? Wie viele?«

»Worauf wollen Sie hinaus?«

»Ich bin mir nicht ganz sicher. Ich weiß nur, daß ich Bubba Rocque zu fassen kriegen will, und alle, die mir dabei helfen könnten, ihn aus dem Verkehr zu ziehen, tauchen irgendwo als Leichen auf. Das schafft mich.«

»Keats hat's wahrscheinlich noch viel schlimmer geschafft.«

»Ich find' Ihre Bemerkung nicht sehr schlau.«

»Ich muß Ihnen was klarlegen, Minos. Mordkommission ist nicht dasselbe wie Rauschgiftbehörde. Eure Kunden verstoßen aus einem einzigen Grund gegen das Gesetz – Geld. Aber Menschen bringen einander aus den verschiedensten Gründen um, und manchmal sind diese Gründe logisch gar nicht nachvollziehbar. Besonders, was Keats und seine Bande angeht.«

»Wissen Sie, bei Ihnen hab' ich immer das Gefühl, Sie verraten anderen Leuten bloß das, was die Ihrer Meinung nach sowieso schon wissen. Warum hab' ich bloß immer das Gefühl?«

»Da fragen Sie mich zuviel.«

»Außerdem hab' ich das Gefühl, daß es Ihnen völlig egal ist, wie diese Kerle abserviert werden. Hauptsache, sie verschwinden von der Bildfläche.«

Ich ging zur offenen Beifahrertür des Toyota, stützte den Arm aufs Dach und schaute noch einmal hinein. Es gab nichts Auffälliges zu entdecken: Glasscherben auf dem Wagenboden, zwei Schußlöcher im Stoff des Beifahrersitzes, kleine, abgesprengte Bleistücke im Armaturenbrett, eine lange Furche an der Lenksäule. Ein warmer, feuchter Geruch stieg von der Polsterung auf.

»Ich glaube, Romero hat den Toyota extra hier rausgefahren, um ihn zu versenken«, sagte ich. »Ich glaube, Keats sollte ihn hier in einem anderen Auto abholen. Dann hat Romero ihn aus irgendeinem Grund abgeknallt. Vielleicht haben die beiden Streit miteinander bekommen. Vielleicht hatte Keats den Auftrag, ihn fertigzumachen, und es hat nicht geklappt.«

»Warum sollte Keats Romero fertigmachen?«

»Woher, zum Teufel, soll ich das wissen? Schauen Sie, wir sollten eigentlich gar nicht über Romero reden. Er sollte längst hinter Schloß und Riegel sitzen. Warum machen Sie Ihren Kollegen nicht ein bißchen Druck?«

»Vielleicht hab' ich das ja schon. Vielleicht sind die über die Situation selber nicht ganz glücklich. Manchmal entschlüpfen einem diese Arschlöcher eben. Wir haben mal einen Straßendealer in unser Zeugenschutzprogramm aufgenommen, und der hat es uns dann dadurch gedankt, daß er den Verkäufer eines Schnapsladens erschossen hat. So läuft das manchmal.«

»Dafür habe ich kein Verständnis. Komm, Cecil. Ich seh' Sie später, Minos.«

Cecil und ich fuhren die Uferstraße entlang, vorbei an Bootsverleihen, Fischköderläden, Bierpinten und auf Pfählen stehende Anglerhütten. Draußen auf dem Wasser hoben und senkten sich die Teppiche aus Louisianamoos und die abgestorbenen Zypressen im Wind. Ich spendierte Cecil in einem Negercafé in Breaux Brigde einen Teller Flußwels, und danach machten wir uns, während die Hitze über der Straße flirrte, auf den Rückweg nach New Iberia.

Die nächsten zwei Stunden verbrachte ich mit Papierkram in meinem Büro, doch ich konnte mich nicht auf die Formulare und

Vorgänge konzentrieren, die auf meinem Schreibtisch verstreut waren. Für Verwaltungs- und Büroarbeit hatte ich noch nie viel übrig, weil ich immer das Gefühl hatte, daß sie mit der eigentlichen Aufgabe wenig zu tun hat und nur für Leute erfunden wurde, die Karriere als Stubenhocker machen wollen. Und wie die meisten Menschen, die allmählich in die Jahre kommen und ihre Lebensuhr immer lauter ticken hören, haßte ich inzwischen nichts mehr, als wenn mir jemand die Zeit stahl.

Ich braute mir eine Tasse Kaffee und starrte aus dem Fenster auf die sonnenbeschienenen Bäume. Ich rief zu Hause an und erkundigte mich nach Alafair, danach klingelte ich beim Dock durch und redete kurz mit Batist. Ich ging ein paarmal aufs Klo, obwohl ich eigentlich gar nicht mußte. Dann warf ich einen letzten Blick auf das Fahrtenbuch, den Tätigkeitsbericht, die Festnahmeberichte – lauter Einheimische, die inzwischen auf Kaution frei waren und wahrscheinlich noch einmal ohne Gerichtsverhandlung davonkamen. Ich zog die größte Schublade meines Schreibtisches auf, warf den ganzen Papierkram hinein, stieß den Schub mit dem Fuß zu, meldete mich im Büro ab und kam gerade rechtzeitig zu Hause an, um mitzuerleben, wie ein Taxi Robin Gaddis samt Koffer vor meiner Haustür absetzte.

Sie trug Lacklederpumps mit hohen Absätzen, Levi's und eine weite Bluse, die aussah, als habe jemand mit einem Aquarellpinsel lauter Rosa- und Grautöne darauf getupft. Ich stellte den Motor ab und lief über das tote Pecanolaub auf dem Hof zu ihr. Sie lächelte, zündete sich eine Zigarette an, blies den Rauch hoch und versuchte, leicht und locker zu wirken, doch ihre Augen funkelten, und die Miene war angespannt.

»Wow, hier ist man wirklich mitten unter Pelikanen und Alligatoren«, sagte sie. »Krabbeln unter deinem Haus auch Schlangen und Nutrias und all das andere Viehzeug rum?«

»Wie geht's dir, Robin?«

»Frag mich, wenn ich sicher bin, daß ich wieder Boden unter den Füßen habe. Ich bin mit einem dieser Buschbomber geflogen, wo der Pilot einen Dreitagebart hat und nach Knoblauch stinkt, daß es einen fast umhaut. Wir sind so schnell durch die Luftlöcher gefallen, daß man die Motoren nicht mehr gehört hat, und die ganze Zeit haben sie Mambo gespielt, und aus dem Cockpit hat's nach Joint gerochen.«

Ich nahm ihre Hand, fühlte mich dann aber genauso verlegen wie sie. Ich legte ihr die Arme um ihre Schulter und küßte sie auf die Wange. Ihr Haar war warm, und in ihrem Nacken spürte ich feine Schweißtröpfchen. Ihr Bauch streifte mich, und ich merkte, wie meine Lenden zuckten und die Rückenmuskeln steif wurden.

»Ich schätze, heute ist nicht dein Tag für tapsige Teddybärumarmungen«, sagte sie. »Schon in Ordnung, Streak. Mach dir keine Sorgen. Ich hab' volles Verständnis. Mach dir auch keine Gedanken drüber, was du mir erzählen mußt. Mommy sorgt schon lange für sich. Ich hatte bloß diesen unwiderstehlichen Drang, mal für neununddreißig Dollar mit Kamikaze-Airlines zu fliegen.«

»Was ist in Key West passiert?‹

»Ich hab' die Stelle gewechselt, und das hat nicht so recht geklappt.«

»Wie das?«

Sie mied meinen Blick und schaute hinaus in den heißen Schatten der Pecanobäume.

»Ich hab's einfach nicht mehr ausgehalten, Tag für Tag irgendwelche Bauernlackel aus Iowa mit Pommes abzufüttern. Und dann hab' ich diesen Kerl kennengelernt, der auf der andern Seite der Insel 'ne Disco hat. Angeblich ein Klasseschuppen, lauter Leute, die massenhaft Trinkgeld geben. Aber jetzt rat mal, was da wirklich läuft. Ich komm' drauf, daß die Hütte voller Schwuchteln steckt und der Typ und sein erster Barkeeper ihre Kunden zu später Stunde auf die ganz Schlaue leimen. Ein Tourist gerät da rein, ein Kerl, der irgendwo Frau und Kinder hocken hat, und wenn er dann hübsch angesäuselt ist und irgendein Jüngelchen betatscht, nehmen die seine Mastercard, setzen ihm ein paar Magnumflaschen Sekt zu dreißig Dollar das Stück auf die Rechnung und machen später die Unterschrift nach. Wenn er einen Monat danach die Abrechnung kriegt, hält er schön die Klappe, weil er entweder nicht mehr weiß, was er gemacht hat, oder niemand erfahren soll, daß er sich mit der Firma vom andern Ufer eingelassen hat.

Eines Nachts also hab' ich dem Besitzer und seinem Barkeeper kurz nach Ladenschluß gesagt, daß ich sie für ein Paar Drecksäcke halte. Der Besitzer hockt auf dem Stuhl neben mir, grinst mich verständnisvoll an, als wär' ich grade vom Viehwaggon abgestiegen, und grapscht mir mit der Hand am Bein rum. Und die ganze Zeit schaut er mir in die Augen, weil er weiß, daß Mommy kein Geld hat, daß Mommy keinen andern Job hat, daß Mommy keinen einzigen Freund hat. Bloß daß ich grade 'n Kaffee trinke, der so heiß ist, daß man damit den Lack von 'nem Schlachtschiff abwaschen könnte, und den kipp' ich ihm mitten auf die Eier.

Am nächsten Tag hab' ich gehört, daß er rumläuft, als wär' er mit dem Sack in 'ne Mausefalle geraten. Aber –« sie schnalzte mit der Zunge und warf die Haare zurück – »ich hab' genau noch hundertzwölf Eier, Streak, und keinerlei Aussicht auf Abfindung, weil der Kerl und sein Barkeeper dem Arbeitsamt erzählen, ich hätte Drinks nicht eingebont und in die eigene Tasche gewirtschaftet.«

Ich rieb ihr mit der Hand über den Nacken und ergriff ihre Koffer.

»Wir haben ein großes Haus. Tagsüber wird's manchmal ein bißchen heiß, aber nachts ist es kühl. Ich glaube, hier wird's dir gefallen«, sagte ich und öffnete ihr die Fliegendrahttür. »Ich brauch' auch jemand, der mir unten an der Anlegestelle hilft.«

Und dabei dachte ich: *O Gott, steh mir bei.*

»Du meinst, Würmer und all das Zeug verkaufen?« fragte sie.

»Klar.«

»Wow! Würmer! Bleib mir bloß damit weg, Streak.«

»Dann sind da noch ein kleines Mädchen und ein Babysitter, die bei mir leben. Aber hinten ist ein Zimmer, das wir nicht benutzen. Ich stell' ein Klappbett rein und bau' einen Ventilator ans Fenster.«

»Oh.«

»Ich schlaf' hier vorn auf der Couch, Robin.«

»Ja, verstehe.«

»Schlaflosigkeit und so. Ich seh' mir jeden Abend noch den Spätfilm an, bis ich wegsacke.«

Ich sah, wie ihr Blick zu dem Vorhängeschloß an meiner Schlafzimmertür schweifte.

»Macht 'n großartigen Eindruck, dein Haus. Bist du hier aufgewachsen?« fragte sie.

»Ja.«

Sie setzte sich auf die Couch, und jetzt merkte man ihr die Erschöpfung an. Sie drückte ihre Zigarette in der leeren Zuckerdose auf dem Kaffeetisch aus.

»Du rauchst nicht, wie? Vermutlich verstänker' ich dir die ganze Hütte«, sagte sie.

»Mach dir deswegen keine Gedanken.«

»Dave, ich weiß, ich mache dir Umstände. Hatte ich nicht vor. Aber manchmal steht man als Mädchen mit dem Rücken an der Wand. Weißt du, für mich heißt das, daß ich entweder dir zur Last falle oder wieder auf die Fleischbeschau gehe. Aber das bring' ich einfach nicht mehr.«

Ich setzte mich neben sie und legte ihr den Arm um die Schulter. Ich spürte, daß sie sich zunächst sträubte, dann lehnte sie sich an meine Brust. Ich strich ihr mit dem Finger über Wange und Mund und küßte sie auf die Stirn. Ich versuchte mir einzureden, ich wolle ihr nur ein Freund sein und nicht der ehemalige Liebhaber, dessen Herz sich nur zu leicht von den ruhigen und regelmäßigen Atemzügen einer Frau an seiner Brust rühren ließ. Aber mein ganzes Leben besteht aus nicht gehaltenen Versprechen und gebrochenen Vorsätzen.

Alafair, die Babysitterin, Robin und ich saßen später am Küchentisch und aßen Würstchen mit Reis und Chili, während draußen der Donner grollte, der Wind die Bäume um das Haus peitschte und der Regen wie aus Eimern aufs Dach prasselte. Dann klarte der Himmel wieder auf, der Mond ging über den nassen Feldern auf, und die Luft roch nach Erde, Blumen und Zuckerrohr.

Sie kam nach Mitternacht ins Wohnzimmer. Der Mond warf elfenbeinfarbene Quadrate auf den Boden, und ihre langen Beine und die bloßen Arme und Schultern schimmerten wie mit einem kühlen Licht überzogen. Sie setzte sich auf die Couch, beugte sich über mich und küßte mich auf den Mund. Ich konnte ihr Parfum und das Babypuder an ihrem Hals riechen. Sie legte mir die Finger ans Gesicht, strich mir durch die Haare und kraulte den weißen Fleck über dem Ohr, als entdeckte sie zum erstenmal etwas Besonderes. Sie trug ein kurzes Negligé, unter dessen dünnem Nylon ich ihre harten Brüste spürte, und als ich mit meiner Hand über ihre Hüfte und den Rücken glitt, faßte sich die Haut so heiß an, als sei sie den ganzen Tag in der Sonne gewesen. Ich zog sie der Länge nach an mich, spürte, wie sich ihre Schenkel öffneten, spürte, wie ihre Hand mich in sie führte. Dann ergab ich mir ganz ihrer weiblichen Hitze, den Lauten, die ihr Mund an meinem Ohr erzeugte, dem Druck ihrer Waden an mir, und schließlich bekannte ich mich zu meinen Bedürfnissen, meiner Abhängigkeit und dem Unvermögen, Ordnung in mein Leben zu bringen. Einmal hatte ich das Gefühl, ich hätte ein Auto auf dem Weg gehört, und spürte, wie ich innerlich zusammenzuckte, als würde ich gewaltsam aus dem Schlaf gerissen, doch sie stemmte sich auf den Ellbogen über mich, schaute mir mit dunklen Augen ruhig ins Gesicht und küßte mich auf den Mund, während sie mich mit der Hand wieder in sich drängte, als reiche allein ihre Liebe aus, die dunklen Schatten aus den Winkeln meiner düsteren Seele zu bannen.

Das Telefon riß mich um vier Uhr morgens aus dem Schlaf. Ich nahm in der Küche ab, weil ich nicht das ganze Haus aufwecken wollte. Noch immer stand der Mond am Himmel, und ein weiches elfenbeinfarbenes Licht fiel auf den Mimosenbaum und den Frühstückstisch aus Rotholz im Hinterhof.

»Ich habe eine Bar mit einer unglaublichen Zydeco-Band entdeckt«, sagte Minos. »Erinnern Sie sich noch an Clifton Chenier? Die Jungs spielen genau wie Clifton Chenier.«

Ich konnte eine Jukebox hören, dann setzte die Musik aus, und ich vernahm Flaschengeklirr.

»Wo stecken Sie?«

»Hab' ich doch schon gesagt. In einer Bar in Opelousas.«

»Ziemlich spät für Zydeco, Minos.«

»Ich hab' eine Geschichte für Sie. Teufel, ich hab' 'n ganzen Sack davon. Wußten Sie, daß ich in Vietnam beim Geheimdienst der Army war?«

»Nein.«

»Na, war ja auch keine großartige Sache. Aber manchmal hatten wir ein paar Probleme, die nicht in den Dienstvorschriften vorkamen. Da war so ein französischer Zivilist, der uns 'ne Menge Ärger gemacht hat.«

»Haben Sie Ihr Auto dabei?«

»Na klar.«

»Dann lassen Sie's auf dem Parkplatz stehen. Nehmen Sie ein Taxi zu einem Motel. Fahren Sie nicht selber nach Lafayette. Verstanden?«

»Hören Sie, dieser französische Zivilist steckte mit dem Vietcong in Saigon unter der Decke. Hatte Nutten laufen und ein paar Leute auf unseren Stützpunkten untergebracht, die ihm berichtet haben, und vermutlich hatte er mitgeholfen, als einer unserer Agenten zu Tode gefoltert wurde. Aber wir konnten ihm nichts nachweisen, und weil er einen französischen Paß hatte, mußten wir ihn behandeln wie ein rohes Ei.«

»Ich habe keine Lust, mich mit Ihnen über Vietnam zu unterhalten.«

»In der Zwischenzeit hat sich unser Major aufgeführt wie der letzte Idiot, der nicht mehr alle beisammen hat. Also ziehen wir einen Sergeant zu, der hin und wieder ein paar kleinere Sachen für uns erledigt hat – zum Beispiel nachts in ein Dorf schleichen und jemand mit dem Rasiermesser den Hals vom einen Ohr zum andern aufschlitzen. Jetzt sollte er sehen, daß er den Franzmann vor sein Nachtsichtgerät kriegt, ihn aus fünfzig Meter umnieten und wieder im Club vor seinem Bier sitzen, bevor dem Franzmann sein Hirn von der Tapete weggeputzt ist. Jetzt raten Sie mal, was passiert? Er sucht sich genau das falsche Haus aus. Ein holländischer Geschäftsmann verdrückt grade ein Dutzend Schnecken, als unser guter Sergeant sein halbes Gesicht auf der Bluse von seiner Frau verteilt.«

»Ich geb' Ihnen einen guten Rat, Minos: Scheißen Sie auf Vietnam. Streichen Sie das ein für allemal aus Ihrem Leben.«

»Ich red' gar nicht von Vietnam. Ich rede von Ihnen und mir, Partner. Wir stecken beide in einem hinterfotzigen Scheißspiel.«

»Hören Sie, bestellen Sie sich was zu essen, und dann komm' ich zu Ihnen raus.«

»Es gibt da ein paar Regierungsleute, die mit Romero einen Deal machen wollen.«

»Was?«

»Er weiß haufenweise Scheiße über eine Menge Leute. Für uns ist er sehr wertvoll. Jedenfalls für irgend jemand.«

Ich spürte, wie meine Hand sich am Hörer verkrampfte. Der Holzstuhl, auf dem ich saß, drückte hart gegen meine nackten Schenkel und am Rücken.

»Ist das schon abgemachte Sache?« fragte ich. »Ihre Leute reden wirklich mit Romero? Die wissen, wo er sich aufhält?«

»Sagen Sie nicht ›meine Leute‹. Er hat anderen Bundesagenten in New Orleans eine Nachricht zukommen lassen. Die wissen nicht, wo er steckt, aber er sagt, wenn der Deal nicht steht, kommt er aus der Deckung. Wissen Sie, was ich denen gesagt habe?«

Mein Atem pfiff in den Löchern der Sprechmuschel.

»Ich hab' denen gesagt: Ihr könnt mit ihm aushandeln, was ihr wollt, aber Robicheaux spielt da nie mit«, sagte er. »Ich muß sagen, ich hatte ein richtig gutes Gefühl dabei.«

»In welcher Bar sind Sie jetzt?«

»Vergessen Sie's einfach. Aber ich hatte doch recht, oder? Sie machen bei dem Deal nicht mit.«

»Ich möchte morgen mit Ihnen reden.«

»Verdammt, nein. Was Sie hier und heute hören, ist alles, was Sie je bekommen werden. Jetzt möchte ich aber auch, daß Sie mir ganz offen und ehrlich was erzählen. Sie müssen gar nichts zugeben. Sagen Sie mir nur, daß ich mich irre. Sie haben den Toyota gefunden, Sie haben sich Keats geschnappt, Sie haben ihn mit zum Wasser genommen, ihm eine 45er zwischen die Rippen gesetzt und ihm die Lunge aus dem Leib geblasen. Richtig?«

»Falsch.«

»Jetzt kommen Sie schon, Robicheaux. Sie sind bei dem Haitianer in New Orleans aufgetaucht, kurz nachdem die Cops da waren. Wie stehen die Chancen, daß Sie da bloß reingestolpert sind? Dann taucht ein anderer Kerl, den Sie hassen, jemand, dem Sie die Nase mit einem Billardstock zu Brei geschlagen haben, mausetot im Henderson-See auf. Keats stammt aus Brooklyn. Er kennt sich in der Gegend hier überhaupt nicht aus. Dasselbe gilt für Romero.

Aber Sie haben Ihr ganzes Leben lang in diesen Sümpfen geangelt. Wenn andere Leute als diese Hinterwäldlerbullen den Fall in die Hand bekommen hätten, säßen Sie jetzt im Gefängnis.«

»Nehmen Sie zwei Pillen Vitamin B und vier Aspirin, bevor Sie zu Bett gehen«, sagte ich. »Morgen werden Sie die Meile zwar nicht in vier Minuten laufen, aber wenigstens kriechen keine Schlangen um ihr Bett.«

»Ich bin also stockvoll, wie?«

»Sie haben's erfaßt. Ich mach' jetzt Schluß. Ich hoffe, man dreht Sie nicht durch die Mangel. Für einen Regierungsmenschen sind Sie ein ganz guter Kerl, Dunkenstein.«

Er redete noch weiter, als ich den Hörer wieder auf die Gabel legte. Draußen auf den Feldern konnte ich Nachtvögel schreien hören.

An diesem Tag führte ich Robin und Alafair nach der Arbeit zum Essen nach Cypremort Point aus. Wir aßen in einem baufälligen, mit einem Windschutz umgebenen Restaurant an der Bucht Krabben und Bluepoint-Austern, und im malvenfarbenen Zwielicht wirkte das Wasser flach und grau, wo es sich nicht unter einer leichten Brise kräuselte wie Runzeln auf einer Farbschicht, und im Westen hoben sich weit entfernt Schilfinseln vor dem letzten roten Glühen der Sonne am Horizont ab. Hinter uns konnte ich die lange, zweispurige Straße sehen, die bis zur Spitze der Landzunge führte, die toten Zypressen, die nun im Schatten lagen, die auf hohen Pfählen über versunkenen Wäldern thronenden Anglerhütten, die an den Stützpfeilern vertäuten Einbäume, die Teppiche aus blühenden Wasserlilien auf den Kanälen, die kleinen weißen Reiher, die mit ausgebreiteten Schwingen in den lavendelfarbenen Himmel stiegen wie ein geflüstertes Gedicht.

Die großen elektrischen Ventilatoren im Restaurant vibrierten, die Holztische waren mit Krebsschalen übersät, Käfer klatschten gegen den Fliegendraht, als der Himmel dunkler wurde, und irgendwer spielte »La Jolie Blonde« auf der Jukebox. Robins dunkles Haar bewegte sich leicht in der Brise, ihre Augen strahlten vor Glück, und im Mundwinkel hatte sie einen Fleck *sauce picante.* Trotz ihres wüsten Lebens war sie ein anständiges Mädchen geblieben, und ich empfand eine merkwürdige Zuneigung zu ihr. Ich vermute, man verliebt sich aus den unterschiedlichsten Gründen in Frauen. Manchmal sind sie einfach schön, und man hat sein Verlangen nach ihnen ebensowenig unter Kontrolle wie seine nächtlichen Träume. Dann sind da andere, an die man mit der Zeit die Seele verliert, die freundlich, treu und liebevoll sind, so wie die eigene Mutter war, oder wie sie hätte sein sollen. Und dann gibt es jene seltsame Frau, die plötzlich und unerwartet ins Leben spaziert kommt und ganz anders ist als alles, mit dem man sich so lange schon in seiner Phantasie die Augenblicke vor dem Einschlafen versüßt hat. Statt dessen trägt sie die falsche Kleidung, der Lippenstift paßt nicht, die Tasche hält sie umklammert wie einen Schild, und ihre weit aufgerissenen Augen funkeln, als brüllten sämtliche Furien Griechenlands aus der Kulisse auf sie ein.

Robin und ich schlossen eine Vereinbarung. Ich würde die Babysitterin entlassen, und sie wollte mir bei der Erziehung von Alafair helfen und im Köderladen arbeiten. Sie versicherte mir, sie sei weg von Stoff und Alkohol, und ich glaubte ihr, obwohl ich nicht wußte, wie lange ihre Standhaftigkeit dauern würde. Ich verstehe nichts von Alkoholismus und kann nicht mit Sicherheit sagen, was ein Alkoholiker ist. Ich habe Menschen gekannt, die von alleine aufhörten und sich innerlich total verkrampften, die in ihrem metabolischen und psychischen Elend schmorten, bis sie eines Tages die Türen auftraten und auf Knien zu den Anonymen Alkoholikern gerutscht kamen. Ich habe andere gekannt, die eines Tages einfach aufhörten zu trinken und fortan wie in einer neutralen Grauzone lebten, Menschen, die sämtliche Kanten von ihrer Persönlichkeit abgeschliffen hatten, bis sie nur mehr mit der geistigen Energie von Motten zu existieren schienen. Das einzige, was ich jemals mit absoluter Sicherheit über Alkoholiker wußte, ist, daß ich selber einer war. Was immer andere mit Schnaps anstellten, es ging mich nichts an, so lange sie ihn nicht Dave Robicheaux aufdrängten, der ein nur allzu williges Opfer war.

Wir fuhren zurück durch die langen Korridore toter Zypressen, zwischen denen Leuchtkäfer strahlten, und mieteten uns im Videoladen in New Iberia einen Recorder und einen Walt-Disney-Film. Später kam Batist mit frischem *boudin* zu uns ins Haus, und wir wärmten es im Backofen, machten uns Limonade mit zerstoßenem Eis und Minzeblättern und sahen uns den Film an. Als ich aufstand, um den Limonadenkrug nachzufüllen, sah ich das fahle Licht vom Bildschirm auf Robins, Alafairs und Batists Gesicht flackern und verspürte ein seltsames Gefühl von Familienzusammengehörigkeit, wie ich es seit Annies Tod nicht mehr empfunden hatte.

Am folgenden Tag fuhr ich zum Mittagessen nach Hause, und ich vertilgte gerade am Küchentisch ein Sandwich mit Schinken und Zwiebeln, als das Telefon klingelte. Es war ein schöner, sonniger Tag, der Himmel über den Bäumen strahlend blau, und durch das hintere Fenster konnte ich Alafair mit einer meiner Kalikokatzen auf dem Hof spielen sehen. Sie trug ihre rosa Tennisschuhe mit dem Aufdruck »links« und »rechts« eine robuste Baumwollhose und das gelbe Donald-Duck-T-Shirt, das Annie ihr gekauft hatte, und schwenkte ein Stück Drachenschnur vor den nagelspitzen Krallen des Kätzchens hin und her. Ich kaute Brot und den Schinken, während ich mir den Telefonhörer lässig ans Ohr drückte. Ich hörte das monotone Knistern eines Ferngesprächs, wie Wind, der in eine Muschelschale bläst.

»Ist da Robicheaux?«

»Ja. Wer ist dran?«

»Der Cop, richtig?« Seine Stimme klang, als schleife sie durch nassen Sand.

»Stimmt. Wollen Sie mir jetzt sagen, wer dran ist?«

»Victor Romero hier. Mit meinem Fall haben 'ne Menge Leute zu tun, und ich krieg' 'ne Menge Zeug zu hören, das ich gar nicht gern höre. Meistens taucht dabei dein Name auf.«

Das Sandwich in meiner Backe fühlte sich steif und tot an. Ich schob den Teller beiseite und ertappte mich dabei, daß ich kerzengerade auf dem Stuhl saß.

»Bist du noch da?« sagte er. Ich hörte ein seltsames Rumpeln, dann ein Zischen im Hintergrund.

»Ja.«

»Hier will mir jeder an den Arsch, als wär' ich für jedes Verbrechen in Louisiana verantwortlich. Auf der Straße redet man schon, daß ich mindestens dreißig Jahre weg vom Fenster bin. Die sagen, ich hab' angeblich ein paar Leute in 'nem Flugzeug umgebracht und daß sie mich der örtlichen Polizei übergeben und mich in Angola grillen lassen wollen. In New Orleans kriegt also jeder zu hören, daß die Bundesjungs mächtig geil auf mich sind und die andern besser die Hände von mir lassen sollten, weil sie sich sonst nämlich die Finger an mir verbrennen. Du hörst mir doch zu?«

»Ja.«

»Also hab' ich denen gesagt, ich mach' das Geschäft. Die wollen die großen Scheißer und ich krieg' 'ne Verschnaufpause. Ich sag' denen, drei Jahre und ich rück' an. Nicht mehr als drei. Punkt und Schluß. Aber was hör' ich? Dieser Robicheaux ist ein ganz Harter, und der spielt nicht mit. Du fickst mich also ins Knie, Mann.«

Ich konnte mein Herz pochen spüren, spürte das Blut hinten im Nacken und höher in meine Schläfen steigen.

»Wollen wir uns irgendwo treffen und reden?« fragte ich.

»Du mußt deinen gottverdammten Verstand verloren haben.«

Dann hörte ich wieder das Rumpeln, gefolgt von dem Zischen.

»Ich will, daß du mit den Arschgeigen von der DEA redest«, sagte er. »Ich will, daß du denen sagst, keine Anzeige, bloß weil du glaubst, daß jemand auf dich geschossen hat. Ich will dich verdammt nicht mehr im Nacken haben. Krieg' ich diese Nachricht vom richtigen Typ, dann liefer' ich dir vielleicht was, das du willst.«

»Ich glaube nicht, daß du irgendwas hast, womit du handeln kannst, Romero. Ich glaube, du bist ein billiger kleiner Gauner, den jeder satt hat. Warum schreibst du den ganzen Dreck nicht auf eine Postkarte, und ich les' sie dann, wenn ich nichts Besseres zu tun habe.«

»Ja?«

Ich gab keine Antwort. Er war einen Moment still, dann sprach er wieder.

»Willst du wissen, wer den Hit bei deiner Frau erledigt hat?«

Ich atmete jetzt ganz tief, und in meiner Brust zitterte es wie

Draht. Ich schluckte und ließ meine Stimme so ausdruckslos wie möglich klingen.

»Alles, was ich von dir zu hören kriege, ist heiße Luft. Wenn du was zu verkaufen hast, dann spuck's aus. Ansonsten hör' auf, mir auf die Nerven zu gehen«, sagte ich.

»Du glaubst also, ich red' nur heiße Luft, wie? Dann versuch's mal damit, Scheißkerl: In deinem Schlafzimmerfenster war ein Ventilator, du hattest ein Telefon auf dem Flur, bloß daß es jemand aus der Wand gerissen hat. Und während die deine Alte erledigt haben, hast du dich draußen im Dunkeln versteckt.«

Ich spürte, wie meine Hände an den gespannten Schenkeln auf und ab glitten. Ich mußte mir die Lippen befeuchten, bevor ich wieder sprechen konnte. Ich hätte still bleiben, gar nichts sagen dürfen, doch ich hatte jede Selbstbeherrschung verloren.

»Ich finde dich«, sagte ich rauh.

»Find mich ruhig, und du hast gar nix davon. Ich hab' das alles von 'nem Kumpel. Wenn du den Rest der Geschichte willst, dann mach den Deal klar, damit ich aus dem Dreck komme. Du hast ein schlechtes Gewissen, Mann. Und deinetwegen will ich nicht sitzen.«

»Hör zu –«

»Nein. Ich rede. Du hörst mir zu. Du setzt dich mit dieser Bande von Bumsköppen im Federal Building zusammen, und ihr entscheidet dann, was ihr machen wollt. Du kommst rüber mit den richtigen Zahlen – und ich rede hier von drei Jahren Höchststrafe, unterste Sicherheitsstufe –, dann laßt ihr 'ne Annonce in der *Times Picayune* laufen, in der steht: Victor, deine Sache ist geregelt. Ich seh' dann die Anzeige, und vielleicht ruft da noch ein Anwalt die DEA an und macht 'n Treffen aus.«

»Eddie Keats hat versucht, dich umzulegen. Die werden dich abservieren wie diesen Haitianer. Du findest bald kein Rattenloch mehr, wo du dich verkriechen kannst.«

»Leck mich. Achtunddreißig Tage lang hab' ich mal Käfer und Eidechsen gefressen und bin mit elf Ohren von Charlie an 'nem Stock zurückgekommen. Sonntag morgen kauf' ich die Zeitung. Danach kannst du alles vergessen. Dann räum deine Scheiße selber weg.«

Bevor er auflegte, war mir so, als hätte ich das Gebimmel einer Straßenbahn gehört.

Den Rest des Nachmittags verbrachte ich mit dem Versuch, mir seine Stimme ins Gedächtnis zu rufen. Hatte ich sie schon einmal gehört, auf meiner Veranda, im Donnergrollen? Ich war nicht sicher. Aber der Gedanke, daß ich mit einem von Annies Mördern über einen Straferlaß gesprochen hatte, bohrte in mir, wühlte in meinem Gehirn wie ein obszöner Finger.

Irgendwann nach Mitternacht wachte ich mit einem schweren, tauben Gefühl im Kopf auf, wie man es hat, wenn man zu lange allein draußen im kalten Wind gewesen ist. Ich saß still auf der Sofakante, meine nackten Füße standen in einem quadratischen Fleck Mondlicht auf dem Boden, und die Hände öffneten und schlossen sich, als sehe ich sie zum erstenmal. Dann schloß ich die Tür zu Annies und meinem Schlafzimmer auf und setzte mich im Dunkeln auf den Rand der Matratze.

Die blutigen Laken waren in einem Vinylsack der Spurensicherung weggeschafft worden, doch die Matratze und die hölzerne Bettstatt waren übersät mit Löchern, in die ich den Finger stecken konnte, so als überzeuge ich mich von den Wundmalen an Jesus' Händen. Die braunen Muster überall auf der Bettstatt und der Blumentapete hätten von einem Malerpinsel stammen können. Ich rieb mit der Hand über die Wand und spürte die steifen, rissigen Ränder der Tapete, wo Hirsch- und Rehposten bis aufs Holz durchgeschlagen hatten. Der Mond schien durch die Pecanobäume draußen und warf einen ovalen Lichtfleck auf meinen Schoß. Ich fühlte mich so einsam, als säße ich am Grund eines kühlen, trockenen Brunnens, über dem an einem dunklen Himmel silbrige Wolkenstreifen vorbeiziehen.

Ich mußte an meinen Vater denken und wünschte, er wäre hier bei mir. Er konnte weder lesen noch schreiben und war nie über Louisiana hinausgekommen, doch er besaß im Grunde seines Herzens ein intuitives Verständnis für unser Leben, für die Weltanschauung von uns Cajuns, wie sie kein noch so gewichtiges philosophisches Buch vermitteln könnte. Er trank zuviel, und er boxte mit einer Begeisterung zwei oder drei Männern gleichzeitig in einer Bar, wie ein kleiner Junge beim Baseballspielen; doch ihm eigen waren ein freundliches Herz, ein sicheres Gespür für Recht und Unrecht und ein tragischer Sinn für die Grausamkeit und Gewalt, die die Welt manchmal den Unschuldigen auferlegt.

Er erzählte mir einmal die Geschichte einer Tötung, die er als junger Mann mitangesehen hatte. Nach Meinung meines Vaters war der Tod des Opfers bezeichnend für all das Unrecht und die Brutalität, zu denen menschliches Gruppenverhalten fähig ist, obwohl das Opfer wahrhaft kein unschuldiger Mann war. Es war im Winter 1935, und ein Verbrecher, der mit John Dillinger und Homer Van Meter Banken ausgeraubt hatte, war in Margarets Bordell in Opelousas aufgeflogen, einem seit dem Krieg mit den Nordstaaten bestehenden Puff. Die Cops jagten ihn bis in den Iberia Parish, und als sein Wagen in einen Graben rutschte, flüchtete er über ein hartgefrorenes Zuckerrohrfeld. Mein Vater und ein Neger rissen gerade mit Maultier und Zugketten Baumstümpfe aus und verbrannten sie auf großen Haufen, als der Räuber an ihnen vorbei auf die alte Scheune neben unserer Windmühle zurannte. Mein Vater sagte, er habe ein weißes Hemd mit Rüschenmanschetten und eine Fliege getragen, keine Jacke, und er habe einen Strohhut mit der Hand umklammert, als sei er sein letzter Besitz auf Erden.

Ein Cop feuerte von der Straße ein Gewehr ab, und eins der Beine des Räubers knickte ein, und er ging mitten auf dem Stoppelfeld zu Boden. Sämtliche Polizisten trugen Anzüge und Fedorahüte, und sie kamen in einer geschlossenen Linie über das Feld, als scheuchten sie Wachteln auf. Sie bildeten einen Halbkreis um den verwundeten Mann, der mit ausgestreckten Beinen vor ihnen auf der Erde saß und um sein Leben bettelte. Als sie anfingen, mit ihren Revolvern und automatischen Pistolen zu schießen, so erzählte mein Vater, platzte das Hemd des Mannes in lauter karminroten Blumen.

Karminrote Blumen, die braun geworden sind, die in die Holzfaser getrieben werden können, die unter der Berührung meiner Finger blättern und bröckeln. Denn auf dieser Bettstatt und an dieser Wand wurde sie gemeuchelt, gruben sich ihre Schreie, ihre Furcht und Todesangst in die-

ses Holz, erkoren diese Zypressenbretter, behauen von meinem Vater, zu ihrem Kruzifix.

Ich spürte eine Hand auf meiner Schulter. Ich starrte zu Robin auf, deren Gesicht und Körper seltsam bleich aussahen im Mondlicht, das durch die Pecanobäume ins Zimmer fiel. Sie schob die Hand unter meinen Arm und zog mich sanft von der Bettkante hoch.

»Es ist nicht gut für dich hier drin, Streak«, sagte sie ruhig. »Ich mach' uns in der Küche warme Milch.«

»Gut, ja. Klingelt das Telefon immer noch?«

»Was?«

»Das Telefon. Ich hab's klingeln hören.«

»Nein. Es hat nicht gekli . . . Dave, komm jetzt hier raus.«

»Es hat also nicht geklingelt, wie?« Wenn ich früher mein Delirium tremens hatte, riefen mich immer Tote am Telefon an. Auf eine verrückte Art mußte ich wieder dort angelangt sein.

An diesem Morgen fuhr ich wieder nach New Orleans, um mich nach Victor Romero umzusehen. Wie schon gesagt, war seine Strafakte keine große Hilfe, und ich wußte, daß er zweifellos weit intelligenter und viel gefährlicher war, als sie andeutete. Allerdings war anhand der Akte auch ersichtlich, daß er dieselben Laster, liederlichen Angewohnheiten und madigen Ansichten von der Welt hatte wie seinesgleichen fast immer. Ich redete mit Stadtstreichern im Quarter, Barmännern, ein paar Stripperinnen, die auf den Autostrich gingen, Taxifahrern auf Nachtschicht, die ihre Zuhälter waren, mit zwei schwarzen Hochstaplern, Schleppern an der Bourbon, einem Hehler in Algiers, einem abgehalfterten Junkie, der so fertig war, daß er sich den Stoff mittels einer mit dem weißen Rand eines Dollarscheins umwickelten Pipette in die ruinierten Schenkel verpaßte. Wenn einer überhaupt zugab, Romero gekannt zu haben, hielt er ihn für tot, sagte, er sei außer Landes oder in einem Bundesgefängnis. Mit ihnen zu sprechen war, als halte man auf einem Parkplatz einen Monolog.

Doch manchmal ist das, was man nicht zu hören bekommt, auch eine Aussage. Ich war überzeugt, daß er sich noch in New Orleans aufhielt – ich hatte die Straßenbahn im Hintergrund gehört, als er anrief –, und wenn er in der Stadt war, versteckte ihn wahrscheinlich jemand oder unterstützte ihn, denn er war weder Zuhälter noch Dealer. Ich ging zum Hauptsitz des Ersten Distrikt im Quarter und sprach mit zwei Detectives von der Sitte. Sie erklärten mir, sie hätten bereits versucht, Romero mittels seiner Verwandten ausfindig zu machen, aber er habe keine. Sein Vater war ein Obstpflücker gewesen, der in den sechziger Jahren in Florida verschwunden war, und die Mutter war in der staatlichen Psychiatrie in Mandeville gestorben. Er hatte weder Brüder noch Schwestern.

»Was ist mit Freundinnen?« fragte ich.

»Außer den Nutten kommt da nur die Faust in Frage«, sagte einer der Detectives.

Am Spätnachmittag fuhr ich durch einen Regenschauer zurück nach New Iberia. Die Sonne schien, während es regnete, und auf der gelben Oberfläche der Atchafalaya-Marsch tanzte das Licht.

Ich bog bei Breaux Bridge ab, parkte meinen Pickup am Henderson-See, stand inmitten von Butterblumen und Glockenblumen da und sah zu, wie der leichte Regen auf die Buchten und überfluteten Zypressen fiel. Am Ufer gab es dichte Schwärme riesiger schwarzer und gelber Heuschrecken, die mit lackschimmernden Rückenpanzern im dunstigen Licht aus dem Gras hüpften. Als wir noch Jungen waren, hatten mein Bruder und ich sie in unseren Strohhüten gefangen, bei Sonnenuntergang unsere Angelschnur mit ihnen bestückt und sie zwischen zwei aufgelassenen Bohrinseln gespannt, um am Morgen darauf war die Schnur so straff und schwer mit Katzenwelsen, daß wir sie nur mit vereinten Kräften aus dem Wasser bekamen.

Ich war es langsam müde, wieder Polizist zu spielen. Halte die Seele ständig an eine Schmirgelscheibe, und eines Tages hast du nur noch Luft in Händen. Mit diesem Gedanken im Hinterkopf ließ ich Alafair und Batist an diesem Abend allein und nahm Robin mit zum Rennen in den Evangeline Downs in Lafayette. Wir aßen Krabben und Steak im Clubhaus, gingen dann wieder zu unseren Plätzen im Freien auf der Tribüne an der Ziellinie. Es war ein lauer Abend, und Wetterleuchten flammte über den Horizont im Süden; der Turf, noch feucht vom Nachmittagsschauer, war frisch geharkt, und um die Bogenlampen über uns hing ein dunstiger Schein. Robin trug ein weißes Sommerkleid aus Baumwolle mit aufgedruckten grünen und purpurnen Tigerlilien, und ihr gebräunter Hals und die Schultern wirkten im gedämpften Licht glatt und kühl. Sie war noch nie bei einem Pferderennen gewesen, und bei den ersten drei Rennen ließ ich sie die Pferde wählen. Das eine Pferd wählte sie, weil es weiße Fesseln hatte, ein zweites wegen der purpurnen Seidenbluse des Jockeys und das dritte, weil das Gesicht des Jockeys, wie sie behauptete, wie ein Lebkuchenherz geformt war. Alle drei liefen gut ein und kamen in die Plazierung, und sie war hingerissen. Jedesmal wenn die Pferde um die letzte Kurve gedonnert kamen und sich in der Zielgeraden von der Innenbande lösten und über die ganze Bahn auffächerten, wenn die Jockeys ihnen mit den Reitgerten in die Flanken hieben und ausgerissene Grassoden durch die Luft flogen, war sie auf den Füßen, einen Arm bei mir eingehakt, die Brust eng an mich gedrückt, und zappelte und hüpfte vor Begeisterung. An diesem Abend lösten wir am Schalter Wettscheine für einhundertachtundsiebzig Dollar ein, und auf dem Heimweg hielten wir bei einem noch spätnachts geöffneten Markt und kauften für Batist und seine Frau einen Appetitskorb mit einer Flasche Cold Duck. Als ich mit dem Pickup auf den Sandweg bog, der südlich von New Iberia dem Bayou folgte, war sie, den Kopf an meiner Schulter, eingeschlafen, ihre Hand schlaff in mein Hemd geschoben, die Lippen im Mondschein leicht offen, als flüstere sie mir gleich ein Kleinmädchengeheimnis zu.

Da ich die Lebenden nicht hatte finden können, dachte ich, ich hätte vielleicht mehr Glück, wenn ich mich mit den Toten beschäftigte. Am folgenden Nachmittag fuhren Cecil und ich zum Jungle Room an der Breaux Bridge Road, und sahen zu, was wir über Eddie Keats' Verbindung zu Victor Romero erfahren konnten, falls eine solche bestand. In der grellen Sonne waren der weiße Parkplatz und die lila gestrichene Stirnwand mit den aufgemalten Kokospalmen und der nagellackroten Eingangstür wie ein Schlag vor die Augen. Doch drinnen war es bis auf das weiche Licht hinter der Bar dunkel wie in einer Gruft, und es roch nach dem Insektenvertilgungsmittel, das ein Kammerjäger aus einem Tank in die Ecken des Gebäudes sprühte. Zwei müde und verkatert wirkende Frauen rauchten an der Bar Zigaretten und tranken Bloody Marys. Der Barmann schob langhalsige Bierflaschen in das Kühlfach, und jedesmal wenn er sich vornüberbeugte, zeichneten sich die Muskeln auf seinem breiten Rücken ab. Er hatte platinblondes Haar, bronzefarbene Arme und trug statt eines Hemds eine silberne Weste mit Blümchen, die stumpf wie Zinn schimmerte. Hoch an der Wand hing der Drahtkäfig, in dem der Affe zwischen Erdnußschalen und bepißten Zeitungen hockte.

Ich zeigte den beiden Frauen meine Marke und fragte sie, wann sie Eddie Keats zum letztenmal gesehen hätten. Ihre Augen blickten leer; sie bliesen Rauch in die Luft, schnippten Asche in die Aschenbecher und waren so unzugänglich und leblos wie Pappfiguren.

Hatten sie Victor Romero kürzlich gesehen?

Ihre Blicke blieben unbestimmt und leer, und die Zigaretten bewegten sich in Zeitlupe zu ihren Mündern und dann zurück in den träge dahinziehenden Rauch.

»Ich habe gehört, daß heute morgen die Beerdigung war. Hat man Eddie eine hübsche Grabrede gehalten?« fragte ich.

»Sie haben ihn eingeäschert und in eine Vase oder so was ähnliches getan. Ich bin zu spät hochgekommen, um hinzugehen«, sagte eine der Frauen. Ihr Haar war rot gefärbt und straff nach hinten gebunden wie Draht. Ihre Haut spannte weiß und glänzend wie ein Lampenschirm über den Knochen, und an ihren Schläfen war ein Knoten blauer Äderchen.

»Ich wette, es war großartig, für ihn zu arbeiten«, sagte ich.

Sie drehte sich auf dem Barhocker um und schaute mir ins Gesicht. Ihre braunen Augen waren feucht und bösartig.

»Gewöhnlich red' ich mit Leuten, die mir einen Drink spendieren«, sagte sie. »Dann leg' ich meine Hand in ihren Schoß, und wir reden über ihre steigenden Erwartungen. Möchten Sie, daß Ihnen jemand zu steigenden Erwartungen verhilft, Officer?«

Ich legte meine Karte vor ihr auf den Tresen.

»Wenn du die Comic-Sprüche mal satt haben solltest, dann ruf diese Nummer an«, sagte ich.

Der Barmann schob die letzte Bierflasche ins Kühlfach und ging auf den Brettern hinter der Bar auf mich zu, während er sich einen Streifen Kaugummi zwischen Gaumen und Zähne schob.

»Ich bin Eddies Bruder. Was wünschen Sie?« sagte er.

Seine Bräune war fast golden, wie man sie von Chemikalien bekommt, die man in der Sonne auf die Haut reibt, und die Haare, die aus seinen Achselhöhlen ragten, waren an den Spitzen gebleicht. Er hatte denselben dicken, von Venen durchzogenen Hals, die kräftigen Schultern und den näselnden Brooklyn-Akzent wie sein Bruder. Ich fragte ihn, wann er Eddie Keats zum letztenmal gesehen habe.

»Vor zwei Jahren, als er nach Canarsie auf Besuch gekommen ist«, sagte er.

»Kennen Sie Victor Romero?«

»Nein.«

»Wie wär's mit Bubba Rocque?«

»Ich glaube nicht, daß ich den Namen kenne.«

»Haben Sie einen Haitianer namens Toot gekannt?«

»Ich kenne keinen davon. Ich bin nur rasch hier runtergekommen, um Eddies Geschäfte wahrzunehmen. Das ist eine große Tragödie.«

»Ich glaube, Sie verstoßen gegen das Gesetz, Mr. Keats.«

»Wie?«

»Ich glaube, Sie leisten Beihilfe zur Prostitution.«

Seine grünen Augen musterten mich sorgsam. Er nahm eine Lucky Strike aus der Packung auf dem Schnapsregal hinter ihm und zündete sie an. Mit dem Fingernagel entfernte er einen Tabakskrümel von seiner Zunge. Er blies den Rauch seitlich aus dem Mund.

»Was wird gespielt?« fragte er.

»Kein Spiel. Ich überlege nur, wie ich Sie einsperren kann.«

»Hatten Sie eine geschäftliche Abmachung mit Eddie?«

»Nein, ich mochte Eddie nicht. Ich bin der Bursche, der ihm einen Billardstock übers Gesicht gezogen hat. Was halten Sie davon?«

Er schaute weg und paffte an seiner Zigarette. Dann richtete er den Blick wieder auf mein Gesicht. Über der Nasenwurzel bildete sich eine tiefe Sorgenfalte.

»Schauen Sie, sie haben meinen Bruder nicht gemocht. Das ist Ihr Problem. Aber ich bin nicht Eddie. Sie haben keinen Grund, über mich herzufallen, Mann. Ich bin ein Mann, der zur Zusammenarbeit bereit ist. Wenn ich ein bißchen was vom Geschäft abgeben muß, in Ordnung. Ich habe eine Niggerbar in Bedford-Stuyvesant geleitet. Bin mit jedem bestens ausgekommen. Das ist dort gar nicht so leicht. Ich will auch hier klarkommen.«

»Ich habe hier doch kein Problem. Sie haben es. Sie sind ein Zuhälter, und sie quälen Tiere. Cecil, komm mal hier rüber«, sagte ich.

Mit verschränkten Armen und düsterer Miene lehnte Cecil neben dem Billardständer an der Wand. Wie viele andere Farbige mochte er keine solchen Weißen, wie Keats' Bruder und die beiden Prostituierten sie für ihn darstellten. Er setzte seine massige Gestalt in Bewegung, den Mund zu einem schmalen Strich zusammengepreßt, einen Klumpen Kautabak, dick wie ein Golfball, in der Backe. Die herabhängenden Hände öffneten und schlossen sich.

Der Barmann trat ein paar Schritte zurück.

»Jetzt warten sie doch mal«, sagte er.

»Mr. Keats möchte, daß wir diesen Affenkäfig runternehmen«, sagte ich.

»Dasselbe hab' ich auch grad gedacht«, sagte Cecil und stellte den Barhocker auf den Tresen. Dann trat er mit einem Fuß auf das Schnapsregal und schüttelte den Affenkäfig von dem in die Decke geschraubten Haken. Sein riesiger Schuh stieß ein Halbdutzend Whiskeyflaschen um, die über den Tresen rollten und auf die Bretter krachten. Die Augen des Affen waren weit vor Furcht, die ledrigen Klauen klammerten sich um den Maschendraht. Cecil hielt den Käfig ausgestreckt mit einem Arm und sprang auf den Boden.

»Die Dame hier hat meine Visitenkarte. Sie können eine Beschwerde vorbringen, falls Ihnen das nicht paßt. Willkommen in Südlousiana, Partner«, sagte ich.

Cecil und ich gingen hinaus ins gleißende Sonnenlicht auf dem schieferweißen Parkplatz. Wir liefen zu dem schattigen Eichenhain hinter der Bar und setzten den Käfig im Gras ab. Ich machte den Draht an der Tür los und zog sie auf. Der Affe saß auf dem nassen Klumpen Zeitungspapier, zu verängstigt, eine Bewegung zu wagen, den Schwanz hoch an eine Wand des Käfigs gedrückt. Dann kippte ich den Käfig nach vorn, und er rutschte ins Gras, schnatterte und quiekte einmal kurz und kletterte hoch in die Gabel einer Eiche, von wo aus er mit aufgerissenen Augen auf uns herunterschaute. Der Wind plusterte das Moos in den Bäumen auf.

»Macht Spaß, mit dir zu arbeiten, Dave«, sagte Cecil.

Doch manchmal, wenn eine Untersuchung nirgendwo hinzuführen scheint, wenn die Leute auf der Straße vor einem mauern und ein Strolch wie Victor Romero offenbar ungreifbar ist, öffnet sich irgendwo fast unmerklich eine Tür. Es war Samstag, am Tag nachdem Cecil und ich zu Keats' Bar gegangen waren, und ich saß am Dock und las unter dem Segeltuchschirm die *Times Picayune*. Selbst im Schatten fiel das Licht noch grell und hart auf die gedruckten Lettern und schmerzte in meinen Augen. Dann verschwand die Sonne hinter Wolken, und der Tag war plötzlich grau, und eine Brise kam auf, kräuselte das Wasser und bog die Rohrkolben und das Reetgras am Ufer nieder. Ich rieb mir mit den Fingern über die Augen und schaute noch einmal auf die Spalte mit den amtlichen Verlautbarungen in der Beilage. Ganz unten stand eine Agenturmeldung von fünf Zeilen über die Festnahme eines Mannes in Nordostlouisiana, den man verdächtigte, Hausbriefkästen in einem Obdachlosenwohnheim geplündert und alte Leute überfallen zu haben, um sich ihre Rentenschecks anzueignen. Der Name des Mannes wurde mit Jerry Falgout angegeben.

Ich ging in den Laden und rief beim zuständigen Sheriffbüro an. Der Sheriff war nicht da, und der Deputy, mit dem ich sprach und der sich wie ein Schwarzer anhörte, gab sich nicht sonderlich mitteilsam.

»Ist dieser Typ ein Barmann aus New Orleans?« fragte ich.

»Weiß ich nicht.«

»Was haben Sie aus Baton Rouge über ihn bekommen?«

»Das müssen Se den Sheriff selber fragen.«

»Kommen Sie, er ist bei Ihnen in Haft. Sie müssen doch irgendwas über ihn wissen. War er in Angola?«

»Ich weiß nicht. Er hat nichts gesagt.«

»Wie hoch ist die Kaution?«

»Hunderttausend.«

»Warum so hoch?«

»Er hat im Wohnheim eine alte Frau die Treppen runtergestoßen. Sie hat einen Schädelbruch.«

Ich war drauf und dran, das Gespräch mit dem Deputy abzubrechen und den Sheriff unter seiner Privatnummer anzurufen. Ich versuchte es mit einer letzten Frage.

»Aber was sagt *er* eigentlich?«

»Hier gefällt's ihm nicht, und er ist kein wilder Knabe.«

Fünfzehn Minuten später war ich in meinem Pickup unterwegs nach Lafayette, hielt auf die vierspurige Schnellstraße in Richtung Norden zu, während über mir das dichte Laubdach der Eichen vorbeifegte.

Die Landschaft veränderte sich allmählich, als ich hinter dem Red River nach Norden weiterfuhr. Zuckerrohr- und Reisfelder lagen jetzt hinter mir. Die schwarze Erde und die überfluteten Zypressen und Eichen wichen Weideland und Nadelwäldern, Sägewerken und Baumwollplantagen, roten Sandstraßen, die durch endlose Pecanohaine schnitten, Negersiedlungen aus ungestrichenen Hütten, windschiefen Bierkneipen und alten Lagerhäusern aus Klinker, die entlang der Eisenbahngleise errichtet worden waren. Die französischen und spanischen Namen waren ebenfalls von den Briefkästen und Ladenfronten verschwunden. Ich war wieder im angelsächsischen Teil des Südens, wo die Straßen am Sonntag leer und die Baptistenkirchen voll waren und Neger im seichten Flußwasser getauft wurden. Es war armes Bauernland, wo Angehörige des Ku-Klux-Klan nachts noch immer Kreuze an Feldwegen verbrannten und Rednecks ihre Coon-on-a-Log-Wettbewerbe ausfochten, bei denen ein mit dem Fuß an einen Balken geketteter Waschbär in einen Teich gejagt wurde, während die Leute ihre Jagdhunde auf ihn hetzten.

Doch die Geschichte hatte manchem dieser Landbezirke im Norden einen Streich gespielt. Seit den sechziger Jahren waren die Schwarzen Louisianas in großer Zahl als Wähler registriert, und in diesen Gemeinden und Städten, in denen Weiße in der Minderheit waren, wurden Bürgermeisterämter, Sheriffbüros und Polizeigerichte überwiegend mit Schwarzen besetzt. Zumindest war genau das in der Stadt flußaufwärts von Natchez passiert, wo Jerry Falgout in dem alten Ziegelgefängnis hinter einem Gerichtsgebäude inhaftiert war, das Yankeesoldaten während des Bürgerkrieges versucht hatten niederzubrennen.

Es war eine arme Stadt mit Ziegelstraßen und Holzkolonaden über heruntergekommenen Ladenfronten. Auf dem Hauptplatz gab es ein Bewährungshilfe- und Kautionsbüro, ein Café, einen Kramladen und eine Friseurschule mit einer über die Tür gemalten, jetzt rissigen und abblätternden Fahne der Konföderierten. Die höhergelegenen Bürgersteige zeigten Risse und waren eingesunken, und die in Beton eingelassenen eisernen Halteringe hatten Roststreifen im Rinnstein hinterlassen. Das Gerichtsgebäude, der Rasen davor, die Kanone der Konföderierten und das Kriegerdenkmal aus dem Ersten Weltkrieg lagen im tiefen Schatten der Eichen, die bis über das zweite Stockwerk aufragten. Ich ging über den Bürgersteig vor dem Gericht, vorbei an den schmiedeeisernen Bänken, auf denen Gruppen alter Neger in Overalls oder Köperhosen saßen und aus dem Schatten auf das hitzeflirrende Licht starrten, das über der Straße hing.

Ein schwarzer Deputy führte mich durch die rückwärtige Tür des Gerichtsgebäudes in den Besuchsraum des Gefängnisses. Die Gitterstäbe vor den Fenstern und die Eisenstreben vor der Tür des Haupteingangs trugen Schichten von weißer und gelber Lackfarbe. Der Raum hatte keine Klimaanlage, und es war heiß und stickig und roch nach dem Öl in den Holzdielen und nach Tabaksaft, den jemand in eine Kiste Sägemehl in einer Ecke gespuckt hatte. Ein weißer Kalfaktor in Gefängnisdrillich führte Jerry Falgout die eiserne Wendeltreppe am hinteren Ende des dunklen Flurs herunter und brachte ihn in den Besucherbereich.

Seine Unterlippe war lila verfärbt und geschwollen, und an einem Nasenloch klebte verschorftes Blut. Er blähte den Nasenflügel und schnüffelte ständig, als versuche er, einen verstopften Nasengang freizubekommen. An einem Augenwinkel war ein länglicher roter Kratzer, wie von verschmiertem Blut. Der Kalfaktor ging wieder nach oben, und der Deputy sperrte hinter uns ab. Jerry saß mir gegenüber, die Hände schlaff auf der Tischplatte, die Augen trübe und schmerzerfüllt, als er mich anschaute. Ich roch den säuerlichen Gestank von altem getrockneten Schweiß.

»Was spielt sich denn hier ab?« fragte ich.

»Das ist 'n Niggerknast. Was glauben Sie denn?«

»Waren das nicht auch schwarze Leute, die Sie ausgeraubt haben?«

»Ich hab' keinen ausgeraubt, Mann. Ich bin hierher gekommen, um meine Verwandten zu besuchen.«

»Verschon mich mit solcher Kacke, Jerry.«

»Kommen Sie, Mann, glauben Sie, ich beraube Nigger in einem Obdachlosenheim? Irgend 'ne alte Frau ist 'ne Treppe runtergeschubst worden. Die war sowieso schon senil, jetzt hat sie 'n Schädelbruch und behauptet, ich wär's gewesen. Der Wärter, der hier Nachtschicht schiebt, ist ihr Neffe. Also raten Sie mal, was der den Kaffern da oben erzählt.«

»Ja ja, hört sich nach 'ner schlimmen Klemme an.«

»Ja, Sie und Ihr großes Herz.«

Ich bedachte ihn mit einem langen Blick, bevor ich wieder mit ihm sprach.

»Du warst schon lange nicht mehr duschen, Jerry.«

Er wandte das Gesicht von mir ab, und auf einer Wange erschien ein kleiner, kreisrunder Fleck.

»Die haben also vor, dich zu stopfen, Partner?« fragte ich.

»Hören Sie, Mann. Ich hab' versucht, mit allen hier klarzukommen. Mir macht das nix aus, ob das Farbige sind oder nicht. Ich hab' versucht, was zusammenzubasteln, wissen Sie. 'ne Heizplatte für diese Burschen, damit die sich abends ihre Makkaroni warm machen können. Dann kommt dieser große schwarze Saukerl klatschnaß aus der Dusche, steht mit seinen nackten Füßen auf dem Beton und nimmt den Topf hoch. Das hat ihm derart einen verplättet, daß er ausgesehen hat, als hätt' ihm jemand 'n Stachelstock in Arsch gerammt. Also gibt er mir dafür die Schuld.

Zuerst schmeißt er allen möglichen Scheiß nach mir – Makkaroni und Teller und Blechtassen, dann fängt er an zu grinsen und erzählt mir, daß sein Schwanz jetzt ganz prall und voll ist. Er sagt, wenn ich nächstesmal unter die Dusche gehe, will er mal 'n weißen Knaben anbohren. Und die anderen Kaffer kommen dann nach ihm an die Reihe.«

Sein Gesicht war gerötet, die zusammengekniffenen Augen funkelten.

Ich ging zu einem rostfleckigen Waschbecken an der einen Wand und füllte einen Pappbecher mit kaltem Wasser. Ich stellte den Becher vor ihn hin und setzte mich wieder.

»Wird deine Mutter Kaution stellen?« fragte ich.

»Die muß zehn Riesen für den Kautionsagenten auftreiben. Die hat nicht soviel Knete, Mann.«

»Wie wär's, wenn sie ein Grundstück verpfändet?«

»Hat sie nicht. Hab' ich doch gesagt.« Sein Blick wich mir aus.

»Verstehe.«

»Schauen Sie, Mann. Ich hab' fünf Jahre in Angola abgerissen. Ich war da mit Kerlen zusammen, die hätten Ihnen für zwanzig Dollar mit 'm Rasiermesser das Gesicht aufgeschnitten. Ich hab' gesehen, wie ein Spitzel mit einem Molotow-Cocktail in seiner Zelle verbrannt worden ist. Ich hab' gesehen, wie man einen kleinen Jungen in der Toilette ersäuft hat, weil er einem Typ keinen hat blasen wollen. Ich werd' mich nicht in 'nem Niggerknast in 'nem Hinterwäldlerscheißhaus fertigmachen lassen.«

»Du willst also hier raus?«

»Ja! Haste gute Beziehungen zu Jesse Jackson?«

»Spiel den abgekochten Burschen ein andermal, Jerry. Du willst also hier raus?«

»Was glauben Sie denn?«

»Du hast die Post beraubt. Das ist ein Bundesverbrechen. Die werden irgendwann Anklage gegen dich erheben, aber ich kenne jemanden, der das wahrscheinlich beschleunigen kann. Wir bringen dich in Bundeshaft, und das Loch hier kannst du vergessen.«

»Wann?«

»Vielleicht schon diese Woche. Inzwischen ruf' ich beim FBI in Shreveport an und sag' denen, daß hier ein ganz schwerer Fall von

Verletzung der Grundrechte vor sich geht. Du müßtest dann in Isolierhaft kommen, bis du in ein Bundesgefängnis überführt wirst.«

»Was wollen Sie dafür?«

»Victor Romero.«

»Ich hab' Ihnen alles gesagt, was ich über den Kerl weiß. Sie sind ja ganz besessen, Mann.«

»Ich brauche einen Namen, Jerry. Irgendwen, der ihn verpfeift.«

»Ich weiß niemand. Ich sag' Ihnen die Wahrheit. Ich hätt' gar keinen Grund, den Vogel zu decken.«

»Das glaub' ich ja. Aber du hast 'ne Menge Leute an der Hand. Du bist ein Mann mit viel Wissen. Du verkaufst Informationen. Falls du dich noch erinnerst – mich und Robin hast du für hundert Dollar verkauft.«

Seine Augen blickten durch das vergitterte Fenster auf die schattigen Bäume auf dem Rasen. Mit einem Handknöchel wischte er über das getrocknete Blut an seinem Nasenloch.

»Ich treib' auf einem Eiswürfel, der in einer Kloschüssel schmilzt«, sagte er. »Was kann ich Ihnen groß sagen? Ich hab' nichts, womit ich ein Geschäft machen kann. Ihre Fahrt hierher war Zeitverschwendung. Warum bringen Sie nicht die Bullen von der Sitte dazu, Ihnen zu helfen? Die glauben doch immer, daß sie alles wissen.«

»Die haben dasselbe Problem wie ich. Ein Kerl ohne Familie und ohne Freunde ist schwer zu finden.«

»Jetzt warten Sie mal. Was meinen Sie mit ›ohne Familie‹?«

»Das war die Information vom Ersten Distrikt.«

Ich sah neue Zuversicht und ein bösartiges Glitzern in seinem Blick.

»Drum schnappen die ja auch nie jemand. Er hat 'n Cousin ersten Grades. Ich weiß den Namen von dem Burschen nicht, aber Romero hat ihn vor sechs oder sieben Jahren mit in die Bar gebracht. Der Typ hat 'ne Nummer abgezogen, über die jeder im Quarter laut gelacht hat. Bei Maison Blanche hatten grade ein paar Kerle Botany-500-Anzüge im Wert von ungefähr zehntausend Dollar abgeräumt. 'türlich ist 'ne Menge drüber in der *Pi-*

cayune geschrieben worden. Also, dieser Cousin von Romero kriegt per Zufall 'ne ganze Ladung von diesen Hongkong-Spezialanfertigungen in die Finger. Sie wissen schon, diese Zwanzig-Dollar-Anzüge, die bloß noch Lumpen und Strippen sind, wenn man sie das erstemal aus der Reinigung holt. Der spricht also Geschäftsleute auf der Canal Street an und sagt: ›Ich hab' 'n prima Anzug für Sie. Ganze hundert Dollar. Keine Firmenschilder. Sie wissen doch, wovon ich rede?‹ Ich hab' gehört, daß er an diesen blöden Ärschen zwei oder drei Riesen verdient hat. Nachdem die rausgefunden hatten, daß sie geleimt worden sind, konnten sie auch nichts mehr dagegen unternehmen.«

»Wo ist der jetzt?«

»Weiß ich nicht. Ich hab' ihn bloß ein-, zweimal gesehen. Das ist einer von den Typen, die bloß immer mal schnell ein Ding abziehen. Ich glaube, der hat 'ne Wäscherei gehabt oder so was.«

»Eine Wäscherei? Wo?«

»In New Orleans.«

»Nun komm schon, wo in New Orleans?«

»Weiß ich doch nicht, Mann. Was kümmert mich 'ne Scheiß-Wäscherei?«

»Und du kennst den Namen von dem Typ ganz bestimmt nicht?«

»Teufel, nein. Ich hab' doch gesagt, das ist lange her. Ich war ganz ehrlich mit Ihnen. Sind Sie jetzt am Ball oder nicht?«

»Okay, Jerry, ich mach' ein paar Anrufe. Inzwischen kannst du versuchen, dich an den Namen des Mannes mit der Reinigung zu erinnern.«

»Ja, ja. Wenn jemand schon ganz tief drinsteckt, müßt ihr ihn immer noch ein paar Zentimeter tiefer reingraben, wie?«

Ich ging zur Gittertür und rüttelte daran, damit der Deputy mich hinausließ.

»He, Robicheaux, ich hab' keine Zigaretten. Wie wär's mit 'ner Stange Luckys?« sagte Jerry.

»In Ordnung.«

»Stecken Sie 'n Zettel mit rein, auf dem steht, wie viele Päckchen in dem Karton gewesen sind. Dieser Kalfaktor macht lange Finger.«

»Du kriegst sie, Partner.«

Der Deputy ließ mich hinaus, und ich war wieder auf dem schmalen Streifen zwischen Gefängnis und Gerichtsgebäude, wo eine kühle Brise wehte. Ich konnte die Pinien auf dem Rasen riechen, die Hydrangeas, die an einem sonnenwarmen Mauerstück blühten, die Hot Dogs, die ein junger Schwarzer an einem Imbißstand an der Straßenecke verkaufte. Ich schaute zurück durch das Fenster des Gefängnisses auf Jerry, der allein am Holztisch saß und auf den Kalfaktor wartete, der ihn nach oben bringen würde; sein Gesicht war jetzt leer und stumpf und leblos wie ein Stück Talg.

10

Ich wartete bis Montag, bis die Geschäfte offen waren, und fuhr im rosa Licht der Morgendämmerung nach New Orleans, wo ich dann entlang der Straßenbahnlinie an der St. Charles Avenue nach Wäschereien und Trockenreinigungen suchte. New Orleans war einst von einem Straßenbahnnetz durchzogen gewesen, doch in Betrieb geblieben ist lediglich die St. Charles-Linie. Sie verläuft ein kurzes Stück die Canal Street hinunter, dann folgen die Schienen der ganzen Länge der St. Charles durch den Garden District, vorbei an Loyola und Tulane und am Audubon Park, steigen dann nach South Carrollton hinauf und machen an der Claiborne eine Schleife. Diese besondere Linie blieb erhalten, weil sie durch eine der wahrscheinlich schönsten Straßen der Welt verläuft. Die St. Charles Avenue und die Esplanade in ihrer Mitte sind überdacht von gewaltigen Eichen und zu beiden Seiten gesäumt von alten, mit filigranem Schmiedeeisen verzierten Ziegelhäusern und Villen aus der Zeit vor dem Bürgerkrieg, mit Säulenportalen und von Lanzenspitzenzäunen umgebenen Vorgärten voller Hibiskus, aufgeblühten Myrten und Oleander, Bambus und riesigem Philodendron. Die Gegend um die Straßenbahnlinie ist fast reines Wohngebiet, und ich mußte mich nur in den wenigen Gewerbezeilen dazwischen nach einer Wäscherei oder Trockenreinigung umschauen, die möglicherweise von Victor Romeros Cousin betrieben wurde.

Ich fand deren nur vier. Die eine wurde von Schwarzen betrieben, eine andere von Vietnamesen. Inhaber der dritten war ein weißes Ehepaar an der Carrollton, doch sie war meiner Meinung nach zu weit von der Straße zurückgesetzt, als daß ich die Straßenbahn übers Telefon hätte hören können. Die vierte dagegen, nur ein paar Seitenstraßen südwestlich vom Lee Circle gelegen, war nur ein Stück weit von den Schienen entfernt; die Vordertüren standen offen, um die Hitze nach draußen zu lassen, und durch ein großes Glasfenster konnte ich das Telefon auf dem

Ladentisch stehen sehen und dahinter einen Weißen, der eine Bügelpresse bediente, aus der zischend Dampf entwich.

Die Wäscherei befand sich an einer Straßenecke mit einer Gasse dahinter, und neben den Mülltonnen stieß ich auf eine Holztreppe, die zum Wohnbereich im Obergeschoß führte. Ich parkte meinen Pickup auf der gegenüberliegenden Straßenseite unter einer Eiche auf dem Parkplatz eines kleinen Cafés, das gedünstete Krabben und braunen Reis auch außer Haus verkaufte. Es war ein heißer, schwüler Tag, und das Gras auf der Esplanade war im Schatten noch feucht vom Tau, die Borke an den Palmen dunkel gefleckt vom Wasser, das nachts von den Blättern getropft war, und die Eisenbahnschienen wirkten in der Sonne ausgeglüht und heiß. Ich ging ins Café, rief das Gewerbeamt an und fand heraus, daß die Wäscherei von einem Mann namens Martinez betrieben wurde. Über Familiennamen ließ sich also keine Verbindung herstellen, bis auf die Tatsache, daß der Wäschereibesitzer offenbar lateinamerikanischer Herkunft war. Es würde eine lange Wartezeit werden.

Ich öffnete beide Türen des Kleinlasters, um frische Luft hereinzulassen, und verbrachte den Morgen damit, die Ladentür der Wäscherei und den Hintereingang mit der Treppe zu beobachten. Gegen Mittag kaufte ich mir zum Lunch einen Pappteller mit Krabben und Reis aus dem Café und aß in meinem Pickup, während ein plötzlicher Schauer auf die Straße niederging.

Ich war noch nie gut bei Überwachungsaufgaben gewesen, vor allem deswegen, weil ich nicht über die nötige Geduld verfügte. Doch wichtiger war die Tatsache, daß mein Bewußtsein während jeder längeren Phase von Passivität oder Inaktivität stets mein schlimmster Feind wurde, auch wenn solche Phasen nur kurz sein mochten. Alter Groll, Ängste, unbereinigte Schuldgefühle und schwärzeste Depression tauchten grundlos aus dem Unbewußten auf und nagten wie Eisenzähne an den Rändern meiner Seele. Wenn ich nicht etwas tat, wenn ich meine Aufmerksamkeit nicht äußeren Dingen zuwandte, hatten mich derartige Empfindungen genauso schnell und vollständig im Griff wie der Whiskey, der mir wie ein dunkler elektrischer Strom durchs Blut und in mein Herz raste.

Ich beobachtete, wie der Regen aus dem Laubdach tropfte und auf die Windschutzscheibe und die Kühlerhaube meines Kleinlasters trommelte. Der Himmel war noch immer dunkel, und tiefhängende schwarze Wolken trieben von Süden heran wie der Rauch von Kanonen. Annies Tod verfolgte mich. Ganz gleich, wer die Schrotgewehre in unserem Schlafzimmer abgefeuert hatte, ganz gleich, wer es befohlen und dafür bezahlt hatte, Tatsache war, daß ich aus persönlichem Stolz ihr Leben preisgegeben hatte.

Jetzt mußte ich mich fragen, was ich eigentlich vorhatte, falls ich Victor Romero erwischte und herausfand, daß er Annie getötet hatte. Vor meinem inneren Auge sah ich mich, wie ich ihn mit gespreizten Armen und Beinen an die Wand drückte, ihm die Beine auseinandertrat, sah, wie ich eine Pistole unter seinem Hemd herausriß, ihm die Handschellen so fest anlegte, daß die Haut um die Handgelenke zusammengequetscht wurde, und wie ich ihn dann auf den Rücksitz eines Polizeiwagens zwang.

Ich sah solche Bilder vermutlich deswegen, weil ich sie bewußt sehen wollte. Aber sie hatten nichts mit dem zu tun, was ich empfand. Nein, sie entsprachen keineswegs dem, was ich fühlte.

Gegen drei Uhr hörte es zu regnen auf, und dann gegen fünf, als die Sonne noch immer schien, setzte ein Schauer ein, und die Bäume entlang der Allee wurden in dem weichen gelben Licht dunkelgrün. Ich ging in das Café und aß zu Abend, dann zog ich mich wieder zurück in den Kleinlaster und beobachtete, wie der Verkehr dünner wurde, die Wäscherei schloß, die Schatten auf der Straße länger wurden, der leergewaschene Himmel sich rosa und lavendel verfärbte, gestreift von karminroten Wolkenbändern im Westen. In der Allee gingen die Neonlichter an und spiegelten sich in den Pfützen über den Gullis und auf dem breiten Flanierweg. Ein Schwarzer, der seinen Schuhputzerstand vor einem Geschenkartikelladen aufgebaut hatte, drehte sein Radio auf, das er auf der Brüstung des Schaufensters stehen hatte, und ich hörte die Übertragung eines Ballspiels aus dem Fenway Park mit. Die Tageshitze war verflogen, die aufgeheizten Ziegelmauern und der Straßenbelag aus Beton strahlten allmählich Wärme ab, und durch die offenen Türen meines Pickup wehte eine angenehm kühle Brise. Die große, olivgrüne Straßenbahn, deren Fenster jetzt erleuchtet waren, ratterte über die Schienen unter den Bäumen. Und dann, als das Zwielicht fahl wurde, ging in der Wohnung über der Wäscherei das elektrische Licht an.

Fünf Minuten später kam Victor Romero die Hintertreppe herunter. Er trug Second-Hand-Hosen des Marineinfanteriecorps, ein Hawaiihemd in Übergröße mit aufgedruckten purpurnen Blumen und eine Baskenmütze auf den schwarzen Locken. Mit schnellem Schritt wich er den Pfützen auf dem Ziegelpflaster der Gasse aus und betrat den Seiteneingang eines kleinen Lebensmittelladens. Ich nahm die 45er aus dem Handschuhfach, schob sie in den Gürtel, zog das Hemd über den Griff und stieg aus dem Kleinlaster.

Ich könnte auf dreierlei Weisen vorgehen, dachte ich. Ich könnte ihn im Laden stellen, doch wenn er bewaffnet war (und das war er wahrscheinlich, da er das Hemd über den Hosenbund gezogen hatte), konnte eine unbeteiligte Person verletzt oder als Geisel genommen werden. Ich könnte ihn am Seiteneingang zum Laden abpassen und ihn dann in der Gasse festnageln. Doch dabei verlöre ich den Vordereingang aus dem Blick, und wenn er nicht direkt in die Wohnung zurückging, sondern durch den Vordereingang hinauslief, konnte ich ihn völlig aus den Augen verlieren. Die dritte Möglichkeit war, daß ich im Schatten meines Pickup abwartete, während ich die eckigen Kanten der 45er hart an meinem Bauch und den Puls in meinem Hals jagen spürte.

Ich öffnete und schloß die Hände, wischte sie an der Hose ab, atmete tief und langsam durch den Mund. Dann ging die Außentür zur Gasse auf, und Romero trat mit einer großen Papiertüte voller Lebensmittel auf dem Arm ins Neonlicht und blickte offen in Richtung Straße. Seine schwarzen Locken quollen unter dem Rand der Baskenmütze hervor, und in dem von den Ziegelmauern zurückgeworfenen Neonlicht wirkte seine Haut purpurn. Er zog den Hosengürtel mit dem Daumen hoch, schaute zum anderen Ende der Gasse und sprang über eine Pfütze. Dabei drückte er die freie Hand ans Kreuz. Ich beobachtete, wie er die Treppe hochstieg, in die Wohnung ging, die Tür schloß und als undeutlicher Schatten an einem Fensterventilator vorüberging.

Ich überquerte die Straße, verhielt am Fuß der Treppe, zog den Schlitten der 45er zurück und ließ ein Hohlspitzgeschoß in die Kammer schnellen. Die Pistole fühlte sich schwer und warm in meiner Hand an. Ich hörte, wie Romero oben Lebensmittel aus der Papiertüte zog, Leitungswasser in ein Kochgeschirr laufen ließ, auf dem Herd mit Töpfen und Pfannen klapperte. Ich hielt mich am Geländer fest und stieg, während die Straßenbahn über die Schienen ratterte, zwei Stufen auf einmal hinauf. Ich duckte mich auf dem Podest unter das Fenster, drückte mich dann zwischen Fliegendrahttür und Fenster flach an die Wand. Romeros Schatten huschte über das Gitter. Jenseits der Straße glitten im letzten roten Licht der Sonne Schwalben über die Baumkronen.

Ich hörte, wie er etwas Schweres, Metallisches auf der Tischplatte absetzte. Dann sah ich ihn an der Fliegendrahttür vorbei in einen Nebenraum gehen. Ich holte tief Luft, riß die Tür auf und setzte ihm nach. In dem grellen elektrischen Licht schienen er und ich wie im Blitzlicht eines Fotografen gebannt. Ich sah die steifen Spaghettinudeln aus einem dampfenden Topf voll Wasser ragen, ein Baguettebrot, ein Stück Schnittkäse und eine schwarze Chiantiflasche auf dem Ablaufbrett des Spülbeckens, eine Armeepistole vom Kaliber .45, ähnlich der, die ich hatte, nur daß sie verchromt war, auf einem schmalen Frühstückstisch, wo er sie liegengelassen hatte. Ich sah die animalische Angst und Wut in seinem Gesicht, während er regungslos im Eingang zum Schlafzimmer stand, den schmalen Mund, das unkontrollierte Zittern um seine schmalen weißen Nasenflügel, die heißen schwarzen Augen, die abwechselnd zu mir und zu der Pistole starrten, die sich außer Reichweite befand.

»Du bist verhaftet, du Schwein. Runter aufs Gesicht«, rief ich.

Doch ich hätte wissen müssen (und vielleicht hatte ich es gewußt), daß ein Mann, der sich von Schlangen und Insekten ernährt hatte und allein mit einem Springfieldgewehr durchs Elefantengras am Rand eines Vietcong-Dorfes gekrochen war, sich niemals von einem Kleinstadt-Cop, der dumm genug war, das Spiel fortzuführen, nachdem eine Partei bereits böse verloren hatte, anstandslos gefangennehmen lassen würde.

Eine seiner Hände ruhte auf der Schlafzimmertür. Seine Augen starrten in meine, in seinem Gesicht zuckte es kurz, als sei ihm ein rettender Einfall gekommen. Dann schoß sein Arm vor, und er knallte mir die Tür vor dem Gesicht zu. Ich packte den Knauf, drehte ihn, zog und warf mein ganzes Gewicht gegen das Holz, doch das Federschloß war fest im Rahmen eingerastet.

Dann hörte ich, wie er eine Schublade herausriß und zu Boden fallen ließ und Sekunden später das Klicken von Metall auf Metall. Ich sprang zurück und stürzte über einen Stuhl, als auch schon die Ladung eines Schrotgewehrs ein Loch von der Größe eines Pizzatellers in die Türfüllung riß. Die Schrotkugeln fetzten Holzsplitter durch die Küche, fegten sämtliche Lebensmittel vom Frühstückstisch, prallten sirrend von Herd und Topf auf dem Gasbrenner ab. Ich war aus dem Gleichgewicht und kniete neben dem Türrahmen an die Wand gedrückt, als er aus unterschiedlichen Winkeln zwei weitere Patronen abfeuerte. Ich vermutete, daß der Lauf abgesägt war, weil die Kugeln sich verteilten wie der Strahl aus einer Sprühdüse, glatt durch das Holz schlugen als habe jemand eine Kettensäge angesetzt, Teller in die Luft wirbelten, Wasser aus dem Topf spritzen ließen und den Inhalt einer Zweiliterflasche Ketchup über die ganze Breite der gegenüberliegenden Wand verteilten.

Doch als er die verbrauchten Patronenhülsen auswarf und erneut feuerte, gab auch ich ihm etwas zum Nachdenken. Ich drückte mich weiter platt an die Wand, bog das Handgelenk um den Türrahmen und feuerte zwei Kugeln in das Holz. Der Rückschlag riß mir fast die Waffe aus der Hand, doch ein 45er Hohlspitzgeschoß, das durch ein Hindernis auf ein weiter entferntes Ziel abgefeuert wird, macht einen angsteinflößenden Eindruck auf die Person, die zufällig dieses Ziel darstellt.

»Du bist erledigt, Romero. Schmeiß die Waffe hin. In drei Minuten wimmelt es hier von Cops«, sagte ich.

Im Zimmer war es heiß und still. Die Luft roch schwer nach Kordit und dem glühenden Metall des leeren Topfes auf dem Feuer. Ich hörte, wie er zwei Patronen in das Magazin des Schrotgewehrs schob, und dann, wie seine Füße eine Holztreppe hinaufpolterten. Die 45er mit gestreckten Armen haltend, baute ich mich schnell vor der Tür auf und feuerte das ganze Magazin in einem schräg nach oben zeigenden Winkel in das Schlafzimmer. Ich fetzte Löcher aus dem Holz, die aussahen wie der Mund einer Halloween-Laterne, und trotz aller Flammen, dem Rauch und absplitterndem Blei und herumfliegenden Holz aus der Tür konnte ich hören und mit einem Blick erfassen, welche Zerstörung ich im Zimmer anrichtete: Ein Spiegel krachte zu Boden, eine Wandlampe flog, vom Kabel gehalten, durch die Luft, eine Wasserleitung zerbarst unter dem Putz in der Wand, ein Fenster stürzte auf die Straße.

Der Verschluß klaffte auf. Ich riß das leere Magazin aus dem Griff, schob das nächste ein, zog den Schlitten zurück, ließ die erste Kugel in die Kammer rasten und trat die zertrümmerte Tür aus dem Rahmen. An der Schmalseite außerhalb meines Schußwinkels war eine Falltreppe angebracht, die man an einem Seil hinauf- und herunterlassen konnte. Ich richtete meine 45er auf die dunkle Öffnung zum Dachgeschoß, und das Blut dröhnte mir in den Ohren.

Im Raum war es still. Von oben war keine Bewegung zu hören. Staubteilchen und Fasern von Spanplatten trieben im Licht der zerschmetterten Keramiklampe, die am Kabel an der Wand hin- und herschwang. Unten auf der Straße hörte ich Sirenen.

Ich hatte allen Grund anzunehmen, daß er in der Falle saß – obwohl Victor Romero Vietnam überlebt hatte, sich als Straßendealer und Zuhälter durchgeschlagen, aus Bundeshaft freigekommen war, nachdem er wahrscheinlich die vier Menschen in einem Flugzeug am Southwest Pass umgebracht hatte, unverletzt in dem Toyota entronnen war, den ich mit meiner 45er durchsiebt hatte, und höchstwahrscheinlich auch Eddie Keats beseitigt hatte. Dies war eine unübersehbare Erfolgsbilanz.

Ich warf einen Blick durch ein Seitenfenster und sah draußen ein mit Dachpappe belegtes Flachdach. Abluftleitungen aus der Wäscherei waren darin eingelassen, eine Neonreklame war darauf montiert; ich sah zwei Dachaufbauten mit Spitzdächern und kleinen Türen, in denen wahrscheinlich Ventilatoren untergebracht waren, und den verrosteten Holm einer Eisenleiter, die unten am Haus endete.

Dann sah ich, wie sich die Dielenbretter am Rand der Bodenluke unter seinem Gewicht durchbogen, als er sich leise auf die Wand zubewegte und vermutlich ein Fenster erreichen wollte, das einen freien Blick über das Dach bot. Ich hob die 45er und wartete, bis das eine Brett wieder in seiner Ausgangsstellung war und die Unterkante des nächsten sich leicht aus dem glatten geometrischen Muster verschob, das die Decke bildete, und dann zielte ich einfach nach oben auf den Raum zwischen seinen beiden Füßen in Schrittstellung und begann zu feuern. Mit Bedacht zog ich den Abzug fünfmal durch, behielt drei Patronen im Magazin, tastete mich mit der Waffe nach jedem Rückstoß Stück um Stück zu dem Punkt zurück, an den er den Fuß setzte, immer näher auf den Rand der Dachluke zu.

Ich glaube, er schrie einmal auf. Sicher bin ich mir nicht. Es war mir auch gleichgültig. Ich hatte diesen Schrei schon früher gehört; er kündet von Scheitern und Versagen, und vor allem vom Ende von Hoffnung und Menschlichkeit. Man hört ihn noch in seinen Träumen; er spielt sich ab wie von einem Band, immer und immer wieder, selbst wenn die Opfer stumm sterben.

Er fiel hintenüber durch die Luke zum Dachboden und krachte am Fuß der Leiter auf den Boden. Er lag auf dem Rücken, ein Bein verdreht unter dem Körper, die Augen irre vor Schmerz, der Mund nach Luft keuchend. Eine Kugel hatte drei Finger seiner rechten Hand abgerissen. Die Hand zitterte vom Schock, Knöchel scharrten über den Holzboden. In seiner Brust hatte er eine tief klaffende Wunde, und der nasse Stoff seines Hemdes bewegte sich jedesmal im Fleisch, wenn er versuchte, Atem zu holen. Draußen auf der Straße heulten Sirenen, zuckten blau und rot die drehenden Lichter der Einsatz- und Unfallfahrzeuge.

Er versuchte zu sprechen. Sein Mund öffnete sich, doch der Ton saß gurgelnd hinten in der Kehle, und Blut und Speichel rannen ihm die Wange hinunter in die schwarzen Locken. Ich kniete mich neben ihn wie ein Priester und hielt mein Ohr an sein Gesicht. Ich roch seinen getrockneten Schweiß, sein Haaröl.

». . . erledigt«, keuchte er.

»Ich verstehe nicht.«

Er versuchte es wieder, doch der Speichel in seiner Kehle erstickte die Stimme. Ich drehte sein Gesicht mit den Fingern zur Seite, damit er den Mund freibekam.

Seine Lippen waren hellrot und verzogen sich zu einem feuchten Lächeln, wie bei einem Clown. Dann kam die Stimme in einem langgezogenen Flüstern, und sie roch nach Kotze und Nikotin: »Ich hab' dein Weib erledigt, Arschloch.«

Zwei Minuten später, als drei uniformierte Cops durch die Wohnungstür kamen, war er tot. Eine abgeplattete Kugel hatte ihn am unteren Rückenbereich erwischt, sich nach oben durch den Rumpf gegraben und ein Loch in seine Lunge gerissen. Der Gerichtsarzt sagte mir, wahrscheinlich sei die Wirbelsäule verletzt worden, und er müsse gelähmt gewesen sein, als er die Leiter herunterkrachte. Nachdem die Sanitäter ihn auf eine Trage gehoben und abtransportiert hatten, stand sein Blut wie ein Blütenmuster auf den Holzdielen.

Die folgende halbe Stunde in der Wohnung verbrachte ich damit, Fragen zu beantworten, die mir ein junger Lieutenant der Mordkommission namens Magelli stellte. Er war müde und die Kleidung schweißdurchtränkt, doch er war gründlich und machte keine Umschweife. Seine braunen Augen schienen schläfrig und ausdruckslos, doch sobald er mir eine Frage gestellt hatte, blieb der Blick an meinem Gesicht haften, bis ich das letzte Wort meiner Antwort vorgebracht hatte, und erst dann fing er an, auf sein Klemmbrett zu schreiben.

Schließlich steckte er sich eine Lucky Strike in den Mund und schaute sich die Trümmer der Küche und die Schrotlöcher in den Wänden an. Ein Schweißtropfen fiel aus seinen Haaren und hinterließ einen Fleck auf dem Zigarettenpapier.

»Sie behaupten also, daß dieser Kerl für Bubba Rocque gearbeitet hat?« fragte er.

»Das hat er. Jedenfalls zeitweilig.«

»Ich wünschte, er hätte genug verdient, sich 'ne Klimaanlage zu kaufen.«

»Bubba hat eine ganz besondere Art, Leute fallenzulassen, wenn sie ihm nicht mehr von Nutzen sind.«

»Also, vielleicht kriegen Sie ein bißchen Ärger von wegen Zuständigkeit und weil Sie uns nicht gerufen haben, nachdem Sie den Kerl entdeckt hatten, aber ich glaube nicht, daß das allzu schwerwiegend sein wird. Keiner wird seinen Abgang betrauern.

Kommen Sie mit aufs Revier und machen Sie eine förmliche Aussage. Dann sind Sie frei und können gehen. Hilft Ihnen irgendwas von dem Zeug da?«

Das Bett im anderen Zimmer war bedeckt mit eingetüteten Beweisstücken, Kleidung und persönlicher Habe, die vom Leiter der Spurensicherung von Dachboden, Küche, Schlafzimmerfußboden, aus Kommoden und Wandschränken zusammengesucht worden waren: Romeros Polyesteranzüge, grelle Hemden und bunte Seidentaschentücher, die verchromte 45er, die er wahrscheinlich benutzt hatte, um Eddie Keats zu erschießen, ein Remington-Schrotgewehr, Kaliber 12, mit abgesägtem Lauf und einem Schaft aus Walnußholz, der zurechtgeschnitten und abgeschliffen war, bis er kaum größer als ein Pistolengriff war; die ausgeworfenen Schrotpatronen, ein ziegelsteingroßer Klumpen hochwertiges Marihuana, ein Glasröhrchen mit Spuren von Kokain, ein italienisches Stilett, mit dem man Papier wie mit einer Rasierklinge schneiden konnte, eine Zigarrenkiste voll pornografischen Fotos, ein .30-06 Repetiergewehr mit Zielfernrohr, ein Schnappschuß, der ihn in Uniform mit zwei anderen Marines und drei vietnamesischen Animiermädchen in einem Nachtclub zeigte; und schließlich ein Plastikbeutel mit inzwischen geschrumpfen und geschwärzten menschlichen Ohren, die auf eine Kette gezogen waren, an der gewöhnlich die Erkennungsmarken der GIs hingen.

Er hatte sein Leben damit zugebracht, einen Garten mit giftigen Nachtschattengewächsen zu bestellen. Doch unter all seinen Erinnerungsstücken an Grausamkeit und Tod befanden sich nicht ein einziges Blatt Papier oder ein Beweisstück, die ihn mit jemandem außerhalb der Wohnung in Verbindung hätten bringen können.

»Sieht mir nach einer Sackgasse aus«, sagte ich. »Ich hätte Sie besser vorher rufen sollen.«

»Wäre wahrscheinlich aufs selbe hinausgelaufen, Robicheaux, außer daß vielleicht ein paar von unseren Leuten verletzt worden wären. Schauen Sie, wenn er auf dieses Dach gelangt wäre, wäre er jetzt mit Sicherheit längst in Mississippi. Sie haben richtig gehandelt.«

»Wann nehmen Sie sich den Cousin vor?«

»Wahrscheinlich morgen früh.«

»Werden Sie ihn unter Anklage stellen, weil er einem Flüchtigen Unterschlupf gewährt hat?«

»Genau das werde ich ihm vorhalten. Aber ich glaube nicht, daß wir es ihm anhängen können. Nehmen Sie 's leicht. Sie haben für diesen Abend genug getan. Der ganze Scheiß wird schon irgendwie ausgebügelt. Sagen Sie, wie fühlen Sie sich?«

»Ganz in Ordnung.«

»Das glaube ich Ihnen nicht. Aber macht ja nichts«, sagte er und steckte die unangezündete, schweißfleckige Zigarette zurück in die Hemdtasche. »Kann ich Ihnen später was zu trinken spendieren?«

»Nein, danke.«

»Na ja, dann also gut. Wir versiegeln jetzt die Wohnung, und dann können Sie hinter uns her zum Revier fahren.« Seine schläfrigen braunen Augen lächelten. »Wo schauen Sie hin?«

Der Frühstückstisch war ein altes rundes Möbelstück mit einer Hartgummiplatte. Zwischen den Schmierflecken geplatzter Konservendosen, die von Romeros Schüssen vom Tisch gefegt worden waren, zeichnete sich ein Muster eingetrockneter Ringe ab, die aussahen, als hätten dort Gläser oder Tassen nasse Abdrücke hinterlassen. Nur das der eine Satz dieser Gläser offenbar größer als der andere war und sich beide auf derselben Seite des Tisches befanden. Die Ringe waren grau und schienen verkrustet, als ich mit dem Fingernagel daran kratzte.

»Was hat es damit auf sich?« fragte er.

Ich befeuchtete eine Fingerspitze, wischte etwas von der zuckrigen Kruste auf und führte den Finger an die Zunge.

»Was würden Sie sagen, wie das schmeckt?« fragte ich.

»Machen Sie Witze? Ein Kerl, der Menschenohren sammelt! Ich würde nicht mal aus seiner Wasserleitung trinken.«

»Kommen Sie. Es ist wichtig!«

Ich machte meinen Finger naß und tat es noch einmal. Er runzelte die Stirn, berührte einen der grauen Ringe mit dem Zeigefinger und leckte dann daran. Er zog ein Gesicht.

»Zitronen- oder Limonensaft oder so was ähnliches«, sagte er.

»Macht ihr Burschen das immer so in eurem Landbezirk? Für so was benutzen wir unser Labor. Erinnern Sie mich, daß ich mir auf dem Heimweg Mundwasser kaufe.«

Er sah mich abwartend an. Als ich nichts sagte, wurden seine Züge vor Anspannung scharf.

»Was bedeutet das?« fragte er.

»Wahrscheinlich nichts.«

»O nein, so wird hier nicht gespielt, mein Freund. Die Regel lautet: zeigen und ansagen.«

»Es bedeutet nichts. Ich bin heute abend etwas durcheinander.«

Er nahm die Zigarette wieder aus der Hemdtasche und zündete sie an. Er stieß den Rauch aus und stach mit dem Finger in der Luft nach mir.

»Sie machen mir ein flaues Gefühl, Robicheaux. Wen, sagten Sie noch mal, hat er gestanden, umgebracht zu haben, bevor er gestorben ist?«

»Ein Mädchen in New Iberia.«

»Sie haben sie gekannt?«

»Es ist eine kleine Ortschaft.«

»Haben Sie sie persönlich gekannt?«

»Ja.«

Er kaute an seiner Unterlippe und schaute mich aus verhangenen Augen an.

»Treiben Sie 's nicht so weit, daß ich meine Einstellung zu Ihnen ändere«, sagte er. »Ich glaube, Sie sollten noch heute abend nach New Iberia zurückfahren. Und vielleicht bleiben Sie besser dort, bis wir Sie anrufen. Überhaupt ist New Orleans im Sommer ein lausiger Ort. Wir verstehen uns doch, wie?«

»Klar.«

»Das ist gut. Ich bin bei meiner Arbeit für Einfachheit, für klare Linie sozusagen.«

Er schwieg. Seine Augen musterten mich unter der Küchenlampe. Sein Gesicht entspannte sich.

»Vergessen Sie, was ich gesagt habe. Sie sehen hundert Jahre alt aus«, sagte er. »Bleiben Sie über Nacht in einem Motel und machen Sie Ihre Aussage morgen früh.«

»Ich bin schon in Ordnung. Ich mach' mich besser auf den

Weg. Danke für Ihr Entgegenkommen«, sagte ich und ging hinaus in die Dunkelheit und den Wind, der über die Wipfel der Eichen strich. Am Nachthimmel wetterleuchtete es wie von Artilleriefeuer am fernen Horizont.

Drei Stunden später hatte ich die halbe Strecke durch das Atchafalaya-Becken zurückgelegt. Meine Augen brannten vor Erschöpfung, und der Mittelstreifen der Schnellstraße schien sich unter meinem linken Vorderreifen immer wieder aufzulösen. Als ich über die Metallbrücke rumpelte, die den Atchafalaya River überspannt, hatte ich das Gefühl, als würde der Pickup vom Boden abheben.

Mein Körper lechzte nach einem Drink: zehn Zentimeter hoch Jim Beam bis zum Strich, mit einem eiskalten, beschlagenen Jax vom Faß daneben. Ein Schuß Bernstein und Gold, der meine Seele über Stunden aufhellen und mich in dem Glauben wiegen würde, die Schlangengrube bliebe bis in alle Ewigkeit geschlossen. Zu beiden Seiten der Straße waren Kanäle und Bayous, vom Wind gekräuselte Buchten und Weideninseln und graue Zypressen, die im Mondschein fast leuchteten. Im Wind und im Summen des Motors und der Reifen des Lasters war mir, als hörte ich John Fogerty singen:

Don't come round tonight,
It's bound to take your life,
A bad moon is on the rise.
I hear hurricanes a-blowing,
I know the end is coming soon.
I feel the river overflowing,
I can hear the voice of rage and ruin.

Ich machte an einer Fernfahrerkneipe halt und kaufte mir zwei Hamburger und einen Liter Kaffee für die Weiterfahrt. Doch als ich wieder auf der Straße war, waren Brot und Fleisch in meinem Mund so trocken und geschmacklos wie Konfetti, und ich steckte die Hamburger wieder in die fettige Tüte, faltete sie zusammen und trank den Kaffee mit der nervösen Gier eines Mannes, der beim ersten Licht des Morgens Whiskey aus einer Tasse schlürft.

Romero war ein übler Mensch gewesen. Daran gab es keinen Zweifel. Doch ich hatte schon früher Menschen getötet – im Krieg und als Angehöriger der Polizei von New Orleans – und wußte, was es einem antun kann. Wie jeder Jäger weiß, spürt man einen Adrenalinstoß reinsten Frohlockens, weil man sich einen Gott vorbehaltenen Bereich erobert hat. Jeder Mensch, der etwas anderes behauptet, lügt. Doch die emotionale Haltung, die sich später bildet, unterscheidet sich bei jedem Einzelnen. Manche halten ihre Reue aufrecht und nähren sie wie eine lebendige Alptraumgestalt, um sich der eigenen Menschlichkeit zu versichern; andere rechtfertigen sich mit hunderterlei Gründen und greifen in Augenblicken der eigenen Unzulänglichkeit und des Versagens darauf zurück und rühren noch einmal an jenes flammende Etwas, das ihr kümmerliches Leben irgendwann, irgendwie historisch bedeutsam gemacht hat.

Ich persönlich fürchtete eine weit schlimmere Konsequenz. Eines Tages erlischt die Neugier in den Augen. Jener unberührte Ort, wo Gott uns einst die Seele einhauchte, bleibt auf ewig befleckt und besudelt. Ein Vogel hebt seine Schwingen und fliegt für immer aus unserem Herzen.

Dann tat ich etwas Eigennütziges, beging gewissermaßen einen Akt der Wohltätigkeit. Ich fuhr von der Dammstraße auf einen Rastplatz, um die Herrentoilette zu benutzen, und entdeckte in einer überdachten Picknickbox einen alten Schwarzen. Obwohl es ein Sommerabend war, trut er einen alten Übermantel und einen alten Pelzhut. Neben seinem Fuß stand ein verbeulter Pappkoffer mit einer Schnur darum und auf einer Seite die Worte: *The Great Speckled Bird.* Aus irgendeinem Grund hatte er unter dem leeren Barbecue-Grill ein kleines Feuer aus Zweigen angezündet und starrte hinaus in den leichten Regen, der auf die Bucht niederging.

»Heute abend schon was gegessen, Partner?« fragte ich.

»Nein, Sohn«, sagte er. Sein Gesicht war von dünnen braunen Linien überzogen wie ein Tabakblatt.

»Ich glaube, dann hab' ich das Richtige für uns«, sagte ich und holte meinen halbgegessenen Hamburger und den, den ich noch nicht angerührt hatte, aus dem Pickup und wärmte sie auf dem Grill auf. In meiner Werkzeugkiste fand ich außerdem noch zwei Dosen mit warmem Dr. Pepper.

Der Regen fiel im Feuerschein schräg zur Erde. Der alte Mann aß, ohne zu sprechen. Gelegentlich schaute er mich an.

»Wohin bist du unterwegs?« fragte ich.

»Lafayette. Oder Lake Charles. Vielleicht geh' ich auch nach Beaumont.« Seine wenigen Zähne waren lang und lila von Fäulnis.

»Ich kann dich zur Heilsarmee in Lafayette bringen.«

»Mir gefällt's da nicht.«

»Heut' nacht zieht vielleicht ein Sturm auf. Du willst doch nicht im Gewitter hier draußen bleiben, oder?«

»Warum machen Sie das?« Seine Augen waren rot, die Furchen in seinem Gesicht so fein wie Spinnweben.

»Ich kann dich nachts nicht hier draußen lassen. Es ist nicht gut für dich. Manchmal sind nachts böse Menschen unterwegs.«

Er gab einen Laut von sich, als entwiche seiner Lunge eine Art große philosophische Müdigkeit.

»Mit denen will ich keinen Ärger kriegen, ne, Sohn«, sagte er und ließ stillschweigend zu, daß ich seinen Koffer nahm und ihn zu meinem Pickup geleitete.

Hinter Lafayette setzte starker Regen ein. Die Zuckerrohrfelder waren grün und wogten heftig im Wind, und die Eichen entlang der Straße zitterten weißlich in den aufflammenden Blitzen am Horizont. Der alte Mann war an der Beifahrertür eingeschlafen, und ich fühlte mich allein im Prasseln des Regens auf dem Dach der Fahrerkabine, im schwefligen Geruch der Luft, die von der Lüftung angesaugt wurde, beißend wie Kordit.

Als ich morgens aufwachte, war es im Haus kühl von den Fensterventilatoren, und das Sonnenlicht in den Pecanobäumen vor dem Fenster sah aus wie kräuselnder Rauch. Ich ging barfuß und in Unterhose ins Badezimmer, wandte mich dann zur Küche, um Kaffee zu kochen. Robin stand im Pyjama in der Tür und winkte mir, ich solle zu ihr kommen. Ich schlief noch immer auf der

Couch und sie im Hinterzimmer, teilweise wegen Alafair und zum Teil auch wegen meiner Unaufrichtigkeit bezüglich der Natur unserer Beziehung. Sie biß sich mit Verschwörerlächeln auf die Unterlippe.

Ich saß mit ihr auf der Bettkante und schaute aus dem Fenster auf den Hinterhof. Er war in blaue Schatten getaucht und tropfnaß vom Tau. Sie legte mir ihre Hände aufs Gesicht und in den Nacken, rieb mir über Brust und Rücken.

»Du bist spät gekommen«, sagte sie.

»Ich mußte einen alten Mann zur Heilsarmee in Lafayette bringen.«

Sie küßte mich auf die Schulter und tastete mit ihrer Hand meine Brust abwärts. Ihr Körper war noch warm vom Schlaf.

»Hört sich an, als hätte jemand nicht sehr gut geschlafen«, sagte sie.

»Schätze ich auch.«

»Ich kenne eine gute Methode, das am Morgen wieder auszugleichen«, sagte sie und führte die Hand an meine Lenden.

Sie spürte, wie ich unwillkürlich zusammenzuckte.

»Hast du heute morgen deinen Keuschheitsgürtel um?« fragte sie. »Wieder Skrupel wegen Mommy?«

»Ich habe gestern abend Victor Romero umgelegt.«

Ich spürte, wie sie sich versteifte. Dann sagte sie mit belegter Stimme: »Du hast Victor Romero getötet.«

»Er hat 's so gewollt.«

Da wurde sie wieder still. Sie mochte ein hartgesottenes Mädchen sein, das in einem Obdachlosenasyl großgeworden war, doch in ihrer Reaktion auf jemand, der gerade einen anderen Menschen getötet hatte, unterschied sie sich nicht von anderen.

»Das liegt an dieser verdammten Gegend, Robin.«

»Weiß ich. Ich will auch nicht über dich urteilen.« Sie legte mir die Hand auf den Rücken.

Die Hände auf den Knien, starrte ich durchs Fenster auf den Hof. Der Picknicktisch aus Rotholz war schwarz vor Nässe.

»Möchtest du, daß ich dir Frühstück mache?« fragte sie schließlich.

»Nicht jetzt.«

»Ich mach' dir Toast in der Pfanne auf die Art, wie du ihn magst.«

»Ich möchte jetzt nichts essen.«

Sie legte die Arme um mich und drückte mich. Ich spürte ihre Wange und ihr Haar an meiner Schulter.

»Liebst du mich, Dave?« fragte sie.

Ich antwortete nicht.

»Jetzt komm, Streak. Offen und ehrlich: Liebst du mich?«

»Ja.«

»Nein, tust du nicht. Du magst bestimmte Dinge an mir. Das ist ein Unterschied, ein sehr großer.«

»Ich bin dem heute nicht gewachsen, Robin.«

»Was ich dir sagen will, ist, daß ich verstehe und daß ich mich auch gar nicht beklage. Du bist anständig zu mir gewesen, als niemand sonst es war. Weißt du, was das für mich bedeutet hat, als du mich zur Mitternachtsmesse mit zur Kathedrale genommen hast? Noch nie vorher hat mich ein Mann mit soviel Respekt behandelt. Mommy hat geglaubt, ihre Füße stecken in Cinderellas Glaspantöffelchen.«

Sie nahm meine Hand in ihre und küßte mich auf den Handrükken. Dann sagte sie fast im Flüsterton: »Ich werde immer deine Freundin sein. Bei allem.«

Ich ließ meine Hand unter ihrem Pyjamaoberteil den Rücken hochgleiten und küßte sie in die Augenwinkel. Dann zog ich sie an mich, spürte ihren Atem auf meiner Brust, spürte ihre Finger auf Schenkeln und Bauch und legte mich neben sie und blickte ihr in die Augen, auf die braune Glätte ihrer Haut, sah, wie sich ihre Lippen teilten, wenn ich sie berührte; dann drückte sie sich einen kurzen Moment lang fest an mich, stand vom Bett auf, legte den Riegel an der Tür vor und zog ihren Pyjama aus. Sie setzte sich neben mich, beugte sich über mein Gesicht und küßte mich, und ihr Mund lächelte, als schaue sie auf einen kleinen Jungen hinunter. Ich streifte meine Unterhose ab, und sie setzte sich auf mich, ihre Augen schlossen sich, ihr Mund öffnete sich lautlos, als sie mich in sich aufnahm. Sie vergrub ihre Hände in meinen Haaren, küßte mein Ohr, streckte sich dann über mir aus und verhakte ihre Füße in meinen Kniekehlen.

Einen Augenblick später spürte sie meine Spannung und wie ich versuchte, mich zurückzuhalten, bevor ich jenem alten männlichen Drang nachgab, einfach jenen berstenden Moment der Erfüllung zu vollenden, ob nun der andere daran teilhaben kann oder nicht. Doch sie stützte sich auf Arme und Knie und lächelte mich an und hörte nicht auf, sich zu bewegen, und als ich innerlich schwach wurde und spürte, wie mir der Schweiß auf der Stirn ausbrach, und meine Lenden heiß werden fühlte wie eine Flamme, die einen Kreis in Papier brennt, beugte sie sich wieder auf meine Brust, küßte mich auf Mund und Hals und schob ihre Hände unter mein Hinterteil, als könnte ein Teil von mir ihr in jenem allerletzten, herzbrechenden Augenblick zu entfliehen versuchen.

Später lagen wir, den Ventilator über uns, auf den Bettlaken, während die Sonne zwischen den Zweigen draußen heller wurde. Sie drehte sich auf die Seite, schaute auf mein Profil und umspannte meine Finger.

»Dave, ich finde, du solltest dich deswegen nicht so quälen«, sagte sie. »Du hast versucht, ihn zu verhaften, und er hat versucht, dich dabei umzubringen.«

Ich schaute auf die huschenden Schatten der Ventilatorblätter an der Decke.

»Schau, ich kenne Cops in New Orleans, die den Typ einfach umgelegt und ihm keine Chance gegeben hätten. Die hätten ihm dann einfach 'ne Waffe in die Hand gedrückt. Die haben auch ein Wort dafür. Wie nennen sie das noch?«

»Einen ›Abwurf‹ oder einen ›Wegwurf‹.«

»Du gehörst nicht zu dieser Art von Cops. Du bist ein guter Mann. Warum willst du diese Schuld mit dir rumschleppen?«

»Du verstehst nicht ganz, Robin. Ich glaube, daß ich es vielleicht noch mal tun werde.«

Später rief ich im Büro an und teilte ihnen mit, daß ich an diesem Tag nicht kommen würde. Dann zog ich mir Shorts und Laufschuhe an, hob unter dem Mimosenbaum im Hinterhof Gewichte und rannte auf der Bayoustraße fünf Kilometer. Um die Wurzeln der überfluteten Zypressen waberten noch immer Nebelschwaden. Ich ging in den unverputzten, ungestrichenen Kramladen aus

Fachwerk bei den Four-corners, trank einen Orangensaft, unterhielt mich mit dem alten Ladenbesitzer auf französisch und joggte dann entlang der Straße zurück, während die Sonne am Himmel höher stieg und Libellen reglos über den Rohrkolben schwebten und plötzlich niederstießen.

Als ich erhitzt und schweißüberströmt durch die Fliegendrahttür kam, sah ich, daß die Tür zu Annies und meinem Schlafzimmer weit offenstand, das Schloß und die Haspe aus dem Rahmen gestemmt waren, das ausgerissene Holz wie eine Wunde nach dem Zähneziehen. Die Sonne strömte durch die Fenster ins Zimmer, und Robin kauerte in einem knappen weißen Hemdchen und abgeschnittenen Jeans auf Händen und Knien auf dem Boden, tauchte eine harte Scheuerbürste in einen Eimer mit Seifenwasser und schrubbte die rissigen Zypressendielen. Die von Schrot zernarbten Wände und das Kopfbrett des Bettes glänzten vor Nässe, und neben einer Flasche Clorox auf dem Fußboden stand ein zweiter Eimer voller Aufwischlappen, und Lappen und Wasser hatten die Farbe von Rost.

»Was machst du da?« fragte ich.

Sie blickte zu mir hoch und schrubbte weiter auf den Dielen, ohne mir zu antworten. Die harten Borsten der Scheuerbürste hörten sich auf dem Holz an wie Sandpapier. Die Muskeln auf ihrem gebräunten Rücken spannten sich bei jeder Bewegung.

»Verdammt, Robin, wer gibt dir das Recht, einfach in mein Schlafzimmer zu gehen?«

»Ich konnte deine Schlüssel nicht finden, also hab' ich das Schloß mit einem Schraubenzieher aufgestemmt. Tut mir leid, wenn ich Schaden angerichtet habe.«

»Verdammt, du verschwindest jetzt aus diesem Zimmer.«

Sie hielt inne und setzte sich auf die Hacken. An ihren Knien waren weiße Abdrücke. Mit dem Handrücken wischte sie sich den Schweiß vom Haaransatz.

»Ist das deine Kirche, in die du jeden Tag gehst, um zu leiden?« fragte sie.

»Es geht dich gar nichts an, was es ist. Es ist nicht dein Leben.«

»Dann sag mir, daß ich aus deinem Leben verschwinden soll. Sag's, und ich mach's.«

»Ich bitte dich, aus diesem Zimmer zu gehen.«

»Es fällt mir schwer, deine Einstellung zu kapieren, Streak. Du trägst die Schuld mit dir rum wie ein Netz auf dem Kopf. Hast du schon mal Typen gekannt, die sich immer unweigerlich 'n Tripper holen? Die sind nicht eher glücklich, bis ihnen nicht irgendeine Braut die volle Dosis von den Zehenspitzen bis in die Augen verpaßt hat. Wünscht du dir das für dich?«

Schweiß tropfte mir von den Händen auf den Fußboden. Ich atmete ruhig durch und strich mir das nasse Haar zurück.

»Tut mir leid, daß ich ausfallend geworden bin. Ja, wirklich. Aber komm jetzt bitte hier raus«, sagte ich.

Sie tauchte die Bürste wieder in den Eimer, und der nasse Kreis auf dem Boden, wo sie geschrubbt hatte, wurde größer.

»Robin«, sagte ich.

Ihr Blick war konzentriert auf die Striche der Bürste auf dem Holz gerichtet.

»Das ist mein Haus, Robin.«

Ich trat einen Schritt auf sie zu.

»Ich rede mit dir, Kindchen. Laß diese Spielchen«, sagte ich.

Sie hockte sich wieder auf ihre Hacken und ließ die Bürste ins Wasser fallen.

»Ich bin fertig«, sagte sie. »Willst du hier stehenbleiben und jammern? Oder hilfst du mir die Eimer raustragen?«

»Du hast nicht das Recht, das zu tun. Du meinst es gut, aber du hast nicht das Recht gehabt.«

»Warum beweist du deiner Frau nicht ein bißchen Achtung und hörst auf, sie zu benutzen? Wenn du dich besaufen willst, dann geh doch und tu's. Wenn du jemand umbringen willst, tu auch das meinetwegen. Aber hab dann zumindest den Mut, es auf eigene Rechnung zu tun, ohne die ganze Scheiße von Reue und Sühne. Das geht mir auf den Keks, Dave.«

Sie nahm einen der beiden Eimer vorsichtig auf, damit er nicht überschwappte, und ging an mir vorbei aus der Tür. Ihre nackten Füße hinterließen feuchte Abdrücke auf den Zypressendielen. Ich blieb allein im Zimmer zurück. Im durch das Fenster einfallenden Licht wirbelten Staubflocken. Dann sah ich sie mit dem Eimer über den Hof auf den Ententeich zugehen.

»Warte!« rief ich ihr durchs Fenster nach.

Ich sammelte die schmutzigen Lappen vom Boden auf, tat sie in den anderen Eimer und folgte ihr nach draußen. Ich blieb bei der Aluminiumhütte stehen, in der ich meinen Rasenmäher und Gerätschaften aufbewahrte, holte mir eine Schaufel und ging hinunter zu dem kleinen Blumengärtchen, das Batists Frau neben dem flachen Graben gepflanzt hatte, der durch mein Grundstück verlief. Die Erde im Garten war lehmig und feucht, da der Graben übergelaufen war, und stellenweise von Bananenstauden überschattet, damit Geranien und Stiefmütterchen im Sommer nicht verbrannten, doch der äußere Rand stand in der prallen Sonne, und sie machte Maßliebchen und Immergrün schwer zu schaffen.

Es waren nicht die Kornblumen und Schlüsselblumen, wie sie einem Mädchen aus Kansas zugestanden hätten, doch ich wußte, daß sie es verstehen würde. Ich trieb den Spaten in die nasse Erde und hob ein tiefes Loch zwischen den Wurzeln der Margeriten aus, goß die zwei Eimer mit Seife, Wasser und Chemikalien in die Erde, warf Bürste und Lappen in das Loch, stülpte die Eimer obenauf, trat sie mit dem Fuß platt und bedeckte die Grube wieder mit einem feuchten Erdhaufen und einem Gewirr von durchtrennten Margeriten- und Immergrünwurzeln. Ich wickelte den Gartenschlauch von der Seitenwand des Hauses ab und besprengte den Hügel, bis alles so schlammig und glatt war wie der Boden drumherum und die Chemikalien unter das Wurzelwerk des Blumenbeets gewaschen waren.

Es war ein Verhalten, über das man gar nicht nachdenken will und über das man sich später keine Rechenschaft ablegen möchte. Ich spülte den Spaten mit dem Schlauch ab, stellte ihn wieder in den Schuppen und kam, ohne ein Wort mit Robin zu sprechen, zurück in die Küche. Dann duschte ich, zog ein sauberes Paar Khakihosen und ein Baumwollhemd an und las am Rotholztisch unter dem Mimosenbaum die Zeitung. Ich konnte hören, wie Robin in der Küche Lunch zubereitete und Alafair mit ihr in einer Mischung aus Spanisch und Englisch schwatzte. Dann brachte mir Robin auf einem Tablett ein Schinken-und-Zwiebel-Sandwich und ein Glas mit geeistem Tee heraus. Ich schaute nicht auf, als sie es vor mir auf dem Tisch absetzte. Sie blieb neben mir stehen. Ihr nackter Schenkel war nur Zentimeter von meinem Arm entfernt. Ich spürte, wie ihre Hand leicht meine Schulter berührte, sich an meinem feuchten Hemdkragen zu schaffen machte und das Haar in meinem Nacken zauste.

»Ich werde immer dein größter Fan bleiben, Robicheaux«, sagte sie.

Ich legte meinen Arm um ihr weiches Hinterteil und drückte sie mit geschlossenen Augen an mich.

Am Spätnachmittag war Minos Dautrieve an meiner Vordertür, bekleidet mit Bluejeans, Tennisschuhen ohne Socken und einem farbverschmierten goldfarbenen Hemd. Eine Angelrute ragte aus dem Beifahrerfenster seines Toyota Jeeps.

»Ich hab' gehört, daß Sie sich auskennen und wissen, wo man die ganz dicken Barsche fängt«, sagte er.

»Manchmal schon.«

»Ich hab' Brathähnchen mitgebracht und Dixie-Bier und Sprudelwasser in der Kühltasche. Das nehmen wir alles mit für unterwegs.«

»Wir hatten vor, heute abend zu den Rennen zu gehen.«

»Ich sorg'dafür, daß Sie rechtzeitig zurückkommen. Jetzt bewegen Sie Ihren Hintern, Junge.«

»Sie haben wirklich ein Gemüt, Minos.«

Wir koppelten meinen Anhänger und eins meiner Boote an seinen Jeep und fuhren vierzig Meilen bis zu dem Wasserlauf, der die Südwestgrenze der Atchafalaya-Marsch bildet. Der Wind hatte sich gelegt, das Wasser war ruhig, und die Insekten schwärmten gerade aus Schilf und Seerosen im Schatten der Weideninseln. Ich tuckerte durch eine langgestreckte Bucht, die durchsetzt war mit abgestorbenen Zypressen und Rohrinseln, dann einen Bayou hinein bis tief in den Sumpf, bevor ich den Motor ausstellte, und ließ das Boot langsam in eine kleine Bucht treiben, an deren Ende ein enger Kanal einmündete. Noch immer wußte ich nicht, was Minos vorhatte.

»An einem heißen Tag wie heute verkriechen sie sich tief in den Löchern auf der Schattenseite der Inseln«, sagte ich. »Ganz kurz vor Einsetzen der Dämmerung ziehen sie hoch bis zum Kanal und schnappen sich ihr Futter da, wo das Wasser sich um den Uferstreifen schlängelt.«

»Im Ernst?« fragte er.

»Haben Sie einen Rapala?«

»Vielleicht hab' ich einen dabei.«

Er ließ seine Box mit Angelzubehör aufschnappen, die in drei Fächer unterteilt war, jedes reichlich gefüllt mit Gummiwürmern, Blinkern, künstlichen Fliegen, Gleitblinkern und Springkäfern.

»Wie sieht der denn aus?« fragte er.

»Wissen Sie was, Minos? Ich hab's aufgegeben, den lieben netten Mann für Regierungsagenten zu spielen, seit ich mich bei der Polizei von New Orleans empfohlen habe.«

Er klemmte eine Devil-Horse-Fliege an sein Vorfach und warf die Schnur mit einer schnellen Drehung des Handgelenks in sauberem Bogen über den Kanal ins offene Wasser. Dann zog er sie durch den Kanal ein, zurück in die Bucht, und machte den zweiten Wurf. Beim dritten Wurf sah ich, wie sich die glatte Wasseroberfläche unter den Seerosen wölbte, dann die Rückenflosse eines fetten Bigmouth-Barsches, die sich wie eine Schlange direkt auf den Köder zuwand, die Schuppen des Fisches wie aus grünem und goldenem Licht gehämmert, und dann explodierte das Wasser, als er auf den Köder niederstieß und Minos den Drillingshaken mit einem Ruck fest in seinen Kiefer riß. Der Barsch tauchte ab, hielt auf eine Öffnung im Schilf zu, und das Wasser wurde schlammig, doch Minos behielt die Spitze der Angelrute oben, führte die Leine straff und zwang ihn zurück in die Mitte der Bucht. Dann brach der Barsch durch die Wasserlinie und stieg in die Luft, versuchte mit zuckendem Kopf, Köder und Vorfach abzuschütteln, fiel aufklatschend zurück ins Wasser wie ein Brett, bevor er wieder wegtauchte und den Kanal und offenes Wasser zu erreichen suchte.

»Holen Sie ihn hoch«, sagte ich.

»Er reißt ihn sich aus dem Maul.«

Ich wollte gerade weiterreden, sah dann aber, daß der Zug an der Leine aufhörte und sie in der Strömung erzitterte, winzige, schimmernde Wassertropfen an dem straffen Kunststoffaden hinunterperlten. Als Minos versuchte, an der Rolle zu drehen, wurde die Angelrute mit einem Ruck zur Seite gerissen. Ich schob den Kescher, den ich bereitgehalten hatte, wieder unter den Bootssitz. Plötzlich schnellte die Rute zurück, lag gestreckt und leblos in Minos' Hand, während die gerissene Leine in einem Schnörkel auf der Wasseroberfläche trieb.

»Schweinehund«, knirschte er.

»Ich hab' vergessen, Ihnen zu sagen, daß sich über den Grund der Bucht eine Menge Baumwurzeln von den Zypressen ziehen. Aber lassen Sie sich nicht die Laune verderben. Dieser Barsch besitzt schon eine ganze Sammlung von meinen Ködern.«

Fast fünf Minuten lang sprach er kein Wort. Er trank eine Flasche Dixie-Bier, tat sie zurück in die Kühltasche, öffnete die nächste und zündete sich eine Zigarre an.

»Möchten Sie ein Stück Hähnchen?« fragte er.

»Gern. Aber es wird spät, Minos. Ich möchte noch immer zum Rennen.«

»Halte ich Sie auf?«

Ich steckte die Teile meiner Fenwick-Angelrute zusammen und befestigte einen schwarzen Springkäfer mit gelber Feder und roten Augen an dem schmal auslaufenden Ende der Pose. Ich drückte den Haken in den Korkgriff und reichte ihm die Angel.

»Das ist der todsichere Killer für das Glubschauge«, sagte ich. »Wir fahren raus aufs offene Wasser und werfen die Angel zum Ufer hin aus. Aber dann muß ich mich endgültig auf den Weg machen, Partner.«

Ich hob das dreißig Zentimeter lange Stück Eisenbahnschiene vom Grund, das ich als Anker benutzte, ließ den Außenbordmotor hochgeklappt am Heck und paddelte durch den Kanal in eine größere Bucht. Die Luft war purpurn, Schwalben schwärmten über den Himmel, und ein Wind war aufgekommen, der die Insekten in die überfluteten Bauminseln zurücktrieb, so daß jetzt Brassen und Sonnenfische und die glubschäugigen Flußbarsche tief in den Schatten nach Futter schnappten. Der Himmel im Westen war von einem brennenden Orange, und Kraniche und Blaureiher standen im flachen Wasser an den Rändern der Sandbänke und Inseln aus Rohrkolbenschilf. Minos ließ seine Zigarre aufzischend ins Wasser fallen, warf die Schnur in einer Achterschlinge über den Kopf und setzte den Springkäfer genau an den Rand der Seerosen.

»Wie ist Ihnen zumute, jetzt, nachdem Sie Romero beseitigt haben?« fragte er.

»Ich fühle überhaupt nichts.«

»Glaub' ich Ihnen nicht.«

»Na und?«

»Ich nehme es Ihnen nicht ab, das ist alles.«

»Sind Sie deswegen mit mir hier draußen?«

»Ich habe mich heute morgen mit Magelli, diesem Lieutenant von der Mordkommission, am Telefon unterhalten. Sie haben ihm nicht gesagt, daß es Ihre Frau gewesen ist, die Romero umgebracht hat.«

»Er hat mich nicht gefragt.«

»O doch, hat er wohl!«

»Mir ist nicht danach, jetzt drüber zu reden, Minos.«

»Vielleicht sollten Sie lernen, wer Ihre Freunde sind.«

»Hören Sie, falls Sie andeuten wollen, daß ich losgezogen bin, um Romero wegzuputzen, dann liegen Sie völlig falsch. Es hat sich nur einfach so ergeben. Der hat geglaubt, er hätte noch eine zweite Spielhälfte vor sich. Er hat verloren. So einfach ist das. Und tiefschürfende Analysen am Tag danach halte ich für Schwachsinn.«

»Romero kümmert mich einen Dreck. Der hätte schon längst ein Stück Seife sein müssen.« Er verfehlte eine offene Stelle zwischen den Seerosen und riß den Springkäfer verärgert durch eins der großen Blätter zurück.

»Was soll das ganze Gerede dann eigentlich?«

»Magelli behauptet, Ihnen wäre in Romeros Wohnung etwas aufgefallen. Etwas, wovon Sie ihm nichts erzählen wollten.«

Ich zog das Paddel durchs Wasser und antwortete nicht.

»Es hatte mit Limonensaft oder was ähnlichem zu tun«, sagte er.

»Das Einzige, was zählt, ist der Punktstand am Ende des Spiels. Ich habe einen großen Fehler begangen, daß ich die Cops von New Orleans nicht hinzugezogen habe, um Romero hochgehen zu lassen. Ich weiß nicht, womit ich das gutmachen könnte. Belassen wir's dabei, Minos.«

Er setzte sich auf die Bank im Boot und steckte den Haken des Springkäfers in den Korkgriff der Angelrute.

»Lassen Sie mich ganz kurz eine Geschichte erzählen«, sagte er. »In Vietnam hab' ich für einen Major gearbeitet, der gleichzeitig ein bösartiger und ein dummer Mensch gewesen ist. Er hatte Spaß dran, in den freien Feuerzonen von seinem Hubschrauber aus Zielschießen zu veranstalten – Bauern auf einem Feld, Frauen, Wasserbüffel, was sich grade zeigte. Dann flogen durch seine Dummheit und Unfähigkeit ein paar unserer Agenten auf, und sie wurden umgebracht. Ich will nicht in Einzelheiten gehen, aber der Vietcong konnte sehr einfallsreich sein, wenn er anderen Anschauungsunterricht erteilen wollte. Unter diesen Agenten war eine Lehrerin, eine Eurasierin, zu der ich eine Art Beziehung hatte.

Ich habe eine Menge über unseren Major nachgedacht. Ich habe viele Nächte damit verbracht, lange und ausgiebig über ihn nachzudenken. Dann hat sich eines Tages wie von selbst eine Gelegenheit ergeben. Draußen, im Dschungel von Indochina, wo man einen fetten, unfähigen Kerl scheibchenweise in die Astgabeln schießen, dann ein bißchen Dope rauchen und einen unerfreulichen Tag einfach angenehm ausklingen lassen konnte. Aber ich hab's nicht getan. Ich war nicht gewillt, den Rest meines Lebens – wenn Sie so wollen, mein Gewissen – für ein einziges solches Arschloch dranzugeben. Deshalb ist er wahrscheinlich immer noch da draußen, schindet Leute, treibt sie in den Tod, erzählt Geschichten über all die vielen Gelben, die er auf den Reisfeldern im Wasser treibend zurückgelassen hat. Aber auch heute noch bin ich nicht verrückt, Robicheaux. Ich muß nicht auf einem ganzen Scheißhaufen von Schuld leben. Ich muß mir keine Sorgen drüber machen, daß die falschen Leute eines Tages vor meiner Haustür auftauchen.«

»Sparen Sie sich Ihre Sorgen um mich. Ich hab' nichts mehr, womit ich weitermachen könnte. Ich hab's gesteckt.«

»Ich würde gern glauben können, daß Sie so demütig und resigniert sind.«

»Vielleicht bin ich's ja.«

»Nein, ich kenne Jungs wie Sie. Sie laufen asynchron mit der Welt, und Sie trauen andern Menschen nicht. Darum sind Sie ständig am Brüten und Grübeln.«

»Stimmt das?«

»Sie wissen bloß noch nicht genau, wie Sie es durchziehen sollen«, sagte er. Auf seinem Gesicht lag der letzte rötliche Schein der Sonne. »Letzten Endes versuchen sie dann doch, die bösen Buben auf den Fleischerhaken zu kriegen.«

11

Er hatte unrecht. Ich hatte bereits alle Überlegungen aufgegeben, wie ich die Sache durchziehen könnte. Statt dessen grübelte ich den ganzen Tag über einen grundlegenden Fehler nach, den ich bei diesem Fall begangen hatte, den Fehler, nicht aufgrund meiner Rückschlüsse bezüglich des Verhaltens von Bubba und seiner Frau zu handeln – daß sie nämlich Menschen benutzten. Sie benutzten sie auf zynische und skrupellose Weise und warfen sie dann weg wie ein gebrauchtes Kleenex. Johnny Dartez hatte für Bubba als Muli gearbeitet und war in dem Flugzeug am Southwest Pass ertrunken; Eddie Keats hielt Bubbas Nutten bei der Stange, und Toot machte sie in seinem Auftrag fertig. Und jetzt hatte man den einen im Sumpf ersäuft, der andere war in seiner Badewanne gekocht worden, und ich war schließlich vor lauter Stolz und Verbohrtheit in die Rolle von Victor Romeros Henker hineingestolpert.

Der Tisch war wieder rein. Ich hatte mich immer für einen einigermaßen gewieften Cop gehalten, einen Außenseiter im Apparat, einen einäugigen Existentialisten unter lauter Blinden, doch nun konnte ich nicht umhin, mein Verhalten damit zu vergleichen, wie Polizisten allenthalben mit schweren Verbrechen umgehen. Unbewußt konzentrieren wir uns auf die am leichtesten Greifbaren und denkbar Ungeeignetsten in der Riesenarmee großstädtischen Abschaums: Süchtige, Straßendealer, kleine Diebe, Nutten und ein paar Zuhälter, Strohmänner und offenkundig Geistesgestörte und Gewalttätige. Mit Ausnahme der Nutten sind die meisten dieser Menschen dumm, erbärmlich und leicht abzuurteilen. Man überprüfe nur die Insassen der Stadt- oder Bezirksgefängnisse. Unterdessen bleiben Menschen, die den Grand Canyon als Kiesgrube verhökern oder die Verfassung auf einem arabischen Teppichbasar verkaufen würden, gesellschaftlich so anerkannt wie ein Silberdollar bei der Kirchenkollekte.

Doch man überläßt das Spielfeld nicht der anderen Mannschaft, nur weil der eigene Wurf ein ausgemachter Flattermann ist, den einem der Schlagmann sofort vors Brustbein ballert. Außerdem hat eine Situation in der man nichts mehr zu verlieren hat, gewisse Vorteile: Man hat grundsätzlich das Recht dazu, die Kacke mächtig und stinkend zum Dampfen zu bringen. Das mag am Ausgang der Sache nichts ändern, doch es bringt die andere Seite ganz gewiß zum Schweigen, wenigstens vorübergehend.

Ich entdeckte Bubba am folgenden Morgen auf dem Gelände seiner Fischverpackungsfabrik im Süden von Avery Island, einem Marschen- und Salinengebiet, das in die Vermilion Bay und den Golf übergeht. Das Packhaus war aus Blech und auf Pfählen über dem Bayou gebaut, und die Docks waren ebenfalls silbern gestrichen, so daß der gesamte Komplex gleißend hell und glitzernd wirkte wie Alufolie inmitten einer See aus Schilfgras, toten Zypressen und gewundenen Kanälen. Seine Austern- und Krabbenboote waren draußen, doch ein glänzend gelbes Speedboot trieb in den Benzinlachen auf dem Wasser um den Anlegesteg.

Ich stellte meinen Pickup auf dem mit Austernschalen übersäten Vorplatz ab und ging eine Rampe hinauf zur Anlegestelle. Die Sonne war heiß, wurde grell vom glatten Wasser reflektiert, und die Luft roch nach toten Krabben, Öl, Teer und der salzigen Brise vom Golf. Bubba füllte gerade eine Eiskiste mit Dixie-Bier. Sein Oberkörper war nackt und verschwitzt, und seine Jeans saßen so tief auf den schmalen Hüften, daß das Gummiband der Unterhose zu sehen war. Er hatte keinen Zentimeter Fett auf den Hüften oder dem flachen Bauch. Die Schultern waren mit feinen braunen Haaren bedeckt, und über den tiefgebräunten Rücken zog sich ein Geflecht winziger Narben.

Hinter ihm lehnten zwei blasse Männer mit ölig schwarzen Haaren, die buntbedruckte Hemden, bequeme lange Hosen, Slipper mit Schnallen und Sonnenbrillen trugen, über dem Geländer des Anlegestegs und schossen mit einem Luftgewehr auf Tauben und Reiher. Die toten Reiher sahen wie schmelzender Schnee unter der Wasseroberfläche aus. Mir war, als hätte ich einen der Männer als ehemaligen Chauffeur des inzwischen verstorbenen Berufsgangsters Didoni Giacano aus New Orleans erkannt.

Bubba lächelte vom Eiskasten zu mir hoch. Er hatte Schweißtropfen an den Augenbrauen und in den Stoppelhaaren.

»Komm mit auf Spritztour«, sagte er. »Das Schätzchen da teilt das Meer bei voller Fahrt glatt in zwei Hälften.«

»Was hast du mit dem Itakerpack zu schaffen?«

Einer der blassen, schwarzhaarigen Männer schaute über die Schulter zu mir. Die Sonne blitzte auf den dunkel getönten Gläsern.

»Freunde aus New Orleans«, sagte Bubba. »Willst du ein Bier?«

»Die schießen auf Vögel, die unter Naturschutz stehen.«

»Ich bin die Tauben leid, die mir die Krabben vollscheißen. Aber ich will mich nicht mit dir streiten. Sag's ihnen doch selber.« Er lächelte mir wieder zu.

Auch der andere Mann am Geländer starrte mich jetzt an. Dann lehnte er das Luftgewehr an die Holzbalken, riß einen Schokoriegel aus der Verpackung und warf das Papier ins Wasser.

»Wie groß ist der Mob bei dir eingestiegen, Bubba?«

»Also mal sachte, Mann. Das ist doch Kintopp.«

»Du zahlst diesem Pack dicke Schutzgelder.«

»Nein, da hast du was in den falschen Hals bekommen. Die Leute zahlen Geld an mich. Ich gewinne, sie verlieren. Darum hab' ich die vielen Geschäfte. Darum biete ich dir ein Bier an. Darum lad' ich dich auf mein Boot ein. Ich bin nicht nachtragend. Hab' ich gar nicht nötig.«

»Erinnerst du dich an Jimmy Hoffa? Es gab keinen, der härter war als er. Dann dachte er, er könnte mit dem Mob Geschäfte machen. Ich wette, die haben sich die Lippen geleckt, als er sich an sie rangemacht hat.«

»Hört euch diesen Knaben an«, sagte er lachend. Er hebelte eine Flasche an der Kante des Eiskastens auf, und Schaum quoll aus dem Hals und platschte auf den Anlegesteg.

»Hier«, sagte er und streckte mir die Flasche hin, und Bier lief feuchtglänzend über seinen Handrücken.

»Nein, danke«, sagte ich.

»Wie du willst«, sagte er, setzte die Flasche an den Mund und trank. Dann blies er Luft durch die Nase und schaute auf sein Speedboot. Die Narben auf seinem Rücken waren wie ein durchbrochenes Umhangtuch über der Haut. Er trat von einem Fuß auf den anderen.

»Na ja, es ist 'n wunderschöner Tag, und ich breche gleich auf«, sagte er. »Wenn du mir was zu sagen hast, dann sag's jetzt, weil ich raus will, bevor es zu regnen anfängt.«

»Ich hab' mir nur ein paar Gedanken gemacht. Darüber zum Beispiel, wer in letzter Zeit die Entscheidungen für dich trifft.«

»Ach ja, wirklich?« sagte er. Eine Hand auf die Hüfte gestemmt, trank er von seinem Bier und schaute an mir vorbei auf die Marsch, wo ein paar Blaureiher in den Himmel aufstiegen.

»Vielleicht lieg' ich ja auch falsch.«

»Vielleicht hast du ja auch einen Hirnschaden.«

»Versteh mich nicht falsch, ich will dir deine Fähigkeiten nicht absprechen. Ich habe nur so ein Gefühl, daß sich Claudette als ein sehr ehrgeiziges Mädchen entpuppt hat. Läßt sich schwer an Haus und Herd binden, wie?«

»Du gehst mir langsam auf den Senkel, Dave. Das paßt mir nicht. Ich hab' Gäste hier, der ganze Morgen ist verplant. Wenn du mitkommen willst, ist das cool. Aber nerv mich nicht länger, Partner.«

»Ich stell' mir das folgendermaßen vor. Sag mir, wenn ich auf dem falschen Dampfer bin. Johnny Dartez war nicht grade ein Steher, wie? Er war ein blöder Ganove, ein Gauner von der Straße, dem man nicht trauen konnte. Du hast genau gewußt, daß er deinen Arsch eines Tages an die Bundesjungs verkauft, also haben entweder du oder Claudette Victor Romero den Auftrag gegeben, ihn zu beseitigen. Nur daß er auch alle anderen in diesem Flugzeug mit umgebracht hat. Den Priester eingeschlossen.

Dann stolpere ich mitten rein in die Sache und mache alles noch komplizierter. Du hättest mich in Ruhe lassen sollen, Bubba. Ich war für dich überhaupt keine Bedrohung. Ich hatte mich bereits zurückgezogen, als dein Affe vor meinem Haus aufgetaucht ist.«

»Worum geht's denn da?« fragte einer der Italiener.

»Halt dich da raus«, sagte Bubba. Dann schaute er mich wieder an. Seine massige Hand umspannte fest die Bierflasche. »Ich sag' dir was, und ich sag's dir nur einmal. Und du kannst es entweder akzeptieren oder dir quer in den Arsch schieben: Ich bin ein einzelner Mann. Ich bin keine ganze Verbrechenswelle. Dich hält man für einen schlauen Collegetyp, aber du redest immer, als wenn du überhaupt nichts kapiert hast. Wenn du dich auf Dinge einläßt, die außerhalb von New Orleans vor sich gehen, dann ziehst du dir Hunderte von Leuten auf den Hals. Du mußtest unbedingt hinterher, also haben sie dir die Tür vor die Nase geknallt. Hör auf, mir deine Scheiße aufzuladen.«

»Claudette war in Romeros Wohnung.«

»Wovon redest du da?«

»Du hast mich verstanden.«

»Sie geht nirgendwo hin, wovon ich nicht weiß.«

»Sie hatte ihre Thermosflasche mit Gin Rickey dabei. Sie hat überall auf dem Küchentisch nasse Abdrücke hinterlassen.«

Seine graublauen Augen starrten mich an, als wären sie lidlos. Sein Gesicht war eisig, der Kiefer schief wie das Maul eines Barrakudas.

»Du hast es wirklich nicht gewußt, stimmt's?« sagte ich.

»Sag das alles noch mal.«

»Nein, es ist dein Problem. Werd' selbst damit fertig, Bubba. Aber trotzdem, ich würd' auf meinen Arsch aufpassen. Wenn sie nicht deinen Laden auffrißt, dann tun das die Typen da. Ich glaube nicht, daß du die Dinge noch unter Kontrolle hast.«

»Willst du rausfinden, wie gut ich noch alles unter Kontrolle habe? Willst du sehen, wie ich dir die Nase gleich im Gesicht kaputtquetsche? Na komm, willst du das?«

»Werde erwachsen.«

»Nein, werd' du erst mal erwachsen. Du kommst hier in mein Haus, du kommst hier raus in meine Firma, du erzählst vor meinen Freunden Scheißdreck über meine Familie, aber sonst machst du nichts, hältst dich aus allem bloß raus. Das ist so, wie wenn du anderen Leuten immer nur den Furz in die Nase steigen läßt.«

»Du hättest schon längst zum Psychiater gehen sollen. Du redest verdammt geschwollen, Bubba.«

Er ließ das Bier in der Flasche kreisen.

»Ist das alles, was du auf Lager hast?« fragte er.

»Du wirst das nie verstehen. Du hast einfach nicht das Zeug dazu.«

»Schön, du hast gesagt, was du sagen wolltest. Wie wär's, wenn du jetzt von hier abhaust?«

»Dein Vater ist nicht mehr da und kann dir vor andern Leuten eine knallen oder dich mit der Hundeleine durchprügeln. Also hast du eine Frau wie Claudette geheiratet. Du läßt dich von 'ner Lesbe einwickeln. Sie nimmt deinen ganzen Laden auseinander, und du merkst noch nicht mal was.«

Die Haut um seine Augen spannte sich, und die Augen selbst wirkten hart wie Murmeln.

»Wir sehen uns«, sagte ich. »Bunker lieber ein bißchen Geld auf den Grand Caymans. Ich glaube, du wirst es dringend brauchen, wenn Claudette und die Typen hier mit dir fertig sind.«

Ich ging über die Holzrampe auf den Parkplatz zu meinem Pickup. Seine Bierflasche fiel scheppernd auf den Anlegesteg, rollte über die Planken, und aus dem Flaschenhals quollen Schaumspiralen.

»He, so kommst du mir nicht davon! Hörst du? So kommst du mir nicht einfach davon!« sagte er und stieß mit dem Finger nach meinem Gesicht.

Ich ging weiter auf meinen Pickup zu. Der mit Austernschalen übersäte Parkplatz lag grellweiß und heiß in der Sonne. Er lief jetzt neben mir her, das Gesicht angespannt wie ein zu prall aufgeblasener Luftballon. Mit steif vorgestreckter Hand stieß er an meinen Arm.

»He, hast du Wachs in den Ohren?« sagte er. »So redet keiner mit mir! Du pöbelst mich nicht vor meinen Freunden an und haust dann einfach ab.«

Ich öffnete die Tür meines Lasters. Er packte mich an der Schulter und drehte mich zu sich herum. Seine schweißige Brust war von Adern überzogen.

»Schlag zu, und ich buchte dich ein. Und hör endlich mit dem Schuljungenquatsch auf«, sagte ich.

Ich schlug die Tür des Lasters zu und fuhr langsam über die Austernschalen vom Parkplatz. Mit seinem verzerrten Gesicht, das nun vom Seitenfenster verschwand, wirkte er wie ein Mann, dessen wütende Energien sich plötzlich in einen Satz Messer verwandelt hatten, die in seinem Innern wühlten.

An diesem Nachmittag machte ich früh mit der Arbeit Schluß und schrieb Alafair für das Herbstsemester im Kindergarten der katholischen Schule in New Iberia ein. Dann nahm ich sie und Batist in meinem Kastenboot mit zum Krabbenfischen hinaus auf die offene See. Doch der eigentliche Grund, warum ich an diesem Tag in den Golf hinausfuhr, war ein anderer: Es war der 21. Todestag meines Vaters. Er war Kranführer auf einer Ölbohrinsel und gerade hoch oben auf seiner Affenschaukel bei der Arbeit, als die Mannschaft früher als erwartet auf Ölsand stieß. Der Saugkopf war nicht mit einer Überdrucksicherung versehen, und sobald der Bohrer die riesige Gasblase tief unter dem Meeresboden anstach, fing die ganze Bohranlage an zu beben, und plötzlich schossen unter tonnenweise Druck stehendes Salzwasser, Sand und Öl aus dem Loch, und dann wurde das Bohrgestänge herausgeschleudert. Eisenstangen, Seitenschneider, Kettenstücke, eine Unzahl von Rohrenden schepperten und prasselten auf die Bohrinsel, Metall traf auf Metall, Funken sprühten und zündeten das Gasgemisch im Bohrloch. Überlebende erklärten später, die tobenden Flammen hätten ausgesehen, als habe jemand die Tür zur Hölle aufgetreten.

Mein Vater hakte seinen Sicherheitsgurt in die Laufleine, die von der Turmkrone zum Bootsdach mit den Mannschaftsquartieren führte, und sprang ab. Doch der Turm kippte zur selben Seite, stürzte auf das Mannschaftsboot und riß meinen Vater und neunzehn andere Ölarbeiter mit sich hinunter in die Tiefe des Golfs.

Sein Leichnam wurde nie gefunden, und manchmal tauche ich in meinen Träumen tief unter die Wellen, und dann sehe ich ihn, noch immer mit Schutzhelm, Overall und seinen Stiefeln mit Stahlkappen, wie er mir zugrinst, mit seiner großen Hand zuwinkt, um mir zu bedeuten, daß alles in Ordnung sei.

Das war mein alter Herr. Hilfssheriffs konnten ihn einlochen, Rausschmeißer ihm in Kneipen Stühle auf dem Rücken zertrümmern, ein *Bourrée*-Spieler konnte mit seiner Frau durchbrennen, doch schon am nächsten Morgen tat er immer so, als wäre er heiter und fröhlich, und schüttelte das Mißgeschick vom Vortag ab wie etwas, das gar nicht der Erwähnung wert war.

Ich ließ Alafair im Cockpit am Ruder sitzen, eine Astros-Baseballmütze auf dem Kopf, während Batist und ich die Netze einholten und die Eiskisten mit Krabben füllten. Dann fuhr ich einen Kreis von einer halben Meile, stellte den Motor ab und ließ das Boot über der Stelle treiben, wo der Bohrturm meines Vaters vor einundzwanzig Jahren in einer Sturzflut aus berstendem Eisen und zischendem Dampf untergegangen war.

Jetzt herrschte Zwielicht, und das Wasser war schwarzgrün und mit Gischt überzogen, die in den Tälern zwischen den Wellen verschwand. Die Sonne war bereits untergegangen, und die roten und schwarzen Wolken am westlichen Horizont sahen aus, wie von einem Planeten aufgestiegen, der in den Tiefen des Wassers verbrannte. Ich öffnete die Kiste mit der Taucherausrüstung, nahm den Strauß gelber und roter Rosen heraus, die ich vor Stunden geschnitten hatte und warf sie in ein Wellental. Als die nächste Woge über sie rollte, lösten sich die Blüten und die lose zusammengehaltenen Stiele und trieben auseinander. Wieder flutete Wasser über sie hin und sie sanken unter die Oberfläche.

»Er, dem hätte das gefallen«, sagte Batist. »Dein alter Herr hatte Blumen gern. Blumen und Frauen. Und Whiskey. He, Dave, du bist mir aber nich' traurig? Dein alter Herr ist nie traurig gewesen.«

»Kochen wir uns ein paar Krabben, und dann ab nach Hause«, sagte ich.

Doch den ganzen Rückweg über war ich bedrückt. Das Zwielicht erlosch im Westen und ließ am Horizont nur einen grünen Schimmer zurück, und als der Mond aufging, nahm das Wasser eine bleierne Farbe an. War es die Erinnerung an den Tod meines Vaters, die mir zu schaffen machte, oder mein ständiger Hang zur Depression?

Nein, etwas anderes hatte sich den ganzen Tag über in meinem Unterbewußtsein geregt, wie wenn eine Ratte ihre Barthaare durch ein schwarzes Erdloch wühlt. Ein guter Cop zieht Leute aus dem Verkehr; er bringt sie nicht um. Insofern hatte ich alles vermasselt und niemanden hinter Schloß und Riegel gebracht. Zum Ausgleich hatte ich Stacheldraht um den Kopf eines geistigen Krüppels wie Bubba Rocque gewickelt. Ich hatte kein gutes Gefühl dabei.

Am folgenden Morgen rief Minos mich im Büro an.

»Haben Sie vom Sheriffbüro von Lafayette schon von Bubba gehört?« fragte er.

»Nein.«

»Ich dachte, man hält Sie auf dem laufenden.«

»Was ist los, Minos?«

»Er hat seine Frau gestern windelweich geprügelt. Gründlich. In einer Bar an der Pinhook Road. Wollen Sie hören, wie es sich abgespielt hat?«

»Schießen Sie los.«

»Gestern nachmittag haben sie draußen vor dem Winn Dixie in ihrem Auto Streit angefangen. Drei Stunden später schlürft sie in der Bar an der Pinhook mit ein paar Schmalzköppen aus New Orleans ihren Saft, als Mad Man Muntz in seinem Caddy auf den Parkplatz geschleudert kommt, durch die Tür reinplatzt und sie mit einem Schlag seiner flachen Hand ins Land der Träume schickt. Er hat sie zu Boden gehauen, in den Arsch getreten, sie dann hochgehoben und durch die Tür der Herrentoilette geschmissen. Einer der Schmalzköppe hat versucht, ihn aufzuhalten, und Bubba hat ihm fast die Schnauze abgerissen und sein Blut über die Wand verspritzt. Kein Scheiß. Der Barmann hat erklärt, Bubba hätte den Typ so hart geschlagen, daß er ihm den Kopf fast vom Genick gekippt hat.«

»Das macht Ihnen einen Heidenspaß, Minos, was?«

»Jedenfalls tausendmal besser, als diesen Wichsern zusehen zu müssen, wie sie ihre Zwanzigtausend-Dollar-Karossen an der Rennbahn abstellen.«

»Wo ist er jetzt?«

»Wieder zu Hause, schätze ich. Sie mußte nach Lourdes gefahren werden und sich nähen lassen. Aber sie und der Schmalzkopp haben keine Anzeige erstattet. Aus irgendeinem Grund scheinen die wenig Interesse am Rechtsweg zu haben. Haben Sie irgendeine Idee, was bei Bubba die Sperre ausgeklinkt hat?«

»Ich war gestern draußen bei seiner Fischfabrik in Avery Island.«

»Und?«

»Ich hab' ein bißchen Jod auf ein paar wunde Nerven geträufelt.«

»Aha.«

»Reden wir offen miteinander, Minos. Hier und jetzt. Ich glaube, Claudette Rocque steckt hinter dem Tod meiner Frau. Bubba ist ein Dreckskerl, aber ich bin überzeugt, er wäre offen auf mich losgegangen. Er ist stolz, und er hat mich, seit wir Kinder waren, auf den Knien haben wollen. Er hätte sich nie dazu herabgelassen, jemand andern dafür anzuheuern. Ich glaube, Claudette hat Romero und den Haitianer geschickt, damit sie mich umbringen, und als sie statt meiner Annie ermordet haben und Romero mich auch beim zweitenmal nicht erwischt hat, hat sie vor meiner Haustür die Schlampe markiert und mich mit einem Hunderttausend-Dollar-Job zu ködern versucht. Als auch das nicht funktioniert hat, hat sie Bubba eifersüchtig gemacht und auf mich gehetzt. Jedenfalls bin ich mir sicher, daß sie in Romeros Wohnung war. Sie hat Flecken von der Thermosflasche mit Gin Rickey, die sie immer mit sich rumschleppt, auf seinem Tisch hinterlassen.«

»Das also steckt hinter der Sache mit dem Limonensaft.«

»Ja.«

»Und natürlich ist das als Beweismittel wertlos.«

»Ja.«

»Deswegen haben Sie beschlossen, Bubba wegen seiner Alten ein bißchen an den Eiern zu pieksen?«

»So ungefähr.«

»Wollen Sie jetzt Absolution von mir?«

»Lassen wir das aus dem Spiel, Minos.«

»Hören Sie auf, sich Sorgen zu machen. Das sind beides menschliche Kloschüsseln. Mein Rat lautet, halten Sie sich von denen fern.«

»Warum?«

»Lassen Sie den Dingen einfach ihren Lauf.«

Ich blieb stumm.

»Er ist ein Psychotiker. Sie sammelt *cojones*«, sagte er. »Sie haben ihnen in die Suppe gespuckt. Jetzt lassen Sie sie auch auslöffeln. Könnte sich als ganz spannend erweisen. Aber Sie halten sich, verdammt noch mal, da raus.«

»Niemand wird Ihnen vorwerfen können, daß Sie je ein Blatt vor den Mund nehmen.«

»Wissen Sie, was Ihr Problem ist? Sie sind zwei Personen, die in derselben Hülle stecken. Sie wollen ein moralischer Mensch in einem unmoralischen Geschäft bleiben. Gleichzeitig wollen Sie genau wie wir auch, daß denen die Scheiße um die Ohren fliegt. Jedesmal wenn ich mit Ihnen rede, weiß ich nie, welches der zwei Schachtelmännchen grade aus dem Kasten kommt.«

»Bis später. Bleiben Sie in Verbindung.«

»Ja. Machen Sie sich nicht die Mühe, mir für den Anruf zu danken. Wir tun das für alle Plattfüße auf dem flachen Land.«

Er legte auf. Ich versuchte, ihn zurückzurufen, doch seine Leitung war besetzt. Ich fuhr nach Hause und aß draußen auf dem Dock unter der Segeltuchmarkise mit Batist zu Mittag. Es war heiß und still, und die Sonne stand grellweiß am Himmel.

In dieser Nacht konnte ich nicht schlafen. Die Luft war erstikkend heiß und trocken, und die Ventilatoren an Fenstern und Decke reichten nicht aus, die Hitze zu vertreiben, die sich tagsüber im Holz des Hauses gestaut hatte. Die Sterne am Himmel wirkten heiß, und draußen im Mondlicht konnte ich die Pferde meines Nachbarn in einem Schlammpfuhl liegen sehen. Ich ging in Unterwäsche in die Küche und aß eine Schale Eiscreme mit Erdbeeren, und nur Augenblicke später stand Robin in Unterhemd und Höschen in der Tür und blinzelte verschlafen ins Licht.

»Es ist bloß die Hitze. Geh wieder schlafen, Kiddo«, sagte ich.

Sie lächelte und tastete sich wortlos durch den Flur zurück ins Bett.

Aber es war nicht die Hitze. Ich drehte das Licht aus und saß draußen im Dunkeln auf der Vortreppe. Ich wünschte mir mehr als alles andere, ich könnte Claudette und Bubba Rocque hinter Schloß und Riegel bringen; nein, ich wünschte ihnen Schlimmeres. Sie waren besessen von Raffgier und Selbstsucht; sie vergifteten das Leben anderer mit Elend und Tod, damit sie in Wohlstand und Bequemlichkeit leben konnten, und während sie in New Orleans bei Kaviar dinierten oder in einer restaurierten Südstaatenvilla mit Blick auf Kutscherhaus und Blumenrabatten, den Fluß und die Bäume wohnten, hatten ihre gedungenen Sendboten meine Tür aufgebrochen und zugesehen, wie meine Frau schreckerfüllt und einsam vor den Läufen ihrer Schrotgewehre aufgewacht war.

Aber ich durfte sie nicht zu Boden zwingen, indem ich einen Psychopathen dazu provozierte, seine Frau zu erschlagen. Das mag sich edel anhören, ist es aber nicht. Das Alkoholiker-Therapieprogramm, dem ich mich unterzogen hatte, verbot mir zu lügen, andere Menschen zu manipulieren, sie zu verplanen oder zu steuern, besonders dann nicht, wenn die Absicht dahinter offenkundig destruktiver Natur war. Tat ich es doch, würde ich rückfällig, würde anfangen, mein Leben und das Leben jener, die mir am nächsten standen, zu verwüsten und schließlich als derselbe heillose Säufer enden, der ich vor Jahren gewesen war.

Ich bereitete mir Kaffee, trank ihn draußen auf der vorderen Veranda und beobachtete, wie der erste blasse Lichtstreifen den östlichen Horizont aufhellte. Es war immer noch heiß, und die Sonne brach rot über den Rand der Erde und setzte die niedrig hängenden Wolkenbänder in Flammen; eine unübersehbare Warnung für die Seeleute gewiß, doch dieser Morgen sollte für mich Anfangs- und Endpunkt zugleich werden. Ich wollte mich nicht mehr täglich geißeln, weil ich meine Rachsucht, die meine Wut forderte, nicht mit der Wurzel packen und ausreißen konnte; ich wollte nicht länger versuchen, alles unter Kontrolle zu bekommen, das mir unter die Augen kam; und ich wollte demütig versuchen, den Lebensplan zu akzeptieren, den eine höhere Macht für mich entworfen hatte.

Und schließlich wollte ich mich weigern, weiterhin ein Teil von all der Gewalt und dem Schmutz im Leben von Bubba und Claudette Rocque zu sein.

Wie stets, wenn ich ein Problem oder etwas Eigennütziges in mir meiner Höheren Macht überantwortete, überkam mich das Gefühl, als habe ich einen Albatros vom Nacken geschüttelt. Ich sah, wie das rote Glühen der Sonne höher in den zinnfarbenen Himmel stieg, sah, wie der schwarze Saum der Bäume auf der anderen Seite das Bayou erst grau und dann allmählich grün und in den Umrissen scharf wurde, hörte, wie mein Nachbar das Wasser aufzischen ließ, als er seine Berieselungsanlage einstellte. Es war windstill, und da seit zwei Tagen kein Regen gefallen war, hatte sich Straßenstaub auf den Blättern der Pecanobäume abgesetzt, und die Fäden tanzenden Lichts zwischen den Zweigen sahen aus wie gesponnenes Glas.

Doch ich hatte schon vor langer Zeit gelernt, daß Entschlossenheit allein nicht genügt; wir sind das, was wir tun, nicht das, was wir denken und fühlen. In meinem Fall bedeutete dies, daß ich keinen weiteren Schaden an Claudette Rocque auf mein Gewissen laden wollte, kein weiteres Aufstacheln, keinen neuen Angelhaken in Bubbas Kopf; das Spiel sollte jetzt nach anderen Regeln fortgesetzt werden. Das bedeutete aber auch, daß ich beiden alles erzählen mußte.

Ich rasierte mich und duschte, zog eine leichte Leinenhose und Slipper an, steckte die Dienstmarke an, schnallte das Pistolenhalfter an den Gürtel, trank in der Küche noch eine Tasse Kaffee, fuhr dann den Sandweg entlang in Richtung New Iberia und auf die alte Schnellstraße nach Lafayette. Das Wetter war plötzlich umgeschlagen. Eine langgestreckte Bank regenschwerer grauer Wolken, die sich von Horizont zu Horizont erstreckte, schob sich von Süden heran, und als der erste Schatten sich vor die Sonne legte, erhob sich über der Marsch eine Brise, zauste das Moos an den Zypressen und schüttelte die staubigen Blätter der Eichen entlang der Straße durch.

Ich konnte spüren, wie der Luftdruck sank. Die Brassen und Kaulbarsche furchten bereits das Wasser an den Rändern der Seerosen, wie stets, wenn ein Wetterumschwung bevorstand, und Hühnerhabichte und Kraniche, die in den heißen Aufwinden der Marsch dahinglitten, stießen jetzt in immer enger werdenden Kreisen aus dem dunkler werdenden Himmel herab. Die Main Street von New Iberia war staubverhangen, der grüne Bambus an den Ufern des Bayou Teche bog sich im Wind. Am Ortsrand schleppte der schwarze Besitzer eines Obststandes, der dort seit meiner Kindheit Waren feilgeboten hatte, die Erdbeerkörbe aus dem Baumschatten neben dem Highway unter seinen überdachten Stand.

Zwanzig Minuten später näherte ich mich dem Vermilion River und der Südstaaten-Prunkvilla von Bubba und Claudette Rocque. Die Luft war jetzt kühl, die Wolken hingen blauschwarz über mir, und das grüne Zuckerrohr raschelte auf den Feldern. Ich roch den von Süden heranziehenden Regen, witterte den Geruch nasser Erde, den der Wind herantrug. Ein Stück voraus konnte ich die mit Kies bestreute Zufahrt zu Bubbas Haus sehen, die weißen, von gelben Rosen umrandeten Zäune, die Wassersprenger, die sich unter den Eichen drehten, Mimosen, Limonen- und Orangenbäume auf seinem Rasen. Dann entdeckte ich sein rehbraunes Cadillac Coupé, dessen schneeweißes Verdeck über den getönten Scheiben geschlossen war, sah, wie es in einem Hagel von Kies aus der Einfahrt bog und auf dem Highway röhrend auf mich zujagte. Gewicht und Geschwindigkeit erzeugten einen Sog, der mich von der Fahrbahn drängte, als er pfeilschnell an mir vorbeischoß. Ich sah ihn im Rückspiegel kleiner werden, dann seine roten Bremslichter aufleuchten, als er vor einem Restaurant mit Tankstelle hielt. Ich bog in seine Einfahrt.

Obwohl es kühl war, waren die Fenstervorhänge vorgezogen, summten die Ventilatoren der zentralen Klimaanlage an der Wand, und die Fensterventilatoren oben liefen auf Hochtouren und tropften vor Feuchtigkeit. Ich ging über die mit Marmor belegte Terrasse, zog die Klingel am Messingklopfer, wartete, zog noch einmal und klopfte dann laut mit der Faust an die Tür. Von drinnen kam kein Geräusch. Ich ging seitlich ums Haus, vorbei an einem Blumenbeet mit welken Geranien, das von einem Gartenschlauch unter Wasser gesetzt wurde, und trommelte auf das Glas der Küchentür. Drinnen rührte sich noch immer nichts, doch der MG und das Oldsmobile waren in der alten Remise abgestellt, und mir war so, als könne ich gebratenen Schinken riechen. Das Licht am Himmel hatte sich verändert, die Luft war feuchtschwer, schien grünlich zu schimmern zwischen den Bäumen, und abgefallene Eichenblätter raschelten und segelten über das Gras wie Fetzen trockenen Pergaments.

Ich stemmte die Hände in die Hüften und sah mich um, blickte auf Bubbas Harttennisplatz, die Terrassen, die Myrtenhecken, die das Grundstück am Fluß abgrenzten, und auf die mit Zierketten und Messingkübeln behangenen Steinbrunnen; ich wollte bereits aufgeben und umkehren, als mir auffiel, daß der Wind Rauch und Flugasche und rötlichen Qualm aus einem Geräteschuppen aus Aluminium an der Hinterseite des Hauses vor sich her trieb.

Ich überquerte den Rasen, ging um den Schuppen herum und schaute auf einen alten Komposthaufen, auf dem die eingefallenen, geschwärzten Überreste einer Matratze lagen. Der Bezug war fast verbrannt, die Füllung schwelte, und im Wind stieg dikker, schwärzlicher Qualm auf. Nur eine Seite der Matratze war nicht ganz verbrannt, und dort entdeckte ich einen schmutzigroten Fleck, der vor Hitze dampfte. Ich klappte mein Puma-Messer auf, kniete mich hin und schnitt den Fleck aus dem Stoff. Er fühlte sich warm und steif zwischen meinen Fingern an, als ich ihn zusammenfaltete und in die Tasche steckte. Dann fand ich im Schuppen einen Gartenschlauch, schloß ihn an einen Wasserhahn neben einem Blumenbeet an und wässerte die Matratze, bis der letzte Funken gelöscht war. Aus dem Dampf stieg ein beißender Geruch auf.

Ich ging über die Wiese zurück, löste einen Ziegel aus der Einfassung des Geranienbeets und schlug damit eine Fensterscheibe an der Hintertür ein. Ich drehte den Innenriegel um und betrat eine Küche im Kolonialstil mit Messingtöpfen und -pfannen, die an Haken über einem gemauerten Herd hingen. Der Schinkengeruch kam von einer Bratpfanne auf der Herdplatte und von einem fettverschmierten Teller auf dem Frühstückstisch. Die Klimaanlage war so hoch eingestellt, daß meine Haut sich sofort kalt und taub anfühlte, als sei das Haus mit Trockeneis gekühlt. Ich ging durch einen piniengetäfelten Fernsehraum mit leeren Bücherregalen und zwei Schwarzbärfellen, die im spitzen Winkel zueinander an die Wand genagelt waren, in ein Eßzimmer mit Kronleuchter, dessen Vitrinenschränke aus massivem Walnußholz vollgestellt waren mit schimmerndem Kristall, und schließlich in die mit Marmorfliesen ausgelegte Vorhalle, von der die Wendeltreppe in die oberen Räume abging.

Die Hand auf dem Geländer, stieg ich langsam nach oben. Die Möbelstücke, die Farben und das Holz im zweiten Stockwerk waren ein ähnlich verschrobener, geschmackloser Kitsch wie unten. Die Badezimmertür am Kopf der Treppe stand sperrangelweit offen, und dahinter sah ich einen rosa Plüschvorleger, Goldarmaturen an Waschbecken und Badewanne und eine rosa Tapete mit zartsilbern aufgemalten erotischen Motiven. Die Plastikringe an der Vorhangstange der Dusche waren leer, bis auf einen, an dem noch eine ausgerissene Metallöse und ein kleines Stück Vinyl hingen.

Das Herrenschlafzimmer war weiter unten am Flur. Durch die französischen Türen, die auf den Balkon führten, konnte ich die Wipfel der Eichen sehen, die sich im Wind durchbogen. Ich schaltete das Licht ein und warf einen Blick auf das Baldachinbett, das fast die ganze Breite einer Wand einnahm. Laken, Deckbett, Kissen und Matratze waren verschwunden. Auf dem Holzgestell lag der nackte Sprungfederrahmen. Ich ging um das Bett und befühlte den Teppich davor. Er war noch an zwei Stellen feucht und roch nach Teppichschaum oder Fleckenentferner.

Ich wußte, daß es jetzt an der Zeit war, das Sheriffbüro vom Lafayette Parish anzurufen. Ich bewegte mich außerhalb meines Amtsbereichs, befand mich ohne stichhaltigen Grund in einem fremden Haus und lief vielleicht sogar Gefahr, Beweismittel in einem Mordfall zu vernichten. Doch Legalität ist oft eine Sache, über die erst nach dem Vorliegen eines Falles entschieden wird, und ich glaubte aufrichtig, daß mir jemand zehn weitere Minuten schuldete.

Durch eine Seitentür ging ich hinaus auf den mit Steinplatten belegten Patio, vorbei an dem Swimmingpool und dem Wandelgang, wo Bubba Boxbirnen, Universaltrainer und Sandsack aufbewahrte und fand, an die Wand des Kutscherhauses gelehnt, eine Harke. Der Wind wehte jetzt heftiger, erste Regentropfen platschten an die Fenster im oberen Stockwerk.

Obwohl das Blumenbeet an der Längsseite des Hauses vom Gartenschlauch völlig unter Wasser gesetzt worden war, sahen die Geranienblätter noch immer aus wie sprödes grünes Papier. Ich machte mich daran, Erde und Pflanzen vom Beet zu harken. Die Erde war fett und schwarz und gut mit Kompost gedüngt, und als ich sie auf dem Kiesweg aufschüttete, sammelten sich in den Mulden milchige Pfützen. Drei Fußbreit tief trafen die Metallzinken der Harke auf etwas Festes. Ich harkte die Erde und die ausgerissenen Pflanzen mitsamt dem Wurzelwerk über die Ziegeleinfassung und hob in der Mitte des Blumenbeets eine lange, flache Mulde aus, und wieder stießen die Zinken der Harke auf etwas Festes, auf Widerstand. Dann sah ich, wie sich der Rand des Vinyl-Duschvorhangs an einer Zinke verfing, und gleich darauf ragte ein von einem Pyjamaunterteil bedecktes Knie aus dem Boden. Ich harkte die Leiche frei, sah, wie Füße und Schultern und Brauen Gestalt annahmen, als wäre ich ein Bildhauer, der eine Gestalt aus Erde modelliert.

Ich legte die Harke auf den Kiesweg und schnitt den Gartenschlauch mit dem Messer in der Mitte durch, um einen stärkeren Wasserstrahl zu erzeugen. Dann wusch ich die weiche Erde, die wie schwarzer Kaffeesatz aussah, von Bubbas Gesicht. Er lag auf dem Duschvorhang, die graublauen Augen offen, Gesicht, Hände und Füße vollkommen blutleer. Griffstück und der metallene Rücken des Zuckerrohrmessers, das sie benutzt hatte, ragten neben seinem Kopf aus dem Boden. Der seitliche Schnitt in seinem Hals war bis auf den Knochen gedrungen.

Ich drehte den Wasserhahn zu, ging durch die Küchentür ins Haus, rief das Sheriffbüro des Lafayette Parish und Minos Dautrieve an und lief dann zu meinem Pickup. Der Wind fegte abgefallene Blätter über den Hof, der Himmel war tiefschwarz, und die vereinzelten Regentropfen, die mir ins Gesicht schlugen, waren hart wie Hagelkörner.

Hinter mir hörte ich das Telefon läuten. Ich ging noch einmal zurück und nahm den Hörer ab.

»Hallo?« sagte ich.

»Bubba? Hier ist Kelly. Was ist eigentlich mit dem Itaker und seinem Wäschedienst los?« fragte eine Männerstimme, die gegen die Störgeräusche einer Ferngesprächsleitung ankämpfte. »Claudette hat gemeint, ich soll die Typen anheuern. Was, zum Teufel, läuft eigentlich bei euch da drüben?«

»Bubba ist tot, Kumpel.«

»Was? Wer ist denn da?«

»Ich bin Polizist. Wie heißen Sie?«

Am anderen Ende wurde aufgelegt.

Ich setzte über die Kieszufahrt zurück auf den Highway, während die starken Äste der Eichen über mir im Wind gegeneinanderschlugen. Die schwarzen Gewitterwolken am südlichen Horizont waren von Blitzen geädert. Die Luft war jetzt beinahe kalt, und die jungen Zuckerrohrpflanzen wurden vom Wind fast auf den Boden gedrückt. Ich kurbelte die Fenster hoch, schaltete die Scheibenwischer ein und spürte in meinen Händen Stöße der Lenkung. Laubblätter, Zeitungspapier und Pappfetzen fegten über den Highway, und zwischen den Masten schwangen und hüpften die Telefondrähte wie Gummibänder.

Ich fuhr an einer Zementfabrik vorbei und überquerte einen Schienenstrang für Frachtgüter der Southern Pacific, und dann entdeckte ich das rehbraune Cabrio auf einem Fernfahrerrastplatz mit einem kleinen Restaurant daneben. Der Regen wurde heftiger, als ich hineinging.

Da der schwarze Hausmeister gerade den Fußboden bohnerte und die Tische abwischte, waren die Vorhänge aufgezogen und die Deckenbeleuchtung eingeschaltet. Im hellen Licht sah man die Brandspuren der Zigaretten auf den Dielen, die mit Klebeband geflickten Plastikbezüge in den Sitzecken und Stapel von Bierkästen in den Winkeln. Eine schwergewichtige Barfrau trank Kaffee und schwatzte am Tresen mit zwei Ölarbeitern. Die Männer trugen Schutzhelme, ihre Stiefelspitzen waren mit Stahlkappen verstärkt und ihre Arbeitskleidung mit Bohrschlamm bespritzt. Einer von ihnen kaute auf einem Streichholz herum und sagte zu mir etwas über das Wetter. Als ich nicht antwortete, stierten er und sein Freund und die Frau unverwandt auf mich, die Pistole und die Marke an meinem Gürtel.

Claudette Rocque saß am Tisch neben der Hintertür. Die Tür stand offen, und Nebelschwaden drangen durch den Fliegendraht herein. Draußen auf den Eisenbahngleisen konnte ich die rostfarbenen SP-Güterwaggons im Regen schimmern sehen. Sie schlürfte ihren Gin Rickey und schaute mich über den Rand ihres Glases an. Ihr Gesicht war geschwollen und übermüdet, und die braunen Augen mit dem seltsamen roten Schimmer wirkten verhangen und schläfrig vom Alkohol. Um die Wundnähte an ihrem Kinn zeichneten sich noch die Spuren von Pflaster ab, und die Haut um ihren Kieferknochen war gesprenkelt. Ihr gelbes Sommerkleid und das orangefarbene Band in ihrem Haar dagegen wirkten frisch und sauber und verliehen ihr sogar etwas Anziehendes, und ich vermutete, daß sie geduscht und sich umgezogen hatte, nachdem sie Bubba in dem Duschvorhang aus Plastik die Treppe hinuntergeschleift, ein Loch im Garten ausgehoben, ihn verscharrt, die Geranien wieder eingepflanzt und Matratze, Laken und Kopfkissen auf dem Komposthaufen verbrannt hatte. Sie inhalierte aus ihrer Filterzigarette tief und blies den Rauch in meine Richtung.

»Sie haben eine schlimme Nacht hinter sich«, sagte ich.

»Gab schon schlimmere.«

»Sie hätten ihn woanders hinschaffen sollen. Vielleicht wären Sie damit sogar durchgekommen.«

»Wovon *reden* Sie eigentlich?«

»Ich hab' ihn ausgebuddelt. Übrigens auch das Zuckerrohrmesser.«

Sie trank aus ihrem Glas und paffte wieder an ihrer Zigarette. Ihr Blick wirkte leicht belustigt.

»Trinken Sie aus, Claudette! Sie haben einen langen Entzug vor sich.«

»Oh, rechnen Sie bloß nicht allzu fest damit, Kürbiskopp. Sie sollten öfter fernsehen. Geprügelte Frauen sind heutzutage groß in Mode.«

Ich löste die Handschellen von meinem Gürtel, nahm ihr die Zigarette aus dem Mund, ließ sie zu Boden fallen, schob ihr die Rückenlehne zwischen die Arme und fesselte ihre Hände.

»Oh, unser Gesetzeshüter ist ja so unbeugsam, ganz der ritterlich-edle, stocknüchterne Anonyme Alkoholiker! Ich möchte trotzdem wetten, daß dir 'ne leicht ramponierte Tussi ganz gelegen käme! Ist deine letzte Chance, Süßerchen, weil ich schon morgen früh auf Kaution freikomme. Entscheide dich am besten gleich!«

Ich holte mir einen Stuhl und setzte mich rittlings darauf.

»Sie haben drei Jahre abgesessen und halten sich für knasterfahren«, sagte ich, »aber in Wirklichkeit sind Sie noch immer eine blutige Anfängerin. Ich kann Ihnen Ihren Part vorlesen: Sie werden nicht eingelocht, weil Sie Bubba die Kehle durchgeschnitten haben. Das kümmert kein Aas, wenn einer wie Bubba umgelegt wird, außer vielleicht die Leute, denen er noch Geld schuldet. Statt dessen wird ein Schwurgericht aus arbeitslosen Ölmännern, fundamentalistischen Schwachköpfen und Schwarzen, die von der Wohlfahrt leben und stinkreiche Leute nicht leiden können, Sie in den Bau schicken, weil Sie eine Vorbestrafte und obendrein Lesbierin sind.

Natürlich erscheint Ihnen das schrecklich unfair. Recht haben Sie. Aber die größte Ironie besteht doch darin, daß die Leute, die Sie zurück nach St. Gabriel schicken, niemals den Namen jenes unschuldigen Mädchens erfahren werden, das Sie gemordet haben. Manche Leute nennen das vielleicht komisch. Die reinste Narrenposse aus dem Tollhaus.«

Ihre rötlich-braunen Augen waren schmal und tückisch. Die Beule über dem einen Augenlid sah aus wie eine kleine blaue Maus. Ich ging zum Münzfernsprecher an der Wand neben der Bar und rief im Sheriffbüro an. Ich wollte gerade einhängen, als ich hörte, wie Claudette den Stuhl scharrend über den Boden schleifte, ihn mit ihrem ganzen Gewicht an die Wand schmetterte. Sie riß die vorderen Beine mitsamt der Sitzfläche von der Rückenlehne und taumelte, die zerbrochenen Holzteile an der Handfessel mitschleifend, durch die Fliegendrahttür hinaus in den Regen.

Ich folgte ihr querfeldein bis zu den Bahngleisen. Ihr gelbes Kleid war am Hinterteil schlammbesudelt, das Band hatte sich von ihrem Kopf gelöst, und die Haare klebten ihr naß im Gesicht. Der Regen war heftiger geworden, und die Tropfen waren groß und platt und kalt wie Hagelkörner. Ich packte sie am Arm und versuchte, sie zurück zum Rastplatz zu zerren, doch sie setzte sich mitten in eine graue Wasserpfütze. An ihren Armen, die ihr von den Handschellen auf den Rücken gedreht waren, zeichneten sich Muskelstränge ab.

Ich beugte mich vor und versuchte, sie auf die Füße zu ziehen. Sie blieb breitbeinig mit gebeugten Schultern und gesenktem Kopf in der Wasserlache sitzen. Als ich sie an den Armen zog, rutschte mir ihre schlüpfrige Haut durch die Hände, und sie sackte zurück. Sie kippte im Wasser zur Seite, stemmte sich auf die Knie, und ich dachte, sie wolle aufstehen. Ich beugte mich neben ihr hinunter und wollte sie an einem Arm unter der Achsel stützen. Sie blickte im strömenden Regen zu mir hoch, als sehe sie mich zum allerersten Mal, und spuckte mir ins Gesicht.

Ich wich einen Schritt von ihr zurück, wischte mich mit dem Taschentuch ab und warf es weg. Sie starrte wie gebannt über die Felder auf die grüne Baumlinie am Horizont. Wasser rann in kleinen Bächen aus ihrem durchnäßten Haar über das Gesicht. Ich ging zu einem der leeren Güterwaggons auf dem Abstellgleis und zerrte ein Stück alter Leinwandplane vom Wagenboden. Es war steif und dreckverkrustet, aber immerhin trocken. Ich legte es über sie, und jetzt schaute sie darunter hervor wie aus einem kleinen Häuschen mit Spitzdach.

»Auf diese Art machen es die Mennoniten«, sagte ich, doch an feineren Nuancen war sie nicht interessiert. Sie starrte den Hilfssheriffs und Minos Dautrieve entgegen, die auf dem Parkplatz aus ihren Autos stiegen. Ich stand neben ihr und beobachtete, wie sie über das vom Regen durchweichte Feld auf uns zustapften. Durch die geöffneten Schiebetüren des Güterwaggons konnte ich vom Wind aufgewirbelte Weizenspreu sehen, und die grauen Gebäude der Zementfabrik in der Ferne wirkten durch den Regenvorhang wie Getreidesilos. Donner hallte über das Land, als Minos mir etwas zurief, und mir war, als hörte ich die Stimmen Ertrunkener aus der Salzwüste des Meeres weit draußen und aus Weizenfeldern im Regen. Ich dachte an weiße Schaumkämme im Golf und an Sonnenblumen und Weizenfelder im Regen.

EPILOG

Ich arbeitete zwei weitere Wochen beim Amt des Sheriffs und steckte es dann. Im August stieg die Sonne allmorgendlich grellweiß auf, die Luft war dunstig von Feuchtigkeit, und noch die leichteste Bekleidung klebte am Körper wie nasses Papier. Ich mietete einen anspruchslosen Bungalow an der texanischen Küste, und Robin, Alafair und ich angelten Stachelwelse, Regenbogen- und Weißforellen. In der Morgendämmerung, wenn die Ebbe sich weit vom Watt zurückgezogen hatte, kreischten Möwen und kreisten am Himmel und stießen mit ihren Schnäbeln hinab in die Teiche mit gefangenen Schalentieren, und dann verfärbte sich der lange, nasse Sandstreifen mit einemmal zu rosigem Purpur, und die einzelne Palme in unserem Gärtchen hob sich wie ein schwarzer Stahlstich vor der Sonne ab.

Es war stets kühl, wenn wir morgens mit dem Boot hinausfuhren, und dann kam der Wind von Südosten auf, und wir konnten die Forellenschwärme riechen, die unter den glänzenden Flecken, die sie auf dem Wasser hinterließen, nach Futter schnappten. Wir schipperten mit dem Boot quer über die mondsichelförmige Bucht, die auf allen Seiten von Sandhügeln, Riedgras und abgestorbenen Zypressen gesäumt war, und wenn wir über die letzte Sandbank in tieferes Wasser glitten und im Golf waren, konnten wir die ausgedehnten glänzenden Flecken wie von ausgelaufenem Öl aus einem gesunkenen Tanker sehen, und dann bestückten wir unsere Haken mit lebenden Krabben, warfen sie vom Rand dieses Fleckens aus und ließen unsere Holzschwimmer laut auf die Wasseroberfläche platschen. Gelegentlich zogen wir einen Wels heraus, und immer erkannten wir einen Katzenfisch an der Art, wie er geradewegs zum Grund abtauchte und nie die Wasserlinie durchbrach, es sei denn, wir hatten ihm den Drillingshaken fest am Maul gesetzt und konnten ihn dadurch zwingen, hochzukommen. Doch die gefleckte Forelle zog ab und spulte Angelleine von der Rolle, wand sich um Bug oder Heck und ging womöglich unter den Kiel, und selbst wenn man den

Kescher unter sie bekam, versuchte sie noch, die Angelrute am Dollbord durchzubrechen.

Wir packten Getränke und Wurst, Käse und mit Zwiebeln belegte Sandwiches in die Eiskiste, und gegen Mittag, wenn die Sonne senkrecht über uns stand, wir unseren Lunch gegessen hatten und das Salz im heißen Bug des Bootes krustig wurde, war die Eisschicht bedeckt mit Reihen silbriger Forellen, deren Kiemen rot klafften, deren Mäuler spitze Zähne entblößten und deren Augen wie schwarzes Glas waren.

Es war Ende August, als wir nach New Iberia zurückfuhren, und dann war Robin eines Morgens verschwunden. Ich saß in Unterwäsche am Frühstückstisch und las den Brief, während sich der Hinterhof im Frühlicht von blau zu grau verfärbte. Sie hatte Kaffee auf dem Herd für mich warmgestellt und die Schale auf dem Tisch mit frischen Weintrauben und Erdbeeren gefüllt.

Ich habe das Taxi an der Straße halten lassen, damit ich Dich nicht aufwecke. Lebewohls und Entschuldigungen sind was für Rotarier und Hosenscheißer, stimmt's? Ich liebe Dich, Babe. Es ist wichtig, daß Du das begreifst und mir glaubst. Du hast mich zur Umkehr gebracht und Dich um mich gekümmert, was kein anderer für mich getan hätte. Und ich meine – wirklich keiner. Um andere Menschen hast Du gelitten, und aus irgendeinem Grund fühlst Du Dich ihretwegen schuldig. Aber das ist nicht Liebe, Dave. Es ist was anderes, und richtig verstehen tu ich es nicht. Ich glaube, vielleicht liebst Du Annie immer noch. Ich schätze, so muß es sein und nicht anders. Aber ich denke, das mußt Du ganz allein herausfinden, und ich darf Dir dabei nicht im Weg sein.

He, das ist keine große Affäre. Ich fang im Restaurant Deines Bruders an der Dolphine Street als Kassiererin an, und falls Du jemals eine heiße Braut aufreißen willst, weißt Du, wo Du hingehen mußt. Ich bin vom Alk und von den Pillen weg dank einem gutherzigen Kerl, den ich zufällig kenne. Macht sich gar nicht schlecht auf deinem Punktzettel.

Alles Liebe von mir für Alafair
Nimm's leicht, Streak
Robin

In jener letzten Augustwoche unternahm ich die merkwürdigsten Dinge. An einem dämmrigen Abend spazierte ich über den verwaisten Campus der Universität in Lafayette, wo ich in den fünfziger Jahren das College besucht hatte. Der rechteckige Platz war von Schatten erfüllt, die warme Brise blies sanft durch die schmalen Durchgänge, und aus den grünen Eichen tönten Vogellaute durch die sinkende Abenddämmerung. Ich saß in einem Nachtcafé am Güterbahnhof der Southern Pacific und hörte immer und immer wieder eine Jimmy-Clanton-Platte von 1957 aus der Jukebox, während im Schein brennender Fackeln stämmige, schweißglitzernde Bahnarbeiter draußen den Schienenstrang aufrissen und auf einem Nebengleis lange Reihen von Güterwaggons durch die Dunkelheit ratterten. Ich spielte Domino mit den alten Männern im Hinterzimmer von Tee Negs Poolsalon, kratzte Minié-Kugeln aus dem Erdwall des Drainagegrabens neben der Ruine der Zuckerpflanzervilla am Bayou und fuhr meinen Pickup über den Damm bis tief in die Marsch hinein, wo sich eine verlassene Ansammlung von Pfahlbauten noch immer grau und verrottet vom Weiden- und Zypressengehölz abhob. Vor vierzig Jahren waren mein Vater und ich am 4. Juli zu einem *fais dodo* hierher gekommen, und die Leute hatten ein Schwein in einem Erdloch gebraten, Wein aus Mason-Kannen getrunken und zu einer Akkordeonband auf einem Hausboot getanzt, bis die Sonne nur noch ein rotes Glühen am Horizont war und unsere Haut schwarz von Mückenschwärmen.

Als ich durch die Frontscheibe des Pickup auf die grauen Baumwipfel starrte, auf die Hütten, deren Seitenwände an den Pfählen hingen, das Wasser schwarz und unbewegt im letzten Licht, hörte ich einen einsamen Ochsenfrosch quaken, und die überschwemmten Wälder erzitterten von allerlei Lauten. Drei Blaureiher segelten niedrig vor der tiefstehenden Sonne, und schweren Herzens erkannte ich, daß die Welt, in der ich aufgewachsen war, fast ganz untergegangen war und nie mehr zu neuem Leben erwachen würde.

Und vielleicht gab es zwischen Bubba Roque und mir mehr Gemeinsamkeiten, als ich gewillt war, mir einzugestehen. Vielleicht gehörten wir beide in jene Vergangenheit damals und dort, in jene grünen Sommer mit Baseball in der tiefsten Provinzliga und Krebsabkochen und dem Rauch von Bratfisch der Nachbarn durch die Bäume. Jeder Morgen kam einem vor wie eine Erdbeere, die auf der Zunge zergeht. Mit unseren Vätern legten wir Krebsfallen, zogen Fangleinen durch die Bucht, bestückten Langustennetze mit blutigen Brocken Nutriafleisch, nahmen kistenweise Katzenwelse aus, putzten sie mit Messer und Kneifzange, und nie kam uns der Gedanke, daß wir ernsthafte Arbeit verrichteten. In der letzten Nachmittagssonne hockten wir auf der hintersten Ladeklappe des Kühlwaggons am Güterbahnhof, beobachteten den Vorbeizug der Truppentransporter durch die Stadt, fochten mit Rohrstöcken unsere Phantasiekriege aus, ohne uns bewußt zu sein, daß unser kleiner Flecken Cajun-Geographie Stück um Stück vom Rand her aufgezehrt wurde wie ein altes Foto, das man an eine Flamme hält. Die feurigen Zacken am Abendhimmel markierten für uns nur das Ende eines weiteren Tages, nicht das einer Jahreszeit oder gar eines ganzen Zeitalters.

Aber vielleicht hat mich die Zeit gelehrt, daß die Erde noch immer jung ist, geschmolzen im Kern und in stetem Werden, daß schwarze Blätter in einem winterlichen Wald im Frühjahr vor Leben wimmeln, daß unsere Geschichte weitergeht und es in der Tat ein Verbrechen ist, wenn man seine Lebensenergie mit dem Licht am Horizont verblassen läßt. Sicher bin ich mir nicht. Ich grüble darüber nach und schlafe wenig. Wie ein verschmähter Liebhaber warte ich auf den ersten bläulichen Schimmer der Morgendämmerung.